JENNIFE

Plus One – S

W0380669

JENNIFER LYON

Seite an Seite

Roman

Ins Deutsche übertragen von
Michaela Link

LYX
EGMONT

Die Originalausgabe erschien 2013 in zwei Bänden
unter den Titeln *The Possession* und *Obsession*.

Deutschsprachige Erstausgabe Januar 2015 bei LYX
verlegt durch EGMONT Verlagsgesellschaften mbH,
Gertrudenstraße 30–36, 50667 Köln
Copyright © 2013 by Jennifer Lyon
Copyright © der deutschsprachigen Ausgabe 2015
bei EGMONT Verlagsgesellschaften mbH
Alle Rechte vorbehalten

1. Auflage
Redaktion: Birgit Sarrafian
Satz: KCS GmbH, Stelle/Hamburg
Printed in Germany (670421)
ISBN 978-3-8025-9525-7

www.egmont-lyx.de

MIX
Papier
FSC FSC® C083411

Die EGMONT Verlagsgesellschaften gehören als Teil der EGMONT-Gruppe zur **EGMONT Foundation** – einer gemeinnützigen Stiftung, deren Ziel es ist, die sozialen, kulturellen und gesundheitlichen Lebensumstände von Kindern und Jugendlichen zu verbessern. Weitere ausführliche Informationen zur EGMONT Foundation unter: **www.egmont.com.**

Allen Lesern, Bloggern, Rezensenten und Freunden ein gigantisches Dankeschön! Ich habe die Geschichte von Kat und Sloane geschrieben und veröffentlicht, weil ich sie von ganzem Schriftstellerherzen liebe. Sie sind in einer sehr schwierigen Zeit in mein Leben getreten und haben mich gelehrt, an die Macht der Liebe und des Heilens zu glauben.

Womit ich aber nicht gerechnet habe, das seid IHR, meine Freunde. Ihr habt den ersten Band gelesen und euch so sehr mit den Figuren identifiziert, dass ihr sie überall bekannt gemacht habt. Ich nehme das in großer Demut hin und liebe euch alle dafür, dass ihr es der Welt kundtut, wenn euch ein Buch gut gefällt!

Und wisst ihr was? Kat und Sloane hatten recht – auf jeden von uns warten Liebe und Heilung.

Lebt, liebt und esst mehr Cupcakes!

In aller Liebe
Jen

P.S. Aber esst bloß nicht Sloanes Zitronencupcakes, die teilt er mit niemandem!

1

Nachdem Kat sich den Schweiß von Gesicht und Brust gewischt hatte, trank sie gierig den Rest Wasser aus ihrer Flasche. Es war Mittwochnachmittag, und auch als sie wieder zu Atem kam, hatte sie nicht einmal mehr die Kraft zu murren, dass Sherry Moreno nicht wenigstens anstandshalber so tat, als sei sie ebenso erledigt wie Kat. Sie blickte auf die Uhr an der Wand und war überrascht, dass sie anderthalb Stunden trainiert hatte. »Wenn ich morgen früh aus dem Bett steige, werde ich dich verfluchen.«

Sherry stopfte ihr Handtuch in die Tasche und erhob sich zu ihrer vollen Größe. Sie war etwa zwei oder drei Zentimeter kleiner als Kat. »Hast du mich am Montag verflucht?«

Kat zuckte zusammen und erinnerte sich an den spätnachmittäglichen Übungskampf am Sonntag. Sherry nahm ihre Kampfkunst ernst. »Ich hatte vor, dich kaltzumachen.« Kat warf ihre leere Wasserflasche in den Müll. Der private Trainingsraum in Sloanes Fitnessstudio fühlte sich langsam so vertraut an wie ihre Konditorei, nur dass Kat sich hier nicht so versteckte, wie sie es einst in der Küche von Sugar Dancer getan hatte. Nein, hier trainierte Kat, um zu leben, nicht um sich zu verstecken. Ihre Schmerzen und Wehwehchen waren willkommene Erinnerungen daran, dass sie stärker wurde. »Aber ich hatte zu starken Muskelkater, um den Plan in die Tat umzusetzen.«

Sherry zog die Augenbrauen hoch. »Das glaube ich dir nicht. Du hast genauso ausgeteilt, wie du einstecken musstest. Ich habe John die Prellung an meinem Oberschenkel von deinem Kniestoß gezeigt. Er war beeindruckt.«

Kat zog die Nase kraus. »Das tut mir leid.«

»Das muss es nicht. Ich habe dich am Sonntag unterschätzt. Den Fehler mache ich nicht ein zweites Mal.« Sie hob ihre Tasche hoch und schüttelte ihren blonden Schopf. »Spätestens da wusste ich, dass du wirklich etwas lernen willst.«

»Das will ich.« Nachdem sie sich ihre Tasche gegriffen hatte, folgte sie Sherry aus dem Raum. »Ich bin mir ziemlich sicher, dass Sloane, sobald diese Sache zwischen ihm und mir beendet sein wird, wohl kaum noch weiter mit mir trainieren will. Deshalb habe ich mir überlegt, ob ich dich dann engagieren kann.«

Sherry schnaubte und bog in den öffentlichen Bereich ein. Musik wummerte aus versteckten Lautsprechern, aber der Flur war menschenleer. »Du würdest mich bezahlen?«

»Natürlich.« Sie wollte sie auch jetzt bezahlen, aber als Kat das bei ihrer Trainingsstunde am Sonntag erwähnte, hatte Sherry gesagt, Sloane habe das bereits geregelt. »Es gefällt mir überhaupt nicht, dass Sloane dich bezahlt. Das ist irgendwie krass.«

»Ja, das ist es, nicht wahr?« Sie strahlte fröhlich.

Kat lehnte sich an die Wand. »Wie viel nimmst du pro Stunde? Ich werde dich bezahlen, und ich werde es Sloane mitteilen. Was ihm wohl egal sein wird.« Was eine Lüge war. Ihm würde eine Ader platzen oder sonst was, aber er würde halt sehen müssen, wie er damit klarkam.

»Darf ich dabei sein, wenn du es ihm sagst? Ich werde dich

kostenlos unterrichten, nur um zu sehen, wie du ihm die Stirn bietest.«

Kat zog eine Augenbraue hoch. Sherry sah wie das typische amerikanische Mädchen aus: kein Make-up, die Haut leicht gerötet von der Anstrengung und im Kontrast dazu ihr blondes, schulterlanges Haar. Wahrscheinlich brachte sie alle Männer mit einem Fingerschnippen dazu, sie beschützen zu wollen, ohne zu begreifen, und sie begriffen nie, dass sie ihnen in den Hintern treten und dabei lachen konnte. »Sloane macht dir keine Angst, oder?«

»Nein. Obwohl er auf die meisten Menschen einschüchternd wirkt. Aber was dich von ihnen unterscheidet, ist die Tatsache, dass du wirklich nicht willst, dass er zahlt.«

Das machte Kat traurig. Sie wusste genau, was Sherry meinte. Sloane machte Sex und Beziehungen zu einer Geschäftssache. Diejenigen, die Sloane so kannten, dachten wahrscheinlich, dass er kalt und hartherzig sei. Sie hatten jedoch nichts verstanden. Tief im Innern glaubte er nämlich nicht, dass eine Frau ihn auf lange Sicht lieben konnte. Also machte er das Ganze zu einer Vertragsangelegenheit, um sich selbst zu schützen, und kaufte sich vorübergehende, bedeutungslose Beziehungen. Es tat ihr weh, sich vorzustellen, dass er so durchs Leben ging.

Sie konzentrierte sich wieder auf Sherry. »Was Sloane mir gegeben hat, kann man für Geld nicht kaufen.« Es war ein Geschenk, eins, das sie für immer behalten konnte, selbst wenn das, was zwischen ihnen war, endete. Und es würde enden. Im Moment interessierte er sich für sie. Höchstwahrscheinlich war sie aus dem Grund, den Sherry genannt hatte, anders als seine bisherigen Begleiterinnen. Aber auf lange Sicht würde sie nicht in der Lage sein, das Interesse von Sloane Michaels aufrechtzuerhalten. Aber vielleicht konnte sie ihm helfen, von seinen emotionalen Wunden zu genesen. Denn Kat glaubte nicht, dass ihre »Beziehung« bedeutungslos war. Und dann würde er jemanden finden …

Ihre Brust schnürte sich zusammen. Ja, es war das Beste, diesen Gedanken nicht zu Ende zu denken.

»Was hat er dir denn gegeben?«

Wie sollte sie das erklären? Es war die Art, wie er sie dabei unterstützte, zu der Frau zu werden, die sie sein wollte. Also gab es darauf nur eine Antwort. »Mich. Er hat mir das Selbstbewusstsein gegeben, einfach ich selbst zu sein.«

Sherry sog den Atem ein. »Drake hatte recht, was dich betrifft.«

Kat konnte dieser plötzlichen Wendung des Gesprächs nicht folgen. »Sloanes Freund Drake?«

»Er mag dich. Er meinte, du würdest Sloane guttun. Er würde dir etwas bedeuten. Drake will, dass ich heute Abend mit dir zum Dinner rüberkomme.«

Das kam so überraschend, dass ihr ganz schwindlig wurde. »Abendessen in Sloanes Haus mit Drake? Aber Sloane ist nicht da. Ich glaube nicht, dass das eine gute Idee ist.«

»Drake wohnt ebenfalls dort. Er kann jeden einladen, den er will. Ich werde kochen, es wird bestimmt ganz lustig werden.«

Kat schüttelte den Kopf. »Danke, und sag auch Drake in meinem Namen Danke. Aber ich kann nicht mitkommen.« Es gab Grenzen … quasi. Und dass Kat sich im Leben seiner Freunde einnistete, kam nicht infrage. Das wusste sie. Es war eine Sache, Sherry zu engagieren, um sie in Selbstverteidigung zu unterrichten – das war eine geschäftliche Angelegenheit. Aber mit seinen Freunden zu Abend zu essen, in seinem Haus, und er hatte kein Wörtchen dabei mitzureden? Nein. »Aber danke für die Einladung. Ich weiß das wirklich zu schätzen.« Sie würde Drake ein paar Muffins oder irgendetwas schicken, dafür, dass er an sie gedacht hatte.

Als sie zu ihren Autos gingen, fragte Sherry: »Bist du dir sicher, dass ich dich nicht umstimmen kann?«

Verdammt, sie wollte gern mit ihnen zu Abend essen. Gar keine Frage. Obwohl sie und Kellen geplant hatten, heute Abend etwas zusammen zu unternehmen. Aber war es jetzt schon so weit, dass sie ihre eigenen Freunde vernachlässigte? Sie mochte Sherry und Drake, aber sie waren Sloanes Freunde, nicht ihre. »Ich bin mir sicher. Und ich wünsche euch viel Spaß.«

Kat hatte sich noch nicht sehr weit vom Fitnessstudio entfernt, als ihr Handy klingelte. Als sie auf das Display schaute, war sie überrascht. Sie antwortete über Bluetooth und sagte: »Sloane. Hey. Ich bin in meinem Wagen, kannst du mich hören?«

»Ja. Sherry hat mich angerufen.«

Das trainingsbedingte Stimmungshoch wurde von leichter Anspannung überlagert. »Gerade eben?« Verdammt, diese Frau war schnell. Erstattete sie etwa Bericht über Kats Fortschritte oder was?

»Kat, wenn du mit Drake und Sherry zu Abend essen willst, nur zu. Und wenn Sherry die Margaritas mixt, dann schläfst du halt in meinem Bett.«

Ein Schauder überlief sie. »Da kann ich ohne dich nicht schlafen.« Es war einfach nicht richtig.

»Hast du mir nicht gesagt, ich könne bei dir zu Hause schlafen, nachdem du zur Arbeit gegangen warst?« Seine Stimme war ganz leise.

»Ich …« Genau das hatte sie gesagt. »Du bist nicht geblieben.«

»Hätte es dir etwas ausgemacht, wenn ich geblieben wäre?«

Das war eine Falle. Das war ihr wohl klar, jedoch nicht, wie sie ihr ausweichen sollte. »Nein.«

»Mir macht es auch nichts aus. Hast du Lust, den Abend mit Sherry und Drake zu verbringen?«

Kat bog in die Straße ein, in der sie wohnte, und holte tief Luft. »Diego hat heute Nachtdienst. Kel und ich wollen uns Essen kommen lassen und einen Film ansehen.«

»Bring Kellen mit.«

Das hörte sich alles so einfach an. Sie fuhr in die Garage. »Warum bedrängst du mich so? Du bist nicht einmal hier, und …« Sie musste daran denken, wie sehr sich Drake über die Muffins gefreut hatte. Und dann die Trostlosigkeit in Sloanes Augen, als er den väterlichen Freund beobachtet hatte. »Es geht hier um Drake, nicht wahr?« Okay, das verstand sie. »Ich werde das regeln und hingehen. Was mag Drake denn gern? Was ist sein Lieblingsdessert?« Bei allem, was Sloane für sie getan hatte, würde sie das mit Freuden für ihn tun. Kellen würde es verstehen. Oder, wenn sie zurückkam, konnten sie …

Ein Klopfen an ihr Fenster ließ sie zusammenzucken. Sie wandte sich zur Seite, in der Annahme, dass Kellen gehört hatte, wie sich die Garage öffnete, und … *Mist, verdammter.* »David.«

»Bei dir? Jetzt? Wo bist du?«

Sloanes Worte, die wie aus der Pistole geschossen kamen, halfen ihr, sich zu beruhigen. »In meiner Garage, ich habe die Tür nicht abgeschlossen.«

»Bleib bei geschlossenen Türen im Auto sitzen«, befahl Sloane.

»Katie, mach die Tür auf.« David klopfte abermals gegen die Scheibe. »Ich habe den Stick.«

Sie ließ das Fenster etwa vier bis fünf Zentimeter runter. »Welchen Stick?«

»Den, worum du deine Eltern gebeten hast. Die Bilder von dir im Krankenhaus. Wozu willst du die?«

Kat versuchte, ihm zu folgen. Sie hatte ihren Dad nach den Bildern gefragt. Anna wollte ein oder zwei für das Video; Kat wusste allerdings nicht, ob das eine gute Idee war. Aber in diesem Moment galt es einfach nur, David loszuwerden. »Schön. Reich ihn mir rein und verschwinde.«

Er zögerte und runzelte die Stirn. »Wozu brauchst du das? Du hast noch nie zuvor darum gebeten, dir die Bilder ansehen zu dürfen.«

Das stimmte, aber sie würde das jetzt nicht mit ihm diskutieren. Sie hatte versucht, ihn dazu zu bringen, ihr die Wahrheit über jenen Abend zu sagen, und er hatte sich geweigert. Wann immer sie darüber nachdachte, machte es sie nur noch wütender. Sie brauchte ihn, um die Leerstellen in ihrem Kopf auszufüllen, die ihre massive Angst verursachten. »David, gib mir den Stick und geh.«

»Sie haben gehört, was sie gesagt hat«, sagte Kellen, der in diesem Moment in die Garage kam.

David schob den Stick durch den Spalt im Fenster. Sein Blick war betrübt. »Kellen braucht mich nicht so anzublitzen.

Ich bin gleich wieder weg. Ich wollte mich entschuldigen. Als ich dich an jenem Morgen vor deiner Konditorei getroffen habe, war ich gestresst und müde. Diese Männer, die uns überfallen haben, sind nie gefasst worden, und ich habe das Gefühl, dass du die Sache unnötig aufwühlst und uns damit nur Ärger einhandelst. Es ist das Beste, die Angelegenheit einfach auf sich beruhen zu lassen.«

»Du hast das Gefühl, ich würde uns nur Ärger bescheren?« Sie hatte es so satt, dass sie ihren Sicherheitsgurt löste und die Tür aufstieß.

David stolperte zurück und stieß gegen die Garagenwand. »Himmel, Katie. Was ist bloß in dich gefahren?«

Ihr Mitbewohner stellte sich schützend vor sie. »Sie machen sie nur sauer, Sie Genie. Kat will Sie nicht hier haben. Gehen Sie.«

Kellens T-Shirt war keins der Modelle, das den Betrachter über seine beeindruckenden Muskeln im Zweifel ließ. Plötzlich flammte in ihr der Wunsch auf, Kellen zu beschützen, denn er musste sich immer noch von seiner Stichverletzung erholen. Es war an der Zeit, selbst in die Schlacht zu ziehen.

Kat trat um Kellen herum, um sich vor David aufzubauen.

Die grünen Augen ihres Exverlobten weiteten sich, und sein linkes Auge zuckte. Früher war dieser Tick nur zum Vorschein gekommen, wenn er zu lange gearbeitet hatte und übermüdet war. War es inzwischen chronisch geworden?

David holte tief Luft, seine Schlüsselbeine zeichneten sich unter seinem Hemd ab. »Katie, bitte, sei einfach vorsichtig. Die Bilder auf diesem Stick …«, er zeigte mit der geballten Faust darauf. »Ich will dich nie wieder in so einem Zustand sehen.« Er schloss die Augen. »Du warst so jung und schön, so süß, und sie haben dich gebrochen.«

Gebrochen. Das war es, was ihre Eltern und David glaubten. Und lange Zeit hatte Kat es ebenfalls geglaubt. »Sie haben mir ein paar Knochen gebrochen oder sogar zertrümmert und mir eine Gehirnerschütterung eingebrockt. Das ist es, was sie meinem Körper angetan haben.«

David öffnete die Augen.

»Aber sie haben mich nicht gebrochen, David. Sie haben die Hülle gebrochen, die mich gefangen gehalten hat.«

Er nahm seine Brille ab und rieb sich die Augen. »Ich habe mir Sorgen gemacht, weil du diese Bilder sehen wolltest. Aber jetzt glaube ich, du solltest sie dir anschauen.« Er setzte die Brille wieder auf und fügte hinzu: »Sieh dir an, was wir durchgemacht haben, und lass es dabei bewenden. Streich es aus deinem Gedächtnis. Es war ein willkürlicher Raubüberfall, sie haben deinen Verlobungsring mitgenommen, und nun ist es an der Zeit, dass wir das Ganze hinter uns lassen. Lass dich von deinem gesunden Menschenverstand leiten, es sei denn, du willst wieder überfallen werden.«

Kellen schob sich weiter schützend vor sie. »Raus mit Ihnen.«

Kat legte Kellen eine Hand auf den Arm. Seine Muskeln spannten sich vor Zorn an. Sie wusste, dass er gleich die Beherrschung verlieren würde, aber ihr erging es nicht anders. »Du drohst mir?«

David rieb sich mit einer Hand den Nacken. »Ich drohe dir nicht …« Das Aufheulen eines Motors unterbrach ihn. Ein Kleinlaster kam schlitternd zum Stehen, und John Moreno sprang heraus.

»Kat, alles okay mit Ihnen?«

John trug ein weißes T-Shirt, Jeans und hatte einen Ausdruck im Gesicht, der klarmachte, dass mit ihm nicht zu spaßen war. Sein plötzliches Auftauchen verwirrte Kat. »Ja, aber woher wussten Sie …? Oh. Sloane hat Sie angerufen.« Wahrscheinlich in der Sekunde, in der er erfahren hatte, dass David in ihrer Garage war. »Wie sind Sie so schnell hierhergekommen?«

»Ich war im Büro des Fitnessstudios.«

Das ergab ebenso viel Sinn wie alles andere, was ihr widerfuhr, seit sie Sloane kennengelernt hatte. Das Fitnesscenter war in der Nähe von Kats Wohnung.

Er funkelte David an. »Und das wäre dann Dr. Arschloch?«

Sloanes Spitzname für David schien einen gewissen Bekanntheitsgrad erreicht zu haben. »Ja, Dr. David Burke. Er wollte gerade gehen.«

David drehte den Kopf hin und her. »Katie, wer ist das?«

»Geht dich nichts an. Fahr nach Hause.« Ihre Garage füllte sich mit Männern. Kat fragte sich, wer als Nächstes auftauchen würde, wenn sie es nicht schaffte, ihren Exverlobten loszuwerden.

David streckte die Hand nach ihr aus. »Bist du dir sicher, dass das eine gute Idee ist?«

»Nicht. Fass mich nicht an.« Kat sprang zurück, doch ihr Knie spielte nicht mit. Sie stolperte und streckte die Arme nach vorn.

Kellen ergriff ihr Handgelenk und gab ihr Halt. Ihr schlug das Herz bis zum Hals vor lauter Schreck. Sie blinzelte, um die aufkommende Panik niederzuringen.

»Wenn Sie noch einmal versuchen, sie anzufassen, werden

Sie ihre Hand nie mehr gebrauchen können. Ich wiederhole mich nicht, Burke. Machen Sie, dass Sie hier wegkommen, und halten Sie sich von Kat fern.«

Johns kalter Tonfall riss sie aus ihrer Panik heraus. Er war vor sie hingetreten, hatte den Kopf vorgestreckt und die Arme drohend angewinkelt.

David trat mit eingezogenen Schultern den Rückzug an. Sein Hemd schlabberte um seinen Körper und machte deutlich, dass er in jüngster Zeit abgenommen hatte. Nostalgische Gefühle krampften ihr die Brust zusammen. All ihre romantischen Gefühle für ihn waren gestorben, aber da war immer noch ein Hauch von Fürsorge da. Sie verabscheute es, den stolzen Selfmade-Wissenschaftler, zu dem sie einst aufgeblickt hatte, zu einem Mann zusammengeschrumpft zu sehen, der in irgendwelchen Schwierigkeiten steckte.

Aber der Schmerz in ihrem Bein erinnerte sie daran, dass es David war, der, was immer das Problem war, ihr das eingebrockt hatte. Selbst das hätte Kat ihm vielleicht verziehen, aber all die Lügen danach, als sie es gebraucht hätte, die Wahrheit von ihm zu hören … das hatte jegliches Gefühl für ihn ersterben lassen.

Kellen schlang ihr einen Arm um die Schultern. »Alles okay, Kit Kat?«

»Ja.« Sie riss den Blick von David, der den Rückzug antrat.

John berührte sie sachte an der Schulter. »Hey, Kat, Sie müssen Sloane anrufen, am besten vor fünf Minuten. Bevor das Sondereinsatzkommando auftaucht.«

»Ich hole dir dein Handy.« Kellen ging zu ihrem Wagen und kam mit dem Handy zurück.

Während sie geistesabwesend das Handy entgegennahm,

richtete sie ihren Blick auf John. »Vielen Dank, ich weiß es zu schätzen, dass Sie alles stehen und liegen gelassen haben, um hierherzueilen.« Seine Hand auf ihrer Schulter erlaubte ihr den Blick auf eine kunstvolle Tätowierung auf seinem Unterarm.

Er ließ ein Grinsen aufblitzen. »Keine Ursache. Es gibt mir ein gewisses Gefühl von Wichtigkeit, wenn ich Frauen in Not retten kann.« Er nickte Kellen zu. »Obwohl es so aussieht, als hätten Sie bereits Verstärkung gehabt.« Er ging um Kat herum und streckte die Hand aus. »Ich bin John Moreno.«

»Kellen Reynolds.«

»Sie sind der Physiotherapeut, den Sloane erwähnt hat. Stimmt es, dass Sie auf Sportverletzungen spezialisiert sind?«

Kat fand Sloanes Telefonnummer und wählte sie. Aber ihre ganze Aufmerksamkeit galt John. »Das hat Sloane Ihnen erzählt?«

Der große Mann nickte und drehte sich zu Kellen um. »Ich würde gerne mit Ihnen über Ihre Erfahrungen sprechen. Ich unterrichte Mixed Martial Arts, und ich bin auf der Suche nach einem erfahrenen Physiotherapeuten, mit dem ich zusammenarbeiten kann. Hätten Sie Interesse?«

»Großes Interesse sogar.« Kellens Grübchen blitzten auf.

»Haben Sie Zeit für ein Bier heute Abend? Ich muss zwar auf die Kinder aufpassen, aber wenn Sie vorbeikommen wollen …«

Sloanes Stimme ertönte aus dem Handy. »Kat. Alles okay? Ist John da?«

»Mir geht es gut. Ja, er ist hier. Er spricht gerade mit Kellen. Du hast ihm von Kellens Spezialgebiet erzählt?«

»Ja. Was ist passiert? Hat David dir wehgetan?«

»Nein. Er hat mir nur einen Stick gebracht. Er war ruhiger, hat sich nicht so aufgespielt wie beim letzten Mal.« Kat teilte Sloane die Schnellversion der Begegnung mit, während ihr Blick zu den beiden Männern hinüberglitt, die sich unterhielten. »Was hast du John über Kellen erzählt?«

»Dass wir ihn nach dem, was er bei dir und deinem Bein bewirkt hat, für SLAM in Erwägung ziehen sollten. Kellen hat mir erzählt, dass er sich auf Sportverletzungen spezialisiert hat. Ich habe John nur meine Meinung darüber gesagt, den Rest müssen die beiden unter sich ausmachen.«

Während sie die beiden Männer bei ihrem Gespräch betrachtete, schnürte sich ihr die Kehle zu, so viel Zärtlichkeit empfand sie für Sloane. Sie ging in ihre Wohnung und lehnte sich in ihrer kleinen Waschküche an die Wand. »Du gibst Kellen die Chance seines Lebens. Das ist sehr nett von dir.« Sie lächelte über sein Schweigen und erriet seine Gedanken. »Ich weiß, dass du es nicht für mich getan hast. Es war eine geschäftliche Entscheidung. Das ist ja gerade das Tolle daran. Kellen hat es sich durch seine Leistung verdient.« Dann stieß sie sich von der Wand ab und ging in ihre Küche. »Kel wird heute Abend beschäftigt sein, also, was kann ich für Drake tun?« Sie hatte es nicht vergessen.

»Um mir für Kellens berufliche Chance zu danken?«

Sloanes gefährlich leise Stimme ließ sie neben der Granitinsel in ihrer Küche erstarren. »Ähm, nein.« Sie versuchte, ihren Ärger herunterzuschlucken. »Ich bin, ähm … du hast mich gebeten, es zu tun, also …«

»Den Teufel habe ich getan.«

Die Härchen auf ihren Armen stellten sich auf.

»Diesen kreativen Quatsch hast du dir ganz allein ausgedacht. Ich habe dich nur ermuntert, ein wenig Zeit mit Sherry und Drake zu verbringen, falls du Lust dazu hast. Oh, und du weißt schon, wenn du etwas trinken und dich amüsieren solltest, dann schlaf dort. Das ist es, worum ich dich gebeten habe.«

Sie ließ den Kopf hängen und starrte auf den Küchenboden. Es war genauso gewesen, wie er gesagt hatte. »Entschuldige. Du hast recht. Ich habe einen dummen Gedankensprung gemacht.« Sie holte tief Atem. »Aber ich bin froh zu wissen, dass es kreativ war.«

»Sehr sogar. Und zu deiner Information, wenn ich will, dass du etwas tust, werde ich dich geradeheraus darum bitten.«

»Oder es mir befehlen.« So wie er ihr befohlen hatte, im Notfall John oder Ethan anzurufen. »Du hast John geschickt.« Um sie zu beschützen. Sie musste zugeben, dass es nicht gerade unangenehm war, umsorgt zu werden.

»Hättest du ihn angerufen, wenn ich nicht gerade mit dir telefoniert hätte?«

Kat überlegte, ob sie ihm sagen sollte, was er hören wollte, aber das war töricht. »Es ist alles so schnell gegangen, ich weiß es nicht. Es ist mir nicht einmal in den Sinn gekommen.« Sie ließ sich auf einen der Barhocker sinken.

»Ich mache mir Sorgen um dich, Kätzchen.« Seine Stimme klang angespannt. »Dein Bein und deine Panikattacken machen dich verdammt noch mal zu verletzbar.«

Ihr wurde es eng in der Brust. Er machte ihr nichts vor. Er trieb keine Spielchen mit ihr, manipulierte sie nicht. Er sagte es ihr geradeheraus. »Ich werde nicht in Watte gepackt leben, aber ich werde John oder Ethan anrufen, falls David oder irgendjemand, über dessen Absichten ich mir nicht im Klaren bin, auftauchen sollte, okay?«

»Damit kann ich leben. Außerdem habe ich jetzt Verstärkung, weil Sherry dich auf den Hintern werfen wird, wenn du es nicht tust. Und sie ist nicht so nett wie ich.«

Sie lachte schnaubend auf. »Kurz, ihr seid beide Sadisten.« Kat befingerte den Stick, den sie auf den Küchentresen gelegt hatte. »David hat abgenommen, und sein linkes Auge zuckt. Er hat Stimmungsschwankungen. Heute war er ruhig, aber vor der Konditorei letzte Woche war er wie aufgeputscht.«

»Drogen?«

Kat starrte auf den Stick. »Oder ein Zusammenbruch.« Sie drehte das kleine Plastikteil hin und her. »Wenn David Drogen genommen haben sollte, als wir zusammen waren, würde das erklären, warum er lügt, was den Raubüberfall betrifft, nämlich um sich selbst zu schützen.« Die Sache lag ihr wie ein Stein im Magen. Konnte David Drogen genommen haben, ohne dass sie es bemerkt hatte? »Angenommen, er hat Drogendealern Geld geschuldet, könnten sie sich mich vorgeknöpft haben, um ihn zum Zahlen zu zwingen.«

»Viel wichtiger ist, wie beschützen wir dich? Ich stehe kurz davor, dem Bedürfnis, dich wegzusperren, nachzugeben. Also komm auf den Punkt.«

Sie sollte verärgert sein, aber sie war es nicht. »Wie Marshall schon gesagt hat, ich bin eigentlich aus der Schusslinie. Ich glaube nicht, dass ich in der gleichen Gefahr schwebe wie zur Zeit meiner Verlobung mit David. Aber da Kel vorhat, zu John zu gehen, werde ich zu dir nach Hause fahren und die Nacht dort verbringen.«

Eine kurze Pause entstand, dann fragte er: »Aber?«

»Ich werde morgen früh zur Arbeit und anschließend in meine Wohnung gehen.« Sie holte tief Atem. »Ich werde vorsichtig sein, und ich werde deine Freunde anrufen, falls ich Hilfe brauche, aber ich tu all das, was ich sonst auch tu. Ich kann nicht wieder in Angst leben.«

»Das verstehe ich. Es gefällt mir nicht, aber ich verstehe es.«

Ein Gefühl der Wärme breitete sich in ihr aus und sorgte dafür, dass ihr die Geschichte nicht mehr wie ein Stein im Magen lag. Das war es, was Sloane so sexy machte, er verstand, dass sie stark sein wollte. »Dafür danke ich dir.«

»Lass uns davon sprechen, dass du heute Nacht in meinem Bett schlafen wirst. Wirst du nackt sein? An mich denken? Besser noch …«, seine Stimme wurde tiefer, »… wirst du dich berühren und an mich denken?« Er holte mühsam Atem. »Ich werde mir das heute Nacht in Gedanken vorstellen.«

Ihr Puls raste, und ihr wurde ganz heiß. »Ist das deine Wunschvorstellung?«

»Oh ja. Eine von vielen. Nach einer Reise nach Hause zu kommen, in mein Zimmer zu gehen und dich auf meinem Bett vorzufinden, nackt und masturbierend. Und ich würde dir dabei zusehen, wie du kommst. Würdest du das für mich tun?«

Das Blut stieg ihr zu Kopf. Dieses Szenario törnte sie an. Was sie selbst überraschte. »Ja.« Wie würde es sich anfühlen, direkt unter seinen Augen, während er zusah? Aber sie wusste es – er gab ihr immer das Gefühl, sexy und bei ihm aufgehoben zu sein.

Sie war bereit loszulassen.

Du brauchst nur zu fragen. Wenn du es zulässt, werde ich die Kontrolle übernehmen und auf dich aufpassen. Aber nur, wenn du dazu bereit bist.

Bei der Erinnerung an Sloanes Worte in der Limousine spürte sie Schmetterlinge im Bauch. Alles, was sie zu tun brauchte, war zu fragen. »Sloane?«

»Ja?«

Erregung, Nervosität und Furcht brachten sie ganz durcheinander. Einerseits wollte sie kneifen. Andererseits aber war sie es leid, mit gebremstem Schaum zu leben, immer darauf zu achten, wie sie sein sollte, statt zu sein, wie sie war. Ihr Mund war so trocken, dass sie zum Kühlschrank ging und sich ein Wasser nahm.

Das Handy summte geradezu vor Erwartung an ihrem Ohr.

»Ich will mit dir loslassen.« Nachdem sie einen Schluck von ihrem Wasser genommen hatte, stellte sie die Flasche weg. »Wirst du mir den Hintern versohlen? Ich meine, beim Sex.« Sie starrte die dunklen Adern an, die über die Granitplatte des Tresens liefen. Sie wünschte, er wäre jetzt hier und würde sie berühren, um ihr das Gefühl zu geben, dass es okay war, dies zu wollen.

Er schnappte nach Luft. »Ich habe darauf gewartet, dass du mir das sagst. Ich werde dir zeigen, wie verdammt heiß es ist, wenn du nackt bist und mir ausgeliefert. Du wirst dich in meine Hände begeben und dich unterwerfen.« Er machte ein Geräusch, das durch die Leitung geradewegs bis in ihr Herz ging. »Ich werde mich um dich kümmern. Du brauchst nur loszulassen. Vertrau mir«, sagte er sanft.

»Das tue ich.«

2

Als Sloane am Freitagabend die Tür zu seinem Haus öffnete, erkannte er sogleich die Geräusche, die von dem Fernseher in seinem Wohnzimmer kamen: Sein letzter Meisterschaftskampf.

Nachdem er seinen Koffer fallen gelassen hatte, ging er zum Kühlschrank und griff sich ein kaltes Bier. Er kippte ein Viertel der Flasche in sich hinein und betrachtete den Bildschirm.

Er sah die jüngere, rauere Version seiner selbst. Nur mit Shorts bekleidet sah er das Spiel seiner Muskeln, als der Schiedsrichter seine Hand hob. Sloane »Racheengel« Michaels hatte seinen dritten und letzten Meisterschaftskampf im Schwergewicht gewonnen.

Als die Kamera zu einer Nahaufnahme heranzoomte, loderte in Sloanes Augen das Feuer der Vergeltung.

Ein Gefühl von Nostalgie beschlich ihn. Zu einer Zeit, da er den Moment hätte auskosten und feiern sollen, hatte er nur daran gedacht, seinem ultimativen Ziel einen Schritt näher gekommen zu sein.

Der Rache.

Das Bild fror ein.

Sloane verlagerte seine Aufmerksamkeit auf Drake, der neben dem Sofa im Fernsehsessel saß. Was wurde hier für ein Spiel gespielt? Wollte Drake zeigen, dass Sloane ein Kämpfer gewesen war und kein Killer? »Fang gar nicht erst wieder damit an.«

»Manchmal geht es nicht um dich.«

Drake sah fürchterlich aus. Seine Augen waren eingefallen, und seine Schulterblätter ragten wie eine obszöne Erinnerung daran, dass der Krebs diesen Kampf gewann, hervor. Sloane ließ den Kopf kreisen und versuchte, die Anspannung im Nacken loszuwerden und den Schmerz, der ihn auffraß, wenn er daran dachte, dass er Drake verlieren würde. Er lief zum Couchtisch, ließ sich aufs Sofa fallen und stützte die Ellbogen auf die Oberschenkel. Seine Knie streiften Drakes. »Erzähl schon.«

Eine nie zuvor gesehene Verletzlichkeit lag in Drakes blauen Augen. »Ich hatte Magenprobleme.«

Sloane hatte Drake einige Male gehalten, während er sich die Seele aus dem Leib gekotzt hatte. Hatte noch öfter seinen abgemagerten Hintern unter die Dusche gehalten. Er wusste, dass es passieren würde. »Wo zur Hölle ist deine Krankenschwester?«

Ein Lächeln umspielte seine Lippen. »Deinem Mädchen und Sherry hat es nicht gefallen, wie sie ihren Job machte, sie haben sie gefeuert und die Agentur, die sie geschickt hat, gleich mit. Sie haben sich zusammen mit Kellen abgewechselt und mir geholfen.«

Sloane wäre um ein Haar sein Bier aus der Hand gefallen. »Mein Mädchen?«

Ein weicher Ausdruck vertrieb die Schatten. »Kat. Sie hat einige ihrer Muffinrezepte abgewandelt und versucht, etwas zu finden, das ich bei mir behalten kann. Ihr Freund Kellen hat Shakes gemacht und mich massiert, um meine Schmerzen zu lindern.«

Sloane öffnete den Mund und schloss ihn wieder. Oh Gott, all das war geschehen, während er weg gewesen war?

»Jetzt bist du sprachlos, was?«

Sloane versuchte, sich zu sammeln. »Warum haben sie die Krankenschwester gefeuert?«

Drake schaute zur Seite. »Nach dem Abendessen am Mittwoch ist mir schlecht geworden, und ich habe es nicht bis zum Badezimmer geschafft. Die Krankenschwester sagte, es sei nicht ihr Job, mich sauberzumachen. Ich dachte ja, Sherry sei die mit dem Temperament. Zum Teufel auch, Sloane, Kat kann ziemlich fuchsig werden, wenn sie wütend ist.«

Seine Gedanken überschlugen sich. Die Tatsache, dass es Drake schlechter ging, zerriss ihm das Herz, und es machte ihn maßlos wütend, dass die Krankenschwester ihn so behandelt hatte. Hinzu kam der Frust darüber, dass er eigentlich vorgehabt hatte, sich mit Kat zu vergnügen, anstatt sich um Drake kümmern zu müssen. Sherry hatte ihm erzählt, dass sie und Kat prima miteinander auskamen, und sie glaubte, dass sie Freundinnen werden könnten.

Aber trotzdem war es schlimm. Sloane hätte hier sein sollen. Ethan war stark genug, um Drake hochzuheben, und der Junge würde den Mann abduschen, ohne mit der Wimper zu zucken. Aber es hätte Sloane sein sollen. Er legte Drake eine Hand auf sein knochiges Bein und sagte: »Ich muss fürs Erste nicht mehr verreisen. Ich werde hierbleiben.« Ganz gleich wie schrecklich es war, zusehen zu müssen, wie der Mann, der wie ein Vater für ihn war, langsam dahinsiechte.

Drake schaltete den Fernseher aus und richtete den Blick auf Sloane. »Wie war es in Brasilien? Du hast mit Marcus trainiert?«

Sloane trank sein Bier aus. »Ja.« Marcus war einer der besten Jiu-Jitsu-Kämpfer der Welt.

»Deinen Rear Naked Choke?«

Sloane war so gut – er konnte einen Löwen mit diesem Würgegriff töten. Er wusste es, seine Trainer wussten es, aber die Öffentlichkeit hatte keine Ahnung. Sloane hatte mit Bedacht das Image aufgebaut, dass er eher für die Kameras trainierte als dafür, im Käfig zu siegen. Die leere Bierflasche zwischen die Schenkel geklemmt sagte er: »Ich habe einen der Sparringspartner ein wenig zu fest in die Mangel genommen.«

»Ist er aus den Latschen gekippt?«

»So schnell, dass er nicht einmal mehr klopfen konnte.« Sloane bezahlte einen Batzen Geld, um mit einem Partner zu trainieren, der erfahren genug war, um zu erkennen, wann er in Gefahr war. »Er war darauf trainiert. Er hätte klopfen sollen.« Die Erinnerung an den Gegner, der in seinem Griff erschlaffte, machte ihm noch immer zu schaffen. Das war einer der Gründe, warum er darauf sensibilisiert war, auf das leiseste Klopfen zu reagieren – bei einem Würgegriff zählten Sekunden.

Als ihm bewusst wurde, dass er zu Boden gestarrt hatte, schaute er auf und begegnete Drakes wissendem Blick. Sloane konnte in seinen Augen lesen wie in einem Buch. »Es ist nicht das Gleiche.« Wenn er seinen Sparringspartner getötet hätte, wäre das ein Unfall gewesen, der Sloane am Boden zerstört hätte.

Drake zog die Brauen hoch. »Was dann?«

Er stellte die Bierflasche beiseite und zwang sich, sich zu beruhigen. »Lee Foster verdient es zu sterben.«

»Das tut er. Was er Sara angetan hat ... ich hätte ihn selbst töten sollen. Aber ich hab's nicht getan.« Drake lehnte den Kopf an das Polster und schloss die Augen. »Ich habe versucht, an jenem Tag das Richtige zu tun. Es war schlimm genug, dass Sara getötet worden war. Ich wollte nicht, dass auch dein Leben zerstört wurde.«

»Du wolltest Foster töten?« In all diesen Jahren hatte Drake das niemals gesagt.

Drake öffnete die Augen, das alte Feuer brannte in den Tiefen seines stahlharten Blicks. »Auf der Stelle. Aber ich war diesen Weg schon einmal gegangen, mein Sohn, und es ist ein höllischer Weg. Stattdessen habe ich versucht, dir einen anderen Weg zu weisen.« Seine Finger krampften sich um die Fernbedienung. »Aber wenn ich dich nicht von deinem Plan hätte abbringen können, dann hätte ich Foster getötet, bevor du es tun konntest.«

Sloane fühlte sich wie vor den Kopf gestoßen. Er sprang auf die Füße und starrte auf den Mann hinab, versuchte die Worte zu verdauen. »Das meinst du nicht ernst.«

»Todernst.«

Nein, das war Wahnsinn. »Sara war meine Schwester. Ich war nicht da, als ich hätte da sein sollen, ich bin ihr das schuldig.« Er hatte ihren Leichnam gehalten und geschworen, dass er sie rächen würde. Er konnte dieses Versprechen ihr gegenüber nicht brechen. Wenn er es tat, dann wäre er genauso wie seine Mutter. Schlimmer als seine Mutter.

Drake nickte langsam. »Ich weiß, dass du das glaubst.«

Sloane schaute durch die bodentiefen Fenster hinaus in die dunkle, kahle Nacht. Wenn er seine eigene Seele sehen könnte, würde sie so aussehen – dunkel und leer.

Genug davon. »Ich gehe duschen, dann werde ich dir etwas zu essen besorgen.« Er ging auf die Treppe zu.

»Willst du wissen, warum ich mir deinen Kampf angesehen habe, als du hereingekommen bist?«

Er hielt inne. »Warum?«

»Du bist wie ein Sohn für mich. Ich hatte fest vor zu verhindern, dass du Foster tötest. Ich wollte immer in diesen Käfig steigen und es für dich tun. Immer. Aber jetzt weiß ich nicht einmal, ob ich noch atmen werde, wenn du dich Foster stellst und deine Entscheidung triffst.«

Die nackte Wahrheit schnürte Sloane die Luft ab. Der gewaltige und siegreiche Kämpfer von einst verlor die größte Schlacht seines Lebens. Der Mann verdiente es nicht, eine bösartige Krankheit zu erleiden, die ihm alles nahm, was er hatte, seine Träume, seine Hoffnung, seine Würde, einfach alles, sogar seinen Atem. Drake hatte einen Fehler gemacht, ja, aber er hatte seither Jahrzehnte damit verbracht, sich um Jugendliche zu kümmern, um die sich sonst niemand scherte. Tiefe Trauer und hilfloser Zorn machten sich in Sloane breit.

»Ich habe mir deine alten Kämpfe angeschaut und mir den Mann angesehen, der mir wie ein Sohn ans Herz gewachsen ist, den Mann, den ich enttäuschen werde, wenn er mich am dringendsten braucht.«

Er wusste nicht, was er sagen sollte. Nichts. Es tat einfach nur verdammt weh. Er hatte nie gewusst, dass Drake so empfand.

Ein Sohn.

Er?

Drake griff nach der Fernbedienung und schaltete den Fernseher ein. Das Grölen der Menge drang aus den Lautsprechern, als Sloane zum dreifachen Champion erklärt wurde.

Warum also fühlte Sloane sich so gar nicht wie ein Champion?

Nach seiner Dusche kam Sloane barfuß durchs Wohnzimmer und hörte, wie die Vordertür geöffnet wurde. Er wandte sich nach links und blieb stehen. »Kat.«

Sie trat ein, beladen mit zwei Einkaufstüten, und erstarrte. »Sloane, oh. Tut mir leid.« Eine leichte Röte zeigte sich auf der zarten Haut über ihren Wangenknochen. »Ich dachte, du würdest erst am späten Abend nach Hause kommen.«

Er nahm ihr die Tüten ab. »Was ist da drin?« Er schaute in eine der Tüten und sah zwei Grillhähnchen, Feinkostbehälter und eine Flasche Ginger Ale. »Das hast alles du besorgt?«

»Ich wollte mal probieren, ob Drake ein wenig Reis mit etwas Hühnerfleisch bei sich behalten kann.« Vor lauter Anspannung waren ihren Lippen fast weiß.

»Was ist los? Tut dein Bein weh?«

»Nicht mehr als sonst. Ich habe nur … Gott, ich komme einfach in dein Haus geschneit. Ich dachte wirklich, du würdest erst gegen Mitternacht zurückkommen, und ich wollte nicht, dass Drake aufsteht, falls er es sich gerade bequem gemacht hat. Sherry hat mit Diegos Hilfe einige neue Krankenschwestern angeheuert, die aber erst morgen anfangen werden. Da dachte ich mir einfach, dass ich so lange bei Drake bleibe, bis Ethan dich abgeholt hat. Aber nun bist du ja hier, dann kann ich ja gehen. Ähm, wie war deine Reise?«

Während sie all das vor sich hinbrabbelte, konnte er den Blick nicht von ihr losreißen. Ihr Haar fiel ihr über die Schultern, die zarten, violetten Strähnen hoben sich von dem Braun ihrer Haare ab, und ihr Gesicht strahlte etwas Frisches aus. Sie roch nach Seife und ganz einfach nach Kat. Seine kleine Bäckerin hatte ihren eigenen unverwechselbaren Duft. Zum Teufel, allein der Klang ihrer Stimme linderte seinen Schmerz. Sloane stellte die Tüten auf ein Tischchen im Flur und zog dann Kat in seine Arme.

Sie war wie für seine Umarmung gemacht. Er nahm ihre Sanftheit in sich auf. Oh Gott, er hatte sie vermisst. Er drückte ihren Kopf ein wenig nach hinten und verlor sich in ihren Augen. »Dass du in mein Haus geschneit bist, ist das Beste, was mir in der ganzen Woche passiert ist. Bitte geh nicht.« Er brauchte sie. Brauchte das hier.

»Dann bleibe ich.« Ihre Stimme wurde weich und ließ sie zu dem süßen und sexy Kätzchen werden, das ihm allmählich immer vertrauter wurde.

Er konnte einfach nicht widerstehen. Er hob sie zu seinem Mund hoch, erpicht darauf, sie zu schmecken, die bittere Verzweiflung mit ihrer Hilfe zu vertreiben.

Sie schlang die Arme um ihn, schob die Finger in sein feuchtes Haar und drückte seinen Mund fester auf ihren. Binnen Sekunden wurde der Kuss stürmisch und entflammte ihr Begehren. Sloane wollte nichts mehr, als sie in sein Zimmer hinaufzutragen und die Welt außen vor zu lassen.

Aber er konnte nicht. Noch nicht. Er löste sich aus ihrem Kuss und lächelte sie an. »Lass uns das Abendessen herrichten.« Er schnappte sich die Tüten und folgte Kat in seine Küche. Und genoss den Blick auf ihren Hintern in den engen Jeans.

Was ihn an ihr Gespräch vor einigen Tagen erinnerte. Nur

mit Mühe unterdrückte er ein Stöhnen. Sie hatte ihn gebeten, ihr den Hintern zu versohlen.

Oh Gott, denk gar nicht erst daran. Sonst würde er eine Erektion bekommen. Aber wie zum Teufel sollte er nicht daran denken? Kat vertraute ihm, und ihr Vertrauen war nicht leicht zu gewinnen.

Er stellte die Tüten auf den Küchentresen und schaute hinüber ins Wohnzimmer. Er sah, dass Kat auf der Armlehne von Drakes Sessel hockte und dem älteren Mann eine Hand auf den Arm gelegt hatte. »Was halten Sie von Kirscheis am Stiel?«

Seine Augen leuchteten auf. »Sie haben welches gekauft?«

»Jep. Wenn Sie einige Bissen von dem Reis mit Hühnchen probieren, gehört es Ihnen.«

Drake beugte sich ein wenig vor, um Sloane mit einer Grimasse anzusehen. »Hast du gehört? Das Eis am Stiel ist meins.«

»Wie alt bist du, fünf?« Sloane verfrachtete die versprochenen Leckerbissen in die Tiefkühltruhe.

»Ich bin der Mann, der dir in den Hintern tritt, wenn du mein Eis am Stiel anfasst.«

»Nur zu, Vaughn.« Zum Teufel, was hatte Kat alles gekauft? Cracker, Bananen, verschiedene Nudelgerichte, die nur heißes Wasser brauchten, und alle möglichen anderen Sachen.

»Das würde ich ja, aber ich will dich nicht in Verlegenheit bringen, indem du vor deinem Mädchen losheulst.«

Kat schüttelte den Kopf. »Er wird in Tränen ausbrechen, wenn Sie mich weiter sein Mädchen nennen.« Sie kam in die Küche und förderte einen weiteren Gegenstand aus der Einkaufstüte zutage. »Seid ihr einverstanden mit Papptellern?«

Er betrachtete stirnrunzelnd das Päckchen Teller in ihrer Hand. »Du hast den ganzen verdammten Laden leer gekauft.«

Kat sah ihn scharf an. »Warum bist du plötzlich so gereizt? Diese Dein-Mädchen-Bemerkung war ein Scherz.«

Genau das ist es. Sie tut etwas Nettes, etwas so verdammt Kat-mäßiges, und du keifst sie an. Er ging auf sie zu und umfasste ihr Gesicht mit beiden Händen. »Tut mir leid, eigentlich wollte ich mich bei dir bedanken, Kätzchen.« Er küsste sie. »Geh und setz dich. Ich werde die Lebensmittel auf den Beistelltisch stellen. Willst du Wein? Limo? Ein Bier?«

»Wasser. Ich werde es …«

»Setz dich hin und ruh dein Bein aus. Ich mache das.« Sie hatte den ganzen Tag gearbeitet, also musste ihr das Bein wehtun.

»Kommen Sie schon, Kat«, rief Drake. »Erzählen Sie mir, wie Ihre Aufnahmen heute gelaufen sind.«

Kat ließ sich auf das Sofa sinken und drehte sich zu dem älteren Mann um. »Wir sind fertig mit dem Filmen. Jetzt muss ich noch einige Kommentare einsprechen und die Bildauswahl treffen.«

Sloane stellte Huhn, Reis, Kartoffelpüree, Krautsalat, Obst und Brötchen hin. »Meinst du die Bilder auf dem Stick, den Dr. Arschloch dir gebracht hat?« Er reichte ihr eine Flasche Wasser.

Ihre Lippen wurden schmal. »Ja.«

Sloane ließ sich mit seinem Teller neben sie auf das Sofa sinken. »Hast du sie dir angesehen?«

Sie stocherte mit ihrer Gabel auf einem Stück Melone herum und schüttelte den Kopf.

Sloane legte seine Hand auf ihre. »Vergiss die Bilder. Weißt du schon, dass John Kellen den Job angeboten hat?«

Sie hob den Kopf, und ihre Augen glänzten. »Er ist ganz aufgeregt. Und Diego strahlt übers ganze Gesicht. Und seine Leute erst! Sie haben ihn und Diego heute Abend zum Essen ausgeführt, um zu feiern.«

Hatten sie Kat auch eingeladen, und hatte sie das Gefühl gehabt, sie müsse bei Drake bleiben? Oder hatten sie sie ausgeschlossen, obwohl sie und Kellen sich so nahestanden? Er war versucht, sie zu fragen, aber er ließ es auf sich beruhen. Sie freute sich für Kellen. Sloanes Brust füllte sich mit Stolz, dass er einen kleinen Anteil daran hatte. Zwar hatte er es nicht aus diesem Grund getan, aber es war eine gute Dreingabe, sie glücklich gemacht zu haben.

Kat schleuderte ihre Schuhe von den Füßen und machte sich über ihre Speisen her. Zwischen zwei Bissen fragte sie ihn: »Wie war deine Reise? Du hast nie wirklich darüber gesprochen, wenn wir telefoniert haben.«

»Gut. Ich habe die notwendigen Formalitäten erledigt, um einen brasilianischen Kämpfer in die USA zu bringen. Wir ziehen in Erwägung, SLAM-Fitnessstudios in Südamerika zu eröffnen.« Er war hungriger, als er gedacht hatte, und nahm sich noch mehr von dem Huhn.

»Ein Geschäft in einem anderen Land zu eröffnen ist ein kompliziertes Unterfangen.«

»Das erzählen mir die Anwälte und Steuerberater auch. Der ganze bürokratische Aufwand hält sie bis in die Nacht hinein wach.«

Eine Stunde später war Sloane überrascht zu sehen, dass es schon nach neun war. Er hatte Kats Beine auf dem Schoß liegen und massierte sie beide, konzentrierte sich aber auf das rechte. Sie stöhnte tatsächlich, als er die angespannten Muskeln bearbeitete. Sein Schwanz zuckte bei dem Geräusch. Es war so nahe den Lauten, die sie im Bett von sich gab, unmittelbar bevor sie extra für ihn kam. Er zwang sich, den Blick auf die blöde Tanzshow im Fernsehen zu richten, und sagte: »Das einzig Gute an dieser Show sind die Kostüme der Frauen.«

Kat ließ ein Grinsen aufblitzen. »Armer Kerl. Du bist überstimmt, akzeptier es.«

»Du hast Drake mit Eis am Stiel bestochen, um seine Stimme zu bekommen. Das ist geschummelt.« Sloane schaute zum Fernsehsessel hinüber. »Er schläft.«

»Das ist gut.« Kat legte die Hand über seine, die auf ihrem Bein lag. »Er hat etwas Reis und Hühnchen gegessen. Und ein halbes Eis am Stiel. Er scheint es bei sich zu behalten.«

Sie hatte Drake vor einer Stunde umschmeichelt, ihn geneckt und ihn erpresst, damit er kleine Bissen zu sich nahm. Dieser Anblick hatte Sloanes Brust mit einer bittersüßen Wärme erfüllt. Sein Mädchen, wie Drake sie genannt hatte, war von einer Güte, die mit eiserner Entschlossenheit gepaart war und ihm schlichtweg den Atem raubte. »Du hast so viel für ihn getan. Ich hätte das nie von dir verlangt.«

»Ich mag ihn. Was nicht schwer ist, er ist ein interessanter Mann.« Zornesröte stieg ihr ins Gesicht. »Außerdem war die Krankenschwester, die du eingestellt hattest, ein Miststück. Sie hat von ihm verlangt, sich selbst sauber zu machen, nachdem er sich übergeben hatte. Hat ihn bezichtigt, in Anwesenheit zweier hübscher Mädchen viel zu abgelenkt gewesen zu sein, um ihr zuzuhören. Sie ließ ihn wie einen geilen alten Bock dastehen.« Kat sprach in einem ruhigen Flüsterton, aber ihre Beine verkrampften sich vor offenkundiger Wut.

»Ich habe sie nicht engagiert – die Agentur, die Sherry engagiert hat, hat sie geschickt. Ich werde jedoch dafür sorgen, dass sie nie wieder als private Krankenschwester arbeitet.« Gleich als Erstes morgen früh.

»Gut.«

Überrascht lehnte er sich ein wenig zurück und musterte ihr Gesicht. »Hm. Ich dachte, du würdest etwas dagegen haben, dass ich ihre Karriere vernichte.«

»Sie hat es nicht anders verdient. Drake hatte ein klein wenig Spaß. Er hat es genossen. Für einen kurzen Moment war es ihm vergönnt, seine Krankheit zu vergessen, und den Schmerz zu ignorieren, der sein ständiger Begleiter ist. Und sie hat nichts Besseres zu tun, als ihn unflätig zu beschimpfen? Sie braucht eindeutig ein neues Betätigungsfeld, vorzugsweise in einem Kabuff, in dem sie den ganzen Tag Papier hin und her schiebt.«

Ihr Mitgefühl war gar nicht so überraschend, wenn man bedachte, was sie selbst erlitten hatte. »War es so für dich, als du verletzt warst?«

Sie schüttelte den Kopf. »Nein. Ich wusste, dass ich mich erholen würde, das war also etwas ganz anderes. Und niemand war gemein zu mir. Jedenfalls nicht so.«

»Was Dr. Arschloch dir angetan hat, war schlimmer, Kat.« Sloane schaute zu Drake hinüber, der zusammengesunken in dem Sessel saß, den Mund offen und leise schnarchend. Er hob Kat hoch und zog sie auf den Schoß. »Er hat dich belogen, als du am verwundbarsten warst.« Er hatte Nachforschungen über Kats Verletzung angestellt. Mindestens sechs Wochen lang musste sie außerstande gewesen sein, den Fuß auf den Boden zu setzen, bevor der Knochen wieder weit genug zusammengewachsen war. Sie war in jeder Hinsicht von anderen abhängig gewesen.

Sie legte ihm eine Hand an die Wange. »Aber ich habe es überstanden und mit ihm gebrochen. Und das gefunden, was mir alles bedeutet.«

Sein Herz setzte aus. Das Blut stockte ihm in den Adern.

»Sugar Dancer. Und ich werde noch etwas Größeres daraus machen. Etwas noch Besseres.«

Ihre Konditorei. Sie liebte ihre Konditorei. Nicht ihn. Was zur Hölle stimmte nicht mit ihm?

Ein Jetlag. Das musste es sein.

Aber warum fühlte er sich dann nicht erleichtert? Verdammt, er musste *wirklich* einen Jetlag haben.

»Das ist auch der Grund, warum ich mir die Bilder bald ansehen und eins auswählen werde. Wenn ich diesen Werbefilm schon mache, dann auch ehrlich. Dieser Überfall hat mein Leben verändert und letzten Endes dazu geführt, dass mein Ehrgeiz geweckt wurde und ich Sugar Dancer gegründet habe.«

Eine Sekunde lang fragte er sich, wie es wäre, wenn Kat ihn mit einer solchen Leidenschaft lieben würde.

Ausgeschlossen. Sobald sie seine Absicht durchschaute, würde es vorbei sein.

Er wies diesen Gedanken von sich und legte ihre Beine zurück auf die Couch. »Ich werde Drake ins Bett bringen.«

Kat machte Anstalten aufzustehen. »Ich sollte gehen.«

Sloane rappelte sich in Sekundenschnelle auf und fing sie

in seinen Armen ein. »Nein, das tust du nicht. Wir haben noch eine Rechnung offen.«

Eine Falte trat zwischen ihre Brauen, dann dämmerte es ihr, und ihre Wangen röteten sich. »Heute Nacht? Hier?«

Er schob eine Hand unter ihre Bluse und spreizte die Finger auf ihrem Rücken. Dann beugte er sich dicht über sie, atmete ihren Duft nach Melone ein und sagte ihr ungeschminkt die Wahrheit. »Alles, was ich brauche, bist du – nackt in meinen Armen. Ansonsten richtet sich alles nach deinen Wünschen. Du entscheidest.« Er streifte mit seinem Mund den ihren, dann ließ er sie los, um Drake ins Bett zu helfen.

3

»Stopp.«

Kat schloss den Kühlschrank und drehte sich um.

Sloane kam auf sie zu und war im Nu bei ihr. Barfuß waren seine Schritte lautlos. Der Mann musste mehr als hundert Kilo wiegen, und doch bewegte er sich mit erstaunlicher Eleganz und Leichtigkeit. Selbst in Jogginghose und Sweatshirt sah er umwerfend aus.

»Womit soll ich aufhören?«

»Mit dem Saubermachen.« Er griff nach ihrer Hand und zog sie auf einen Barhocker an seiner Kücheninsel. »Setz dich. Du bist kein Dienstmädchen.« Er ging zum Kühlschrank, nahm eine Flasche Weißwein heraus, schenkte ein Glas ein und stellte es vor sie hin. »Wenn du von dem Wein trinkst, bleibst du heute Nacht bei mir.«

Sie lächelte. »Ist das deine Art zu fragen?«

»Etwas anderes steht nicht zur Debatte. Es ist fast zehn. Wenn du stocknüchtern bist und allein nach Hause fährst, mache ich mir Sorgen. Wenn du etwas trinkst, stimmst du zu hierzubleiben. Aber ich habe ein paar andere Vorschläge für dich.«

Ihr Herz flatterte. »Vorschläge?« Der Wein klang plötzlich nach einer hervorragenden Idee. Kat nahm einen Schluck.

Er musterte sie. »Der erste Vorschlag: Wir gehen in den beheizten Pool. Trinken etwas Wein, entspannen uns so lange, wie ich mich davon abhalten kann, meinen Schwanz in dir zu vergraben. Das wird gut für dein Bein sein.«

Ein Schauer überlief sie. »Ich habe keinen Badeanzug.«

Sie nahm noch einen Schluck Wein. »Was sind die anderen Vorschläge?«

»Das Bad überspringen und direkt zum Sex übergehen.«

»Oh.« Jeder Sex mit Sloane war guter Sex. Heißer Sex. Außerhalb jeglicher Wertung … Aber sie wollte auch loslassen und ihre Grenzen testen.

Sloane räumte das letzte Geschirr in die Maschine, legte die Hände auf die Kücheninsel und schaute über die Granitfläche hinweg zu ihr herüber. »Es gibt auch noch einen weiteren Vorschlag.«

Ihr Mund wurde trocken. »Welchen?«

»Wir gehen nach oben in mein Zimmer, und du wirst meine Anweisungen befolgen, zu denen es unter anderem gehören wird, dass du nackt über meinen Oberschenkeln liegst und dein Hintern mir auf Gedeih und Verderb ausgeliefert ist.« Die bernsteinfarbenen Sprenkel in seinen Augen funkelten. »Trägst du einen Tanga?«

Heiße Wellen liefen durch ihren Unterleib. »Ja.«

Sein Lächeln wurde breit und lasziv. »Den Tanga darfst du anlassen.«

Kat konnte den Blick nicht von seinem Gesicht losreißen.

»Wofür entscheidest du dich?«

Sie wusste, wie stark er war, aber er war heute Abend sehr sanft gewesen, als er Drake ins Bett geholfen hatte, und ihr gegenüber war er ohnehin vorsichtig. Selbst dann, wenn er mit in den Nacken geworfenem Kopf in ihren Körper stieß, wie er es getan hatte, als sie Sex an der Tür zu seinem Zimmer gehabt hatten.

Es war eine einfache Entscheidung. »Ich wähle Nummer drei.«

Sie hatte kaum zu Ende gesprochen, als Sloane um die Insel herumgeschossen kam. Er schob ihr halb volles Glas zurück, dann nahm er sie auf die Arme und ging die Treppe hinauf, als wöge sie nicht mehr als ein paar Einkaufstüten. Bevor sie zu Atem kam, waren sie in seinem Schlafzimmer, und er schloss die Tür mit einem Tritt.

Nachdem er sie auf dem Boden abgesetzt hatte, legte er sein Handy auf den Nachttisch und zog sein Hemd aus.

Die sehnigen Muskeln, die sich in beeindruckender Weise über seinen Rücken zogen, schlugen sie in den Bann. Sloane drehte sich um und stand vor ihr, nur in Jogginghose und mit einem Ständer. Er setzte sich auf die Bettkante und sah sie mit beschwörendem Blick an. »Zieh dich für mich aus, bis auf deinen Tanga.«

In ihrem Bauch kribbelte es vor Erregung. Sie sollte Abscheu vor sich selbst empfinden. Entsetzen. Aber sie wollte es so, wollte so viel wie möglich mit Sloane erleben. Dieser Mann war eine einmalige Chance für sie, und doch zögerte sie, plötzlich unsicher, was ihre Entscheidung betraf. Man hatte ihr so oft gesagt, dass sie sich für das Falsche entschied. Ihre zunehmende Erregung verwandelte sich in Unsicherheit. »Ist das pervers?«

Er senkte das Kinn und sah ihr fest in die Augen. »An dir ist überhaupt nichts pervers. Wenn du es nicht tun willst, wenn du es wirklich nicht willst, werden wir es nicht tun. Es spielt keine Rolle für mich, alles, was ich will, bist du. Aber wenn du irgendjemand oder irgendetwas außerhalb dieses Raums eine Entscheidung für dich treffen lässt, dann ist das pervers.«

Ihre Unsicherheit löste sich auf.

Seine Augen wurden weicher. »Aber mir zu vertrauen, dass ich dir nicht wehtue? Das ist mutig. Und das im Angesicht eines Grauens, mit dem du sechs Jahre lang leben musstest. Du hast früher dem Falschen vertraut und bist verletzt worden. Hierbei, Baby, geht es nur um das, was du willst. Ich kümmere mich um das, was ich will.«

Noch nie hatte sie einen Mann gehabt, der in ihre Seele sah und sie trotzdem wollte. Nachdem sie begriffen hatte, dass ihr Vertrauen in Sloane so begründet und real war wie ihre Narben, knöpfte sie sich die Bluse auf. Sie streifte ihren BH herunter, zog ihre Jeans aus und stand nackt vor ihm, bis auf den schwarzen Tanga.

»Komm her.« Er streckte die Hand nach ihr aus, seine große Hand mit den langen Fingern und den kräftigen Knöcheln. Die, die bei ihr zum Einsatz kommen würde. Lust und Angst flackerten gleichzeitig in ihr auf. Sie machte einen Schritt und dann noch einen, bis seine Finger sich um ihre schlossen.

Seine ungenierte Musterung machte sie heiß.

»Du bist verdammt schön.« Er umfasste mit beiden Händen ihre Taille und hielt sie fest, während er sie betrachtete. »Hast du gezögert, als ich dich gebeten habe, dich für mich auszuziehen?«

»Ähm …« *Ich werde mich um dich kümmern. Du brauchst nur loszulassen. Vertrau mir.* Die Erinnerung an seine Worte am Telefon beruhigte sie. Sie konnte die Kontrolle aufgeben und es tun. Sie wollte es tun. Es war ein Spiel, das auf Vertrauen basierte. »Ja.«

»Fünf Schläge dafür. Und dafür, dass du dich pervers genannt hast?« Er rieb mit den Daumen ihre Taille. »Tja, das wird deinem Hintern fünf weitere Schläge einbringen.«

Flammen der Lust loderten in ihrem Körper. Seine strenge Miene passte zu der ernsten Art, wie er sie festhielt. Das Spiel seiner Muskeln, die sich unter seiner Haut wölbten, sagte ihr, dass an ein Entkommen nicht zu denken war. Seine Stärke und schiere Willenskraft würden sie überwältigen. Sie musste sich unterwerfen, und das erregte sie ungemein. »Kommt mir irgendwie hart vor. Ich habe nicht gesagt, ich sei pervers, ich habe gefragt, ob es pervers sei.«

»Du hast dir gerade noch einen Hieb verdient. Willst du dich weiter beschweren?«

Sie presste die Lippen zusammen.

»Braves Mädchen. Nach den ersten zehn Schlägen werde ich innehalten und dir eine simple Frage stellen, die darüber entscheiden wird, wie hart Schlag Nummer elf ausfällt.«

Er zog sie näher zu sich, bis ihre Zehen die seinen berührten. »Wenn du die falsche Antwort gibst, werde ich dir, während ich dich noch immer übers Knie gelegt halte, dir befehlen, die Schenkel weiter zu spreizen. Du wirst geschwollen und feucht sein, erfüllt von dem Verlangen zu kommen. Dein Hintern wird brennen. Und du wirst wissen, was als Nächstes geschieht. Spanne dich dafür an. Warte und frage dich, ob du es ertragen kannst.«

Sie klammerte sich an jedes Wort. »Was?«

»Genau dort, auf dieses süße, zarte Fleisch zwischen deinen Schenkeln wirst du einen Klaps bekommen.«

Ihr Magen krampfte sich zusammen, und sie drückte die Schenkel gegeneinander. Schock und Verlangen kollidierten so hart miteinander, dass sie erschauerte. »Das ist …« Das machten andere doch auch. Konnte sie damit fertigwerden?

»Dein Puls flattert an deiner Kehle. Deine Brustwarzen sind feste, sexy Knospen.« Er strich mit dem Mund über ihre Brüste und hinterließ eine feuchte Spur. Ohne jede Vorwarnung nahm er ihre Brustwarze zwischen die Lippen und kratzte mit den Zähnen über die empfindliche Haut.

Kats Keuchen verwandelte sich in ein Stöhnen, als er sanft saugte und mit der Zunge über die Spitze fuhr. Er wechselte auf die andere Seite und befeuerte ihre Anspannung.

Als er den Kopf hob, war sein Blick verhangen und seine Pupillen erweitert. »Bist du feucht? Tut dir alles weh, Kätzchen?«

Auf keinen Fall würde sie jetzt lügen. Sie war bereits bei elf Schlägen. »Ja.«

Er ergriff ihre Hand und zog an ihr. »Leg dich über meine Schenkel.« Er drehte sie leicht und half ihr. Dann legte er Kissen unter ihre Brust und ihr Gesicht. Er hob ihren Arm an und presste ihre Hand auf die warme Haut seines Kreuzes, direkt über seiner Jogginghose. »Halt dich hier fest und lass nicht los. Ich werde es spüren, wenn du klopfst.« Er strich ihr über Haar und Rücken, lange, sinnliche Liebkosungen. Seine Finger glitten über ihren Hintern und wieder nach oben. »Zwischen uns ist alles okay, einschließlich des Klopfens.«

In dem Gefühl, sicher aufgehoben zu sein, entspannte sie sich.

»Braves Mädchen, du bist bereit für deine Bestrafung. Spreiz die Schenkel.«

Sie öffnete die Beine, und kühle Luft umspielte ihre Schamlippen.

»Gott.« Sloane stieß ein leises Knurren aus. »Du bist verdammt heiß. Ich liebe deinen Hintern in diesem Tanga.« Er legte ihr eine Hand auf den Po, und sein Daumen zeichnete den Stoff nach, der sich zwischen ihre Pobacken schmiegte, und tiefer hinunter, bis er über die feuchte Seide strich, die an ihr klebte. »Oh ja.« Er zog an dem Stoffstreifen, der sich in ihr Geschlecht drückte und sie köstlich rieb. »Du willst, dass ich dir den Hintern versohle.«

Es war ein Spiel, ein Sexspiel. Kat konnte es spielen. Sie lag dort auf dem weichen Kissen im Kontrast zu seinen harten Beinen. Und während seine Hände umherstreiften und erkundeten, überließ sie sich ganz seiner Berührung. Sie presste sich gegen seine Hand zwischen ihren Schenkeln.

Er nahm die Hand weg.

Dann landete sie auf ihrer Pobacke und verursachte ein Brennen, das ihr durch und durch ging. Erschrocken krallte sie die Finger in das Kissen. Verdammt, vielleicht …

»Das war der erste Schlag. Von jetzt an wirst du sie zählen.« Er schlug auf die andere Pobacke. »Wie viele?«

Sie schnappte nach Luft. »Zwei.«

Ein leichtes Klopfen tiefer auf ihrem Hintern. Zuerst ein Brennen, dann eine kribbelnde Hitze, die sie kaum ertrug. Sie hielt den Atem an und wartete auf den nächsten Schlag.

Stattdessen strich er mit den Knöcheln über die Falte zwischen Oberschenkeln und Hintern, hin und her, und verursachte ein heißes Brennen, das sie aufkeuchen ließ. Sie wurde feuchter, heißer, konnte er das sehen? Was dachte er? Sie begann, unsicher zu werden, und spannte ihre Muskeln an.

Er schob die Finger in ihre Rille und griff nach dem Bändchen ihres Tangas. Mit einer schnellen Bewegung zog er an dem Stoff, der sich durch ihre empfindlichen Schamlippen zog. »Ich habe dich nicht zählen hören.«

Der Schock des Drucks entlockte ihr ein Stöhnen. »Drei.«

Seine Hand sauste auf ihren Hintern herunter, härter diesmal.

»Vier.«

»Kein Nachdenken, kein Anspannen. Du bist mir ausgeliefert und wirst deine Strafe annehmen. Ist das klar?«

Die Hand in sein Kreuz gepresst, hatte Kat eine direkte Fluchtmöglichkeit. »Ja.«

»Du verdienst diese Prügel. Sag es. Jetzt.«

Ihre Brustwarzen rieben sich an dem Kissen, als er das verlangte. »Ich verdiene es, übers Knie gelegt zu werden.« Etwas so Schlimmes zu sagen, etwas, das so falsch sein sollte, erfüllte sie mit einem Gefühl der Befreiung.

»Du verdienst alles, was ich dir gebe.« Sloanes Stimme war hart, und er untermalte seine Worte mit Schlägen. Hart, weich, auf ihren Oberschenkel, dann auf eine Pobacke, es wechselte. Wieder und wieder ließ er sie die Zahl rufen.

»Acht!« Sie konnte nicht mehr denken, als das heiße Brennen übermächtig wurde. Kat konnte sich nur darauf konzentrieren und auf ihre Hand, die ihn festhielt. Sie verankerte.

»Braves Mädchen.« Sloane liebkoste ihren Hintern. »Ich liebe deinen Po.«

Zwei weitere Schläge trieben sie an den Rand. Bei jeder Berührung seiner Hand schoss Verlangen direkt zwischen ihre Beine. Ihr Hintern brannte, ihre Klitoris pulsierte, und sie wand sich, versuchte, die Brustwarzen an dem Kissen zu reiben. Ihre Haut wurde so empfindlich, dass selbst die Luft sie quälte.

Er hörte auf. Ließ sie so zurück, voller Verlangen und abhängig von ihm. Ihr Körper spannte sich an, kämpfte sich der Erlösung entgegen. »Bitte, Sloane, bitte.« Sie hörte die Worte, hörte sich selbst flehen. Ihre Augen brannten vor Verzweiflung. Es war zu viel.

Sloane ergriff ihren Tanga und zog ihn herunter. »Beweg dich nicht.« Er fuhr mit der Hand über die Innenseite ihrer Oberschenkel und höher hinauf. Ein heißes Frösteln überzog ihre Haut. Seine Finger liebkosten sie, glitten über ihre Schamlippen, teilten sie, strichen sanft über ihre Klitoris. »So feucht und geschwollen.« Seine Stimme wurde so heiser, dass es klang, als täte ihm das Sprechen weh. »Jetzt zu der Frage.«

Kat wand sich und versuchte, sich gegen die Berührung seiner Finger zu stemmen. Sie brauchte mehr.

Er schlug sie sachte auf den Oberschenkel. »Beweg dich nicht, es sei denn, ich befehle es dir.«

Ein Geräusch entrang sich ihrer Kehle, so verzweifelt, dass sie gedemütigt hätte sein sollen. Aber dieses Brennen von seinem Schlag peinigte sie. Sie war so nah dran, aber nicht nah genug. Sie wollte gleichzeitig gut und böse sein. »Bitte, Sloane.«

»Flehen wird dir nichts bringen. Bereit für die Frage, Kat? Du bekommst genau eine Chance, sie richtig zu beantworten. Wenn du es nicht tust, wirst du die Schenkel weiter spreizen. Und du weißt, was passieren wird.«

Oh Gott. »Wie lautet die Frage?« Tränen brannten in ihren Augen, sie war wie von Sinnen.

»Bist du meine perverse kleine Bäckerin, die einen ordentlichen Klaps braucht?«

Ihr schlug das Herz bis zum Hals, und ihr Verlangen verzehrte sie. Ihre Klitoris pochte und flehte um mehr. An ihrer Hüfte pulsierte Sloanes gewaltiger Schwanz unter dem Stoff seiner Hose. Es gab nur eine einzige Antwort. Denn Kat wollte alles, was er ihr geben konnte. »Ja.«

Er liebkoste die brennenden, empfindlichen Stellen an ihrem Po und ihren Beinen. »Das war die perfekte falsche Antwort. Spreiz die Beine so weit du kannst.« Mit einer leichten Berührung drückte er ihre Oberschenkel weiter auseinander.

Kühle Luft strich über ihre erhitzte Haut, ließ sie stöhnen.

Seine Finger glitten über sie hinweg und umkreisten diese pochende Knospe. Zu sachte. Nicht genug. Aber es war ihr nicht erlaubt, sich zu bewegen, sich an ihm zu reiben. Sie fühlte sich ausgeliefert.

Er zog seine Hand zurück.

Dann schlug er sie zwischen die Schenkel.

Weißglühende Gefühle elektrisierten sie. Kat bäumte sich auf, als ihr Orgasmus kam. Total entblößt und verletzbar hatte sie keine Verteidigung. Keine Kontrolle. Sie konnte nichts dagegen tun, als sie in warmen Wellen der Ekstase zuckte. Es ging einfach immer weiter, Welle um Welle, das Gefühl mischte sich mit dem Gefühl von Sloanes Armen, die sie umfangen hielten, seinem Mund, der über ihre Lippen, ihre Wangen und ihre Augen streifte. »Ich habe dich. Ich werde dich nicht loslassen.«

Eingelullt von seiner Stimme kam sie langsam wieder zu sich. Sie war vollkommen sicher in seinen Armen. Irgendwie hatte er sie umgedreht und drückte sie an sich.

Ihr ganzer Körper war entspannt, und sie lag träge in seinen Armen. Als wäre eine Kette in ihrem Innern gerissen.

Sloane verlagerte sie abermals und legte sie auf das Bett.

Er kniete sich auf den Boden, hängte ihr gutes Bein über seine Schulter und wandte sich ihrem schlechten Bein zu. Sanft küsste er die Narbe auf der Innenseite entlang, bis hinauf zu dieser empfindlichen Stelle an ihrem Knie.

Die absolute Süße des Gefühls entfesselte einen Sturzbach von Empfindungen, und Tränen schossen ihr in die Augen und rannen ihr übers Gesicht. »Sloane.«

Er richtete den Blick auf sie, und aus seinen Augen sprach Zärtlichkeit, die ihr ins Herz stach. Er positionierte ihr Bein, lehnte sich zwischen ihre Schenkel und leckte sie, seine Zunge fuhr besänftigend über die Stelle, wo er sie geschlagen hatte. Stöhnend umfasste er ihre Hüften und schloss den Mund über ihrer Klitoris, brachte sie an den Rand eines weiteren Orgasmus. Aber Kat zog an seinem Kopf.

Er schaute auf, seine Augen glasig, sein Mund feucht.

In dieser Sekunde gab es keine Barrieren zwischen ihnen. »Ich verzehre mich nach dir. Nur du kannst mir dies geben.«

Er stand auf und schüttelte seine Jogginghose ab. Sein Schwanz kam hervor, pflaumenfarben, dick und lang, zitternd, als Sloane auf sie hinabblickte. »Du bist so verdammt umwerfend, dass ich beinahe gekommen wäre, nur weil ich dich beobachtet habe. Dich gefühlt habe.«

Ihre Gefühle ließen sie kaum atmen.

Sloane legte ein Kissen aufs Bett und schob es unter ihr schlimmes Bein. Dann legte er sich auf sie, sein Gewicht gab ihr Sicherheit und Trost.

»Ich brauche das.« Nachdem er seine Finger zwischen ihre geschoben hatte, zog er ihre Hände über ihren Kopf. Er richtete die Spitze seines Schwanzes auf ihre Öffnung und stieß hinein.

Sofort war es zu viel. Zu voll. Ihre Gefühle zu unvermittelt. Weitere Tränen sammelten sich in ihren Augen. »Hör nicht auf. Es tut mir leid. Es tut nicht …«

Sloane küsste ihre Tränen weg. »Es ist in Ordnung zu weinen, Schätzchen. Lass es raus. Du bist einfach voller Gefühl, Baby.« Sobald er in ihr war, bewegte er sich hin und her, füllte sie aus, während seine Augen in feurigem Sienna glühten vor Verlangen. »Du hast mir gesagt, dass du fühlen willst. Halt dich an mir fest«, er drückte ihre Hände, »und fühle, was wir zusammen tun.«

Ihr Orgasmus baute sich mit jedem seiner wohlkalkulierten Stöße auf. Kat fühlte sich nackt und bloß und konnte die Tränen nicht aufhalten, die ihr übers Gesicht rollten.

Sie wölbte ihren Rücken, kam ihm Stoß für Stoß entgegen. »Fühlst du es auch?« Wenn sie nicht allein war, war es okay.

Sein Gesicht war von wildem Begehren gezeichnet, aber seine Finger schlangen sich um ihre und blieben sanft. »Ich fühle verdammt viel. Und es ist immer noch nicht genug.« Er bleckte die Zähne, und seine Kiefer verkrampften sich, während er in ihr anschwoll. »Scheiße, Kat.«

Das gab ihr den Rest. Aber Kat zwang sich, die Augen offen zu halten und sich an seine Hände zu klammern, während ihr Körper um ihn herum zuckte.

Sloane ließ das Gesicht auf ihres sinken. »Du gehörst mir.« Er stieß in sie hinein, und sein Körper krampfte sich zusammen, während der Orgasmus über ihn kam.

Sloane spürte, dass sie zitterte. Es war ein tiefes Beben. Was ihn nicht überraschte. Kat hatte heute Nacht eine profunde Angst losgelassen. Hatte ihm vertraut.

Und verdammt, wenn ihm das nicht zu Herzen ging. Die Frau hatte ihn so tief berührt, wie niemand sonst das je getan hatte. Ihr Mut und Vertrauen machten ihn demütig. Nachdem er sich aus ihr zurückgezogen hatte, hob er sie hoch, sodass er die Decke zurückschlagen und sie auf das Laken legen konnte. Sloane griff sich sein Sweatshirt vom Fußende des Bettes, tupfte ihr zuerst die verbliebenen Tränen vom Gesicht und säuberte dann sanft die Stelle zwischen ihren Schenkeln.

Er warf sein Sweatshirt zur Seite, stieg ins Bett und nahm sie in die Arme. Dann zog er ein Kissen zwischen ihre Knie, um ihrem Bein eine zusätzliche Stütze zu verleihen. »Ich halte dich. Schlaf.«

»Warum war es so intensiv?«

Sloane war hundemüde. Der Jetlag, die Reise, Drake und dann Kat, die sein Innerstes nach außen gekehrt hatte. Aber ihre Frage verdiente eine Antwort. »Wir haben Barrieren überwunden, meine Süße. Du musstest deine Ängste bezwingen, um mich an dich herankommen zu lassen.« Er streichelte ihr Haar. »Ich habe dich ebenfalls an mich herangelassen. Wir haben es beide gespürt.«

»Wir sind uns viel zu nahe gekommen.«

Scheiße. Aber Kat hatte sich ihm anvertraut, sogar ihre Tränen hatte sie ihm anvertraut. Seine kleine Kämpferin besaß eine Geheimwaffe – ehrliche Tränen, die alle Verteidigungswälle, die er hatte, niederrissen und die sein Herz in einen Würgegriff nahmen. »Vielleicht, aber wir sind uns gegenseitig nahegekommen. Und das ist alles, was jetzt zählt.« Viel zu sehr. Kat zählte viel zu sehr.

Das hätte nie geschehen dürfen.

4

Kats Bein war steif und schmerzte, zwang sie, sich am Geländer festzuhalten, als sie in der frühmorgendlichen Dunkelheit die Treppe hinunterstieg. Es war noch keine vier Uhr, und Sloane hatte sich weder gerührt, als sie aus dem Bett geschlüpft war, noch als sie das Briefchen auf seinen Nachttisch gelegt hatte. Sie hätte ihn beinahe geweckt, um sich zu verabschieden, aber er war fix und fertig gewesen, wahrscheinlich vom Jetlag. Und von gestern Nacht.

Ihr wurde ganz warm bei diesem Gedanken. Sie hatten nicht nur Sex gehabt. Sie hatten beide Barrieren fallen lassen, was das Ganze zu etwas machte, das so viel mehr war. Tiefer. Beängstigend.

Sie erreichte das Erdgeschoss und verließ leise das Haus. Sobald sie im Wagen saß, schaute sie auf ihren leeren Becherhalter in der Mittelkonsole. Sie brauchte dringend einen Kaffee, hätte sich zwei Minuten Zeit nehmen sollen, um eine Tasse zu machen, die sie hätte mitnehmen können.

Am Fuß der Einfahrt schaute sie auf ihre Uhr. Drei Uhr siebenundfünfzig. Verdammt, sie kannte kein Starbucks, das so früh öffnete.

Pech, aber sie würde bald in ihrer Backstube sein und konnte …

Gleißend helles Licht flackerte direkt vor ihr auf und blendete sie. Kat trat so heftig auf die Bremsen, dass der Sicherheitsgurt sich straffte. Sie riss einen Arm hoch und schirmte die Augen ab.

Was war passiert?

Peng. Peng. Sie sah zum Seitenfenster. Oh Gott, da stand ein Mann.

Ein weiterer Blitz.

Sie schrie auf und kniff die Augen zusammen. Sie sah nur noch Sterne. Ihr Herz hämmerte, ihr Puls raste, und sie bekam keine Luft. Entsetzen schnürte ihr die Kehle zu.

Gerate nicht in Panik. Fahr einfach.

Sie blinzelte, um nicht gar zu sehr geblendet zu werden, und umklammerte das Lenkrad. Ein Van parkte vor ihr am Straßenrand. *Reporter.*

Peng. Peng.

Sie wandte sich von dem Mann ab, der gegen ihr Fenster schlug. Sie saß in der Falle. Furcht überfiel sie erbarmungslos.

Fahr einfach. Nun mach schon.

Die Tür flog auf.

Der Schrei blieb ihr in der Kehle stecken.

»Kat, ich bin es.«

Seine Stimme drang durch ihr Entsetzen zu ihr durch. Sloane, in Jogginghosen und mit bedrohlichem Gesichtsausdruck. Er beugte sich in den Wagen, legte den Parkgang ein, öffnete ihren Sicherheitsgurt und hob sie in seine Arme.

Instinktiv klammerte sie sich an ihn.

Ethan, in Sportshorts und mit ebenso bedrohlichem Gesichtsausdruck, schob sich in den Wagen.

Sloane schritt durch das Tor, während ein erneutes Blitzlichtgewitter losbrach.

Sie versuchte verzweifelt, sich zu orientieren. »Was …?«

»Still.«

Die Morgenluft war kühl und feucht, doch Sloanes Haut verströmte Hitze. Ein Muskel zuckte in seinem Kinn. Die Scheinwerfer von Kats Wagen tauchten sie in gleißendes Licht, während Ethan mit ihm in die Einfahrt einbog. Sie konnte die Geräusche hören, mit denen sich das automatische Tor schloss. Sloanes Einfahrt war lang, wahrscheinlich eine halbe Meile. »Ich kann laufen.«

Ohne ihr Beachtung zu schenken, ging er weiter, seine nackten Füße waren fast lautlos auf dem Beton.

Jetzt, da sie sich beruhigt hatte, wusste sie, was passiert war. Die Pressefotografen hatten ihr aufgelauert und sie überrascht. Das Klügste wäre es gewesen, einfach weiterzufahren. Aber die Blitzlichter hatten ihr die Orientierung geraubt. Sie wollte lieber nicht wissen, was Sloane mit dem Fotografen gemacht hatte, der gegen ihr Fenster gehämmert hatte. Sie hatte ihn nur kurz gesehen, und dann war er plötzlich verschwunden.

Sloane schritt durch die Vordertür, die offen stand, und ging weiter, bis er das Wohnzimmer erreichte. Er bettete sie in den Fernsehsessel, den Drake am Abend zuvor benutzt hatte, stützte die Hände auf die Armlehnen und beugte sich über sie. »Alles okay?«

»Du bist sauer.« Es war eine solch lächerliche Bemerkung, dass sie sich am liebsten geohrfeigt hätte.

»Du hast den stillen Alarm ausgelöst, als du die Vordertür geöffnet hast. Er hat mein Handy und die Schlafzimmermonitore ausgelöst, außerdem die Monitore in Ethans Gästehaus. Oh Gott, Kat, als du nicht an meiner Seite warst …« Er stieß sich von dem Sessel ab und stürmte in die Küche. Seine Rückenmuskeln zuckten heftig. »Ich wusste nicht, wer zum Teufel in mein Haus eingedrungen war. Wenn jemand dich in seiner Gewalt gehabt hätte …«

Sie hatte die Alarmanlage vergessen. Wie dumm von ihr. Sie sprang auf, ging zu ihm und legte ihm eine Hand auf den Rücken. »Ich habe nicht darüber nachgedacht, es tut mir leid. Du warst völlig erschlagen, und ich musste zur Arbeit.« Sie musste immer noch zur Arbeit, aber erst nachdem Sloane sich beruhigt hatte.

Er wirbelte herum und riss sie an seine Brust. »Ich bin nicht sauer auf dich. Ich habe nur … verflucht, es hat mir eine Höllenangst eingejagt, Kat. Dann bin ich da rausgekommen und habe dein Gesicht gesehen, so verdammt blass. Ich musste dich einfach da wegholen.«

Sein Geständnis weckte die zärtlichsten Gefühle in ihr. Sie hielt ihn fest und flüsterte: »Mir ist nichts geschehen, ich bin in Sicherheit.« Sie bedeutete ihm etwas. Er beschützte sie. Konnte das Herz eines Menschen von zu viel Gefühl bersten?

Er schob die Hand unter ihre Bluse und breitete die Finger besitzergreifend über ihrer nackten Haut aus. »Ich werde dich nach Hause bringen. Dann kannst du duschen, und anschließend fahre ich dich zu deinem Laden. Ethan kann mich dort abholen.«

Aber Kat konnte das nicht zulassen. »Nein.« Sie schaute in sein Gesicht auf. »Du bist erschöpft, du warst die ganze Woche auf Reisen. Deshalb habe ich dich nicht geweckt. Jetzt, da ich vorbereitet bin, werde ich damit fertig.«

Er hob die Hand, um ihr Gesicht zu umfassen. »Es könnte

ein wenig kompliziert werden. Wir haben ihnen eine Show geboten. Außer den Fotografen war da auch ein Kameramann vom Fernsehen. Wenn das in die Nachrichten kommt … dann gute Nacht.« Er krallte die Finger in ihren Rücken.

Vor Sorge versteifte sie sich. »Was verschweigst du mir?«

»Die Presse hat mich verfolgt und versucht, mich dazu zu bringen, über Foster zu reden.«

»Und deine Mutter zum Reden zu bringen.« Daran erinnerte sie sich.

Eine Ader in seiner Schläfe pochte. »Ich bezahle sie dafür, dass sie den Mund hält.«

»Sloane, erzähl es einfach. Ich mag keine Geheimnisse.« Davids Geheimnis hatte sie beinahe umgebracht.

»Ich bin der Grund, warum Foster ins Gefängnis gekommen ist.«

Ihr wurde ganz mulmig vor Unbehagen. »Magst du es mir erzählen?« Oder würde er sie im Dunkeln tappen lassen?

»Als ich Sara fand, hatte Foster sich im Haus versteckt und versucht, sich davonzuschleichen. Ich habe ihn geschnappt. Ich hätte ihn getötet, wenn Drake nicht aufgetaucht wäre und mich daran gehindert hätte.« Er hielt inne und sah sie eindringlich an. »Ich habe gegen ihn ausgesagt. Nun ja, und er hat einige Drohungen ausgesprochen.«

Langsam aber sicher dämmerte es ihr. Drohungen. Sloane, der nie eine feste Freundin oder gar eine Ehefrau gehabt hatte, seine Bemerkungen, dass es besser für sie sei, wenn er sie gehen ließe … es fügte sich alles zu einem Muster zusammen. »Du denkst, er könnte hinter mir her sein?« Oder hinter jeder Frau, an der Sloane etwas lag.

Die bernsteinfarbenen Sprenkel in seinen Augen verwandelten sich in Eis. »Es ist über dreizehn Jahre her, aber ich gehe keine Risiken ein. Nicht bei dir.« Seine Miene wurde weicher, und er umfasste mit beiden Händen ihr Gesicht. »Ich hatte nie vor, es so weit kommen zu lassen. Ich habe mir das Image zugelegt, wechselnde Begleiterinnen zu bevorzugen. Keine Frau ist in meinem Haus über Nacht geblieben. Wenn wir eine Nacht zusammen verbracht haben, dann in einem Hotel. Es war immer nur Sex. Nie mehr.«

Bis sie ins Spiel gekommen war. Sloane hatte wie auf einer Insel gelebt und sich geweigert, eine Frau in Gefahr zu bringen. In dieser Sekunde spielte nichts anderes eine Rolle für sie als das beschützende Gefühl seiner Hand auf ihrem Rücken und die Art, wie er sie ansah, als sei sie etwas Kostbares und Besonderes.

Niemand hatte ihr jemals dieses Gefühl gegeben. Bei David hatte sie Dankbarkeit empfunden. Als würde die Tatsache, dass er sie liebte, sie in den Augen ihrer Eltern aufwerten.

Aber aus der Art, wie Sloane sie jetzt ansah, sprachen heiße Hingabe und erschütternde Verletzlichkeit. Ihr Herz lag ihr auf der Zunge. »Bei uns geht es nicht nur um Sex.«

»Als du gestern Abend ins Haus kamst, hatte ich ein Gefühl, wie ich es noch nie zuvor empfunden hatte.« Er schluckte, und sein Adamsapfel hüpfte auf und ab.

»Was für ein Gefühl?«

Seine Augen leuchteten warm und nahmen diesen karamellfarbenen Ton an. »Solange ich dich sehen, dich berühren kann, können wir die ganze Welt und allen Schrott außen vor lassen. Es ist genau richtig mit uns.«

»Du wirst noch mal mein Herz brechen.« Die Worte

rutschten ihr einfach so heraus. Es machte maßlose Angst, so zu empfinden. Sie hatte sich schon einmal geirrt.

Er legte seine Stirn an ihre. »Ich werde dich gehen lassen, wenn es das ist, was du willst.«

Wollte sie das? Es jetzt beenden, solange sie vielleicht noch in der Lage war, sich davon zu kurieren? Oder wollte sie es wagen und leben, fühlen, erfahren und dann den Preis zahlen, wenn es vorbei war? Das Bild von Sloane gestern Nacht ließ Hitze in ihr aufsteigen. Die Art, wie er ihre Hände ergriffen hatte, wie er seine Finger zwischen ihre geschoben und ihre Körper verbunden hatte, das war kein Sex gewesen. Sie hatten sich geliebt, und als ihre Gefühle sich in Tränen manifestiert hatten, hatte er sie geküsst und ihr gesagt, sie solle sich an ihm festhalten. Er hatte ihr Herz beschützt, während er sie geliebt hatte. Das war gewaltiger als alle Worte.

Sie legte ihm eine Hand auf die Brust und spürte das stetige Schlagen seines Herzens. »Lass mich nicht los.«

Nach der Arbeit am Sonntag parkte Kat ihren Wagen vor Sloanes Haus. Sie war bereits spät dran für das Grillfest, als sie ausstieg und ins Haus ging.

Stimmen lockten sie in Richtung Terrasse. Sloane trug schwarze Hosen, die ihm bis kurz übers Knie reichten, und drehte Burger, während Teenager, alles Jungen, sich um ihn scharten.

»Oh, Kat, da bist du ja.« Sherry kam ins Haus, bekleidet mit einem winzigen, schwarzen Bikini. »Wir sind gleich so weit, dass wir essen können. Zieh deinen Badeanzug an und komm zu uns. Willst du ein Bier?«

»Ich habe keinen Badeanzug mitgebracht.« Sherrys frisches Aussehen ließ Kats Müdigkeit nur noch augenfälliger erscheinen. Sie hatte seit vier Uhr dreißig gearbeitet und keine Zeit gehabt, nach Hause zu fahren, um sich zu duschen und umzuziehen. Sie fühlte sich schmuddelig.

»Sloane hat eine Auswahl an Badeanzügen für dich. Geh nachsehen, sie sind in seinem Zimmer.«

»Was? Wann soll er denn die Zeit gehabt haben, einkaufen zu gehen? Oder woher hat er meine Größe gewusst?« Und warum? Kat wollte nicht, dass er ihr Sachen kaufte.

Die andere Frau lachte. »Sloane geht nicht einkaufen. Er hat Leute, die sich förmlich überschlagen, um ihm von allem, was er will, eine Auswahl zu liefern. Es warten ungefähr zwei Ständer mit Badeanzügen und Strandröcken darauf, dass du dich für sie entscheidest. Ich weiß es, weil ich nachsehen gegangen bin und mir diesen Bikini unter den Nagel gerissen habe. Dir würde er nicht passen. Ich habe mehr Busen als du.«

Kat ließ ihr diese Bemerkung durchgehen, weil sie traurigerweise wahr war. »Er hat sich von einer persönlichen Einkäuferin Badeanzüge bringen lassen?« Wer machte denn so etwas?

»Und Strandröcke, Sommerkleider, Hüte und Schuhe.«

Für sie. Aber sie trug keine Badeanzüge, nicht seit sie kurz nach ihrer ersten Operation ein kleines Mädchen mit ihren Narben erschreckt hatte.

»Kat? Wolltest du nicht das Dessert mitbringen?«

»Was? Oh, ja. Ich hab's im Wagen gelassen. Ich hatte zwei Lieferungen auf dem Weg hierher. Ich gehe es holen.« Sie drehte sich um und entfloh durch die Tür, durch die sie gerade gekommen war, nach draußen.

In die schwüle Luft mischte sich eine kühlere Meeresbrise. Nachdem sie die Autotür geöffnet hatte, beugte sie sich ins Wageninnere, um die beiden Schachteln vom Rücksitz zu nehmen, als warme Hände sie umfassten und zurückzogen.

Sloane. Sie erkannte seine Berührung und erlaubte es ihm, die Arme um sie zu schließen. Er roch nach warmer Sonne, salzigem Ozean und dem würzigen Sloane-Duft.

Sie lehnte sich an seine warme Brust und schaute in sein Gesicht, aber seine Augen waren hinter einer Sonnenbrille verborgen. »Du hast zwei Ständer Kleider gekauft?«

»Nein. Ich bezahle nur das, was wir behalten. Und die Dienste von Marla, meiner persönlichen Einkäuferin.« Er strich mit den Knöcheln über ihr Gesicht. »Du brauchst ein paar Badeanzüge, die du hierlassen kannst. Und ein paar weitere für dich zu Hause, wenn du willst. Such dir aus, was dir gefällt.«

»Ich trage keine Badeanzüge.«

»Entscheide selbst, was du anziehen möchtest, wenn wir mit anderen Leuten zusammen sind. Es sind einige lange Sommerkleider dabei, die dein Bein bedecken, wenn du dich dann wohler fühlst.« Er küsste sie aufs Haar und fügte hinzu: »Aber such dir zwei Badeanzüge aus für Gelegenheiten, wenn nur wir zwei hier sind und in den beheizten Pool steigen.«

Kat drehte sich in seinen Armen vollends zu ihm um und nahm seine Sonnenbrille ab. »Du machst es mir leicht.«

»Es ist ein Grillabend, da sollte es leicht sein und Spaß machen. Du siehst heiß aus, ganz gleich, was du anhast. Geh und zieh dir was Bequemes an.« Er ließ sie los und setzte die Brille wieder auf. Nachdem er sich die Schachteln mit Keksen und Cupcakes geschnappt hatte, gingen sie ins Haus zurück. »Das Abendessen ist fast fertig. Geh.« Er drückte ihr eine Hand zwischen die Schulterblätter und schob sie in Richtung Treppe.

Zwei Ständer waren eine gewaltige Untertreibung. Das Bett war bedeckt mit weiteren Kleidern, stapelweise Nachtwäsche, einigen Bademänteln, BHs, Slips und Trainingsklamotten. Flipflops, Sandalen und Sportschuhe waren auf Klapptischen ausgestellt.

Kat drehte sich im Kreis und wusste nicht, was sie tun sollte. Es wäre einfacher, in ihren Arbeitskleidern zu bleiben. Aber Sloane hatte sich all diese Mühe gemacht. Kat ging zu dem Ständer mit Kleidern und Strandröcken. Genau wie versprochen befand sich darunter eine Auswahl langer Sommerkleider mit Spaghettiträgern, Nackenbändern, U-Boot-Ausschnitten, manche in gedeckten Farben, manche mit bunten Urlaubsprints.

Ein Kleid stach besonders hervor, es war weiß mit roten Kringeln. Es würde ihr Bein bedecken, und doch würde sie sommerlich, passend zum Grillabend, aussehen. Sie zog es vom Ständer und ging Richtung Badezimmer.

Ein Farbtupfer erregte ihre Aufmerksamkeit. Ein roter Bikini, der sie an einen erinnerte, den sie im College gehabt hatte. Heiße Sehnsucht überkam sie. Sie befingerte das weiche Material.

Rot. Eine solch kraftvolle Farbe. Sie wollte wieder mehr Rot in ihrem Leben haben. In einem Bikini die Treppe hinunterzugehen war mehr, als sie verkraften konnte. Selbst mit einem Strandtuch. Aber sie konnte ihn unter dem Kleid tragen. Und vielleicht würde sie ihn, wenn alle anderen gegangen waren, Sloane zeigen.

Nachdem sie beschlossen hatte, ihn anzuprobieren, ging sie ins Badezimmer. »Das gibt es nicht.« Benommen betrachtete Kat das in Schokoladen- und Sandtönen gehaltene Bad. Auf dem zweiten Waschtisch waren Lotionen, Bürsten, Haarclips, Glätteisen und ein Föhn. Sogar Deo. »Er ist verrückt.« Oder vielleicht war sie es. Vielleicht hatten ihre Eltern recht, und sie hatte von dieser Gehirnerschütterung einen dauerhaften Schaden zurückbehalten. Jetzt lebte sie in einer Parallelwelt, in der ein heißer, unerhört reicher Mann ihr Sachen kaufte.

Ein Klopfen an der Tür schreckte sie auf.

»Kat?«, rief Sherry. »Sloane hat mich raufgeschickt, damit ich dich zum Essen nach draußen schleppe.«

»Darauf möchte ich wetten.« Sie schleuderte die Schuhe von den Füßen und zog sich aus.

»Er hat gesagt, wenn er selbst hochkäme, würde es eine ganze Weile dauern, bis ihr zwei wieder nach unten kommt.«

Kat verdrehte die Augen und zog den Bikini an. Der rote Stoff wurde von sexy Goldringen an ihren Hüften gehalten. Das Neckholder-Oberteil hatte einen kleineren Ring zwischen ihren Brüsten. Sie sah in den Spiegel.

»Er hat außerdem erwähnt, dass er, wenn du nicht bald runterkommst, höchstpersönlich raufkommen wird.«

»Drohungen sind das beste Mittel, eine Frau zu verführen.«

»Bist du angezogen?«

»Nicht direkt.« Sie starrte ihr Spiegelbild an, dankbar, dass es im Badezimmer keinen bodentiefen Spiegel gab. Ohne ihr Bein zu sehen, konnte sie sich für ein paar Sekunden einbilden …

Die Tür schwang auf, und Sherry kam hereingeschlendert. »Oh Mann. Du siehst umwerfend aus in diesem Bikini.«

Kat zog eine Augenbraue hoch. »Komm doch rein.« Sie griff nach dem Kleid und streifte es sich über den Kopf.

»Du gibst mir das Gefühl, underdressed zu sein.«

Nachdem sie ihren Pferdeschwanz gelöst hatte, bürstete sie sich das Haar und sah Sherry im Spiegel an. »Du musst an deiner Unsicherheit arbeiten.«

Lachend ergriff Sherry Kats Arm. »Du siehst toll aus, lass uns gehen.« Sie zog Kat aus dem Bad.

»Ohne Schuhe?«

»Schätzchen, da draußen sind fünf halbwüchsige Jungen, zwei muskulöse Exkämpfer und meine beiden Kinder. Sie werden durch das ganze Essen pflügen und uns ein Salatblatt übrig lassen, das wir uns teilen können, wenn wir nicht einen Zahn zulegen. Vergiss die Schuhe.«

»Ich habe Hunger.« Und Sherry hielt ihren Arm mit einem verdammt starken Griff umfasst. Kat, die hinter ihr herzockelte, betrachtete die Tätowierung eines Schutzschildes auf ihrem Rücken. »Dein Tattoo ist eine kleinere Version von Johns. Es ist cool.« Es juckte sie in den Fingern, es nachzuzeichnen, sich die Linien einzuprägen, damit sie sie auf einem Kuchen nachbilden konnte.

Sherry schaute zurück, ihre Augen waren voller Liebe. »Er ist mein Schutzschild. Ganz gleich, wo ich bin und was ich tue.«

Es war so rührend, dass ihr die Worte fehlten. Kat nickte nur und verlangsamte ihre Schritte, als sie sich der Terrasse näherten. Die riesigen Glastüren waren geöffnet, sodass der Innenraum nach draußen verlängert schien. Sloane hatte an einem Ende einen beheizten Pool, Stühle und Tische in der Mitte sowie eine eingebaute Grillküche mit einer Bar am anderen Ende. Im Moment waren John und Sloane umringt von ungefähr einem halben Dutzend Jungs, die Teller in der Hand hielten, während die beiden Männer Hamburger und Hotdogs vom Grill herumreichten.

Die meisten der Jugendlichen schienen Teenager zu sein, aber ein jüngerer Junge und ein Mädchen waren ebenfalls dabei.

»Ich sollte Kylie wohl retten.«

»Dieses zierliche, kleine Mädchen, das die Jungs herumkommandiert, um in der Schlange nach vorn zu kommen?«

Sherry grinste. »Das wäre dann wohl meine Tochter.«

»Huh, wäre ich nie drauf gekommen. Aber wenn man bedenkt, wie viel Sloane und John ihr auf den Teller türmen, wird sie Hilfe brauchen, um ihn zu tragen.« Sie sah sich um und entdeckte Drake, der sich auf einem gepolsterten Liegestuhl ausgestreckt hatte. Während Sherry zu ihrer Tochter ging, um ihr zu helfen, schlenderte Kat zu ihm herüber.

»Hey, Kat. Du siehst hübsch aus.«

Er sah heute besser aus. Sie zog sich einen Stuhl heran und setzte sich. »Willst du nichts essen?«

»Ich will ein Bier. Sloane behandelt mich diesbezüglich verdammt stiefmütterlich.«

»Ja?« Sie schaute hinüber und stellte fest, dass sich die Horde von Jugendlichen gelichtet hatte. »Ich sag dir was. Du isst einen Happen, der dir hoffentlich bekommt, und ich teile mir ein Bier mit dir.«

Drake nahm seine Sonnenbrille ab. »Ehrenwort?«

»Jep. Es sei denn, Sloane erwischt mich, bringt mich um

und wirft meinen Leichnam in den Ozean. Dann wäre unser Deal hinfällig.«

»Welcher Deal?« Eine warme Hand legte sich auf ihre Schulter.

»Ach!« Kat blaffte Drake an. »Konntest du mich nicht warnen, dass er sich an mich ranschleicht?«

Seine Mundwinkel zuckten. »Hätte ich gekonnt, aber der verdatterte Ausdruck auf seinem Gesicht, als du erwähnt hast, er könne dich einfangen und umbringen, war es wert.«

»Was heckt ihr zwei aus?«

Kat schaute zu ihm auf. »Wir führen eine ernsthafte Verhandlung. Lass uns allein.«

»Den Teufel werd ich tun. Als du das letzte Mal mit ihm verhandelt hast, musste ich mir am Ende eine Tanzshow ansehen. In meinem Haus, in meinem Fernseher. Euch zweien kann man nicht trauen.«

Achselzuckend stand sie auf. »Ich mache uns ein paar Teller zurecht.«

»Ich helfe dir.« Sloane folgte ihr. »Übrigens, Kätzchen, du siehst verdammt sexy aus in diesem Kleid.«

»Ich verrate es dir trotzdem nicht.« Sie griff sich zwei Teller und begutachtete die verschiedenen Speisen. Hamburger und Hotdogs waren vielleicht zu schwer verdaulich. Dann sah sie die Stücke Hähnchenbrust. Drake war Geflügel wahrscheinlich herzlich leid, aber es war für einen empfindlichen Magen besser als Rind. Sie fühlte sich beinah schuldig, weil sie sich selbst einen Hamburger machte, aber sie hatte mächtigen Hunger.

Hinter ihr befingerte Sloane das Nackenband ihres Kleides. »Du trägst einen Bikini darunter.«

Ein Schauer überlief sie. »Ja.« Kat war überrascht, wie sexy sie sich fühlte, einfach in dem Bewusstsein, dass sie ihn trug. Sie drehte sich um und schaute zu Sloane auf. »Danke, es war ganz süß von dir, das zu tun. Aber mehr kann ich nicht annehmen.«

»Doch, kannst du.« Er griff um sie herum und stapelte zwei Hamburger und einen Hotdog auf einen Teller.

Kat verdrehte die Augen. »Hungrig?«

Sloane beugte sich dicht zu ihr vor. »Hungrig danach, diesen Bikini an dir zu sehen und ihn dir dann vom Leib zu reißen. Da ich derjenige bin, der deine Kleider kaputtmachen wird, werde ich sie weiter für dich kaufen.« Er griff nach seinem Teller und nach ihrem und überließ es ihr, Drakes Portion zu tragen.

Sie schnappte sich ein Bier und ein Wasser, dann gesellte sie sich zu den anderen. Einige Teenager mit halblangen Hosen und Sonnenbrillen genau wie Sloane und John zogen Stühle heran. Nach einer Weile konnte sie sie auseinanderhalten. Ben, der Jüngste, war Johns und Sherrys Sohn. Die anderen fünf Jungen im Alter zwischen ungefähr zwölf und sechzehn waren Kids, die Sloane, John und Drake als Mentoren betreuten. Die Jungs sprachen darüber, dass sie früher am Tag auf Sloanes Boot draußen waren. Und sie versuchten, nach dem Essen ein Volleyballspiel in Gang zu bringen.

Kat beäugte das Volleyballfeld auf dem Strand gleich unter der Terrassentreppe. Sand und ein Haufen halbwüchsiger Jungen, die versuchten, bei zwei ehemaligen UFC-Kämpfern Eindruck zu schinden, klangen für sie nach einem Rezept für Schmerz. Wenn sie mit Sloane allein gewesen wäre, hätte sie ihn mit ihrem Bikini ablenken können.

Sie stand auf, erspähte einen Papierbecher und goss ein wenig Bier hinein, während sich alle über die Zusammenstellung der Teams stritten. Nachdem sie zu ihrem Platz zurückgekehrt war, wandte sie sich Drake zu, um ihm den Becher zu reichen, während alle anderen abgelenkt waren.

»Sie haben üble Narben an Ihrem Bein. Wie ist das passiert?«

Drake schnappte sich den Becher, ehe Kat das Bier verschüttete. Erschrocken drehte sie sich um und sah den Jungen an, der gesprochen hatte. Sie glaubte sich zu erinnern, dass sein Name Ryan war, aber sie war sich nicht sicher. Alle anderen hörten auf zu reden. Sloanes Blick fiel auf sie, die Wärme, die darin lag, gab ihr Rückhalt, aber er sagte nichts.

Plötzlich war es gar keine so große Sache mehr. Der Junge hatte eine Frage gestellt. Sie zuckte die Achseln, zog ihr Kleid hoch und entblößte ihr Bein. »Jemand hat mir mit einem Baseballschläger das Schienbein zertrümmert. Es waren zwei Platten und eine Handvoll Schrauben nötig, um alles wieder zusammenzuflicken.«

»Cool.«

»Donnerwetter.«

Kylie schlüpfte neben sie, ihre blauen Augen waren ganz groß. »Hat es sehr weh getan?«

Sie sah so besorgt aus, dass Kat sie am liebsten in den Arm genommen hätte. Jetzt bedauerte sie, dass sie den Baseballschläger erwähnt hatte, und versuchte, das kleine Mädchen zu beruhigen. »Ich war im Krankenhaus. Dort hat man sich um mich gekümmert und mir Medikamente gegeben, und alles wurde gut.«

»Tut es jetzt weh? Darf ich die Narbe anfassen?«

»Kylie.« Sherry stand auf.

Kat sah Sherry an und schüttelte den Kopf. »Sicher kannst du sie anfassen. Ich spüre sie nur, wenn ich mich zu viel bewegt habe.«

Kylie beugte sich vor und strich mit einer schmetterlingszarten Berührung über die Narben. »Es ist irgendwie hubbelig.«

Die Jungen scharten sich um sie. »Sie könnten es tätowieren lassen. Das wäre genau richtig.«

»Oh.« Kylie stand auf. »Hübsche Blumen, die aus den Narben wachsen. Das wäre doch schön, stimmt's Mami?«

»Ja, mein Schatz«, stimmte Sherry zu. »Falls es das ist, was Kat will. Es ist ihr Bein.«

Sloane sagte: »Lasst uns abräumen und mit dem Spiel beginnen. Die Mannschaft, die gewinnt, darf sich als erste Leckerbissen unter den Cupcakes und Keksen aussuchen, die Kat mitgebracht hat.«

Und schon war es vorüber. Alle sprangen auf, räumten Teller weg und sammelten Essensreste ein. Auch Kat machte Anstalten, sich zu erheben.

Sloane beugte sich über sie. »Du nicht. Du musst nachsitzen, weil du Drake heimlich ein Bier gegeben hast. Jetzt musst du hierbleiben und dich mit Drake entspannen.«

»Das ist ätzend.«

Er grinste, ergriff ihr Kinn und küsste sie. »Du bist umwerfend. Du hast das großartig gemeistert. Wie hat es sich angefühlt?«

Sein Lob ließ ihr Herz flattern. »Verdammt gut.« Tatsächlich war es befreiend gewesen. Als hätte sich am Freitagabend in Sloanes Armen etwas in ihr gelöst.

»Wenn meine Mannschaft gewinnt, musst du das Kleid ausziehen, und ich bekomme Gelegenheit, im warmen Pool mit dir anzugeben. Abgemacht?«

Mit Sloane in solch unmittelbarer Nähe wurde sie ganz mutig. »Abgemacht.«

5

Sloane entspannte sich auf seinem Sofa, während alle sich auf irgendwelche Sitzgelegenheiten oder auf dem Boden lümmelten und den Film sahen, den er ausgewählt hatte. Kat hatte gefeixt, als Sloanes Mannschaft verloren hatte, und ein bisschen gefrotzelt. Jetzt saß sie mit Kylie auf dem Boden und zeichnete Kuchenverzierungen, was das kleine Mädchen mit Begeisterung verfolgte. Sloane war sich ziemlich sicher, dass sie seinen ganzen Vorrat an Druckerpapier verbraucht hatten.

Die Jungen machten ihre Vorschläge dazu, und irgendwie versprach Kat am Ende jedem von ihnen einen besonderen Kuchen zum Geburtstag.

Diese Frau war unglaublich großzügig, und doch sperrte sie sich, wenn er ihr ein paar Kleider kaufte.

»Der Film ist zu Ende.« John stand auf. »Räumt auf. Zeit, die Jungs nach Hause zu bringen.«

Sloane schaltete den DVD-Player aus, stellte den Fernseher wieder auf den Sender ein, den er angewählt hatte, bevor der Film begonnen hatte, und griff nach seinem Telefon. Er schickte Ethan eine SMS, dass er die Limousine in zehn Minuten vorfahren solle, um die Jugendlichen nach Hause zu bringen.

»Hey, Sloane, das bist du. Und Kat«, rief Kevin, der Junge, den er seit nunmehr zwei Jahren als Mentor betreute.

Um Gottes willen! Die Aufnahme von gestern Morgen, als

Kat von den Medien aufgelauert worden war, flimmerte über den Fernsehbildschirm. Sloane drückte auf den Infoknopf und stieß ein Knurren aus. *»Opfer fürs Leben.«* Die pseudoseriöse Sendung verfolgte das Leben von Verbrechensopfern und ihre Familien, um die Nachwirkungen ihres Leids zu dokumentieren. Verdammte Arschlöcher.

Die Aufnahme zeigte den gestrigen Morgen genauso, wie er ihn in Erinnerung hatte. Sloane trug die Jogginghose, die er gerade noch schnell angezogen hatte, bevor er wie ein Verrückter zum Tor gerannt war. Der Kameramann hatte seinen erzürnten Gesichtsausdruck eingefangen, als Sloane den Fotografen gesehen hatte, wie er abwechselnd gegen Kats Autofenster hämmerte und Fotos schoss.

Und Kats Gesicht. Oh Gott, es war bleich und starr vor Entsetzen.

Die Kamera zoomte näher heran, als Sloane den Fotografen beiseitezerrte und die Tür aufriss. Dann hob er Kat hoch und beugte sich über sie, um sie vor dem abzuschirmen, was da geschah.

Niemand, der das sah, konnte seine Gefühle für sie missverstehen.

Sherry sagte: »Für einen Höhlenmenschen wäre das als romantisch durchgegangen.«

Die Szene wechselte, um eine Außenaufnahme von Sugar Dancer zu zeigen. »Verdammt.« Sloane schoss hoch und funkelte Kat an. »Das Fernsehen war da?«

»Ja, aber ich habe nicht mit ihnen geredet, und da sind sie gegangen. Ich wollte es dir erzählen, aber ich fürchte, ich war zu beschäftigt.« Sie richtete den Blick auf den Fernsehbildschirm.

»Bist du böse auf Kat?«, fragte Kylie.

»Nein.« Er ging hinüber und hob Kylie hoch. »Ich bin böse auf die Leute, die sie belästigen, wenn sie bei der Arbeit ist.«

»Brüll sie nicht an.«

Gott, dieses kleine Mädchen hatte so viel von seiner Mom in sich. »Ich verspreche, ich werde Kat nicht anbrüllen.«

»Okay. Du kannst die Leute anbrüllen, die Kat belästigen. Sie sind nicht nett. Sie hat wirklich ängstlich ausgesehen in dem Auto.«

»Sie werden nicht wieder in ihre Nähe kommen.« Er reichte Kylie an ihre Mutter weiter und zog Kat an sich. »Dafür werde ich sorgen.«

Sein gesunder Menschenverstand schrie ihm zu, dass er sie gehen lassen sollte. Dass er auf eine öffentlich wirksame Weise mit ihr Schluss machen sollte. Bevor Lee Foster entschied, seine Drohungen wahr zu machen.

Aber ein Blick auf den Beitrag, als er im Abspann noch einmal eingespielt wurde, sagte Sloane, dass es zu spät war.

Scheiße, es war zu spät.

Sloanes Zorn und Besessenheit waren ihm deutlich ins Gesicht geschrieben gewesen. Was er getan hatte, war nicht einmal annähernd rational gewesen. Das Vernünftigste wäre gewesen, sie auf den Beifahrersitz zu schieben, in den Wagen zu steigen und ihn zurück hinter das Tor auf sein Grundstück zu fahren und sie somit in Sicherheit zu bringen.

Sloane hatte nicht rational gehandelt, sondern aus dem Instinkt heraus, sie sicher in seinen Armen zu halten. Selbst jetzt in eben diesem Moment hatte er den Arm fest um ihre Schultern gelegt, brauchte das Gefühl von ihr an seiner Seite.

Dieser Mistkerl würde nicht in Kats Nähe kommen.

Sloane würde dafür sorgen. Selbst wenn er Kat dadurch verlieren würde, und das würde er. Aber zumindest wäre sie in Sicherheit.

Kat stützte sich auf das Terrassengeländer und beobachtete, wie die Sonne im Ozean versank. Hinter ihr sprudelte der beheizte Pool, während sich vor ihr die Wellen erhoben und brachen. Sloane war mit seinem Handy und seinem Laptop beschäftigt und hatte auch seine Assistentin eingespannt, um Sicherheitsmaßnahmen für sie einzuleiten.

Dass sie durch jemand in Sloanes Leben in Gefahr geraten sollte, war wie eine Ironie des Schicksals, als wiederhole sich die Geschichte, bis auf ein Detail. Unterm Strich hatte Sloane ihr die Wahrheit gesagt. Er hatte sie nicht angelogen, hielt nichts vor ihr verborgen. Das gab ihr mehr emotionale Sicherheit, als sie seit jener Nacht vor sechs Jahren empfunden hatte.

»Hey.« Sloane legte die Arme um sie. »Du hast eine richtige kleine Fürsprecherin in Kylie.«

Sie lächelte und lehnte den Kopf an seine Brust. »Ich bin ein Glückspilz. Ich werde Sherry fragen, ob ich mir Kylie für einige Stunden ausborgen darf, um ein paar Plätzchen mit ihr zu backen.«

»Sie wird nichts dagegen haben.«

»Apropos Sherry. Danke, dass du sie mir besorgt hast, damit sie mir beim Training hilft. Aber wenn ich sie brauche, werde ich das selbst in die Hand nehmen und sie bezahlen.«

»Du kannst alles Mögliche in die Hand nehmen, solange du beschützt bist. Aber Sherry wird ihre Rechnung an mich schicken.«

»Du kannst nicht …«

»Ich kann es, weil ich es mir leisten kann. Du wirst dich auf Sugar Dancer und deine Expandierungspläne konzentrieren. Die werden wir dann zusammen durchgehen.« Er spannte die Arme an. »Nun entspann dich mal und sei nicht gekränkt. Einerseits bin ich einfach neugierig, andererseits will ich aber auch dafür sorgen, dass du in Sicherheit bist. Um dein Vorhaben in die Tat umzusetzen, wirst du dich mächtig profilieren müssen. Ich mache mir Sorgen darüber, in was auch immer Dr. Arschloch sich hineingeritten hat, und ich mache mir Sorgen wegen Foster. Also lasse ich mich hier auf keine Diskussionen ein.«

Kat beobachtete eine weitere Welle, die sich brach, und dachte darüber nach, was er gesagt hatte. »Du versuchst nicht, mich aufzuhalten?«

»Nein.« Er strich ihr mit dem Mund übers Haar. »Wenn du mich lassen würdest, würde ich deinen Traum für dich wahr machen.«

Sie war von Liebe und gleichzeitig von Angst erfüllt. »Dann wäre es nicht mein Erfolg.« Es gefiel ihr, hart zu arbeiten und das befriedigende Gefühl zu haben, dass sie etwas geschafft hatte. Von Natur aus war sie ein kreativer Mensch, aber sie lernte, eine Geschäftsfrau zu sein. Jeden Tag stärker zu werden. In vielerlei Hinsicht lernte sie es, die Frau, zu der sie wurde, zu mögen und zu respektieren. Das wollte Kat nicht aufgeben.

»Das verstehe ich. Ich bitte auch nur darum, dass du mir erlaubst, mir deine Pläne anzusehen, um die richtigen Sicherheitsmaßnahmen für dich einzuleiten. Nur zum Schutz. Ich werde dir wahrscheinlich Ratschläge geben. Wir werden vielleicht darüber streiten. Aber am Ende gehört Sugar Dancer dir. Du triffst die Entscheidungen, solange du dabei keinen Schaden nimmst.«

All die Jahre hatten ihre Eltern versucht, sie zu beschützen, indem sie sie dazu zwangen, etwas zu sein, was sie nicht war. Das tat Sloane nicht. Er wollte sie beschützen, während sie ihren Träumen folgte. Er gab ihr so viel, erfüllte sie mit tiefen Gefühlen und einem gewissen Selbstbewusstsein. »Ich habe jahrelang in einem tristen Grau gelebt, in einem Grau, das nur von den Farben meiner Bäckerei durchbrochen wurde. Sugar Dancer hat für die Farbtupfer gesorgt, die mich aufrecht gehalten haben. Aber ich dachte, das wäre dann auch schon alles. Weil ich angeschlagen war. Gebrochen. Ich war immer nur Durchschnitt, aber nach dem Überfall war ich nicht einmal mehr das.«

»Du warst immer mehr. Immer.«

»Immer das richtige Wort zur richtigen Zeit, Sloane – du verstehst es selbst mit diesen kleinen Dingen so viel Freude in mein Herz zu bringen, dass es fast wehtut.« Sie lehnte sich an ihn, schöpfte Mut bei ihm. »Ich habe dir einmal gesagt, dass ich mir nicht vorstellen könne, mich in dich zu verlieben. Aber ich habe mich geirrt.« Sie ließ es dabei bewenden. Kat wollte es nicht darauf anlegen, Sloane zu verschrecken, sie wollte nur, dass er wusste, wie viel er ihr bedeutete.

Sein Schweigen ließ das Rauschen der Wellen und das Sprudeln des Pools zu laut erscheinen. Zu ominös.

Nur der Stich, den ihr ihre Enttäuschung versetzte, war stärker als das Geräusch, aber sie akzeptierte es. Sie hatten, was sie hatten, und es war genug. Mehr, als sie jemals gehabt hatte. Sie würde diese Zeit mit Sloane immer in guter Erinnerung behalten.

»Als Sara und ich heranwuchsen, hat Olivia sich mit jedem Mann eingelassen, der ihr einen Blick zuwarf. Alles andere hörte für sie auf zu existieren, selbst wir Kinder. Wenn sie denn überhaupt einen Job hatte, wurde sie am Ende gefeuert, weil sie für nichts sonst Interesse aufbrachte als für diesen Mann.«

Kat hasste diese Frau, der sie nie begegnet war. »Sie war entsetzlich selbstsüchtig.«

»Das ist alles, was ich jemals über Liebe gelernt habe. Das ist alles, was ich sah, als ich heranwuchs. Als Drake mich fand, war ich in höllischen Schwierigkeiten.«

»Das war, bevor Sara … bevor es passierte?«

»Ja. Er ließ mich in seinem Fitnessstudio trainieren, brachte mir das Kämpfen in Mixed Martial Arts bei und half mir, Gelegenheitsjobs zu finden, um die Trainingsstunden bezahlen zu können. Aber ich habe mich so sehr darauf konzentriert, dass ich nicht zur Stelle war, als Sara mich brauchte.«

Kat drehte sich in seinen Armen um. Mit der Sonne, die hinter ihr versank, wurden seine Augen von unendlicher Schuld überschattet. »Du hast sie nicht getötet.«

»Nicht direkt, nein. Aber ich habe sie ganz genauso im Stich gelassen wie Olivia.«

»Deine Mutter …« Kat verstand jetzt, warum er sie nicht Mom nannte, die Frau hatte kein Recht auf den Titel, »… hat euch beide im Stich gelassen.«

Er tat diese Bemerkung mit einem Achselzucken ab und umfasste Kats Gesicht mit beiden Händen. »Du bedeutest mir mehr, als ich jemals für möglich gehalten hätte. Ich fühle Dinge, die ich noch nie gefühlt habe. Vermutlich Liebe. Das

Einzige, was ich mit Sicherheit weiß, ist, dass ich es vermasseln und dich verlieren werde. Denn so gern ich es auch leugnen möchte, ich bin der Sohn meiner Mutter.«

»Du irrst dich. Du lässt Menschen nicht im Stich. So wie Drake, der in deiner Gästesuite wohnt, nachdem du sie buchstäblich in ein Krankenhauszimmer verwandelt hast. Du hast es mit jeder nur erdenklichen Annehmlichkeit für ihn ausgestattet. Er ficht seinen letzten Kampf in dem Wissen aus, dass er umgeben von Menschen ist, die ihn lieben.« Tränen brannten in ihren Augen, aber es kümmerte sie nicht. Die Art, wie Sloane sich um Drake kümmerte, sprach für sich oder vielmehr für ihn, und das ließ ihr das Herz übergehen. »Du bist überhaupt nicht wie deine Mutter.«

Seine Brust dehnte sich weit, während er tief Luft holte. Er wischte sich eine Träne ab, die ihm in den Augenwinkel trat, und sagte: »Es freut mich, dass du das glaubst.«

»Ich weiß es.« Sie sagte nicht, dass er ihr das Herz brechen würde. Vielleicht war Kat für ihn das, was er gerade brauchte, aber nicht für immer. Später würde er vielleicht eine Frau wollen, die nicht nur eine einfache Konditorin war, sondern etwas Gesellschaftsfähigeres. Das machte das, was zwischen ihnen war, nicht weniger real. »Konzentrieren wir uns auf das, was wir jetzt haben. Eine Art Begleitungs-Beziehung, lass es uns nicht unnötig kompliziert machen.«

Seine Mundwinkel zuckten in die Höhe. »Begleitung plus Extras. Das bedeutet, dass ich diesen Bikini zu sehen bekomme, mit dem du mich seit Stunden reizt.« Der Schmerz wich aus seinen Augen.

Kat gefiel es, seinen Blick auf sich zu spüren. Sie griff in ihren Nacken und löste das Halteband des Kleides, dann ließ sie es an ihrem Körper hinabgleiten, bis es sich auf dem Boden der Terrasse ausbreitete.

»Verdammt, Kat.«

Seine Stimme kam als ein Knurren heraus, und sein heißer Blick wanderte langsam an ihr herunter und wieder herauf. Seine schwarzen Shorts trugen nicht gerade dazu bei, seine wachsende Reaktion zu verstecken.

»Dreh dich um.«

Sie fühlte sich sexy, als sie herumwirbelte, um den unteren Rand der Sonne in den Ozean tauchen zu sehen. Eine Illusion, aber eine wunderschöne. Kat stützte sich auf das Geländer und streckte den Po heraus. Ihr Haar breitete sich auf ihrem Rücken aus. Sie posierte für ihn, und das Stöhnen, das von Sloane kam, sagte ihr, dass es funktionierte.

Er schmiegte sich an ihren Rücken und schob ihr Haar beiseite. »Ich werde dich hier lieben. Jetzt. Während wir gemeinsam in den Sonnenuntergang sehen.«

Kat überließ sich den entschiedenen Berührungen Sloanes. Er streifte ihr das Bikinihöschen ab und schob seinen Schwanz tief in sie hinein, berührte sie, wo niemand sonst es jemals getan hatte. In diesem Moment wünschte sie, sie könnte den Augenblick für ewig festhalten.

Diesen einen perfekten Moment.

6

Kat stellte den fertigen Kuchen in den riesigen Kühlschrank. Den ersten, den sie jemals dem Thema Ménage-à-trois gewidmet hatte. Kat sollte unbedingt dem Buchklub beitreten, der den Kuchen in Auftrag gegeben hatte. So viel zum Thema Spaß haben. Sie schloss den Kühlschrank und machte sich daran, ihre Utensilien abzuwaschen.

»Hey.«

»Kellen.« Sie drehte den Wasserhahn zu und schnappte sich ein Geschirrtuch. »Was machst du hier?«

»Ich langweile mich. Ich will endlich mit meinem neuen Job anfangen.«

Kat lehnte sich mit der Hüfte an die Spüle und warf ihr Handtuch weg. »Beklag dich nicht. Es dauert nur noch eine gute Woche, dann wirst du gesundgeschrieben und kannst für SLAM arbeiten.« Sie musste zugeben, dass Kellen tatsächlich gut dafür aussah, dass jemand vor einigen Wochen mit einem Dolch auf ihn losgegangen war. »Bist du gekommen, um zu jammern?«

»Nein. Anna hat mich angerufen. Sie meinte, du hättest ihr das letzte Bild für die Filme noch nicht gegeben.«

»Mist. Das wollte ich noch erledigen.«

»Beunruhigt dich die Vorstellung, die Bilder anzusehen?«

»Nein.« Nicht mehr. »Aber ich will nicht, dass Sloane sie sieht. Und ich habe so viel Zeit mit ihm verbracht, dass ich es einfach immer wieder aufgeschoben habe.« Kat goss sich Kaffee ein und nahm ihn mit zu der Arbeitsfläche aus rostfreiem Stahl. Sie setzte sich auf ihren Hocker und stützte ihr schlimmes Bein auf die Sprosse unter dem Tisch.

»Glaubst du, dass Sloane irgendwie negativ reagieren wird, wenn er die Bilder sieht?« Kellen griff sich ihren Laptop von dem kleinen Schreibtisch, zog sich einen Stuhl heran und setzte sich.

»Negativ?« Sie verdrehte die Augen. »Ist dir aufgefallen, dass ich eine ganze Armee von Bodyguards habe?«

»Das ist kaum zu übersehen, da sie darauf bestehen, die Wohnung zu checken, bevor du hereinkommst. Außerdem habe ich die Braut gesehen, die vorn an einem Tisch mit Blick auf den Eingang ein Buch liest.«

»Das ist Whitney, eine ehemalige Polizistin, die so tut, als wäre sie eine Kundin.« Kat mochte sie, sie war freundlich, kam ihr aber nicht in die Quere.

»Sie macht ihre Sache gut. Sie ist mir auch nur aufgefallen, weil im Moment niemand sonst im Laden ist. Die Nachmittagsflaute.«

Gott sei gedankt für diese Flauten. »Also hat Anna dich in Wirklichkeit angerufen, um mich zu verpetzen?« Schuldgefühle nagten an ihr. Anna riss sich ein Bein aus für sie. Kat hatte dem Projekt zugestimmt, und sie hielt ihren Teil der Abmachung nicht ein.

Er griff in seine Brusttasche und zog den Stick heraus. »Sie hat angerufen, weil sie sich Sorgen macht, dass sie dich zu etwas gedrängt haben könnte, zu dem du noch nicht bereit warst. Sie wollte nicht, dass du allein bist, wenn du dir die Bilder ansiehst.«

»Du bist hergekommen, um sie dir mit mir zusammen anzusehen?« Seit wann war ihr Leben so reich an Freunden? So voller Farbe? Oh, sie hatte gewusst, dass sie sich auf Kellen verlassen konnte. Aber dass Anna so viel Anteil nahm, dass sie Kellen anrief? Und jetzt hatte sie Sloane, und er hatte sie mit Drake, Sherry, John und ihren Kindern bekannt gemacht. In gewisser Weise hatte Sloane sie außerdem dazu ermutigt, einen Schritt auf ihren Bruder zuzugehen. Sloane hatte ihr Mut gemacht, ein paar Risiken einzugehen und wieder zu leben. Neues Glück erfüllte ihr Herz.

»Warum grinst du so debil vor dich hin? Lass das sein.«

Sie lachte. »Danke, Kel.«

Er stieß sie mit der Schulter an. »Keine Ursache.« Er steckte den Stick ein, dann schob er den Computer zu Kat hinüber. »Lass uns mal sehen.«

Sie benutzte das Touchpad, um das erste Bild zu öffnen.

Kel zuckte zusammen. »Das ist hart.«

Eins ihrer Augen war zugeschwollen, ihr Gesicht voller Prellungen, und ihre Lippen waren von Schorf verkrustet. Eine Welle des Mitgefühls schnürte ihr die Kehle zu, so wie sie für jeden in dieser Verfassung empfinden würde. Kat zeichnete den Gipsverband an ihrem Arm und die Schiene an ihrem Bein nach. »Das Bein ist im Streckverband, das war also vor der ersten Operation, um den Knochen zu stabilisieren.«

»Weißt du noch viel über diese Zeit?«

»Teilweise habe ich nur verschwommene Erinnerungen, wegen der Medikamente und der Gehirnerschütterung.« Vor allem erinnerte sie sich an den Schmerz und die Verwirrung.

»Die hatten überhaupt keine Ahnung, was sie dir angetan haben!« Seine Augen sprühten vor Zorn.

»Wenn dich das zu sehr aufregt, geh, iss einen Brownie und leiste Whitney Gesellschaft. Ich werde damit schon fertig.« Sie wollte nicht, dass die Erinnerung an seine eigene gewalttätige Beziehung noch einmal in ihm hochkam.

»Also bitte, ich war in einen Messerkampf verwickelt. Ich bin so zäh wie nur was.«

»Es wäre beeindruckender, wenn du ein Messer gehabt oder, nun ja, überhaupt gekämpft hättest.« Stattdessen war er überrumpelt worden. Kat schüttelte diesen Gedanken ab. Kel erholte sich, das Leben war schön.

Kellen legte einen Arm um sie. »Halt die Klappe und klick weiter.«

Nach dem ersten Bild war es leichter, die anderen anzuschauen. Sobald sie sie alle gesehen hatte, rieb sie sich die Augen. »Ich weiß nicht, ob ich eins von diesen Fotos in den Werbefilm nehmen soll. Als Opfer dargestellt zu werden scheint mir nicht gerade eine vertrauensbildende Maßnahme zu sein. Auszusehen wie ein Opfer ist nicht gerade ein probates Mittel, Vertrauen zu entwickeln.«

»Du übersiehst den entscheidenden Punkt. Wenn du eins dieser Bilder zeigst und dem ein aktuelles gegenüberstellst, so ist das der schlagende Beweis, dass du diesen Schicksalsschlag überwunden hast. Man wird dich als eine starke Persönlichkeit sehen, die Rückschläge verkraftet und Probleme meistert, wie sie jedes Geschäft mit sich bringt.«

Kat saugte seine Worte in sich auf wie ein Schwamm. »Glaubst du, es wird so rüberkommen?«

Er wies auf den Laptop. »Geh zurück zum Anfang. Dieses erste Bild ist ziemlich stark. Lass uns die markieren, die die größte Wirkung erzielen.«

Nachdem sie zwei markiert hatten, klickte Kat das nächste Bild an. »Moment.« Sie riss die Hand vom Touchpad zurück. Ein merkwürdiges Gefühl raubte ihr die Orientierung. Das Bild war vom Ende ihres Krankenhausbettes aufgenommen worden. Aber Kat hatte darauf den Kopf zur Tür gedreht. Was hatte sie dort gesehen? Da. Ganz am äußeren Rand des Bildes stand ein Mann. Kat hatte vorher nicht darauf geachtet, da sie nach einem Bild von sich selbst gesucht hatte, aber jetzt stellten sich ihr die Nackenhaare hoch. Sie schlang die Arme um den Leib und versuchte, sich zu beruhigen. »Dieser Mann.« Ihre Stimme klang, als käme sie aus weiter Ferne.

Kel beugte sich nach vorn zum Bildschirm. »Was soll mit ihm sein? Ich erkenne ihn nicht.«

»Er gehört nicht dorthin. Er hat dort nichts verloren.« Schweiß lief ihr den Rücken herab. »David kannte ihn. Ich nicht. Warum war er dort?«

Kel klappte den Laptop zu und drehte seinen Stuhl zu Kat um. »Was ist mit ihm?«

Kat holte Luft und sah sich um. Ihre Backstube war so vertraut und tröstlich wie Kellen. Binnen Sekunden beruhigte sich ihr Puls, und ihre Gedanken wurden klar. »Es war vor dem angeblichen Raubüberfall. Ich weiß nicht genau wie lange, vielleicht eine Woche oder so.« Es waren inzwischen Jahre vergangen, und sie konnte sich irren, was die chronologische Abfolge der Ereignisse betraf. »David hatte Überstunden gemacht. Ich habe ihm das Abendessen zu SiriX gebracht und bin dabei mitten in eine Art Streit zwischen David und diesem Mann auf dem Foto geraten. David rastete vollkommen aus, als ich auftauchte, er hat mich hinausgezerrt und vor Zorn beinahe geschüttelt. Er hat mir gesagt, dass ich nie wieder einfach so bei ihm hereinschneien dürfe.«

Kellen nickte. »Du hattest diesen Mann vorher also noch nie gesehen?«

»Nein. Und David wollte mir seinen Namen nicht verraten. Er sagte nur, er kenne ihn vom College, und der Mann wolle Geld von ihm borgen.« Sie war ganz nah dran, sich zu erinnern. »Ich habe nicht gehört, was sie gesprochen haben, aber seine Stimme …«

Konsequenzen, Dr. Burke.

Kat fuhr hoch. »Oh mein Gott, seine Stimme!« Sie umklammerte die Tischkante und hörte wieder und wieder diese Worte in ihrem Kopf, genau wie in den Flashbacks. Es war das einzig Klare, woran sie sich erinnerte.

Kellen ergriff ihre Hände. »Was ist mit seiner Stimme?«

»Er war am Abend des Raubüberfalls dabei. Er hat Davids Arme festgehalten und ihm Konsequenzen angedroht.«

»Bist du dir sicher?«

Diese Stimme ertönte wieder in ihrem Kopf. Nach all ihren Flashbacks hatte diese Stimme sie beschäftigt, aber sie hatte nicht gewusst, warum. Jetzt wusste sie es.

»Absolut.« Sie war erleichtert nach all den Jahren der Selbstzweifel und der Frage, ob sie so angeschlagen und gebrochen war, wie David sie hinstellte. Jetzt sah sie Kellen an und drückte seine Hände. »Ich bin nicht verrückt. David hat gelogen.«

»Ich habe dir immer geglaubt. Jetzt hast du etwas Konkretes in der Hand.« Kellen runzelte nachdenklich die Stirn. »Aber wie finden wir heraus, wer der Mann ist?«

»Vielleicht ein Drogendealer?« Sie hatte Kellen von ihrer und Sloanes Theorie erzählt.

Kellen öffnete den Laptop und schaltete den Bildschirm ein. »Könnte sein.«

»Kat?« Whitney streckte den Kopf herein. »Du hast eine Kundin. Sie scheint nicht von der Presse zu sein.«

»Danke.« Kat, die immer noch ganz benommen war, stand auf.

»Soll ich mich um die Kundin kümmern?«, fragte Kel.

»Nein, danke.« Sie hatte lange genug in Furcht gelebt. Jetzt war sie aus ihrer Erstarrung erwacht. Fand Antworten. »Könntest du dir, während ich bediene, die anderen Bilder ansehen und feststellen, ob dieser Mann noch einmal auftaucht?«

»Was wirst du tun? Hast du irgendeine Idee?«

»Mit Marshall reden. Vielleicht weiß er irgendetwas.« Bei ihrem Bruder konnte man das nie mit Bestimmtheit sagen. »Danke, Kel.«

Sie ging nach vorn und entdeckte die Kundin bei den Glasvitrinen. Das schwarze Haar der Frau fiel in einem extravaganten Schnitt um ihr Gesicht. Sie war kleiner als Kat und trug eine beige Leinenhose und eine Seidenbluse. Ihre braunen Augen wirkten irgendwie vertraut.

»Hi, was kann ich für Sie tun?« Hatte sie sie schon mal gesehen? Bei einer Veranstaltung vielleicht, bei der sie einen Kuchen geliefert hatte? Auf diese Weise bekam sie ziemlich viele neue Kundschaft.

Die Frau legte ihre große Handtasche auf die Theke und antwortete: »Sie sind Kat Thayne?«

Okay, vielleicht hatte dieser Mann auf dem Foto sie mehr erschüttert, als sie gedacht hatte, denn sie fühlte sich auf einmal unbehaglich. *Du darfst nicht überreagieren.* Sie sah

Whitney an. Die Leibwächterin schaute von dem Buch auf, das sie las, und ihre Augen wurden schmal. Sie reagierte also nicht über.

Kat richtete ihre Aufmerksamkeit wieder auf die Frau und schätzte, dass sie um die fünfzig war. Dieses unterschwellige Gefühl von Vertrautheit nagte weiter an ihr. So langsam wurde es heute unheimlich. »Kann ich Ihnen behilflich sein?«

»Ja.« Die Frau beugte sich vor und presste die Hüften gegen die Theke. »Das können Sie: Halten Sie sich von meinem Sohn fern.«

In Kats Kopf machte es ›pling‹, wie von einer Stimmgabel. Es war, als ob der Ton nachhallte. Ihre Augen … oh ja, sie wusste jetzt, wen sie vor sich hatte. Kat ging um die Vitrine herum und stellte sich der Frau. »Wer ist Ihr Sohn?«

»Sloane Michaels.«

Whitney sprang von ihrem Stuhl auf.

Kat warf ihrer Leibwächterin einen Blick zu und schüttelte den Kopf. Sie wollte wissen, was Sloanes Mutter, die in Florida lebte, in ihren Laden geführt hatte. Sie wandte sich der Frau zu und musste die Arme vor der Brust verschränken, um ihr nicht automatisch eine runterzuhauen. »Weiß Sloane, dass Sie hier sind, Olivia?«

Sie zuckte leicht zusammen. »Sie kennen meinen Namen.«

»Sloane hat mir von Ihnen erzählt.« Was der Grund dafür war, dass sie die Frau ohrfeigen wollte. Aber was wollte sie hier? Warum war sie zu Kat gekommen? Es ergab keinen Sinn.

Die Frau schüttelte den Kopf. »Wenn Sloane wüsste, dass ich hier bin, würde er versuchen, mich daran zu hindern, Ihnen die Wahrheit über ihn zu sagen.« Sie seufzte, und ihre schmalen Schultern sackten herab. »Ich habe das Richtige getan, als ich diese Kinder behalten und versucht habe, sie als ledige Mutter allein großzuziehen. Sara war ein gutes Mädchen, aber Sloane war undankbar. Er hat alles zerstört.« Sie reckte das Kinn vor und funkelte Kat an. »Es wird Zeit, dass er das in Ordnung bringt. Erst wenn der Schaukampf vorbei ist, kann ich in Frieden leben.«

Es kribbelte Kat in den Fingern, Olivia gegenüber gewalttätig zu werden. Sie krallte die Finger in ihre Arme. »Was wollen Sie?« Und was hatte der Schaukampf damit zu tun?

Olivia zog die Augenbrauen hoch. »Sie müssen hinter seinem Geld her sein. Wie viel wird nötig sein, um Sie loszuwerden?«

Das war es, was sie wollte? Dass Kat aus Sloanes Leben verschwand? Warum? Egal, es spielte keine Rolle. »Ich bin nicht käuflich, im Gegensatz zu Ihnen.« Zickig, ja, aber ehrlich. »Sloane bezahlt Sie dafür, dass Sie den Mund halten, also schlage ich vor, dass Sie genau das tun. Seien Sie still und verlassen Sie meine Konditorei.«

»Den Teufel werde ich tun. Dieser Junge hat mein Leben ruiniert. Er schuldet mir das, und ich werde nicht zulassen, dass eine backende Goldgräberin ihn daran hindert, das in Ordnung zu bringen.«

Sie hatte Whitney schon zunicken wollen, die Frau zur Tür hinauszubringen. Aber eine dunkle, eisige Neugier beschlich sie, weil Olivia nun schon zum zweiten Mal gesagt hatte, dass Sloane *es in Ordnung bringen* müsse. »Was soll er in Ordnung bringen? Und wie genau soll das vonstatten gehen?«

»Sloane hat mich zur Zielscheibe gemacht, als er gegen das Schwein ausgesagt hat, das meine Kleine getötet hat. Ich habe ihm gesagt, er solle es nicht tun. Er hatte bereits genug angerichtet. Die Polizei hat mich hingestellt, als hätte ich meine Kinder vernachlässigt, obwohl ich doch nur versucht habe, ihnen ein besseres Leben zu geben.«

Das Verlangen, der Frau gegenüber handgreiflich zu werden, war beinahe übermächtig. Noch nie hatte sie einen solchen Zorn verspürt, war so auf Krawall gebürstet. Sie zwang ihre Stimme, ruhig zu bleiben, und sagte: »Indem Sie sie zu Pflegefamilien gegeben haben?«

Sie schaute hochnäsig auf sie hinab. »Ich war eine ledige Mutter von zwei Teenagern. Sara war ein ruhiges Kind, aber Sloane war ein Teufelsbraten, immerzu aufsässig. Er war es, den ich versucht habe zu retten, indem ich mich um einen starken männlichen Einfluss auf ihn gekümmert habe.«

»Ich bin keine ledige Mutter, also müssen Sie mir das schon erklären.« Oh, siehe da, ihre Stimme wurde bedrohlich leise, wie bei Sloane, wenn er zornig war. »Um Ihren halbwüchsigen Kindern ein besseres Leben zu bescheren, haben Sie sie wie Müll weggeworfen und sich Männer ins Haus geholt. Ist das korrekt?«

Olivias Augen wurden schmal vor Hass. »Ich sehe, Sloane hat die Wahrheit wieder verdreht. Ich nehme an, er hat Ihnen nicht erzählt, dass er sich nicht die Mühe machen konnte, nach seiner Schwester zu sehen, weil er nur seine eigenen Interessen im Sinn hatte?«

Kat hatte Sloane im Arm gehalten, als er ihr erzählt hatte, wie er Sara gefunden hatte. Seine Qual, seine Schuldgefühle und seine Trauer waren so übermächtig gewesen, dass es ihr in der Seele wehgetan hatte.

Diese Frau wies alle Verantwortung von sich, während sie Sloanes Schuldgefühle zu etwas Schrecklichem verfälschte.

Etwas, das in Kat den Wunsch weckte, wegzulaufen und sich davor zu verstecken.

Sie wollte es nicht wissen. Aber sie war schon einmal mit einem Mann zusammen gewesen, der Geheimnisse vor ihr hatte. Diese Geheimnisse hätten sie fast umgebracht und ihr ein lebenslanges Hinken und Schmerzen beschert.

Sie musste es wissen.

Sie bewegte sich mit kalter Präzision und in der Gewissheit, dass ihr Bein sie jetzt nicht im Stich ließ, und trat vor die Frau hin. »Was soll Sloane tun, um das in Ordnung zu bringen?«

Olivia sah sich im Laden um, der leer war bis auf Whitney. Dann senkte sie die Stimme. »Er muss Lee Foster töten. Dann werde ich sicher sein, und die Welt wird die Wahrheit erfahren.«

Nein. Das Wort hämmerte in ihrem Schädel, bis sie vor Qual schreien wollte.

»Jedes Jahr gehe ich zu Saras Grab, um um sie zu trauern. Um ihr zu sagen, wie leid es mir tut, dass ihr Bruder sie im Stich gelassen hat. Und um ihr zu versprechen, dass er es wiedergutmachen wird. Dieses Jahr werde ich ihr sagen können, dass es geschehen ist.«

»Sie sind ja wahnsinnig. Sie können ihn das nicht tun lassen. Sie müssen ihn aufhalten.«

Die Nasenflügel der Frau bebten. »Er ist es mir schuldig. Er hat diesen Polizisten erzählt, dass ich sie ausgesetzt hätte. Meine eigenen Kinder. Dann hat er vor Gericht ausgesagt und kam sich dabei vor wie ein Held. Dabei hat er sich nicht im Geringsten darum geschert, dass er mich dadurch in Gefahr brachte.«

Kat hatte Mühe, sich auf den Beinen zu halten, und ihr Laden begann, sich um sie herum zu drehen.

Olivia griff nach ihrer Handtasche. »Er ist nicht fähig zu lieben. Aber er ist sehr wohl fähig zu morden. Halten Sie sich von meinem Sohn fern, meine Liebe.« Mit diesen Worten verließ sie den Laden.

Kat wurde flau im Magen, und Sloanes Stimme dröhnte in ihrem Kopf. *Eines ist sicher. Ich werde es vermasseln und dich verlieren. Denn sosehr ich es auch leugnen möchte, ich bin der Sohn meiner Mutter.*

Kat öffnete die Augen und sah nichts als die Wahrheit.

Sloane hatte vor, Lee Foster zu töten.

7

Im Konferenzraum lauschte Sloane mit wachsendem Interesse der Verkaufsidee eines SLAM-Wodkas, als sein privates Handy auf dem Tisch vibrierte. Sofort erfasste ihn Sorge um Drake. Er schaute auf den Bildschirm.

Es war nicht Drake, sondern Whitney, eine von Kats Leibwächterinnen.

Er sprang auf, eilte aus dem Raum und ignorierte das betretene Schweigen im Konferenzsaal. Sobald er im Flur war, nahm er den Anruf entgegen. »Sloane Michaels.«

Kalter Zorn ergriff ihn, als er zuhörte. *Olivia.* Dieses verfluchte Miststück. Verdammt noch mal. Er war so darauf konzentriert gewesen, Kat vor Foster zu beschützen, dass er diese Sache nicht vorausgesehen hatte. Es hätte ihm einfallen müssen, sobald der Beitrag von ihm und Kat ausgestrahlt worden war. Seine Mutter würde das einzig Gute in seinem Leben zerstören.

Kat.

Er durfte sie nicht verlieren. »Bin auf dem Weg, sag …« Er brach ab, als er die Geräusche eines kurzen Kampfes hörte.

»Ist es wahr?«, fragte Kat.

Ihre Stimme zu hören versetzte ihn in ungewohnte Panik. »Nicht. Tu das nicht. Es hat nichts mit uns zu tun, mit dem, was zwischen uns ist.« Sie bedeutete ihm alles.

»Antworte mir. All diese Zeit, während du mich davon

überzeugt hast, dir zu vertrauen, dich zu lieben …« Ihre Stimme brach.

Ihr Schmerz riss ihm das Herz entzwei. Er hatte ihr niemals wehtun wollen, er wollte sie nur lieben.

»Die ganze Zeit hattest du diesen geheimen Plan, von dem du wusstest, dass er unser Ende bedeuten würde.« Sie rang zittrig um Luft. »Ist das wahr?«

Erinnerungen überkamen ihn, zogen vor seinem geistigen Auge an ihm vorüber. Das erste Mal, als er sie in diesem Ballsaal gesehen hatte, der erste Kuss, die Art, wie sie ihm ihren Körper und dann ihr Herz anvertraut hatte. Sie hatte ihm einfach so das unbezahlbare Geschenk ihrer Liebe gemacht.

Und er hatte es vermasselt.

Hatte sie beide zerstört.

Er hatte sie nie verdient. Nie. Aber sie verdiente die Wahrheit.

»Ja.«

8

Kat hatte eine unbändige Wut im Bauch, während sie durch die Straßen von San Diego, Kalifornien, fuhr und auf eine Auseinandersetzung zusteuerte.

Sloane Michaels war kein Killer. Sie würde nicht zulassen, dass seine Mutter oder seine Schuldgefühle ihn in einen solchen verwandelten. Sie hatte bereits einen Fehler gemacht, als sie sich eingebildet hatte, Sloane würde zu ihr kommen und mit ihr reden. Stattdessen hatte er eine SMS geschickt.

Du wirst deine Sicherheitsleute behalten, bis es vorüber ist. Darüber lasse ich nicht mit mir verhandeln.

Das Herz tat ihr weh. Es war schon schlimm genug, dass seine Mutter in die Konditorei marschiert war und die Bombe hatte platzen lassen. Sloanes Ziel war es, Rache an dem Mörder seiner Schwester zu nehmen. Olivia Michaels war eine schlimme Frau und eine noch schlimmere Mutter. Sloane hatte, was das betraf, nicht gelogen.

Sein riesiges Haus ragte vor ihr auf, als sie in die lange Einfahrt einbog und die Tore hinter ihr zuschwangen. Kat holte tief Luft und versuchte, ihre Angst unter Kontrolle zu bekommen. Warum war er nicht gekommen, um mit ihr zu reden? Dachte er, Kat würde ihn im Stich lassen, wenn es unangenehm wurde? Sein Schweigen tat weh. Sie wappnete sich, weigerte sich, sich zurückzuziehen und zu verstecken.

Nachdem sie ihren Wagen geparkt hatte, stürmte sie zu

Sloanes Haustür hinauf, ging hinein, ohne anzuklopfen, und wandte sich nach links ins Wohnzimmer.

Drake beobachtete sie von seinem Sessel aus. Der Mann sah älter und dünner aus, seit sie ihn am vergangenen Abend das letzte Mal gesehen hatte. Das machte Kats Schmerz nur noch schlimmer. In nur wenigen Wochen hatte sie Drake lieben gelernt, und sie verloren ihn von Tag zu Tag ein Stück mehr. Es zerstörte Sloane, das und seine Obsession, sich an Foster zu rächen.

Aber in einer Sache war Kat sich sicher – bei ihrem Versuch, Sloane zu helfen, hatte sie einen Verbündeten in Drake, und das bestärkte sie. »Wo ist er?«

Drake erhob sich langsam.

Kat eilte herbei, um ihn zu stützen. »Schlechter Tag heute?« Sein Gesicht war ganz grau. Die Schmerzen mussten schrecklich sein. »Ich werde Sloane finden, bleib nur sitzen.«

»Ich muss mich ein wenig bewegen. Sloane ist in seinem Studio.«

Sie passte ihren Schritt Drakes Schlurfen an. Dabei nahm sie ihm einen so großen Teil seines Gewichts ab, wie sie es schaffen konnte, ohne dass ihr Bein einknickte. Sie gingen durch die Küche und in die Garage. Jeder Schritt schien Drake Überwindung zu kosten, und schließlich fragte Kat: »Hast du Schmerztabletten genommen?«

»Später.« Er führte sie in die Garage.

Seine Stimme war gepresst, das machte ihr Sorgen. »Lass uns ins Haus zurückgehen. Du brauchst Morphium.« Aber manchmal bescherte ihm das Magenprobleme. »Oder ist dir übel?«

Er hielt inne und schaute auf sie herab. »Mit mir ist alles in

Ordnung, aber mit Sloane nicht. Das ist es nie, wenn er mit seiner Mutter zu tun hatte.«

»Er hat erzählt, dass Olivia in meine Konditorei gekommen ist? Und was sie gesagt hat?« Natürlich hatte er das. Drake war der eine Mensch, dem Sloane rückhaltlos vertraute. Auch wenn Kat ebenfalls jemand sein wollte, dem er vertraute, war sie froh, dass er Drake hatte. »Weißt du, was er vorhat?«

Drake nickte. »Ich konnte ihn nicht davon überzeugen, Foster nicht zu töten.« Sein Tonfall war so schwermütig wie sein Blick. »Ich hoffe, dass du zu ihm durchdringst. Und dass deine Liebe zu ihm groß genug ist, um ihn nicht aufzugeben.«

Sie schnappte nach Luft. Das war keine Frage ihrer Liebe, sondern von Sloanes Gefühlen für sie. Ihr war mulmig, und sie verspürte quälende Angst. Was, wenn sie nicht zu Sloane durchdringen konnte?

Bevor sie noch irgendetwas anderes sagen konnte, setzte Drake sich wieder in Bewegung, ging an den akkurat aufgereihten Autos vorbei, bis er eine weitere Tür erreichte. Er drückte sie auf und öffnete die Sicht auf einen gewaltigen Raum mit hoher Decke. Kat war noch nie zuvor hier drin gewesen. Spiegel säumten zwei Wände, und an einer dritten Wand hingen Waffen, während an der vierten Gewichte hingen und davor ein schwerer Sack. Der Boden war in der Mitte mit blauen Matten bedeckt. Aber nichts von alldem zählte, sobald ihr Blick auf Sloane fiel. Er trug Shorts und war in Schweiß gebadet. Wie gebannt versuchte sie, seinen blitzschnellen Bewegungen zu folgen.

»Er macht Taekwondo-Übungen auf Meisterniveau«, erläuterte Drake.

Die Schönheit und Kraft seiner Bewegungen raubten ihr

den Atem. Sloane blieb die ganze Zeit vollkommen konzentriert; Drehungen, Tritte, überraschende Wendungen. Im einen Moment machte er eine langsame, präzise Bewegung, so wie beim Übergang von einer Yoga-Figur in eine andere, um im nächsten in einer plötzlichen Drehung mannshoch zu springen.

Sie hatte ihn noch nie so gesehen. Es war so beeindruckend, dass sie bei der Erinnerung daran errötete, wie er ihr Selbstverteidigung beigebracht hatte. Zum Teufel, manchmal gab ihr Bein schon bei einem simplen Schritt nach, und sie stolperte, während Sloane den Gesetzen der Schwerkraft zu trotzen schien. Warum hatte er zugestimmt, seine Zeit damit zu verschwenden, sie zu unterrichten?

Sie sollte gehen. Sie war hierhergekommen, um was zu tun? Ihn anzubrüllen, weil sie ihm nicht genug bedeutet hatte, um mit ihr zu reden? Aber als sie ihn jetzt ansah, war ihr nur zu klar, dass er weit außerhalb ihrer Liga spielte. Sie fühlte sich gedemütigt, und ihre Torheit war ihr schrecklich peinlich. Wie hatte sie sich nur einbilden können, dass er eine reale Beziehung mit ihr wollte? Von der Art, bei der man sich einander zuwandte? Stattdessen hatte er sie gemieden und sie ignoriert, als sie unbequem geworden war.

Geh. Angesichts der extremen Konzentration, die auf Sloanes Gesicht lag, bezweifelte sie, dass er bemerkt hatte, dass sie und Drake im Raum waren. Aber sie konnte sich nicht dazu überwinden, sich abzuwenden. Während sie beobachtete, wie er Bewegungen vollzog, die so kraftvoll und komplex waren, dass sie sie nicht hätte beschreiben können, erstarb ihr letzter Hoffnungsschimmer, dass er sie wahrhaft lieben könnte. Aber sie hatte nicht die Absicht, ihn wegen ihrer angeblichen Beziehung zur Rede zu stellen. Dazu war sie zu stolz, ganz gleich, wie weh ihr das tat. Nein, sie war hier, um Sloane davor zu bewahren, einen Fehler zu begehen, der ihn emotional zerstören würde. Irgendwie musste sie ihn davon überzeugen, dass er kein Killer war.

Kat drehte sich um, um Drake anzusehen, aber er war fort. Sie war so konzentriert auf Sloane gewesen, dass sie ihn nicht hatte gehen hören.

»Er ist vor einer Minute gegangen.«

Sie wirbelte herum und hielt sich an der Wand fest, um nicht das Gleichgewicht zu verlieren. »Du hast gemerkt, dass wir reingekommen sind?«

Sloanes Brust hob und senkte sich, und er fuhr sich mit einer Hand durch sein schweißnasses Haar. Bei einem Meter fünfundneunzig Körpergröße hatte er gut zweihundert Pfund Muskeln am Leib. Es juckte ihr in den Fingern, ihn zu berühren, die Linien nachzuzeichnen, die Jahr um Jahr ernsthafter Hingabe an seinen Sport dokumentierten. Sie hatte sich immer gefragt, was ihn dazu trieb, so hart zu trainieren. Schließlich richtete sie den Blick auf seine Tätowierung, die unter der frischen Schweißschicht glänzte, und wusste die Antwort – Rache für Sara. Wieder spürte sie einen Stich im Herzen. Wenn Sloane liebte, waren seine Gefühle tief und unumstößlich, so wie er die Schwester liebte, die er durch die Hände eines Killers verloren hatte.

»Ich weiß es immer, wenn du in meiner Nähe bist.«

Oh nein. »Du darfst solche Dinge nicht sagen.« Zorn, vermischt mit Schmerz, stieg in ihr auf. Eine gefährliche Mischung. »Du bist nicht gekommen.« Zum Teufel, das hatte sie nicht sagen wollen. Aber sie hatte stundenlang in ihrer

Konditorei gesessen und gedacht, dass er auftauchen würde. Dass sie ihm genug bedeutete, dass er etwas tun würde. Irgendetwas, außer eine zweizeilige SMS zu schicken.

Sloane ließ die Hand sinken, und sein harter Gesichtsausdruck wurde weicher. »Kat …«

»Nein!« Gott, es tat weh. »Warum, Sloane? Warum hast du mich belogen? Warum hast du mich denken lassen, zwischen uns wäre etwas Echtes, etwas von Dauer, wenn du die ganze Zeit vorhattest, es zu zerstören?« Tränen der Demütigung liefen über ihr Gesicht. Kat hasste sich selbst dafür, aber ihr Mund gehorchte ihrem Herz, nicht ihrem Gehirn. Dies war nicht der Zeitpunkt, um mit ihm zu reden, nicht, solange sie ein emotionales Pulverfass war. Sie drehte sich um, griff nach der Türklinke und wurde von den Beinen gerissen.

Sloanes riesige Hände umfassten ihre Taille und zogen sie an seine Brust. »Weine nicht, mein Schatz. Bitte.«

Seine raue Stimme an ihrem Ohr drang bis tief in ihre Seele und ließ sie erschauern. Ein Schluchzen entrang sich ihrer Brust.

Er nahm sie auf den Arm, ließ sich mit ihr auf die Matten sinken und hielt sie an sich gedrückt. »Ich hatte nie vor, dir wehzutun. Ich konnte dich nicht gehen lassen.« Er holte mühsam Atem. »Ich weiß, dass ich es jetzt tun muss. Ich habe stundenlang trainiert und versucht, mich von dir fernzuhalten.«

Er wollte sie nicht gehen lassen. Diese Worte umhüllten sie ebenso fest wie seine Arme. Kat versteckte ihr Gesicht an seiner Brust, seiner warmen, feuchten Haut, die wie eine Droge für ihre geschundene Seele war.

»Du darfst das nicht tun.« Sie konnte es ihm nicht erlauben.

Die Worte seiner Mutter, als sie in die Konditorei gekommen war, hatten sich dauerhaft in ihr Gehirn eingebrannt:

Sloane hat mich zur Zielscheibe gemacht, als er gegen das Schwein ausgesagt hat, das meine Kleine getötet hat. Ich habe ihm gesagt, er solle es nicht tun. Er hatte bereits genug getan. Die Polizei hat mich hingestellt, als hätte ich meine Kinder vernachlässigt, obwohl ich doch nur versucht habe, ihnen ein besseres Leben zu geben.

Olivia hatte immer wieder gesagt, dass Sloane diese Sache in Ordnung bringen müsse. Kat hatte sie gefragt, was genau Sloane tun solle, um es in Ordnung zu bringen, aber auf die Antwort war sie vollkommen unvorbereitet gewesen.

Er muss Lee Foster töten. Erst dann werde ich sicher sein, und die Welt wird die Wahrheit erfahren.

Sloane zog sanft an ihrem Haar und holte sie in die Gegenwart zurück. Der Blick in seinen Augen war traurig und besorgt. »Ich muss.«

Das war seine feste Überzeugung, wie man seinem gequälten Geschichtsausdruck unschwer entnehmen konnte. »Dafür also hast du all die Jahre trainiert.«

»Ja.«

Er hatte trainiert, um zu töten, und doch wiegte er Kat sanft auf seinem Schoß. »Wann hast du vor, ihn zu töten? Und vor allen Dingen, wie?« Sie glaubte, es zu wissen, hatte ihre Schlussfolgerungen aus Bemerkungen seiner Mutter gezogen. Aber sie wollte es von ihm hören.

Sloane bettete seine Stirn an ihre. »Ich werde dir sagen, was du wissen willst, nachdem ich geduscht habe. Ich schwitze dich total voll.«

»Das ist mir egal.« Sie klammerte sich fester an ihn, und

eine schreckliche Vorahnung raubte ihr den Atem. Wenn sie ihn losließ, würde sie ihn verlieren.

»Wenn ich dich berühre, macht es das nur schwerer.« Er hob den Kopf. Binnen Sekunden wechselte seine Augenfarbe zu einem faden Braun. Sloane stand auf und stellte sie auf dem Boden ab. »Wir werden reden, damit du verstehst, warum du deine Sicherheitsleute behalten musst, bis Foster tot ist.«

Es lief ihr kalt den Rücken herunter. Sie wollte ihn berühren und die Verbindung wiederherstellen, die sie noch vor Sekunden gehabt hatten. »Du darfst ihn nicht töten. Das ist Mord.« Verstand er das denn nicht?

Er trat zurück, aus ihrer Reichweite heraus. »Ich habe lange und hart trainiert, um verdammt noch mal dafür zu sorgen, dass ich ihn töten kann. Und ich werde es tun.« Er drehte sich um und ging hinaus.

Nachdem er geduscht hatte, ging Sloane auf die Terrasse hinaus. Kat saß in einem Schaukelstuhl, mit ihrem guten Bein stieß sie sich vom Geländer ab und schwang hin und her. Die Sonne ging im Ozean unter und tauchte Kat in ein sanftes Licht. Wie kam es, dass sie in dem T-Shirt und den Jeans, in denen sie den ganzen Tag gearbeitet hatte, immer noch schöner für ihn war als Frauen, die in Abendkleidern und mit Schmuck behangen daherkamen?

Er kannte die Antwort – weil Kat wahrhaftig und authentisch war.

Sloane sehnte sich mit jeder Faser danach, sie hochzuheben und in sein Zimmer zu bringen, wo sie die Welt einfach außen vor lassen konnten.

Kein sterbender Freund. Kein auf freien Fuß gesetzter Killer. Kein Miststück von einer Mutter, die sich an sein Mädchen ranmachte. Keine Erinnerungen an Sara, vergewaltigt und ermordet. Und nichts von all dem Mist, mit dem Kat fertigwerden musste.

»Was hast du dir vorgestellt, wie das laufen würde, Sloane? Du hättest wissen müssen, dass ich früher oder später von deinem Plan erfahren würde.«

Ihre leise Stimme riss ihn aus seinen Gedanken. Er zog den anderen Schaukelstuhl dicht neben ihren und setzte sich. »Ich hätte nie gedacht, dass du mir so viel bedeuten würdest. Oder dass ich dir etwas bedeuten würde.« Nicht sein Geld oder seine Macht. *Er.* Er fuhr sich mit der Hand durch sein feuchtes Haar. »Das hätte nie passieren dürfen. Du hättest mir nicht passieren dürfen.«

»Und nun?«

So war Kat. Sie erlaubte ihm nicht, der Frage auszuweichen. »Nach der ersten Nacht, die du hier in meinem Bett verbracht hast, als am nächsten Morgen alles zum Teufel ging, wusste ich, dass ich in Schwierigkeiten war, was dich betraf. Du hast mich so tief berührt wie niemand sonst in meinem Leben. Später an diesem Morgen in deiner Wohnung habe ich mir gesagt, dass ich gehen und dich um Himmels willen in Ruhe lassen sollte. Ich wusste, dass ich dir wehtun würde. Ich habe keine Entschuldigung.« Er ließ den Kopf hängen. »Ich konnte dich nicht aufgeben. Ich wusste, dass alles zum Teufel gehen würde. Ich habe dir gesagt, dass ich es vermasseln würde.«

»Ich habe dir vertraut. Ich habe dir Dinge erzählt, die ich niemandem sonst erzählt habe. Habe mich dir geöffnet, wie ich mich niemandem sonst geöffnet habe.«

Ihre tonlose Stimme triefte von Verletztheit, er empfand

es wie einen Hieb in die Magengrube. »Ich weiß.« Genau das machte ihn ja zu so einem Arschloch. »Ich habe dasselbe mit dir getan.«

»Ich glaube dir, aber du hast mir trotzdem nicht genug vertraut, um mir die Wahrheit zu sagen. Stattdessen musste ich sie von deiner Mutter erfahren.«

Er bedauerte, dass er sie enttäuscht und zugelassen hatte, dass seine Mutter in Kats Nähe gekommen war. Gleichzeitig bewunderte er sie. Seine verängstigte kleine Bäckerin hatte sich in eine zauberhaft wilde Frau verwandelt, die in der Lage war, einer Frau wie Olivia, die wie eine Naturgewalt über sie hereingebrochen war, die Stirn zu bieten. Er ballte die Fäuste, um dem Drang zu widerstehen, Kat auf seinen Schoß zu ziehen. Aber er hatte das Recht verwirkt, sie zu berühren, sie in den Arm zu nehmen und für sich zu behalten. »Ich habe Olivia aus der Stadt wegbringen und zurück nach Florida fliegen lassen. Sie wird dich nicht noch einmal belästigen.«

»Hat deine Mutter wirklich solche Angst vor Lee Foster?«

Er nickte. »Foster hat sich vor seiner Verhandlung mit Olivia in Verbindung gesetzt. Hat ihr gesagt, sie solle mich daran hindern auszusagen, sonst würde sie ihn noch anflehen, sie zu töten.«

Sie zog verwirrt die Brauen zusammen. »Warum hat die Polizei nichts unternommen?«

Wie erklärte er einer Frau, die im Wohlstand aufgewachsen war, wie es war, in der Gosse zu leben? Er wollte nicht, dass sie diesen Teil seiner Geschichte erfuhr, aber er schuldete ihr die Wahrheit. »Es hat sich niemand so richtig dafür interessiert. Wir waren nichts, wir waren arm und dreckig, Bodensatz der Gesellschaft. Olivia hat ihre Kinder wie Freiwild ausgesetzt, um einen Mann zu vögeln. Ich war verhaftet worden, weil ich in Prügeleien verwickelt gewesen war. Und Sara war ein Kind, um das sich niemand scherte.«

Ohnmächtiger Zorn siedete tief in seinem Innern, der Brennstoff, der ihn gnadenlos antrieb. Nie wieder würde er dieses Kind sein, das niemand sah. Er hatte sie dazu gebracht, ihn zu sehen, und schon bald würde er Sara so rächen, wie sie es verdient hatte. »Ich vermute, sie haben Fosters Lügen, dass Sara ein Flittchen war, halbwegs geglaubt. Sie war erst sechzehn Jahre alt gewesen und das auch nur für einige Stunden, und sie starb mit Blut auf den Schenkeln von ihrer Vergewaltigung. Dieses Tier hat sie mit einem Würgegriff getötet und sie dann als Flittchen bezeichnet.« Sloane schien nicht in der Lage zu sein, die Worte zu stoppen, die aus ihm herausbrachen. Kat löste das bei ihm aus. Sie weckte in ihm den Wunsch, sich ihr mitzuteilen, ihr seine alte, eiternde Wunde und seinen Zorn zu zeigen.

Kat legte ihm eine Hand auf den Arm. »Sara war kein Flittchen. Sie war ein Kind, das es verdient hatte, behütet groß zu werden.«

Ihre simple Berührung durchschnitt das Band, das ihm das Herz zusammenschnürte. Er legte seine Hand auf ihre. Nur Kat konnte ihn trösten, nachdem er sie verletzt hatte.

»Wenn Foster Sara mit einem Würgegriff getötet hat, war er dann ein ausgebildeter Kämpfer?«

Es überraschte ihn nicht, wie schnell sie die richtigen Rückschlüsse zog. »Amateurkämpfer in den Untergrundklubs. Das habe ich später erfahren. Foster glaubte, er würde groß rauskommen.« Kats Hand auf seinem Arm war der Rettungsanker, der die Vergangenheit daran hinderte, ihn einzusaugen.

Er wollte sie für immer dort behalten, wollte Kat für immer behalten.

Er konnte es nicht.

Beende es jetzt. Er hatte ihr schon genug wehgetan. »Folgendes musst du wissen. Foster hat es auf mich abgesehen, weil meine Aussage ihn ins Gefängnis gebracht hat. Er hat im Bau hart trainiert, und jetzt ist er darauf aus, mich fertigzumachen, so wie ich ihn fertiggemacht habe.«

Sie verzog sorgenvoll den Mund. »Was ist mit deiner Mutter? Du hast gesagt, er habe sie bedroht. Würde er sich nicht sie vornehmen?«

»Nein. Sie ist in Florida und zu gut bewacht.« Er hatte Foster mehr als ein Jahrzehnt im Gefängnis geködert. Sloane hatte einige Wärter für den Kampfkäfig dort eingeschleust.

Kat lehnte sich zurück und starrte auf den Ozean hinaus. »Du hast vor, es bei der SLAM-Veranstaltung *Profis gegen Amateure* zu tun?« Ihre Stimme klang resigniert.

»Ja. Foster ist als einer der Amateure ausgewählt worden.«

»Aber du hast verlauten lassen, dass du an diesem Abend nicht kämpfen würdest. Also, was denkt er, was geschieht?«

Sloane musterte sie. Er hasste es, dass eine Kluft zwischen ihnen entstand. Dies war einer der Punkte, an denen er sie nach Strich und Faden belogen hatte, und es würde die Kluft nur noch vergrößern. »Ich kämpfe. Ich werde John bitten, mir seinen Platz zu überlassen.«

Ihre Züge wurden weich, und sie sah ihn flehentlich an. »Du brauchst ihn nicht zu töten. Olivia ist in Sicherheit, du hast gesagt, er könne nicht an sie herankommen.« Sie drückte seinen Arm. »Wenn du ihn tötest, wird das Sara nicht zurückbringen. Gewalt ist nicht die Lösung.«

Es wäre so leicht, seine Schwester im Stich zu lassen, sie zu vergessen, wie alle anderen es getan hatten. Dann wäre er genau wie Olivia, und das durfte nicht passieren. Er könnte nicht damit leben, wenn er Kat Sara vorzog. »Es ist die einzige Wahl, die mir bleibt.«

»Das ist es nicht.« Sie klammerte sich an seinen Arm und beugte sich vor. »Manchmal muss man es einfach gut sein lassen.«

Er sah sie mit schmalen Augen an. »Wie deine Familie es getan hat?« Unbändiger Zorn auf ihre Eltern schnürte ihm die Luft ab. »Sollte ich versuchen, so zu sein wie sie? Diese Männer haben dich mit einem Baseballschläger verprügelt und dein Bein für immer lädiert; du hast Schmerzen und mit Panikattacken zu kämpfen. Aber deine durch und durch zivilisierte Familie hat verdammt noch mal keinen Finger krumm gemacht, um diese Mistkerle zu finden.«

Kat zog ihre Hand zurück. »Was sollten sie denn tun? Was würde es nützen, die Täter zu finden und zu töten? Mein Bein würde dadurch nicht besser.«

Sein Zorn wollte sich ungestüm Bahn brechen, aber er zwang sich, ruhig zu bleiben. Dann beugte er sich vor und sah ihr in die Augen. »Zumindest würdest du wissen, dass sie Anteil genommen haben. Wissen, dass jemand dich genug liebt, um etwas zu unternehmen. Stattdessen haben sie dich abserviert, um deinen verdammten Ex zu hofieren, der schuld an dem ganzen Dilemma ist.« Sloane schüttelte den Kopf. Das war es, worauf es schließlich hinauslief. »Ich bin nicht wie sie. Ich lasse nicht zu, dass jemandem, der mir nahesteht, Leid zugefügt wird, ohne etwas dagegen zu unternehmen.«

»Du bist kein Killer.«

Die Hartnäckigkeit, mit der sie ihre Überzeugung vertrat, ließ ihn nicht länger ruhig auf seinem Platz verweilen. Er sprang auf und ging unruhig auf und ab. »Ich nehme Rache für diejenigen, die zu mir gehören. Und wenn ich dafür töten muss.«

»Selbst wenn du mich dadurch verlierst?«

Er konnte ihr Flüstern über den Wellen, die hinter ihm aufbrandeten, kaum hören. Es wäre besser gewesen, wenn er ihre Frage nicht gehört hätte, aber er hatte sie gehört, und er schuldete ihr eine Antwort. »Ja.«

Sie erbleichte, Kummer trat in ihre Augen und ließ jegliche Farbe aus ihrem Gesicht weichen.

Da er nicht länger mitansehen konnte, was er ihr antat, musste er dem jetzt ein Ende bereiten. »Fahr nach Hause. Deine Familie hatte in einem Punkt recht. Ich bin nicht gut genug für dich.« Sloane zwang sich, sie nicht zu berühren. Er hatte sie nicht verdient. Sie würde ihn ohnehin irgendwann verlassen. Alle taten das. Besser, sie ging jetzt.

Kat stand auf und presste die Lippen aufeinander, als sie ihr rechtes Bein testete. Sie sah Sloane an.

Er ballte die Hände zu Fäusten, um sich daran zu hindern, sie in seine Arme zu reißen. Jede Zelle seines Körpers schrie danach, sie zu spüren.

Ihre atemberaubenden, blaugrünen Augen blickten tieftraurig. »Du bist nicht anders als sie. Du stößt mich auch von dir.«

Oh Gott. Sloane bemühte sich, dem brennenden Verlangen zu widerstehen, ihr hinterherzugehen. »Kat.« Ihr Name entrang sich seiner Kehle.

Sie blieb stehen, drehte sich jedoch nicht um. Ihr gestreckter Rücken und die angespannten Schultern sagten ihm, dass sie sich für einen weiteren verbalen Schlag wappnete.

»Du bedeutest mir genug, dass ich verdammt noch mal sicherstelle, dass Lee Foster dich niemals in die Finger kriegt.« Er konnte sie nicht gehen lassen, ohne dass sie das wusste. Er liebte sie. Er hasste sich selbst, ja, aber er liebte sie mit jedem Atemzug, den er tat.

Einige qualvolle Herzschläge lang blieb sie still stehen, und nur ihre Hände zitterten.

Sie wussten beide, dass seine Liebe nichts daran änderte.

Er war der Gewalt nicht abgeneigt und dazu in der Lage und bereit zu töten.

Kat war eine Überlebenskünstlerin, die sich ihr reines Herz bewahrt hatte. Sie konnte nicht mit einem Mann leben, der tötete.

Und er konnte nicht damit leben, wenn er Foster erlaubte weiterzuatmen.

Sie waren fertig miteinander, hatten sich nichts mehr zu sagen.

Sie ließ ihn einfach stehen und ging hinaus.

Sloane blieb nichts anderes übrig, als das zu tun, wofür er die letzten zehn Jahre trainiert hatte.

Rache zu nehmen und dafür zu sorgen, dass die Frau, die er liebte, auch weiterhin in Sicherheit war.

9

Kat schob das Tablett mit Zucchini-Muffins in die Vitrine und drehte sich um.

Anna hielt einen Becher mit dampfendem Kaffee hoch. »Mach eine Pause, Kat.«

»Mir geht es gut, aber danke für das Angebot.« Sie musste in Bewegung bleiben. Es war ein geschäftiger Freitagmorgen gewesen, der ihr keine Zeit gelassen hatte, um über ihr Liebesleben nachzudenken, das in Scherben lag.

Fahr nach Hause.

Ihr Magen krampfte sich bei Sloanes Worten von gestern Nacht zusammen. Er hatte nicht versucht, einen Kompromiss zu finden oder einen Weg, um zu bewahren, was zwischen ihnen war. Stattdessen hatte er gewollt, dass sie ging.

Kriech ihm nicht in den Hintern. Sie würde überleben. Irgendwann würde sie den Punkt erreichen, an dem sie wieder befreit atmen konnte. Womit sie jedoch nicht leben konnte, war das, was er vorhatte. Er war kein Killer. Kat musste einen Weg finden, Sloane davon zu überzeugen. Er wollte sie nicht, schön, sie waren erwachsen und konnten das außen vor lassen. Aber sie würde Sloane nicht als Freund aufgeben.

»Na klar. Es geht dir so großartig, dass du die Wand anstarrst mit deiner Tasse auf halbem Weg zum Mund.«

Kat riss sich zusammen und drehte sich zu ihrer Angestellten um. »Tut mir leid, ich hab nur nachgedacht.«

Anna legte Kat eine Hand auf die Schulter. »Willst du darüber reden? Oder soll ich ein paar Kekse mit Abführmittel drin backen und an das Arschloch liefern?«

Kat versuchte, sich ein Lächeln abzuringen. Sie hatte Anna nichts erzählt, aber das Mädchen hatte erraten, dass mit ihr und Sloane Schluss war. »Uns ist das Abführmittel ausgegangen.« Sie nippte an ihrem Kaffee und ließ den Blick durch die Konditorei wandern. Es waren einige Kunden da, die entspannt an ihren Tischen saßen, und Whitney, ihre Leibwächterin.

»Anderes Thema.« Anna goss etwas heißes Wasser über einen Teebeutel für sich selbst. »Ich habe mir heute Morgen den Rohschnitt der beiden Filme angesehen. Das Bild, das du geschickt hast, ist stark, außerdem hat Kellen mir zwei aus der Zeit deiner Genesung geschickt. Kat, mach dich auf was gefasst, du wirst ein Star werden. Sowohl der Werbeclip als auch die Homestory sind der absolute Knaller, dass es mich überrascht, dass der Computerbildschirm keine Risse bekommen hat.«

»Das ist alles schon fertig? Ich habe dir das Foto doch erst gestern geschickt.« Während sie darauf gewartet hatte, dass Sloane in ihrem Laden auftauchte.

»Wir brauchten das Bild nur noch einzufügen, tja, und nun ist alles beisammen. Wir werden im Laufe des Wochenendes mit Feinschnitt und Ton fertig werden.« Anna stellte ihren Tee beiseite und legte Kat eine Hand auf den Arm. »Es ist wirklich gut, um nicht zu sagen umwerfend. Du kommst so authentisch und wahrhaftig rüber. Die Leute werden sich mit dir identifizieren, und das bedeutet, sie werden sich mit Sugar Dancer identifizieren.«

Das Leuchten auf Annas Gesicht war unwiderstehlich. Trotz ihrer Traurigkeit und ihrer Erschöpfung ließ Kat sich von ihrer Begeisterung anstecken.

»Du wirst mir die Erlaubnis erteilen, die Videos bei den Kochshows einzureichen. Du wirst schon sehen.«

Kat wollte Anna gerade an ihre Panikattacken erinnern, als die Glocke an der Tür einen neuen Kunden avisierte. Kellen kam mit einer großen Pizzaschachtel hereingeschlendert. »Hey, Mädels. Ich habe Mittagessen mitgebracht. Peperoni und Oliven.«

»Du hast meine Lieblingspizza gekauft?« Für gewöhnlich musste Kat eine Wette gewinnen, um bei Kel ihren Willen durchzusetzen, was die Wahl der Pizza betraf.

»Jep.« Er ging in die Küche und stellte die Schachtel auf die Arbeitsplatte.

Kats Magen knurrte und erinnerte sie daran, dass sie weder gestern Abend noch heute etwas gegessen hatte. »Waren ihnen etwa der Schinken und die Ananas ausgegangen?«

Kellen blieb neben ihr stehen, einige Pappteller in den Händen. »Falsche Frage, Kat.«

»Wie lautet dann die richtige?«

Er legte ihr einen Arm um die Schulter. »Muss ich meinen neuen Job kündigen? Denn ich arbeite nicht für einen Mann, der dich schlecht behandelt hat. Ich kann einen anderen Job finden.«

Ihre Kehle schnürte sich zu. Er hatte ihren Verdacht bestätigt, dass er gekommen war, um nach ihr zu sehen. Gott, sie liebte Kellen. »Nein, auf keinen Fall.«

Seine Augen wurden schmal. »Ich bin mir nicht sicher, ob ich dir glauben soll. Diego und ich haben heute Morgen darüber gesprochen. Ich weiß nicht, was passiert ist, aber du warst ganz außer dir, nachdem Sloanes Mutter hier war. Ich hätte zuhören sollen, verdammt. Das eine Mal, das ich nicht herumschnüffele, passiert etwas Schlimmes.«

Sie umarmte ihn. Sosehr sie Sloanes Vorhaben auch verabscheute – Kat würde ihn nicht verraten, indem sie Kel erzählte, was Olivia gesagt hatte. Außerdem hoffte sie immer noch, Sloane irgendwie aufhalten zu können. Aber im Moment musste sie erst einmal ihren Freund beruhigen. »Nichts von alldem hat etwas mit dir oder deinem Job zu tun. Kündige nicht. Ich meine es ernst. Du bekommst bei SLAM die Chance deines Lebens.« Kurz fragte Kat sich, ob Sloane John bitten würde, Kellen zu feuern, um alle Bande zu durchtrennen. Aber sie wusste es besser. So tickte Sloane nicht. Sie riss sich zusammen und nahm Kellen die Teller aus der Hand. »Es war eh nur vorübergehend, und jetzt ist Schluss.«

Kel legte ein Stück Pizza auf ihren Teller und sagte: »Was ist zwischen dir und Sloane vorgefallen?«

Sie sank auf einen Barhocker und warf einen Blick hinüber zum Verkaufstresen, aber Anna war damit beschäftigt, einen Kunden zu bedienen. »Ich bin einem seiner Ziele in die Quere gekommen. Nun bin ich aus dem Weg.« Die Pizza hatte so gut gerochen, aber jetzt krampfte sich ihr Magen zusammen.

Kellen ergriff ihre Hand. »Das ist doch Schwachsinn. Ich habe bemerkt, wie Sloane dich ansieht, und er sieht dich nicht so an, als seist du ein Hindernis. Die Frage ist, belügst du mich oder belügst du dich selbst?«

Sie nahm eine Olive von ihrer Pizza. »Es hat wehgetan, okay? Er hat mir gesagt, ich solle gehen.« Tränen brannten in ihren Augen, und sie blinzelte sie weg. »Ich bin es verdammt noch mal leid, weggestoßen zu werden.«

»Dann hör auf, den Fußabtreter zu spielen. Sei die Frau, die mich im Krankenhaus besucht hat, als Brian mich das letzte Mal windelweich geprügelt hat. Erinnerst du dich an sie?«

Verblüfft schaute Kat auf. »Was war so toll an ihr?«

»Ich wollte nicht, dass du mich zu meinen Eltern bringst. Ich habe mich so geschämt und wollte nicht, dass sie davon erfuhren. Aber du hast mir gesagt, scheiß drauf, was soll's. Du hast mich nach Hause gebracht, wo ich gut aufgehoben war, bei Menschen, die mich liebten.«

»Ich hatte recht.« Kel hatte solche Angst gehabt, dass seine Eltern eine schlechte Meinung von ihm haben könnten, weil er sich hatte verprügeln lassen. Stattdessen hatten sie Kel geholfen, eine einstweilige Verfügung gegen seinen gewalttätigen Ex zu erwirken, und ihn emotional unterstützt. Sie hatten Kat auch eine Million Mal dafür umarmt, ihn nach Hause gebracht zu haben. »Aber das war etwas anderes. Ich habe vier Tage die Woche mit deinen Eltern gearbeitet. Ich wusste, wie sehr sie dich liebten. Du bist ihr Ein und Alles.«

»Du hast mir die Stirn geboten, als ich es gebraucht habe. Vielleicht ist es genau das, was Sloane braucht.«

Genau das, was sie auch gedacht hatte, aber ihre Furcht vor Zurückweisung hinderte sie daran, etwas zu unternehmen. Aber war es das, was sie wollte – wieder die passive Frau sein, die sich in ihrer Konditorei verschanzt, um schmerzliche Gefühle zu vermeiden?

Absolut nicht. Sie würde lieber um das kämpfen, was zwischen ihr und Sloane war, und den Schmerz der Zurückweisung riskieren, als aufzugeben, ohne es versucht zu haben.

Sie wurde ganz nervös und zappelig, als eine Idee in ihr Gestalt annahm. »Ich sollte heute Abend bei Drake sein. Seine Pfleger Jane und Zack wechseln sich tagsüber ab, gehen aber abends nach Hause. Sloane hat abends oft noch Termine, daher wechseln Sherry, John und ich uns ab. Ich werde Drake anrufen und nachfragen, ob er damit einverstanden ist.«

»Gut, denn dieser Fußabtreterlook ist so was von out. Aber die Strähnchen solltest du behalten, die sind heiß.«

Kat lächelte zum ersten Mal, seit Olivia in ihre Konditorei gekommen war. Sloane liebte die violetten Strähnen in ihrem Haar.

Aber liebte er Kat so sehr, wie sie es sich erhoffte?

Die Zahlen auf ihrem Laptop verschwammen. Kat blinzelte, rieb sich die Augen und ließ den Kopf kreisen, um ihre Halsmuskulatur zu lockern. Es gehörte nicht gerade zu ihren Lieblingsbeschäftigungen, die Bücher für Sugar Dancer zu führen. Sie stellte den Computer beiseite, stand auf und sah Drake an. »Ich werde mir ein Wasser holen, willst du auch etwas?«

»Zwei Finger breit Scotch?«

»Also Wasser.« Sie ging in Sloanes Küche, schnappte sich zwei Flaschen, kehrte dann zurück und hockte sich auf die Armlehne des Fernsehsessels. »Auf Ex.«

Er nahm einen Schluck, dann stellte er die Flasche weg. »Du siehst müde aus. Hast du gestern Nacht überhaupt geschlafen?«

Ihre Haut kribbelte vor Erschöpfung. Aber das war nichts im Vergleich zu dem, was Drake durchmachte. »Immerhin ein paar Stunden.«

»Er ist ein Mistkerl. Das habe ich ihm auch gesagt.«

Ihr Magen zog sich zusammen. »Er will mich nicht hier haben.« Also, was hatte sie hier noch zu suchen? Es war nach neun, und Sloane würde wahrscheinlich bald nach Hause kommen. Da war es nicht nötig, dass sie noch länger hierblieb. Ethan konnte aus dem Gästehaus herüberkommen und bei Drake bleiben. Aber Kat verbrachte gern Zeit mit Drake, selbst wenn sie sich nur einen Film ansahen, während Kat sich um ihre Buchhaltung kümmerte.

»Er will dich.« Drake legte ihr eine Hand aufs Bein. »Lass dich nur nicht von ihm verschrecken.«

Angst kam in ihr hoch. Sloane war klug und durchsetzungsfähig. Wie konnte er alles riskieren, was er aufgebaut hatte, nur um sich zu rächen? »Er ist kein Killer. Warum begreift er das nicht?«

»Meine Schuld.« Drakes Hand glitt von ihrem Bein, und er ließ den Kopf in den Nacken fallen. »In der Nacht, in der Sara ermordet wurde, nach all den Befragungen durch die Polizei, zitterte der Junge vor Zorn und Schuldgefühlen. Ich habe ihn ins Fitnessstudio geschleppt und dazu gebracht, dieser Wut Luft zu machen.« Drake schloss die Augen, als versuche er, die Erinnerung daran zu verscheuchen.

Kat ergriff seine Hand und hielt sie ganz fest. »Du brauchst nicht darüber zu sprechen. Es ist nicht deine Schuld.« Wie sollte es das auch sein? Das ergab keinen Sinn.

Als er die Lider öffnete, verwandelten Schatten des Bedauerns das Blau seiner Augen in eine rauchige Farbe. »Er war ein Junge im Körper eines Mannes mit der Fähigkeit, etwas zu tun, was er ewig bereuen würde.« Drakes Stimme war belegt. »Ich habe versucht, ihn davor zu bewahren, etwas Dummes zu tun, wie Foster vor der Verhandlung zu töten oder einen Weg zu finden, ihn zu töten, sobald er im Gefängnis war.« Seine Hand zitterte in ihrer. »Stattdessen habe ich ihn, glaube ich, zerstört.«

»Nein.« Sie beugte sich zu ihm vor, damit er hören konnte, was sie ihm zu sagen hatte. »Das hast du nicht. Du hast ihn gerettet, und er liebt dich.« So sehr, dass Sloane Drake in seinem Haus aufgenommen hatte und für ihn sorgte, obwohl es Sloane wehtat, mit ansehen zu müssen, wie Drake dahinsiechte.

Drake seufzte. »Als Sloane erschöpft auf die Matte sank, habe ich mich vor ihm aufgebaut und ihm gesagt, dass er, wenn er sich schon rächen wolle, es richtig machen solle. Klug sein und trainieren. Ich habe versucht, ihm einen Grund zu geben zu leben, sich auf das Wesentliche zu konzentrieren und sich aus Schwierigkeiten herauszuhalten.«

Kat spürte genau, was Drake gewollt hatte. Er hatte versucht, das ungeschliffene Talent, den Zorn und die schiere Kraft eines verletzten und wütenden Sechzehnjährigen in eine Bahn zu lenken. Und das bei einem Jungen, der keinen Vater hatte und eine abscheuliche Mutter. So viel zum Thema Katastrophenmanagement. »Ohne dich säße er jetzt wahrscheinlich im Gefängnis.« Oder wäre tot.

Er drehte die Hand und umklammerte ihre Finger. Eine Sekunde lang war in seinem Griff das Wiederaufflackern seiner früheren Kraft zu spüren. »Ich werde ihn verlassen, Kat. Auch wenn ich es nicht will. Ich liebe diesen Jungen. Er bedeutet mir alles. Aber ich werde ihn verlassen. Er braucht dich. Ich habe ihn gelehrt zu kämpfen und zu überleben, aber du lehrst ihn zu lieben.«

»Oh, Drake.« Ein Ansturm von Gefühlen ließ ihre Stimme

belegt klingen. Weinte sie? Es war ihr egal. Sie umarmte Drake. »Du hast es nicht begriffen. Du hast ihn gelehrt zu lieben. Du hast ihn gelehrt, wie man stark und unerschrocken ist, und doch ist er mir gegenüber sanft. Liebevoll.« Sie dachte an all die Male, wenn sie mit Sloane gelacht oder wenn er sie in seine Arme gezogen hatte. Sloane hatte Kat die Sicherheit gegeben, die sie für einen Neubeginn gebraucht hatte, um gestärkt aus dem ganzen Dilemma hervorzugehen und ihre Gefühle wieder zuzulassen. Und bei Gott, das tat sie. »Du hast dafür gesorgt, dass er sich von einem gefährdeten Jungen zu einem ehrenhaften Mann mit Herz entwickelt hat.« Wie war es möglich, dass er das nicht wusste?

Drake legte seinen dünnen Arm um sie. »Er gehört jetzt zu dir. Pass auf ihn auf.«

Das war nicht fair. »Du darfst uns nicht verlassen.« Die Worte waren kaum mehr als ein Flüstern.

Drake schaute zu ihr auf. »Hör mir zu. Sloane hat sich von Anfang an geweigert, die mir gestellte Diagnose zu akzeptieren. Er hat Spezialisten aus der ganzen Welt hinzugezogen, bis ich ihm schließlich gesagt habe, dass es vorbei ist. Er ist gerade dabei, sich dem zu stellen. Er muss es akzeptieren, und du auch.«

Sie erinnerte sich an Sloanes qualvollen Blick, als er ihr gesagt hatte, dass Drake ihn und andere wie ihn gerettet habe, dass es aber nicht das Geringste gebe, das Sloane tun könne, um Drake zu retten. Sosehr es ihr widerstrebte, Drake hatte recht. Sie mussten der Wahrheit ins Auge sehen. Sie holte tief Luft und wischte sich das Gesicht ab. »Bist du nicht zornig?« Denn sie war es. Sie war zornig gewesen, als sie ihre Großmutter an den Krebs verloren hatte, und sie war es jetzt.

»Eine Weile schon. Und Sloane hat mir geholfen, dagegen anzukämpfen. Aber der Krebs hat die Oberhand gewonnen, und schließlich kam der Zeitpunkt, die Niederlage einzugestehen. Ich will jedoch durchhalten, bis Sloane mit Foster in diesen Käfig steigt.«

Sie schüttelte den Kopf und fiel ihm ins Wort. »Wir dürfen das nicht zulassen.«

Resignation drückte seine knochigen Schultern nieder wie ein unsichtbares Gewicht. »Dafür ist die Sache schon viel zu weit gegangen. Er muss den Mann zum Schweigen bringen, der seine Schwester getötet hat. Dieser Gedanke verfolgt Sloane.« Er schaute zu den Fenstern hinüber, hinter denen sich die dunkle Nacht herniedersenkte. „Nachdem es passiert war, ist er zu mir gezogen. Er hatte Albträume, in denen er Sara um Hilfe schreien hörte. Sloane nahm dann sein Zimmer auseinander, suchte im Schlaf nach ihr, versuchte, sie zu retten.«

»Er war noch ein Kind.« Sie rieb sich über die Brust, in der sie einen stechenden Schmerz verspürte. »Ein Junge. Er brauchte Hilfe.«

»Ja. Olivia hat gesagt, sie habe Angst vor ihm.«

Heißer Zorn ließ sie aufspringen. »Dieses Miststück. Wie zum Teufel konnte seine Mutter denken, Sloane würde ihr etwas antun?« Olivia hatte auch in Kats Konditorei wüste Anschuldigungen erhoben und jedem außer sich selbst Schuld zugewiesen. Kat blutete das Herz bei dem Gedanken an Sara und Sloane, die mit einer solchen Mutter groß geworden waren. »Er würde einer Frau niemals wehtun. Nicht einmal ihr.«

»Für sie musste Sloane der Schurke sein. Olivia kann mit der Wahrheit nicht leben, dass sie eine beschissene Mutter war, die ihre Kinder verstoßen hat, also hat sie sich diese Lügen zurechtgesponnen. Und Sloane kann nicht zulassen, dass man Olivia etwas antut, denn das würde beweisen, dass sie recht hat.« Drake lehnte den Kopf zurück und starrte zur Decke. »Ich habe es geschafft, eine vorübergehende Vormundschaft für Sloane zu erwirken. Er hätte nie mit einem Therapeuten geredet, also habe ich ihn zum Kämpfen angeleitet.« Sein Blick konzentrierte sich wieder auf sie. »Er muss in diesen Käfig steigen und sich seinem Dämon stellen. Sosehr es mir widerstrebt, aber ich verstehe es. Wir können nur hoffen, dass er das ist, wofür ich ihn halte. Besser als ich.«

»Als du?« Kat hatte Mühe, ihm zu folgen. »Du hast Fighters to Mentors ins Leben gerufen. All diese Jungen, denen du geholfen hast oder Hilfe von anderen hast zukommen lassen …« Ihre Stimme verlor sich; sie war verwirrt.

»Das war meine Buße. Ich habe versucht, den Haltlosen zu helfen, damit sie nicht den gleichen Fehler machten wie ich.«

Kats Mund wurde trocken. »Was für ein Fehler war das?«

Drake zuckte nicht mit der Wimper. »Ich habe einen Mann getötet. Damit zu leben ist ungleich schwerer, als mit diesem Krebs zu leben.«

10

Wo war die kleine Bäckerin? Sloane hatte ihren Wagen in seiner Einfahrt gesehen. Was zum Teufel tat sie hier? Er ließ seine Sporttasche auf den Boden fallen, doch er sah Kat weder in der Küche noch im Wohnzimmer.

Oh Mist, was, wenn sie in seinem Schlafzimmer war und die Sachen zusammenpackte, die sie hier hatte? Sloane hielt sich an der Kante des Küchentresens fest. Es hatte ihn jegliche Kraft gekostet, ihr in der vergangenen Nacht zu sagen, dass sie gehen solle. Es war das Richtige für sie gewesen, sie gehen zu lassen. Er hatte ihr bereits genug wehgetan.

Aber wenn sie ihn nicht verließ? Wenn Kat die eine Frau war, die blieb, auch wenn es schwierig wurde? Vielleicht wartete sie ja auf ihn.

Vielleicht in seinem Bett?

War ihr das zuzutrauen? Oh Gott, wenn er sie in seinem Bett fand, war er verloren. Und zwar endgültig. Er würde niemals die Stärke besitzen, ihr zu widerstehen. Die Verlockung durch Kat, so weich und nah, führte ihn in Versuchung, das Andenken seiner Schwester zu verraten.

So wie Olivia sie verraten hat? Wirst du Saras Andenken wie Müll entsorgen?

Sloane holte tief Luft. Nicht nur, dass er das seiner Schwester schuldig war, jetzt war auch Kat in Gefahr. Dieser Fernsehbeitrag, wie er sie vor den Reportern rettete, war online gepostet worden. Als Sloane das letzte Mal nachgesehen hatte, war er über achthunderttausend Mal angeklickt worden. Er hatte Foster praktisch die Vorlage geliefert, wie er ihn vernichten konnte.

Mit der Jagd auf Kat.

Er ballte die Hände zu Fäusten. Er würde es nicht zulassen. Kat musste in Sicherheit bleiben und sich zum Teufel noch mal von ihm fernhalten.

Eine leise Stimme durchdrang seine Gedanken.

»Jeden Sonntag kaufte er zwei Schokoladen-Brownies; einen für seine Geliebte und einen für seine Ehefrau. Die Ehefrau schöpfte Verdacht, legte sich vor meiner Konditorei auf die Lauer und folgte ihm zum Haus seiner Geliebten.«

»Wie hast du es herausgefunden?«

Kat lachte, und das Geräusch drang Sloane wie ein Pfeil direkt ins Herz.

»Sie hat einen Kuchen bestellt, der mit einem Esel dekoriert war und dem Text: ›Ich lasse mich von dir betrügerischem Arsch scheiden‹, und ich musste den Kuchen an sein Büro liefern.«

Drakes leises Lachen traf Sloane in bittersüßen Wellen. Wie viel mal Lachen blieb seinem Mentor noch, bevor er für immer zum Schweigen gebracht wurde?

»Ich habe ihr eine Packung Kekse mit Schokoladenstücken mitgegeben. Ich dachte mir, dass sie von Brownies genug hatte.«

»Und von betrügerischen Ehemännern.«

Kat kicherte. »Vermutlich. Wie dem auch sei, das war bisher der einzige Scheidungskuchen, den ich gebacken habe.«

Sloane konnte kaum atmen, sein Kummer und das Gefühl

des Verlustes spitzten sich zu tiefer Einsamkeit zu. Die unbefangene Kameradschaft zwischen Drake und Kat berührte ihn zutiefst. Die beiden Menschen, die ihm auf dieser Welt am meisten bedeuteten, hatten sich schnell angefreundet. Ohne eine bewusste Entscheidung zu treffen, ging er in den Flur und blieb in der Tür zu einem der Gästezimmer stehen.

Drake lag auf dem Bauch, bis zur Taille nackt und einen Arm um den Kopf geschlungen. Nur ein armseliger Rest von den Muskeln der einst kräftigen Arme, Schultern und des Rückens war übrig geblieben. Aber was ihn wie ein Schlag traf, war der Anblick von Kat, die neben Drake auf dem riesigen, verstellbaren Bett kniete und ihn sanft massierte. Das Bild war so süß, so zart und so schön, dass sein Herz einen Schlag aussetzte.

Kat war in seinem Haus und kümmerte sich um seinen Mentor, obwohl Sloane sie in der vergangenen Nacht beinah hinausgeworfen hatte.

Das konnte doch nicht wahr sein.

Er marschierte in den Raum und sagte: »Du solltest dein Knie nicht so belasten.« Er umkreiste das Bett, hob sie hoch und trug sie zu dem Liegesessel in der Ecke, um sie dort abzusetzen. Nachdem er sich hingehockt hatte, stellte er ihren Fuß auf seinen Schoß, schob ihr Hosenbein hoch und begann sie zu massieren, versuchte, den Blutfluss anzuregen, um Schwellungen zu verringern und die Krämpfe zu verhindern, die sie ab und zu bekam.

»Was tust du da?«

Angesichts ihres entsetzten Tonfalls schaute er auf. »Du hast den ganzen verdammten Tag bei der Arbeit auf diesem

Bein gestanden. Dein Knie tut abends um die Zeit höllisch weh, und du hast darauf gekniet.« Er bearbeitete sanft die Muskeln und Sehnen und wünschte, er käme tief genug, um das Gelenk neu zu formen, damit sie nicht so leiden musste.

»Ich war auf der Matratze.« Sie legte ihm eine Hand an die Wange. »Es hat mir nichts ausgemacht.«

Ihre sanfte Liebkosung und ihre süßen Worte peinigten ihn. Er wollte nicht aufhören, sie zu berühren oder sich um sie zu kümmern. Dies für Kat zu tun bestätigte ihm, dass er mehr war als ein Kämpfer, ein Millionär und bald ein Killer. Sie weckte in ihm den Wunsch, so viel mehr zu sein als einfach nur von Rache getrieben.

»Kätzchen, du bringst mich um.« Wenn er nur glauben könnte, dass sie Drake benutzte, aber das tat sie nicht. Die Freundschaft, die die beiden miteinander geknüpft hatten, ließ sich weder vortäuschen, noch war Drake leicht hinters Licht zu führen.

Sie beugte sich vor und umfasste mit beiden Händen sein Gesicht. »Ich kann nicht aufhören, mich um dich oder Drake zu sorgen. So bin ich nicht geschaffen. Aber wenn meine Anwesenheit hier dich wirklich stört, werde ich dir eine SMS schicken, wenn ich an der Reihe bin, den Abend mit Drake zu verbringen. Du brauchst mir nur zu simsen, wann du das Fitnessstudio verlässt oder wo immer du bist, dann werde ich weg sein, bevor du nach Hause kommst.« Sie ließ sein Gesicht los, schwang ihr Bein aus seinem Griff und stand auf.

Es wäre so einfach. Sloane könnte Kat behandeln, wie ihre Eltern sie behandelten, nach dem Motto aus den Augen, aus dem Sinn. Es schüttelte ihn vor Abscheu.

Kat half Drake, sein Hemd anzuziehen und sich in die Kissen zu legen. Sie küsste ihn auf die Wangen. »Ich werde dich morgen anrufen, um mich nach dir zu erkundigen. Schlaf jetzt ein wenig.«

Sie sah wieder zu Sloane hinüber, ihre unglaublichen, blaugrünen Augen wirkten wie tiefe Brunnen des Schmerzes. Eine Sekunde später riss sie den Blick von ihm los und ging.

Seine Muskeln zuckten und verkrampften sich, sein Herz hämmerte, und er bekam Ohrensausen. Seine Hände brannten darauf, sie zu halten, sein Körper schrie danach, sie an sich zu drücken, selbst sein Schwanz pulsierte. Sloane hatte seinen Körper zu einer tödlichen und aufs Äußerste kontrollierten Maschine trainiert, aber ein Blick von Kat – ein einziger Blick –, und all seine Beherrschung war wie weggeblasen, als würde sie ihn steuern.

Er schaute zu Drake hinüber.

»Geh schon.«

Er verlor die Beherrschung und lief ihr nach.

Sloane holte sie ein, als sie gerade die Hand nach der Türklinke ausstreckte. Er schlug mit beiden Händen gegen die Tür und setzte sie zwischen seinen Oberarmen fest. »Geh nicht. In Gottes Namen, verlass mich nicht.« Er bedeckte ihre Hände mit seinen, presste sich gegen ihren Rücken in dem Verlangen, sie zu spüren. Ihr warmer, süßer Duft umgab ihn.

»Du bist derjenige, der gesagt hat, ich solle gehen. Ich wollte bleiben und für dich und für uns kämpfen.« Ihre Stimme verklang zu einem Flüstern. »Du wolltest mich nur noch aus dem Weg haben.«

Er schloss die Augen. Diesen Schlag musste er erst einmal verdauen. Er hatte ihr wehgetan, und doch war sie zurückgekommen. Selbst jetzt, da er sie gegen die Tür presste, erlaubte sie ihm, sie weiter zu berühren. Sloane nahm ihre Hände von der Tür, zog sie an sich und hielt sie fest. »Ich habe noch nie so empfunden. Es hat mir auch nie jemand so viel bedeutet, und ich habe noch nie jemanden so sehr gewollt.« Er vergrub das Gesicht in ihrem Haar und fügte hinzu: »Ich weiß nicht, wie ich es anstellen soll. Ich muss den Job mit Foster erledigen, aber ich will dich nicht verlieren.«

Sie lehnte sich an ihn. »Ich weiß es auch nicht. Aber ich dachte, verliebt zu sein bedeutet, dass wir herausfinden, wie wir das zusammen durchstehen können.«

Ihre Worte verblüfften ihn. Ebenso die Art, wie sie sich an ihn lehnte, in dem Wissen, dass er sie halten würde. Seine kleine Bäckerin hatte dem falschen Mann vertraut und war aufs Schwerste enttäuscht worden. Aber sie vertraute ihm jedes Mal aufs Neue. Es überlief ihn heiß. Er drehte sie zu sich um, sah zu ihr hinunter und verspürte denselben Kick, den es ihm immer gab, wenn ihre Blicke sich trafen. »Ich hab's vermasselt, und du hast dich nicht von mir abgewandt.« Er konnte es immer noch nicht glauben.

In ihren Augen schimmerte all ihre Verletzlichkeit. »Ich bin für dich da, es sei denn, du willst mich nicht mehr hier haben.«

Sloane stockte der Atem. Trotz ihrer Angst, zurückgewiesen zu werden, hatte sie es riskiert, verletzt und gedemütigt zu werden, um ihn zu unterstützen und zu lieben. Er kämpfte gegen die schärfsten Konkurrenten im Käfig und im Vorstandszimmer, aber niemand hatte ihn jemals diesen wahnsinnigen Adrenalinrausch spüren lassen, diese Furcht und Besitzgier. Sie bedeutete ihm alles.

Er schlang ihr einen Arm um die Taille und barg ihr Gesicht in seiner Hand. »Es gibt nichts, was ich mehr möchte.« Wurde er allmählich wie seine Mutter? Jagte er einem gottverdammten Traum nach, der gerade, wenn er dachte, er gehe in Erfüllung, zerschellen würde, um alles in seinem Kielwasser zu zerstören? Aber er konnte sie nicht gehen lassen. »Kätzchen.« Das Wort kam ihm über die Lippen, als er seinen Mund auf den ihren hinabsenkte. Sloane wusste nicht, ob ihre Liebe zu ihm stark genug war, um das zu überdauern, was er tun musste.

Er wusste nur, dass er sie nicht gehen lassen konnte.

Sie öffnete sich für ihn, ihr warmer, süßer Geschmack ließ ihn nach mehr verlangen. Sloane strich über ihr Kinn, während er mit seiner Zunge die ihre streifte. Sein Herz schlug schneller. Er brauchte mehr von ihr, wollte selbst mehr geben. Also unterbrach er den Kuss, nahm sie auf die Arme und trug sie die Treppe hinauf. »Ich werde dir zeigen, wie sehr ich dich will.«

Sie errötete, und ihr Atem stockte.

Sloane schloss die Schlafzimmertür hinter ihnen und hob Kat ein wenig höher, sodass sie einander in die Augen sahen, während ihre Beine seine Taille umklammerten. Mondlicht, das durch die Balkontüren hereinschien, schimmerte auf ihrem Körper. »Du bist wunderschön.« Fiebriges Verlangen bahnte sich seinen Weg direkt hinunter zu seinem Schwanz, ein starker, primitiver Drang, sie für sich zu beanspruchen. Er lehnte sie an die Wand und strich mit seinem Mund über ihre Lippen.

Sie gab nach und neigte ihren Kopf nach hinten, um ihm Zugriff zu verschaffen.

Sloane folgte ihrer Bewegung, sein Mund glitt über ihr Kinn und hielt alle zwei Zentimeter inne, um zu lecken und zu kosten. Der Geschmack ihrer seidigen Haut reizte ihn, bis er den Mund über diese zarte Pulsstelle an ihrer Kehle schloss und saugte.

Ihre Schenkel umklammerten seine Hüften, und ein leises Stöhnen vibrierte unter seinen Lippen. »Hör nicht auf.« Sie wand sich, presste sich an ihn.

Ihr Puls schlug schneller und stärker unter seiner Zunge, trieb ihn in den Wahnsinn. Er zog den Kopf zurück und strich mit dem Daumen über die rote Stelle an ihrer Kehle. Verdammt. Viel zu heftig. »Ich habe ein Mal hinterlassen.« Er wollte sie lieben, nicht ihr wehtun.

»Ich will dein Mal auf mir. Ich will es sehen und wissen, dass du mich so sehr gewollt hast.«

Er hob den Kopf. Die Hingabe und das Verlangen in ihren Augen erfüllten ihn mit einem wilden Beschützerinstinkt. »Du willst mein Mal tragen, Baby? Willst wissen, wie sehr ich mich jede gottverdammte Sekunde nach dir verzehre?«

Sie nagte an ihrer Unterlippe und ließ sie wieder los. »Ja.«

»Wir werden hier anfangen.« Er fing ihre Unterlippe ein und leckte sie.

Kat grub die Finger in seine Oberarme.

Sloane zog ihre Lippe in seinen Mund und kratzte mit den Zähnen über die empfindliche Haut, dann strich er mit der Zunge darüber, bis Kat stöhnte und sich wand. Er drehte den Kopf weit genug, um in ihren heißen Mund zu stoßen. Oh

Gott, sie schmeckte so verdammt gut. Er schloss die Hände um ihre Schenkel und hielt sie dort fest, wo er sie haben wollte. Durch ihre Jeans hindurch spürte er die Hitze ihres Geschlechts an seinem erigierten Schwanz. Nicht genug.

Bei Kat war es niemals genug. Sie wollte sein Mal, er würde es ihr geben.

Er beendete den Kuss und musterte sie aus halb geschlossenen Lidern. »Ich werde deine Brustwarzen küssen und mit einem Mal versehen, deinen Bauch hinabwandern, dann werde ich deine Schenkel spreizen, um deine Öffnung mit langsamen tiefen Zungenschlägen zu küssen. Ich werde nicht aufhören, ganz egal wie oft du kommst oder wie viele Male du schreist, bis ich mir deinen Geschmack eingeprägt habe und mir sicher bin, dass du von dem Gefühl meines Mundes auf dir gebrandmarkt bist.« Er atmete tief ein. »Dann werde ich meinen Schwanz genau dort hineinstecken, wo er hingehört, ihn tief in dir vergraben. So tief, dass du wissen wirst, du bist mein.«

Kat wurde heiß, und ihre Haut kribbelte. Sloanes Begehren ließ ihren Puls rasen und bescherte ihr süßen Schmerz. Während sie sich von ihm halten ließ, streifte sie die Schuhe von den Füßen und zog sich ihre Bluse und ihren BH aus. Dann umfasste sie sein Gesicht mit beiden Händen. »Du hast mich. Ich gehe nirgendwohin.« Sie hatte solche Angst gehabt, dass er sie beiseitestoßen würde. Dass er sie sich vom Leibe halten würde, weil er sie nicht genug wollte, um gemeinsam eine Lösung für ihr Problem zu finden. Die bernsteinfarbenen Sprenkel in Sloanes Augen leuchteten. Er legte eine Hand auf ihren Rücken und zog seine raue Zunge über ihre Brustwarze.

Sie keuchte unter der feuchten Reibung.

Sloane klemmte ihre Brustwarze zwischen seine Lippen. Sie wechselten die Seite, und jeder Zungenstrich war eine sinnliche Folter auf ihrer anderen Brustwarze, machte sie heiß und ließ sie dahinschmelzen. Sein dichtes Haar quoll durch ihre Finger, während sie sich daran festkrallte, nicht imstande, irgendetwas anderes zu tun, als das Gefühl zu genießen. Sloane presste ihr durch die Kleidung hindurch den Schwanz gegen den Leib. Ihre Klitoris schwoll an, und jede Berührung ließ sie wimmern.

Er nahm ihre Brustwarze zwischen die Zähne und biss sachte zu.

Dieser winzige Schmerz ließ sie alles vergessen außer dem heiß glühenden Verlangen tief zwischen ihren Schenkeln. Sie presste die Beine um seinen Leib. »Sloane.«

Er hob den Kopf mit hungrigem Blick. »Noch nicht. Küss mich.« Er berührte ihren Mund, als dürste er nach ihr.

Der feste, fordernde Druck seiner Lippen erregte ihre ungezähmte Gier zu kosten, zu nehmen und ihn ganz zu besitzen. Sie drehte den Kopf zur Seite und öffnete sich unter seinem Ansturm.

Seine Zunge drang ein, streichelte ihre, bis sie ganz heiß wurde unter der Reibung. Sein Geschmack durchflutete sie. Wie sündhafte Schokolade weckte das Aroma ihr Verlangen nach mehr. Sein T-Shirt rieb gegen ihre empfindlichen Brustwarzen. Zu weich, der Stoff war nicht das, woran sie sich reiben wollte. Sie griff danach und zog es hoch.

Sloane stellte sie auf den Boden und zog sein Hemd und seine Shorts aus. Kat ihrerseits streifte ihre Jeans und den Slip herunter. Als sie sich aufrichtete – Donnerwetter. Sloanes Augen blitzten in seinem markanten Gesicht. Sein muskulöser Hals ging in massive Schultern und Arme über. Seine Brustmuskeln waren angespannt, und sein dunkles Schamhaar umrahmte seinen harten, dicken Schwanz. Vor ihren Augen formte sich auf der Spitze ein Tropfen Flüssigkeit.

Er kam auf sie zu, aus jeder Pore seines Körpers Hitze verströmend.

Sie zwang sich, den Blick zu heben, und war sich plötzlich unsicher. Er wollte sie körperlich, aber war es nur sexuelle Anziehung und nicht mehr? Schließlich hatte er sie von sich gestoßen, als sie ihm in die Quere gekommen war. »Sloane?«

»Auf das Bett, Baby.« Er drückte sie auf die Matratze und ragte über ihr auf. »So war Sex noch nie für mich. Bis zu dir.«

Begehren – einem gewaltigen und schmerzhaften Sehnen gleich – schien ihre Brust zu sprengen. Kat klammerte sich an die Tagesdecke, um Halt zu finden. Die Sehnsucht, mehr zu sein als körperlich begehrenswert, kam in ihr hoch. »Was?«

Er umfasste ihren Kopf mit einer Hand, und sein Blick senkte sich offen und ehrlich in ihren. »Sex ist die Art, wie ich dir zeigen kann, was ich empfinde. Vor dir war Sex einfach etwas Erlösendes. Jetzt … ist es ein Spiegelbild dessen, was ich für dich empfinde. Wir halten nichts voreinander zurück. Winkel die Beine an und spreize sie. Zeig mir, was du niemandem sonst zeigen willst.«

Oh Gott, was machte er mit ihr. Sie nahm seine Worte in sich auf, ließ sie die Leere füllen, die der Schmerz, geliebt werden zu wollen, hinterlassen hatte. Sein Blick ruhte weiter auf ihr, während sie in heißen und verworrenen Gefühlen versank. Sloane hatte Nähe und Trost nur beim Sex bekommen. Das war alles, was er je gekannt hatte, und er gab ihr das mit seiner Liebe. Sie winkelte die Beine an und ließ sie auseinanderfallen. Dann umfasste sie sein Gesicht und sagte: »Nur für dich.«

Seine Augen blitzten auf, die Pupillen wurden groß. Mit müheloser Geschmeidigkeit glitt er an ihrem Körper hinab und ließ sich Zeit, bevor er sie zwischen ihren Schamlippen leckte. Er verteilte winzige Bisse über ihrem Bauch, bis sie vor Verlangen erschauerte. Schließlich setzte er sich zwischen ihre gespreizten Schenkel. Er legte seine Hände um ihren Hintern, beugte sich nach vorn und ließ seine Zunge auf ihren Schamlippen kreisen.

Es kribbelte, als ob er ein Feuerwerk entfacht hätte. Anspannung baute sich auf, so sehr, dass sie aufschrie.

Sloane bewegte sich, schob zwei Finger tief in sie hinein. Das Gefühl entfachte ihr heißes Begehren. Sie hob ihre Hüften, spannte ihre Muskeln an, bis sie zu explodieren drohte wie ein zu weit aufgeblasener Luftballon.

Er stieß die Finger noch tiefer hinein und erreichte die Stelle purer Ekstase, während er an ihrer Klitoris saugte. Es katapultierte sie in immer größere Höhen, in einer schwindelerregenden Geschwindigkeit. Kat ritt dem Höhepunkt entgegen, während er den Daumen zwischen ihren Pobacken hindurchzog, einer unbekannten erogenen Zone. Ihre Nerven dort reagierten empfindlich und auf verruchte Weise. »Sloane!« Er hörte den Schrei, es kümmerte ihn nicht. Die Wellen der Ekstase übermannten sie.

Sloane erhob sich und beugte sich über sie. »Ich schmecke dich. Dein Geschmack gehört mir. Du bist mein.« Er stieß in sie hinein, tief und hart. Dann senkte er seine Brust auf ihre und eroberte ihren Mund. Auf einen Ellbogen gestützt hob er ihre Hüften an und rammte sich bis ganz in ihren Körper hinein, so tief, dass ihr der Atem stockte.

Er zog sich aus dem wilden Kuss zurück und schnappte nach Luft. »Nimm mich. Nimm mich ganz.« Er sah ihr fest in die Augen, während er in sie hineinstieß. Traf eine Stelle, die sein war und nur sein.

Sie umklammerte seine Schultern, spürte die Muskeln unter seiner heißen, feucht glänzenden Haut. »Gib mir alles.«

Sein Gesichtsausdruck wurde roh – seine Augen funkelten, sein Kinn verkrampfte sich, und die Adern an seinem Hals traten hervor –, während er kraftvoll in sie stieß. Er gab ihr alles, wenn er sie ausfüllte, steigerte ihr Verlangen in nie da gewesene Höhen, ohne dass sie Einfluss darauf nehmen konnte. Kat wand sich, bis seine mächtige Schulter, glatt von Schweiß, sich über ihren Mund schob.

Das wahnsinnige Verlangen, seine Haut zu markieren, so wie er die ihre markiert hatte, übernahm das Kommando. Kat drehte sich um und strich mit Mund und Zähnen über Sloanes mächtigen Bizeps. Trotz der hauchzarten Stimme in ihr, die ihr sagte, sie solle es nicht tun, biss sie in diesen imposanten Muskel.

Sie schmeckte seine Würze und Erhitztheit, während er seinen Schwanz tief in sie hineintrieb. Entrüstung über sich selbst durchzuckte sie kurz. *Sie hatte ihn gebissen.*

»Oh, mein Gott, Baby. Fester.«

Sein Bizeps schwoll an, als sie ihn umklammerte. Seine Finger gruben sich in ihre Hüfte. Wellen der Lust liefen durch ihren Körper, der sich wölbte, während er in sie hineinstieß. So tief, so …

»Mehr.« Er verlagerte sein Gewicht auf einen Arm, umfasste ihren Hinterkopf und zog sie zu seiner Schulter. »Markiere mich.«

Sein erotischer Befehl brach bei ihr alle Dämme, und sie biss kräftig zu. Sein grimmiges Knurren ging ihr durch und durch, ließ sie erglühen und löste ihren Orgasmus aus. Die wilde Ekstase zwang sie, ihren Mund von seiner Schulter wegzudrehen, damit sie nach Luft schnappen konnte. Sloane rammte sich in sie hinein und zuckte heftig, er presste sie auf die Matratze, als er sich in ihr ergoss. Sein Schwanz markierte sie so nachdrücklich, wie es ihre Zähne bei ihm getan hatten.

Minuten später zerfloss Kat wie Butter unter Sloanes sanften Küssen. »Du hast mich markiert.« Er schaute auf seine Schulter.

Der leichte Abdruck ihrer Zähne verschandelte seine Haut. Sie hatte die Kontrolle verloren, ihm vielleicht wehgetan. Sie schämte sich ein wenig. »Das wollte ich nicht.«

Sloane sah sie durchdringend an. »Deine Lippen und Zähne auf mir waren so verdammt heiß.« Sein Schwanz pochte in ihr und bestätigte, dass er es ernst meinte. »Ich wollte dein Mal, ich habe dir gesagt, dass du fest zubeißen sollst. Als deine Zähne sich in meine Haut gebohrt haben, war alles vorbei. Ich bin so hart gekommen, dass ich dachte, ich würde an Hardcore-Ekstase und Herzinfarkt sterben.« Er schob seine Finger zwischen ihre. »Du hast mich markiert, Baby. Ich bin dein.«

Wärme durchflutete sie und ertränkte den letzten Rest an

Zukunftssorgen. Sie hatten das Jetzt, und das war mehr als besonders. Kat zeichnete die Narbe an seinem Mundwinkel nach, dann die andere an seinem Auge. »Ich …«

Ihr Handy klingelte und schnitt ihr das Wort ab. Sie tauchte aus ihrer Zweisamkeit auf und sagte: »Das ist Marshalls Klingelton.« Warum rief ihr Bruder an?

Sloane zog sich aus ihr zurück, lehnte sich über die Bettkante, um nach ihrer Hose zu greifen, und reichte ihr das Handy.

Sie nahm es entgegen, lehnte sich gegen das Kopfteil und meldete sich. »Hi, Marshall.«

»Hallo, Katie, tut mir leid, dass es so spät ist. Ich hatte vorher keine Möglichkeit, dich anzurufen. Ich habe mit David über das Bild geredet.«

Das Bild. Bei allem, was passiert war, war es ihr ganz entfallen. Ihr Mund wurde trocken. »Was hat er gesagt?«

»Dass er den Mann in deinem Krankenhauszimmer nicht kennt und dass er wahrscheinlich einfach in das falsche Zimmer geraten ist.«

»Er lügt.« Kat zog ihr gesundes Bein hoch und drückte es an die Brust.

Sloanes schwerer Arm legte sich um sie und zog sie an seine Seite. »Was ist los?«

»Ist das Sloane?«

»Ja. Bleib dran, Marshall.« Sobald er zugestimmt hatte, nahm sie das Telefon vom Ohr, schaltete es stumm und sah Sloane in die Augen. So viel war in den letzten zwei Tagen passiert. Aber wollte er in diese Sache hineingezogen werden?

»Wir werden die Dinge gemeinsam herausfinden. Hast du das nicht zu mir gesagt?«

Er hörte zu, als sie mit ihm sprach. Beruhigt nickte sie. »Ich bin die Bilder von mir im Krankenhaus durchgegangen. Sie waren auf dem Stick, den mein Vater mir gegeben hat.«

Der Blick aus seinen hellbraunen Augen verhärtete sich. »Du hast etwas gefunden.«

Sorge stieg in ihr auf. Wie würde er reagieren? Sloane hatte einen extremen Beschützerinstinkt. »Ja. Auf einem der Bilder liege ich in dem Krankenhausbett und schaue zur Tür. Ein Mann steht dort.« Ihre Hände wurden feucht, und sie wischte sie auf dem Laken ab. »Ich hab ihn erkannt. Er war der Mann, der ›Konsequenzen, Dr. Burke‹ gesagt hat, als ich zusammengeschlagen wurde.«

Die Muskeln verhärteten sich in Sloanes Brust und in dem Arm um ihre Schultern. »Warum zur Hölle hast du mir das nicht erzählt?«

»Deine Mutter ist gerade in dem Augenblick hereingekommen, als mir das klar wurde, und da war ich abgelenkt.« Ein gebrochenes Herz war höllisch ablenkend. Sie wollte nicht darauf eingehen, dass sie, während sie gewartet und gehofft hatte, dass Sloane zu ihr kommen und mit ihr reden würde, sie Marshall das Bild geschickt hatte, damit er David danach fragte.

Er holte tief Luft. »Stell Marshall auf Lautsprecher.«

Kat schaltete das Telefon um. »Kannst du mich hören?«

»Ja. Ich habe Amelia das Bild gezeigt.«

»Amelia.« Sloane rieb ihren nackten Arm. »Das ist die Freundin, mit der du bei SiriX zusammengearbeitet hast?«

Er erinnerte sich. Das war ihr erster gemeinsamer Auftritt gewesen und eine kolossale Katastrophe obendrein. »Ja. Wir haben beide in Davids Team gearbeitet, und sie ist immer noch dort.« Aufregung und Angst ballten sich in ihrem Magen zusammen. Sie fragte Marshall: »Hat sie ihn erkannt? Weiß sie, wer er ist?«

»Sie weiß nicht, wer er ist, aber sie hat ihn schon mal gesehen.«

Kat rieb mit dem Daumen über die Oberseite ihres Fußes, während eine verzweifelte Hoffnung in ihr aufstieg. Würde sie endlich Antworten bekommen? »Mit David?«

»Es ist sechs Jahre her, dass sie David und diesen Mann auf dem Krankenhausparkplatz hat streiten sehen. Sie erinnerte sich daran, dass es der Morgen nach dem Überfall war, weil sie auf dem Weg ins Krankenhaus war, um dich zu besuchen. Von dem Zeitraum her passt es. Auf dem Bild war dein Bein immer noch im Streckverband. Du bist erst am Tag darauf operiert worden.«

Erleichterung machte sich in ihr breit. »Ich habe ihn auch mit David streiten sehen. Es war ein oder zwei Wochen vor dem Raubüberfall, oder was auch immer es war.« Was war wirklich in dieser Nacht passiert?

»Ich arbeite daran, mehr in Erfahrung zu bringen«, fügte Marshall hinzu. »Ich wollte es dir nur mitteilen, damit du auf der Hut bist. Halt dich von David fern.« Sie verdrehte die Augen. »Hallo? Das ist seit fünf Jahren mein vornehmliches Ziel. Ich bin nicht diejenige, die ihn als Trauzeugen zu seiner Hochzeit eingeladen hat.«

»Du warst mit ihm verlobt, Mädchen im Glashaus.«

»Nein, das war die alte Katie.«

»Ach ja? Was wird diese neue Katie denn tun?«

»Ihm in den Arsch treten und ihn dazu zwingen, die Wahrheit zu sagen. Lass uns später weiterreden.« Sie legte auf, bevor er seine Lektion darüber wiederholte, dass sie sich von David fernhalten solle. Das war ihr Plan, aber David hatte die Angewohnheit, aufzutauchen und Panik bei ihr auszulösen.

Was nicht wieder passieren würde.

11

Sloane goss frisch gebrühten Kaffee in Tassen und schlenderte zurück in Kats Backstube. Der Laden würde erst in einer Stunde öffnen. Kat hatte ihren iPod an, und ihr Hintern in den engen Jeans wiegte sich zum Takt der Musik, während sie Teig ausrollte und ausstach.

Sie war so verdammt heiß, dass sein Schwanz sich bemerkbar machte, aber Sloane ignorierte es geflissentlich. Kat arbeitete. Stattdessen stellte er ihr den Kaffee in Reichweite und setzte sich vor seinen Laptop am anderen Ende ihres Arbeitstisches.

Sobald Kat die Pastetchen in den Ofen geschoben hatte, sagte er leise: »Hol den Stick und komm her.«

Sie wusch sich die Hände und nahm den Stick von dem kleinen Schreibtisch an der Wand. »Das Bild ist hart.«

»Das hast du schon gestern Nacht gesagt.« Sie hatte es ihm zu dem Zeitpunkt nicht zeigen wollen. Er zog sie zwischen seine Beine und sah sie prüfend an. Während er mit den Daumen ihre Hüftknochen streichelte, versuchte er, den Grund für ihr Zögern herauszufinden. »Die einzige Gelegenheit, bei der ich die Kontrolle über mich verliere, ist die, wenn ich dich allein und nackt in meiner Nähe habe.«

Ihr Blick wurde weich. »Ich habe nur …«

»Machst du dir Sorgen, dass ich die Fassung verlieren und mir David oder den Mann auf dem Bild vorknöpfen könnte?«

»Ein wenig, aber es ist mehr als das.«

»In Ordnung, sag es mir.« Sloane spürte förmlich, wie sie sich wand. Er hatte es in der vergangenen Nacht auf sich beruhen lassen, weil ihre Augen ganz matt vor Müdigkeit gewesen waren. Schließlich wusste er nur zu gut, dass es seine Schuld gewesen war, dass sie in der Nacht davor keinen Schlaf gefunden hatte. Aber sie konnten dem, was ihr zu schaffen machte, nicht länger aus dem Weg gehen. Also musste Sloane das Bild sehen. Wie sonst konnte er sie beschützen, wenn er nicht wusste, wer oder was sie bedrohte?

»Als ich nach dem Besuch deiner Mutter in dein Haus kam, warst du in deinem Fitnessstudio und hast Taekwondo gemacht.« Ihre Augen strahlten leuchtend blau. »Du warst umwerfend, einfach wunderschön. Ich habe dich noch nie so gesehen.«

Er runzelte die Stirn und versuchte, ihr zu folgen. Sie wusste, dass er Kampfsport trainierte, also warum sollte sein Anblick bei Ausübung desselben sie beunruhigen? »Wunderschön?« Eine seltsame Wortwahl.

»So voller Energie.« Sie rang die Hände. »Ich habe dich niemals so gesehen. Du spielst so weit außerhalb meiner Liga, dass ich nicht weiß, warum du dich bereit erklärt hast, mit mir zu arbeiten.«

Verflucht. Jetzt wurde ihm alles klar. Sie dachte, dass das Bild, das sie so schwer verletzt zeigte, seine Meinung über sie ändern würde.

Er ergriff ihre Hände, verschränkte seine Finger mit ihren und sagte ihr die Wahrheit. »Ich empfinde dasselbe, wenn ich dich beim Yoga beobachte. Du setzt deine Kopfhörer auf und gleitest auf eine Ebene, wo du und dein Körper sich zur Musik bewegen.

Und wenn du dann auf einem Bein balancierst, bleibt mir fast das Herz stehen. Ich habe Angst um dich. Ich muss mich mit aller Macht davon abhalten, dich zu stützen. Aber gleichzeitig bin ich wie verzaubert von deiner gottverdammten halsstarrigen Tapferkeit. Du wirst nicht zulassen, dass dein Bein dich besiegt. Ich habe beinharte Kämpfer gesehen, die sich von ihren Verletzungen haben unterkriegen lassen. Du nicht.«

Ihre Finger spannten sich um seine, und ihr Puls flatterte. »So siehst du mich?«

»Du bist eine Überlebenskünstlerin. Eine wunderschöne Überlebenskünstlerin. Ein Foto wird daran nichts ändern.«

Sie errötete, was die Anspannung in ihren Zügen vertrieb. Sie beugte sich vor und küsste ihn.

Sloane atmete ihren warmen, süßen Duft ein. Gott, er würde nie genug von ihr bekommen. Sobald sie den Kuss beendete, sagte er ihr noch eine Wahrheit. »Du hast mich gesehen und gefühlt, als ich hart und tief in dich hineingestoßen habe. Ich halte dir gegenüber nichts zurück, wenn wir zusammen sind. Ich könnte es nicht, selbst wenn ich es wollte.« Sie knackte ihn jedes verdammte Mal.

Kat schüttelte den Kopf. »Du bringst mich dazu, dich zu sehr zu lieben.«

»Genauso soll es sein, kleine Bäckerin. Jetzt zeig mir das Foto, bevor ich gegen alle Hygienevorschriften verstoße und auf diesem Tisch hier über dich herfalle.« Er schlug mit einer Hand auf die Arbeitsplatte aus Edelstahl. »Das sieht ziemlich stabil aus.«

Kat erschauerte und drehte sich in seinen Armen, um den Stick in seinen Laptop zu schieben.

Sloane beugte sich über sie. »Willst du nicht herausfinden, ob ich geblufft habe?«

Sie sah zur Tür. »Meine Angestellte und meine Leibwächterin werden bald hier eintreffen.«

»Na und? Du kannst ein paar Muffins zur Tür hinauswerfen und ihnen sagen, dass sie warten sollen.«

Sie verdrehte die Augen, wandte sich um und klickte auf den Dateinamen. Das Foto erschien auf dem Bildschirm.

Ihm stockte der Atem. »Oh Gott.« Er hatte gedacht, er sei gewappnet. Dachte, er könne damit umgehen.

Ein verdammter Irrtum.

Kat lag in dem Krankenhausbett, ihr Gesicht war geschwollen, zerschunden und blutunterlaufen. Getrocknetes Blut klebte in ihrem Haar. Ihr Arm war eingegipst, ihr Bein in einem Streckverband. Er bebte vor Zorn, und das Herz schlug ihm bis in den Hals.

Was sie ihr angetan hatten. Mit einem Schläger.

Ihre Finger bedeckten seine, die sich in ihre Hüften gegraben hatten. »Konzentrier dich auf den Mann an der Tür.«

Sloane zwang sich, den Druck aus seinen Händen zu nehmen, bevor er ihr blaue Flecken zufügte, während er den Mann musterte. Durchschnittlich groß und muskulös. Auf dem Bild sah er aus, als sei er um die dreißig, und das war vor sechs Jahren. Bekleidet mit Jeans und einem T-Shirt stand er zaudernd in der Tür und starrte mit harten Augen auf Kat hinab. Kein Mitgefühl zeigte sich in seinen Zügen.

»Kennst du ihn?«

Sloane stieß den Atem aus. »Nein.« Er griff um Kat herum und speicherte das Bild auf seiner Festplatte. »Aber ich werde herausfinden, wer er ist.«

»Wie?«

Er blickte auf sie hinab. »Ich habe Privatdetektive, die für mich arbeiten. Sie überprüfen den Hintergrund meiner Angestellten, Kunden, Feinde. Ich schneide das Bild zurecht, sodass du nicht darauf zu sehen bist, dann schicke ich es an sie und warte ab, was sie herausbekommen. Dein Name wird jedenfalls nicht damit in Verbindung gebracht werden.«

»Das könnte klappen.«

»Vertrau mir.« Er schloss die Datei, um sie später zu bearbeiten, während er tief durchatmete und versuchte, sich seinen Zorn vor Kat nicht anmerken zu lassen.

»Deine Narbe ist ganz weiß.«

Verflucht. »Ich weiß nicht, warum ich mir die Mühe mache, meine Gefühle vor dir zu verbergen.« Kat brauchte ihn nur anzusehen. Nur wenige hatten je sein Pokerface durchschaut, sie schon. *Weil ich Kat genug bedeute, dass sie tief in mich hineinblickt.* Dieser Gedanke entsetzte ihn zutiefst, aber er weigerte sich, weiter darüber nachzudenken. Sie konnte eines Tages zu viel von ihm sehen und wie seine Mutter lernen, ihn zu hassen oder ihn zu fürchten. Aber Kat war nicht seine Mutter. Sie würde ihr Kind niemals im Stich lassen. Sie ließ nicht einmal Drake im Stich, sondern hatte es sogar in Kauf genommen, möglicherweise auf Sloanes Ablehnung zu stoßen, indem sie in sein Haus gegangen war, um Drake Gesellschaft zu leisten.

Seufzend schlang er die Arme um sie und zog sie an sich. »Das tut gut. Dich zu spüren, so warm und vertraut.« Sie gehörte zu ihm. Niemand würde ihr noch einmal wehtun. Nicht dieser Mistkerl auf dem Bild, nicht David, Dr. Arschloch, und nicht Foster.

Die Ladentür wurde geöffnet. Sloane schob Kat beiseite und sprang auf.

»Guten Morgen!«

»Das ist Anna«, sagte Kat und zog amüsiert die Augenbrauen hoch. »Wir sind in der Backstube.«

»Da draußen gibt es jede Menge Reporter und … Sloane hier drinnen.« Anna hielt das iPad in ihren Händen hoch. »Und ich habe fast die ganze Nacht durchgearbeitet und bin extra früh hergekommen, um dich aufzumuntern.«

Sloane runzelte die Stirn. Ihn beunruhigte die Vorstellung, dass Paparazzi Kat belästigten. »Als wir ankamen, waren keine Reporter da.«

»Sie sind gerade erst aufgetaucht. Von *Opfer fürs Leben.*«

Das Blut gefror ihm in den Adern. Er hasste diese Sendung.

»Der Beitrag, wie Sie Kat vor Reportern retten, wurde über achthunderttausend Mal angeklickt. Sie wollen mehr davon.«

Kat legte ihm eine Hand auf den Arm. »Lass sie auflaufen, Sloane. Ignorier sie einfach.« An Anna gewandt fragte sie: »Woher weißt du, wie oft das Video angeklickt wurde?«

»Bei der Recherche für mein Projekt, das übrigens«, sie ließ ein breites Grinsen aufblitzen, »fertig ist.«

Kat drückte Sloanes Arm. »Wirklich? Kann ich es sehen?«

»Sofort.« Anna legte ihr Tablet auf den Tisch.

Sloane trat hinter Kat, als sie sich auf einen Hocker neben Anna setzte. Er konnte spüren, wie ihre Schultern und der Rücken sich vor Aufregung anspannten.

»Ich habe es so eingerichtet, dass der längere, biografische Film zuerst kommt.« Anna schaute zu Kat hinüber. »Schwöre, dass du mich nicht mit Küssen überhäufst oder dein Erstgeborenes nach mir benennst, wenn du das hier gesehen hast. Denn das wäre peinlich.« Ihre Augen funkelten hinter ihren Brillengläsern. »Vor allem wenn dein Erstgeborenes ein Junge sein wird.«

»Einverstanden, aber ich behalte mir das Recht vor, jedes Reptil, das ich bekomme, nach dir zu benennen.«

»Sobald du das hier gesehen hast, wirst du einen anderen Ton anschlagen.«

Kat zog eine Augenbraue hoch. »Wird das heute noch passieren? Oder muss ich bis nächstes Jahr warten?«

Anna rutschte auf ihrem Hocker herum. »Du kannst dich glücklich schätzen, dass ich selbst ganz aufgeregt bin, sonst würde ich dich zappeln lassen.« Sie drückte auf Play.

Sloanes Erheiterung über das Geplänkel der Mädels ging über in totale Konzentration auf den Bildschirm. Leise Musik ertönte aus den Lautsprechern, als Kat ins Bild kam, wie sie an einem der Tische vor ihrer Konditorei saß. »Es gibt Menschen, die denken, dass das Beste in mir in der Nacht gestorben ist, in der mir Verbrecher mit einem Baseballschläger die Knochen zertrümmert haben.«

Er war sofort in ihren Bann geschlagen. Kat trug ihre Sugar-Dancer-Schürze über schwarzen Hosen und einer Bluse. Die Beleuchtung fing die violetten Strähnchen in ihrem braunen Haar auf. Er liebte dieses rebellische Zeichen an ihr. Aber es waren ihre Augen, die mit einer verblüffenden Authentizität in die Kamera schauten und die ihn den Atem anhalten ließen, während er darauf wartete, was sie als Nächstes sagen würde.

In der nächsten Einstellung erhob sich Kat von ihrem Platz

und ging mit ihrem leichten, aber unverkennbaren Hinken zu den Glasvitrinen, in denen Kuchen, Cupcakes, Muffins und Plätzchen ausgelegt waren. Sie drehte sich zur Kamera um, eine unvollkommene Frau inmitten all dieser vollkommenen, süßen Kreationen. »Aber ich denke, das Beste in mir ist im Krankenhaus erwacht, als mir klar wurde, dass das mein Leben ist. Das einzige, das ich jemals bekommen werde. Und ich werde es auf meine Weise leben.« Es folgte eine kurze Pause, während die Musik im Hintergrund anschwoll und die Kamera auf Kats Gesicht zoomte. »Mein Name ist Kat Thayne. Dies ist die Geschichte darüber, wie ich mein zerstörtes Leben wieder aufgebaut und die Sugar Dancer Bakery gegründet habe.«

Sloane war wie gebannt, während die Szene wechselte und ein Bild von Kat im Krankenhaus gezeigt wurde. Er zuckte zusammen angesichts der kurzen Momentaufnahme, obwohl er das Bild erst wenige Minuten zuvor gesehen hatte. Es folgten zwei weitere schnelle Schnitte mit Aufnahmen von ihr, wie sie sich mühsam mit Krücken fortbewegte und dann mit einem Gehstock als sichtbarem Beweis ihrer Fortschritte. Der Rest der Bilder oder Szenen zeigte Kat mit ihren Süßwaren und ihren Kunden und immer mit einem Lächeln auf den Lippen. Bei diesen Aufnahmen strahlten dem Betrachter Kats Leidenschaft und Freude entgegen.

Am Ende des Films zog Kat ein Resümee.

»Tanzen war die Leidenschaft meiner Großmutter, und sie hat mich tanzen gelehrt, sobald ich laufen konnte. Während ich im Krankenhaus war, hielt sie meine Hand und flüsterte mir immer wieder zu: »Du wirst wieder tanzen, Katie. Du wirst die Musik fühlen.«

Kats Lächeln ging in einen Gesichtsausdruck über, der so berührend war, dass Sloane der Atem stockte.

»Sie hatte recht. Jeden Tag hier bei Sugar Dancer fühle ich die Musik, während ich das tue, was mir Spaß macht, Torten backen, um Menschen in den schönsten Momenten ihres Lebens eine Freude zu bereiten: bei Hochzeiten, Geburtstagen, Abschlussfeiern und so weiter. So bekomme ich die Gelegenheit, an ihrem Glück teilzuhaben. Einige Menschen tanzen mit den Beinen, ich tanze mit Zucker.«

Mit diesem Statement endete der Film. Sloane hörte nur noch das Summen des Laptops, das in seinen Ohren widerhallte.

»Und, hatte ich recht? Ich habe doch gesagt, du kannst mir vertrauen.« Anna spähte zu Kat hinüber.

Kat holte tief Luft und ihre Schultern drückten sich gegen seinen Brustkorb. Der Moment zog sich in die Länge.

Anna rutschte mit wachsender Unruhe auf ihrem Stuhl hin und her. »Du findest ihn schrecklich.«

»Alles, was ich dazu sagen kann …« Kat schien Mühe zu haben, den Blick vom Bildschirm loszureißen. Schließlich legte sie den Kopf schräg und sah Anna direkt an. »… ist, dass ich hoffe, dass mein Erstgeborener kein Junge wird. Denn das wäre total peinlich.«

Die jüngere Frau sah sie einen Moment perplex an, dann machte sich ein Lächeln auf ihrem Gesicht breit. »Du hast mir einen Schrecken eingejagt.«

»Das ist nur fair, denn ich glaube, du hast mit diesem Film ein Stück meiner Seele entblößt. Ich bin mir nicht sicher, ob ich dazu bereit bin, obwohl ich finde, dass es großartig geworden ist.«

Sloane beugte sich vor und schlang die Arme um Kat, drückte sie fest an sich. »Wenn mir dieser Film untergekommen wäre, hätte ich dich noch vor der Abspannmelodie am Telefon, um dich unter Vertrag zu nehmen. Du bist nicht entblößt, Kat. Du bist authentisch – eine talentierte, hübsche, sexy und unvollkommene Frau, deren Leidenschaft das Backen ist.«

Ihr Lächeln vertrieb die Zweifel auf ihrem Gesicht, sie strahlte vor Glück.

Jahrelang hatte sie sich versteckt, sowohl hinter ihren Narben als auch in ihrer Konditorei. Aber in diesem Film hatte sie sich als eine starke und gleichzeitig verwundbare Frau offenbart. Er wandte sich an Anna. »Exzellente Arbeit. Sie haben Kats Kämpfe und ihren Triumph eingefangen und sie als das Gesicht von Sugar Dancer präsentiert – die Frau, die mit Zucker tanzt, statt mit den Beinen.« Dann richtete er den Blick wieder auf Kat und fuhr fort: »Dein Schlusswort wird dafür sorgen, dass die Menschen nur so herbeiströmen, um zu sehen, was du aus Zucker machen kannst.«

Anna errötete, und ihre Augen funkelten hinter ihren Brillengläsern. »Danke.«

»Kat sagt, Sie hätten einen Marketingplan entwickelt.«

»Das habe ich. Mit Slogan und allem drum und dran. Der Trailer ist ebenfalls gut.« Sie holte ihn auf den Bildschirm und drückte auf Play.

In weniger als sechzig Sekunden stellte er noch einmal die Höhepunkte von Sugar Dancer und Kat heraus. Er war temporeich, pointiert und ausgesprochen gut.

Kat grinste. »Das gefällt mir.«

Sloane konnte seine wachsende Begeisterung kaum zügeln.

»Es ist okay, aber diese Homestory ist Gold wert. Ich glaube, wir sollten uns Annas Plan ansehen, dann gibst du ihr grünes Licht, um das Paket an die Backshows zu schicken. Meine einzige Bitte ist, dass du die ganze Zeit über Leibwächter in deiner Nähe hast.« Kats Sicherheit stand für ihn an erster Stelle, aber er wusste auch, wie sehr sie darauf brannte, Sugar Dancer zu einem Markenzeichen zu machen.

»Aber …« Kats Schultern sackten herab, so weit, dass er ihre Sorge spürte.

Sloane legte ihr eine Hand unters Kinn. »Plan B. Wenn du zu einer der Shows eingeladen wirst, werde ich als dein Leibwächter mit dir zu den Aufnahmen gehen. Zusammen werden wir mit deinen Panikattacken schon fertigwerden. Und Anna kann mitkommen, um als deine Marketingleiterin und Assistentin hinter der Bühne Stellung zu beziehen.«

Kat stand auf und sah ihn an. »Du wirst nicht an irgendwelchen Fäden ziehen, um mich in eine Show zu bringen, oder?«

Eine Sekunde lang lief er Gefahr, der Versuchung zu erliegen. Sollte er es tun und sie damit an sich binden? Wenn er ihre Zukunft in seinen Händen hielt, konnte er sich dann ihrer Liebe sicher sein?

Selbst nachdem er getötet hatte?

Aber die Frau, die er liebte, wollte es unbedingt allein schaffen. »Du und dein Team«, er wies mit dem Kopf auf Anna, »ihr habt das schon im Griff.«

Ihr strahlendes Lächeln erwärmte ihn.

Am späten Sonntagnachmittag lehnte Sloane an dem Riesenkühlschrank in der Küche von Sugar Dancer und sah Kat dabei zu, wie sie Isaac zeigte, wie er einen Totenschädel auf seinen Keks zeichnen konnte. Fünf Jungen und Ethan folgten gespannt ihren Ausführungen, während die kleine Kylie die Stirn runzelte. »Totenschädel sind hässlich. Ich will Blumen auf meinem Keks.«

Kat schaute auf. »Ja? Wie wäre es mit einem Pony mit Blumen in der Mähne?«

Kylies entzücktes Kreischen ließ Sloane zusammenzucken. »Oh Gott.«

»Stell dir mal vier oder fünf von der Sorte vor, die dein Haus bevölkern oder in deinem Pool planschen. Da wirst du taub.« John biss in einen Cupcake. »Die sind mordsmäßig gut.«

»Das müssen sie wohl sein, wenn du ein halbes Dutzend davon gegessen hast.« Sloane versuchte, sich den Stolz darüber nicht anmerken zu lassen.

»Ich habe gesehen, wie du über diese Zitronencupcakes hergefallen bist.«

»Ich war nur höflich.« Er hätte jeden verprügelt, der seine himmlischen Cupcakes angerührt hätte. Sloane liebte diese sahnige Zitronenfüllung, die Kat als Zitronenquark bezeichnete.

John schnaubte. »Ja, bei dir dreht sich immer alles um Etikette und solchen Kram.«

Sloane ignorierte diese Bemerkung und nickte zu seinem Fahrer hinüber, der von ihm auch zum Kämpfer ausgebildet wurde. Der beugte sich gerade hoch konzentriert über einen Keks. »Ethan hat genauso viel Spaß wie die Kids.«

»Wir sollten ein Foto machen und es den anderen Kämpfern zeigen.«

»Wir posten es auf YouTube.«

»Und setzen es auf die SLAM-Website.«

Sloane lachte, wusste aber nur zu gut, dass sie das niemals tun würden. Ethan war einer ihrer Jungs gewesen. Er war mit sechzehn Jahren zu ihnen gestoßen, und es hatte lange gedauert, sein Vertrauen zu gewinnen. Was dieser Junge alles durchgemacht hatte … ihn lachen und Kekse dekorieren zu sehen, tat verdammt gut.

»Ehrlich, ich bin froh, ihn mitmachen zu sehen. Er hat sich von den anderen Jungs ein wenig zurückgezogen.«

Sloane war es ebenfalls aufgefallen, hatte es jedoch zumindest teilweise auf Drakes Krankheit geschoben. Sie zehrte an ihnen allen. »Was macht sein Training?«

John warf sein Einwickelpapier in den Müll. »Läuft super. Er arbeitet so hart wie jeder andere. Bei Übungskämpfen gewinnt zwar immer noch sein Temperament die Oberhand, aber er arbeitet daran.«

Selbstbeherrschung und ein klarer Kopf waren der Schlüssel zum Sieg in einem Kampf. Mit einundzwanzig musste Ethan das jetzt meistern. »Treffen wir uns morgen, nachdem ich Kat zur Arbeit gebracht habe. Ich werde mit Ethan kämpfen.« Sloane hatte sich bereit erklärt, mit ihm zu arbeiten, sobald es seine Zeit zuließ, aber mit seinem eigenen Training, der Arbeit, Drake und Kat blieb ihm einfach keine Zeit dazu. Das musste sich ändern.

»Er reagiert auf Kat. Sie ist diejenige, die ihn dazu beschwatzt hat, beim Dekorieren der Kekse mitzumachen.«

Besitzerstolz machte sich in ihm bemerkbar. Seine Freunde mochten Kat, und irgendwie schien sie wie selbstverständlich dazuzugehören. So wie heute, als sie den Jugendlichen angeboten hatte, nach Ladenschluss herzukommen, um Kekse zu dekorieren und mit nach Hause zu nehmen. Sloane konnte den Blick nicht von ihr losreißen, während sie unbefangen lächelte und sanft Anweisungen gab. Es gefiel ihr, mit diesen Jugendlichen in ihrer Backstube zu sein.

Keine der Frauen, mit denen er dieses Begleitungsabkommen gehabt hatte, hatte jemals Interesse an den Jungen gezeigt. Sie waren vernachlässigte Kinder, um die sich niemand scherte. Bestenfalls hatten diese Frauen Geld für das Fighters-to-Mentors-Programm gespendet, und das auch nur, um Sloane zu imponieren.

Geld war eine einfache Lösung, wenn man genug davon hatte. Aber Zeit und Interesse? Aufrichtig Anteil zu nehmen, um die eigenen Interessen mit unterprivilegierten Jugendlichen zu teilen? Das war etwas Greifbares und mit Geld nicht zu bezahlen.

Er rieb sich die Brust, während Furcht das warme Gefühl in ihm durchdrang. Sloane wollte Kat nicht verlieren, aber er wusste nicht, wie er sie behalten sollte. Die Dinge waren wesentlich einfacher gewesen, als Frauen für ihn nur Begleiterinnen waren, zu denen man keine emotionale Beziehung aufbaute, die einen ohnehin nur verletzbar machte. Schließlich stieß er sich vom Kühlschrank ab und schlug John auf die Schulter. »Du hast ihre Cupcakes gegessen, jetzt kannst du ihr helfen abzuwaschen. Los, komm.«

Kat schenkte ihm ein Lächeln, während sie mit flinker Hand kleine Pappschachteln zusammenfaltete. »Was ist los?«

Er wischte ihr einen Klecks Zuckerguss von der Wange. »Du hast genug getan. Setz dich und ruh dich aus. Das Saubermachen übernehmen wir.«

Sie zog die Augenbrauen hoch. »Das ist hauptsächlich die Buttercreme aus dem Spritzbeutel. Das geht nur schwer ab.«

Sloane zog die Brauen zusammen. »Bezweifelst du meine Fähigkeiten im Geschirrspülen? Ich habe einschlägige Erfahrung, wie du weißt.« Er war Tellerwäscher gewesen, als er Kat an ihrem sechzehnten Geburtstag zum ersten Mal begegnet war. Dieses Mädchen hatte ein Wechselbad der Gefühle in ihm ausgelöst, während die Frau vor ihm ihn vollkommen in der Hand hatte.

Skepsis machte sich auf ihrem Gesicht breit. »Du hast unsichtbares Personal, das dein Haus putzt und deinen Kühlschrank auffüllt.«

»Ich habe als Tellerwäscher in einigen der besten Hotels und im Country Club gearbeitet. Lass dich einfach überraschen.« Er umfasste mit beiden Händen ihre Taille und hob sie auf einen Hocker neben Kylie. »Bleibt hier sitzen und schaut zu.« Sie musste ihr Bein ausruhen, aber er würde das niemals vor anderen zur Sprache bringen. Stattdessen griff er zu einem Trick. »Kylie, du behältst Kat im Auge und sorgst dafür, dass sie nicht versucht, uns zu helfen. Sie hat all das für uns getan, also ist es nur fair, dass wir sauber machen, nicht wahr?«

Kylie dachte darüber nach und nickte feierlich mit großen, ernsten Augen. »Du musst deine Sache aber auch gut machen.«

Sloane konnte sich ein Grinsen nicht verkneifen. »Darauf kannst du wetten.« Er drehte sich zu den Jungen um. »Bringt das Geschirr zur Spüle, Männer. Zeigen wir den Mädchen, was wir draufhaben.«

Kat streckte auf der Rückbank der Limousine ihr schmerzendes Bein aus. Die Jungen hatten sich so hingesetzt, dass sie sich einen Film auf den zwei Bildschirmen ansehen konnten, während Kylie Kat die Bar zeigte. »Das sind meine Lieblingssäfte. Und am meisten mag ich Kirsch.«

»Dad hat gesagt, du darfst nur Wasser haben. Du hattest heute schon genug Süßes.«

Kylie sah ihren Bruder an und schnitt eine Grimasse. »Ich hab sie Kat doch bloß gezeigt.« Sie stellte den Saft wieder in den Kühlschrank.

Ben funkelte seine kleine Schwester an. »Immer musst du deinen Kopf durchsetzen. Du hast Kat dazu gebracht, in der Limousine zu fahren.«

»Habe ich nicht.«

»Hast du doch.«

»Hab ich nicht.«

Kat begriff allmählich, warum John gezögert hatte, sie mit den Kids alleinzulassen. Nun, allein war sie nicht, Ethan fuhr mit heruntergelassener Trennscheibe und behielt die Dinge im Auge. Sloane und John folgten ihnen in Kats Auto. Kylie hatte Kat angefleht, mit ihr zu fahren, und Kat hatte es ihr nicht abschlagen können. Bemüht, das Thema zu wechseln, fragte sie: »Ben, hat es euch Jungs bei dem Baseballspiel heute gefallen?«

Die Augen des Jungen leuchteten auf. »Und ob! Sloane hat uns vor dem Spiel mit einigen der Spieler bekannt gemacht. Wir haben diese Kappen von den San-Diego-Padres bekommen, und einige der Spieler haben ihr Autogramm darauf geschrieben.« Er nahm seine Kappe ab und streckte sie ihr hin.

Sie nahm sie entgegen und studierte jedes Autogramm. »Oh, cool, du hast Unterschriften von …«

Der Wagen machte eine Linkskurve. Kat hielt sich am Sitz fest, um nicht gegen Ben geworfen zu werden.

Ethan hatte das Manöver vermutlich gemacht, um etwas auf der Straße auszuweichen. Sie wollte gerade etwas sagen, da wurden sie auch schon erneut herumgeworfen.

»Kat!«, schrie Kylie und kletterte zu ihr herüber.

Der Wagen schleuderte wild hin und her, und Kat klopfte das Herz bis zum Hals. Ihr Puls raste wie verrückt. »Ethan!«

Keine Antwort.

»Ethan bewegt sich nicht!« Robert, ein älterer Junge, kniete sich auf den Sitz und schaute in die Fahrerkabine. Sein Gesicht war bleich vor Entsetzen.

Großer Gott. Das war furchtbar. Angst verschlug ihr den Atem, während der Wagen im Zickzackkurs weiterfuhr. Sie würden irgendwo gegen rasen.

Ein Schluchzen durchbrach ihre Angst. Kylie starrte Kat an, und riesige Tränen rollten ihr übers Gesicht. »Ich will zu meinem Daddy.«

Die Angst des kleinen Mädchens rüttelte Kat wach. Sie packte Kylie und drückte sie auf den Boden hinunter. »Alle nach unten. Haltet euch gut fest.«

Die Kinder krochen auf den Boden vor den Sitzen.

Bremsen kreischten. Aber die Limousine wurde nicht langsamer. Sie rasten über eine Kreuzung. Die quietschenden Bremsen gehörten zu den Fahrzeugen, die ihnen auszuweichen versuchten.

Ethan hing in seinem Sicherheitsgurt, bewusstlos oder tot.

Tu irgendetwas! Steig nach vorn, zieh die Bremse. Kat umfasste den Rahmen der Trennscheibe, um sich hindurchzuzwängen. Dabei schaute sie auf.

Zu spät, sie fuhren schräg auf eine Hausmauer zu. Verzweifelt packte Kat Ethan an der Schulter und schüttelte ihn heftig. »Ethan!«

Der Mann sackte nur noch tiefer in seinen Sicherheitsgurt, und der Wagen verlor an Fahrt. Ethans Fuß war vom Gaspedal gerutscht, aber sie waren nicht mehr weit genug entfernt, um vor der Mauer zum Stehen zu kommen.

Zu spät!

Kat drehte sich um und warf sich über so viele von den Kindern, wie sie konnte.

Sekunden später krachte und schepperte es entsetzlich. Metall kreischte und Schmerzensschreie gellten, während sie hilflos zwischen den Sitzen herumgeworfen wurden. Kats rechte Wange stieß gegen irgendetwas, und sie war benommen.

Es folgte ein unheimliches Schweigen, bis auf die schluchzenden Kinder und ihren eigenen hektischen Atem.

Sie lebte, aber was war mit den Kids? Und mit Ethan? Was zum Teufel war passiert?

12

Sloane fuhr sich durchs Haar. An seiner Hand klebte Blut. Jedes verdammte Mal, wenn er die Augen schloss, sah er den Unfall wieder vor sich, sah, wie der Wagen langsamer wurde und mit dem linken Scheinwerfer gegen die Mauer prallte. Dann war der lange Wagen die Mauer entlanggeschlittert und stehen geblieben. Sloane und John waren hingerannt und hatten die verklemmten Türen der Limousine aufgestemmt. Nicht zu wissen, ob Kat und die Kinder lebten oder tot waren, hatte ihn Jahre seines Lebens gekostet.

Und jetzt das.

»Ethan hatte einen Herzinfarkt?« Er sah sich in dem Warteraum der Intensivstation um und konnte es einfach nicht fassen. »Unsere Kämpfer unterziehen sich einer medizinischen Grunduntersuchung. Er ist erst einundzwanzig Jahre alt.« Sloane sah die Ärztin an. »Wie konnte so etwas passieren?«

Dr. Morris war bemüht, ihren neutralen Gesichtsausdruck beizubehalten. »Die Muskulatur seiner Herzkammer ist verdickt und konnte mit dem, was er seinem Körper zugemutet hat, nicht fertigwerden.«

»Sie meinen das Training?« Sloane beschlich ein Verdacht, was die Ursache betraf, aber er wollte es nicht glauben.

»Die Steroide.«

Verdammt. Er verschränkte die Arme in dem Versuch,

seinen Zorn im Zaum zu halten. »Ethan nimmt Steroide? In meinem Trainingsprogramm?«

»Er hat es zugegeben. Er steht unter Schock, Mr Michaels. Sein Herz ist geschädigt, und mit seiner Karriere als Kämpfer ist es vorbei. Außerdem hat er einige Verletzungen bei dem Autounfall erlitten, unter anderem von dem Airbag, der sich aufgeblasen hat.«

»Ich will ihn sehen.«

»Nein. Nicht heute Abend. Sie müssen wissen, dass dieser junge Mann sehr krank ist. Er wird sich erholen, aber er hätte sterben können.«

Blinder Zorn stieg in ihm auf. Wie konnte Ethan so dumm gewesen sein? Er hätte sich umbringen können, sich selbst, die Kids und Kat. Er hätte sie verlieren können.

Nein. Er durfte nicht daran denken, dass Kat hätte sterben können, das würde seiner Beherrschung den Rest geben.

Kat musste inzwischen vom Röntgen zurück sein, und er musste zu ihr. Aber eins musste er vorher noch erledigen. »Ich habe Ihnen zugehört. Jetzt bitte ich Sie, auch mich zu hören. Ich bin alles, was dieser Junge hat. Ich bin maßlos wütend und entsetzt, aber ich weiß, er hat Angst. Lassen Sie mich zu ihm, um ihm zu sagen, dass ich für ihn da bin. Wir werden nicht über die Steroide sprechen, bis es ihm besser geht.«

Sie sah ihn forschend an. »Ehrenwort?«

»Ehrenwort.«

»Na schön. Kommen Sie mit.«

Sloane folgte ihr in Ethans Zimmer. Der Körper des bleichen jungen Mannes war an zahllose Drähte und Schläuche angeschlossen. Seine Atmung ging flach, und seine Hände zitterten. Der Anblick versetzte Sloane einen Stich. Der junge Mann war zweifellos so krank, wie die Ärztin gesagt hatte. »Ethan.«

Ethan öffnete die Augen, und es dauerte einen Augenblick, bis er sein Gegenüber erkannte. »Es tut mir leid.«

Tiefes Bedauern sprach aus seiner Stimme, und seine Augen waren feucht. Verdammt, er war noch fast ein Kind. Sloane hatte Drake gehabt, der auf ihn achtgegeben hatte, der dafür gesorgt hatte, dass er nichts Dummes tat, wie zum Beispiel Steroide zu nehmen.

Sloane hatte Ethan gegenüber versagt.

Er legte dem Jungen eine Hand auf die Schulter und beugte sich zu ihm vor. »Darüber wollen wir jetzt nicht reden. Ich will, dass du dich darauf konzentrierst, wieder gesund zu werden. Das ist alles, was heute Abend zählt.«

»Wie schlimm sind die anderen verletzt? Bitte. Sie wollen es mir nicht sagen.« Tränen sickerten aus seinen Augen, und Sloane wurde von Mitleid ergriffen. »Es geht allen gut. Ben hat sich einen Arm gebrochen und Robert einen Finger, und Kylie brauchte einige Stiche an ihrem Bein. Darüber hinaus nur Kratzer und Prellungen.« Gott sei Dank hatte der Wagen vor dem Aufprall an Tempo verloren und war seitlich abgedriftet. Was eine Frontalkollision hätte werden können, war eher als heftige Schlitterpartie geendet.

»Was ist mit Kat?« Ethans Stimme war ganz rau.

»Sie ist im Moment wegen ihrer rechten Gesichtshälfte in der Röntgenabteilung, aber es ist nur eine Vorsichtsmaßnahme. Sie ist so weit unverletzt. Ich musste darauf bestehen, dass sie sich untersuchen lässt, und sie hat es auch erst getan, nachdem alle Kinder versorgt waren.«

Ethans Schultern entspannten sich. »Danke.« Er schluckte. »Ich wollte dich nie enttäuschen.«

Sloanes Kehle schnürte sich zusammen. Verflixt. »Dann werd wieder gesund. Hörst du? Ruh dich jetzt aus, ich komme morgen wieder.«

Kat erwachte mit einem Pochen im Gesicht und Schmerzen am ganzen Leib. Sie sah auf die Uhr. Fast zwei Uhr morgens. Sie versuchte, den Schmerz zu ignorieren und wieder einzuschlafen.

Da ihr das nicht gelang, schlüpfte sie vorsichtig aus dem Bett und ging ins Bad. Das Licht blendete sie schmerzhaft. Dann sah sie ihr Gesicht im Spiegel. Uh. Eine nicht zu übersehende Prellung unter dem rechten Auge und eine Schnittwunde über dem Wangenknochen. Sie zog ihr Tanktop hoch und entdeckte im zweiten Spiegel ein dunkles Mal auf ihrem Rücken in Höhe der Rippen.

Sie kramte nach dem Ibuprofen, als die Tür geöffnet wurde und Sloane nur mit Boxershorts bekleidet hereinkam, dunkle Bartstoppeln auf dem Kinn und das Haar zerzaust.

Er legte ein Kühlpack auf den Waschtisch und nahm ihr die Tabletten aus der Hand. »Wir haben es auf deine Weise versucht. Es hat nicht funktioniert. Du hast während der letzten zwanzig Minuten im Schlaf nur gestöhnt.« Er legte das Ibuprofen beiseite und griff nach einem braunen Röhrchen mit einem starken, verschreibungspflichtigen Schmerzmittel. Davon schüttelte er zwei Tabletten heraus. »Nimm sie. Bitte.«

Sie starrte auf seine Hände, die voller Kratzer und Schnittwunden waren. Weil er sie und die Kids aus dem Wagen gezogen hatte. Sie glänzten immer noch von der Salbe, die er auf Kats Beharren hin aufgetragen hatte, nachdem sie und Sloane geduscht hatten. Sloane hatte ihr erlaubt, sich um ihn zu kümmern, und jetzt versuchte er, das Gleiche für sie zu tun. »Es war dumm von mir zu denken, ich könnte in ein paar Stunden zur Arbeit gehen.« Das war Sloane von Anfang an klar gewesen, aber er hatte nicht versucht, sie dazu zu zwingen, die starken Schmerztabletten zu nehmen. Er hatte ihr erlaubt, die Dinge auf ihre Weise zu handhaben.

»Du musst dich ausruhen.« Seine besorgten Augen fingen ihren Blick im Spiegel ein. »Kellen und seine Eltern springen morgen für dich in der Bäckerei ein.«

Sie war für Sloane nur eine zusätzliche Belastung. Er war in Sorge gewesen wegen Ethan, hatte sich im Krankenhaus um alles gekümmert, hatte sie zu sich nach Hause gefahren, ihr geholfen zu duschen und sie ins Bett gebracht. »Okay.« Sie schluckte die Tabletten mit dem Wasser, das er ihr reichte. »Danke. Geh wieder ins Bett. Ich werde noch ein paar Minuten aufbleiben und mir das Gesicht kühlen.« Sie griff nach dem Kühlpack. Es würde ihrer heißen, pulsierenden Wange nur guttun.

Er trat auf sie zu und hob sie sanft hoch. »Ich setze mich zu dir.« Als sie am Bett vorbeikamen, nahm er die Tagesdecke mit; dann traten sie durch die Terrassentüren in die kühle, nach Meer duftende Nachtluft. Dort setzten sie sich auf die gepolsterte Bank der breiten Hollywoodschaukel, und er breitete die Decke über sie beide aus.

Die Nacht umgab sie, die Wellen kamen und brachen in einem beruhigenden Rhythmus, und Sloane drückte ihre linke Wange an seine Brust, während sie das Kühlpack an ihre rechte Seite hielt. Er stieß die Schaukel an, sodass sie sich langsam vor- und zurückwiegten.

Ihr Gesicht wurde bereits taub. Aber sie hatte nicht gewollt, dass Sloane ihretwegen aufstehen musste. »Ich wollte, dass du schläfst.«

»Jedes Mal, wenn ich die Augen schließe, sehe ich diesen Wagen ausbrechen und dann auf die Hausmauer zurasen. Ich konnte es nicht verhindern, konnte verdammt noch mal gar nichts tun.« Er holte tief Luft. »So ist es gut. Ich kann spüren, dass du atmest.«

Wieder und wieder durchlebten beide den Unfall. »Ich wusste nicht, was ich tun sollte. Kylie schrie nach ihrem Vater, sie hatte solche Angst, sie hatten alle Angst.« Kat konnte ihren Wortschwall nicht bremsen. »Als ich begriff, dass Ethan bewusstlos war, blieb nicht mehr genug Zeit, um nach vorn zu klettern und den Wagen zu bremsen. Ich habe Ethan geschüttelt, und das hat seinen Fuß vom Gaspedal gezogen.«

»Das hat euch das Leben gerettet. Der Wagen ist über die Kreuzung geschossen und immer wieder ausgebrochen. Wenn er mit voller Geschwindigkeit und frontal in diese Mauer gekracht wäre, hätte keiner das überlebt.«

Sie schloss die Augen, während ihre Gedanken sich überschlugen. »Ich kann immer noch Ben schreien hören, als ich Kylie aus seinem Arm gezogen habe.«

Sloane schob ihr eine Hand unter das Top, umschiffte ihre geprellten Rippen und strich ihr langsam immer wieder über den Rücken. »Du hast alles getan, was du konntest. Die Ärzte meinten, es wäre viel schlimmer gewesen, wenn du nicht alle auf den Boden geschickt hättest. Von jetzt an fahren die Kinder in der Limousine nur noch angeschnallt.«

Kat hatte nicht das Gefühl, sie hätte genug getan. Sie wünschte, sie hätte nach vorn klettern und den Wagen zum Stehen bringen können. »Wie schlimm steht es um Ethan?«

»Er steht unter Schock, aber der Herzinfarkt war das Schlimmste und hat seinem Herzen dauerhaften Schaden zugefügt. In welchem Ausmaß, wissen sie noch nicht. Er wird sich erholen, aber mit seiner Karriere als Kämpfer ist es vorüber.« Sloanes Muskeln verhärteten sich am ganzen Körper. »Oh Gott, Kat, ich habe es nicht gewusst. Ich schwöre es. Ich würde niemals zulassen, dass meine Kämpfer Steroide nehmen. Ich habe es nicht gewusst.«

Kat hob den Kopf. Die Wolkendecke öffnete sich und ließ einen Strahl Mondlicht hindurch, der die Qual in seinen Augen sichtbar machte – den Schmerz und den Zorn und die Schuldgefühle, weil er es nicht gewusst hatte. Während sie darüber gejammert hatte, welche Ängste sie ausgestanden hatte, obwohl es ihr gut ging, litt Sloane tief im Innern. »Er ist einer von deinen Jungs? Von den Kids, die du betreust?«

Er hielt ihren Blick fest. »Drake hat ihn auf der Straße aufgelesen, als er versuchte, mit illegalen Kämpfen Geld zu verdienen. Ich habe dann kurze Zeit später seine Betreuung übernommen.«

»Wie alt war er da?«

»Sechzehn. Gerade eben.«

Alter Zorn machte sich in den schwachen Linien um seine Augen breit. Kat stellte keine weiteren Fragen. Ethans Vergangenheit war seine eigene Sache. Stattdessen legte sie das Kühlpack beiseite und rieb mit dem Daumen über die Narbe neben Sloanes Mund. »Ich glaube dir, dass du es nicht gewusst hast. Wichtig ist, was du jetzt tust.«

»Die Ärztin will nicht, dass ich Ethan darauf anspreche, und das verstehe ich auch. Aber wir werden alle anderen in unserem Programm befragen. John und ich werden morgen früh das Gästehaus auf den Kopf stellen und Ethans Dopingausrüstung suchen, den ganzen Mist testen lassen, um herauszufinden, wie man die Substanzen aufspürt, da sie auf den Drogenscreens, die wir regelmäßig durchführen, nicht aufgetaucht sind. Dann werden wir alle noch einmal neu testen.«

»Ethan hat Designersteroide bekommen?« Kat richtete sich auf und Adrenalin kämpfte in ihrem Blut gegen das Schmerzmittel. »Anabole Steroide nachzuweisen ist ausgesprochen schwierig. Das erfordert spezielle Kenntnisse.«

»Wärst du dazu in der Lage?«

Die alte Scham darüber, nicht klug genug zu sein, kam wieder in ihr hoch, aber sie würde nicht lügen. »Nein. So gut war ich nicht. Und selbst wenn ich klug genug wäre, würde ich es nicht tun. Sieh dir an, was Steroide bei Ethan angerichtet haben, und das wahrscheinlich nur über einen kurzen Zeitraum hinweg. Langfristige Folgen wären die Zerstörung von Gehirnzellen und unberechenbarer Jähzorn.«

Sloane griff nach dem Kühlpack und legte es wieder an ihre Wange. »Wärst du denn in der Lage, die Ergebnisse zu prüfen, die wir in unseren Akten haben, um sicherzustellen, dass unsere Mannschaftsärzte nichts übersehen haben?«

»Ich kann es mir ja mal anschauen. Aber Amelia könnte es besser. Und Marshall auf jeden Fall.«

»Ich will, dass du es dir zuerst ansiehst und mir sagst, ob dir irgendein Wert merkwürdig vorkommt. Wir müssen jede verdammte Kleinigkeit überprüfen, von den Kontrolluntersuchungen angefangen, über die Ergebnisse bis hin zu den Auswertungen.« Er sah sie an. »Ich vertraue dir – du bist nicht käuflich, und du wirst mich nicht belügen. Du weißt, dass mehr als mein Geschäft auf dem Spiel steht, es geht um die Gesundheit meiner Kämpfer. Ich will nicht wegen irgendwelcher Nachlässigkeiten einen weiteren Ethan riskieren.«

Ihr Herz krampfte sich zusammen. »Du willst mir das anvertrauen? So gut bin ich nicht.«

»Ich vertraue dir. Du wirst es mir sagen, wenn es deine Fähigkeiten übersteigt. Ich werde morgen früh alle Unterlagen herschicken lassen, und dann werden wir mit der Arbeit beginnen.« Er strich ihr das Haar zurück und hielt ihr weiter das Kühlpack aufs Gesicht. »Würdest du das für mich tun?«

Er vertraute ihr. Glaubte an sie. »Ja.«

»Gut. Jetzt leg dich wieder hin.« Er zog sie an sich und steckte die Decke um sie herum fest. »Lass mich dich eine Weile halten.« Er versetzte der Schaukel einen sanften Stoß, sodass sie leicht hin- und herschwang.

Kat seufzte an seiner Brust. Sie spürte, wie das Medikament langsam zu wirken begann.

»Wie kommt es, dass du mir noch nie erzählt hast, dass du früher getanzt hast?«

In der dunklen Nacht kam ihr alles sehr weit entfernt vor. »Ich habe es nur zum Spaß gemacht, und ich kann es ja auch nicht mehr. Nicht so.«

»Du tanzt, wenn du backst. Und du siehst dabei verdammt sexy aus.«

Fand er das wirklich? »Eine Gewohnheit. Ich habe früher im Haus meiner Großmutter gebacken, und da haben wir bei jeder Gelegenheit getanzt. Ihr Name war Sylvia, sie war die

Mutter meiner Mutter. Zuerst wollte meine Mutter nicht, dass ich ihre Tanzschule besuche, aber ich habe geweint, wenn sie mich in ein Mathe- oder Wissenschaftscamp gesteckt haben. Ich habe das gehasst. Es hat mir immer das Gefühl gegeben, dumm zu sein.«

Sloane strich ihr übers Haar. »Deine Großmutter hat dich gerettet?«

Trotz ihrer Schmerzen entlockten ihr die Erinnerungen daran ein Lächeln. »Sie stand auf meiner Liste für Notfallkontakte ganz oben. Wenn ich geweint habe, ist sie gekommen und hat mir erlaubt, mit den Kids in ihrer Schule zu tanzen. Es war schön, etwas so ganz ohne Druck zu machen, sondern einfach nur, weil es Spaß machte. Meine Oma hat sich nie darum geschert, ob ich gut war. Sie wollte nur, dass ich ein Gefühl für die Musik entwickelte. Irgendwann haben meine Eltern mir dann meinen Willen gelassen und sich auf SiriX und Marshall konzentriert.«

»Warst du gut?«

»Nicht im professionellen Sinn. Dazu fehlte es mir an Leidenschaft. Ich mochte es, weil es eine Flucht war, ein Ort, an dem ich einfach ich selbst sein konnte. Meine Großmutter hat mich darüber hinaus beim Backen unterstützt. Ihr Lieblingsgebäck waren übrigens meine Erdnussbutterkekse.«

»Du musst sie sehr geliebt haben. Wann ist sie gestorben?«

»Ein Jahr bevor ich Sugar Dancer übernommen habe. An Brustkrebs.« Kat spürte, wie ihre Gedanken abschweiften. »Erinnerst du dich an die Bilder in meiner Bäckerei? Die von den Tänzerinnen?«

»Sie sehen aus, als wären sie aus farbigem Zucker gemacht.«

Er erinnerte sich, und das gab ihr ein ebenso warmes Gefühl wie die Decke und seine Arme. »Ja. Sie sind den Standaufnahmen von ihren Auftritten nachempfunden. Ich liebe diese Bilder. Es hört sich vielleicht dumm an. Aber ich wollte sie dort bei mir haben.«

»Das ist nicht dumm.« Sloane küsste ihr Haar, und sein warmer Atem streifte ihre Haut. »Sie sind eine Hommage an die Liebe.«

Er gab ihr das Gefühl von Sicherheit und Liebe. Sie ließ sich treiben, und ihre Lider wurden schwer. »Ich schlafe gleich ein. Ich werde wieder ins Bett gehen, damit du mich nicht zu wecken brauchst.«

»Ich halte dich fest. Schlaf, mein Liebling. Ich werde dich ins Bett bringen, wenn ich gehe.«

Kat öffnete die Augen, als Sonnenlicht den Raum durchflutete. Sie rollte sich auf die andere Seite, schaute auf die Uhr und erschrak. Es war schon nach zehn. Sie erinnerte sich vage, dass Sloane sie irgendwann geweckt hatte, um sie dazu zu bringen, weitere Tabletten einzunehmen, und danach … nichts. Bis jetzt. Sie musste tief und fest geschlafen haben.

Die Konditorei. Sie schnappte sich ihr Handy und fand drei SMS von Kellen. Allesamt Variationen von: *Hier ist alles in Ordnung, wir reden später.*

Sie simste zurück: *Bin gerade erst aufgewacht und liebe dich mehr als einen Eisbecher mit Schokoladenbrownie-Stückchen. Danke, dass du mir den Arsch rettest.*

Für dich immer noch Dr. Arschretter, Kit Kat. Ich habe promoviert.

Kat lachte und bereute es sofort, als ein Stich von ihrem

Auge in ihre Wange schoss und ihre Rippen wehtaten. *Lachen tut verdammt weh, Dr. Arsch.*

Freut mich, dass du am Leben bist und es spürst. Ich nehme als Entlohnung Brownies und Kekse mit nach Hause. Bis später.

Nach einer Dusche, um ihre Muskeln zu lockern, ging sie nach unten und fand Sloane, John und Drake am Besprechungstisch in Sloanes Arbeitszimmer. Die geöffneten Balkontüren ließen helles Sonnenlicht und eine kühle Meeresbrise herein. Aber alle drei Männer waren auf einen Fernsehbildschirm konzentriert, der Sloanes Schreibtisch gegenüber an der Wand befestigt war.

Ein Mann sprach mit ernster Miene in die Kamera: »Eine informelle Quelle innerhalb des Krankenhauses hat bestätigt, dass Ethan Hunt zu den SLAM-Kämpfern gehört und dass die Ursache für seinen Herzinfarkt, der zu diesem Unfall führte, vermutlich auf die Einnahme von Steroiden zurückzuführen ist.«

Kat war wie betäubt, als sie Bilder von der Limousine sah, deren linke Vorderseite eingedrückt war und die von den blinkenden Lichtern der Notarztwagen beleuchtet wurde.

»Es werden auch bei der SLAM Inc. Ermittlungen zu den Dopinganschuldigungen angestellt werden.«

»Sloane?«

Beim Klang ihrer Stimme sprang er auf und wirbelte herum. »Du bist aufgestanden.«

»Was geht da vor?« Sie deutete auf den Fernseher. »Wie haben sie das so schnell herausgefunden? Hast du es der Presse erzählt?«

Sein Mund verzog sich für einen Moment zu einer weißen

Linie, dann sackten seine Schultern herab, so als wolle er sich ergeben. »Eine undichte Stelle. Aber jetzt ist es heraus, und es lässt sich nicht länger leugnen.«

»Was wird mit Ethan passieren?«

Sloane ging zu einem Sideboard und goss sich einen Kaffee ein. »Er wird mit den Behörden kooperieren und etwas für sich aushandeln müssen.«

»Großer Gott, Kat.« John trat vor sie hin, eine tiefe Falte zwischen den Brauen. »Hast du deine Wange röntgen lassen?«

Seine Sorge rührte sie. »Als hätte ich eine Wahl gehabt! Du kennst doch Sloane, oder? Wie geht es Ben und Kylie?«

»Besser als ich gedacht hätte. Sie haben bei uns geschlafen, hauptsächlich weil wir sie im Auge behalten wollten. Heute Morgen haben sie dann über nichts anderes als über ihr großes Abenteuer reden können.«

»Dann bin ich beruhigt. Sag Sherry, dass ich versucht hätte, den Wagen zu bremsen, wenn Zeit dafür geblieben wäre. Aber die Ziegelsteinmauer war schon zu nah.« Sie hasste dieses Gefühl von Unzulänglichkeit.

»Im Ernst. Es ging alles so schnell. Sloane hat noch versucht, um den Wagen herumzufahren, um festzustellen, was zum Teufel da los war, aber die Limousine war zu sehr ins Schlingern geraten.« John legte ihr eine Hand auf die Schulter. »Danke, dass du dich um die Kinder gekümmert hast. Auch von Sherry. Ich würde dich ja umarmen, aber ich habe Angst, dir wehzutun.«

»Ihre Rippen sind ein wenig in Mitleidenschaft gezogen.« Sloane reichte ihr eine Tasse Kaffee. »Hast du etwas gegessen?«

Kat brauchte eine Sekunde, um dem Themenwechsel zu folgen. »Ähm, Joghurt.« Sie nippte an ihrem Kaffee, um das benebelte Gefühl von den Schmerztabletten und dem tiefen Schlaf loszuwerden. Das gab ihr außerdem die Zeit, um festzustellen, dass Sloane perfekt geschnittene Hosen zu einem grauen eng anliegenden Hemd trug. Glatt rasiert, das Haar zurückgekämmt, verströmte er eine selbstbewusste Eleganz, die ihr die Knie weich werden ließ. Das war derselbe Mann, der sie gestern Nacht gehalten hatte, der ihr gesagt hatte, wie verzweifelt er war, weil er nicht gewusst hatte, dass Ethan Steroide nahm.

»Sie braucht eine Kühlkompresse«, sagte Drake vom Tisch her. »Du hättest es ihr über Nacht auflegen sollen.«

»Das habe ich. Dreimal.«

»Drei… ? Ich erinnere mich nur an ein Mal.« Sie glaubte ihm, aber warum konnte sie sich nicht erinnern?

Er schlang den Arm um sie. »Du hast geschlafen. Mach dir deshalb keine Sorgen.«

Argwohn stieg in ihr auf. »Du bist absichtlich wach geblieben, um auf mich aufzupassen.« Ihr Arzt war leicht besorgt gewesen. Es gab keine Anzeichen für eine Gehirnerschütterung, aber ihre letzte Gehirnerschütterung war so schwer gewesen, dass man empfohlen hatte, sie über Nacht nicht allein zu lassen. »Deshalb hast du zugestimmt, dass ich den ersten Teil der Nacht nur Ibuprofen genommen habe.«

Er zuckte die Achseln. »Das war keine große Sache.«

Das stimmte nicht. Ganz und gar nicht. Sloane hatte nicht gewollt, dass sie das Gefühl hatte, eine Last für ihn zu sein. Sie musste gegen das schwache Brennen in ihren Augen anblinzeln. »Für mich ist es eine sehr große Sache«, sagte sie leise.

Winzige Fältchen bildeten sich um seine Augen. »Ja?«

Es gab ihr das Gefühl, etwas Besonderes zu sein, so als sei sie wichtig. Selbst wenn er weltgewandt und sexy aussah, während sie Yogahosen und ein Tanktop trug. »Ja. Danke, dass du auf mich achtgegeben hast.«

»Immer doch. Bist du fit genug, um die Laborberichte durchzugehen? Ich habe die Analysen aller Substanzen, auf die Ethan getestet wurde.«

Das führte sie zurück zu dem Problem, mit dem Sloane sich konfrontiert sah. Mehr denn je wollte sie ihm helfen, zumal sie nun verstand, warum er sie um diesen Gefallen gebeten hatte – er konnte niemandem sonst trauen. Er hatte es gestern Nacht bereits gesagt, aber jetzt hatte sie selbst mit ansehen können, mit welchen Problemen er zu kämpfen hatte, weil Leute nicht dichthielten.

»Klar.« Sie nippte an ihrem Kaffee und schlüpfte auf den Stuhl neben Drake. Er trug eine Jogginghose und ein T-Shirt; und die Sorge, die auf seinen knochigen Schultern lastete, war ihm deutlich anzumerken.

Sloane stellte seinen Laptop vor sie hin. »Hier sind die Dateien über die letzten beiden Urintests. Scroll hinunter, dann kannst du sie alle sehen.«

Kat begann, die Seiten zu lesen, machte sich zuerst mit den Formaten vertraut, den normalen Werten und Parametern, dann verglich sie sie miteinander und machte die Gegenprobe. Es dauerte nicht lange.

Schließlich lehnte sie sich zurück und trank den Rest ihres Kaffees. »Die Tests sind umfassend, und die Berichte stimmig. Wenn das deinem medizinischen Personal vorgelegen hat, würde ich sagen, haben sie nichts übersehen. Ethans Werte sind innerhalb der Parameter.«

Sloane rieb sich die Nase. »Das ist doch immerhin etwas. Aber das bedeutet, dass diese Steroide durch die Tests nicht nachweisbar waren.«

Einen Augenblick machten sich der wenige Schlaf und die erdrückende Last der Sorgen bemerkbar. Kat fragte: »Habt ihr Ethans Dopingmittel gefunden?«

Er griff an ihr vorbei nach einem Beutel mit Reißverschluss. »Ja, sie waren im Futter seiner Sporttasche. Spritzen, Flaschen und Gebrauchsanweisungen. John wird sie selbst ins Labor bringen.«

Sie wusste nicht, wie sie sonst noch behilflich sein konnte. »Was kann ich noch … ?«

»Das ist Sugar Dancer.« John griff nach der Fernbedienung und stellte lauter. Kat drehte sich um und sah auf dem Bildschirm eine Frau vor den Auslagen in ihrem Laden.

»Können Sie bestätigen, dass Katherine Thayne etwas mit dem Unfall zu tun hatte, der angeblich von dem SLAM-Kämpfer Ethan Hunt verursacht wurde?«

»Kein Kommentar. Und jetzt raus mit Ihnen.« Kellens Stimme war ebenso kalt wie der Blick aus seinen haselnussbraunen Augen.

»Gehört Katherine Thayne nicht zu der Familie, in deren Besitz sich SiriX Pharmaceuticals befindet? Es gibt Gerüchte, dass Mister Hunt Steroide benutzt hat. Besteht da eine Verbindung?«

»Ich rufe jetzt die Polizei.« Kellen zog sein Handy heraus und begann irgendwelche Tasten zu drücken.

Das Bild wechselte zu einem Moderator im Studio.

Kats Frühstücksjoghurt säuerte in ihrem Magen.

Sloane legte ihr eine Hand auf die Schulter, während er durch sein Handy scrollte und einen Anruf tätigte. »Liza, schick sofort Sicherheitsleute zur Sugar Dancer Bakery, um Journalisten von dort fernzuhalten.«

Kat erholte sich von ihrer Überraschung, zog ihr Handy heraus und rief Kellen an.

»Du hast die Nachrichten gesehen«, stellte er fest.

Anspannung ließ ihre Prellungen nur noch mehr schmerzen. »Wie schlimm ist es bei euch?«

»Hier tauchen gerade Kamerateams auf. Aber ich werde damit schon fertig. Meine Eltern sind ja auch hier.« Kels Worte klangen abgehackt vor lauter Ärger. Es war nicht fair, ihm all das zuzumuten.

»Ich komme vorbei.«

»Tu das nicht, Kat. Bleib bei Sloane und ruh dich aus. Du kannst dich auf uns verlassen. Meine Mutter hat ihre Pekannussbrötchen gebacken. Die lieben die Kunden.«

Was sie nicht alles für sie taten! »Kel, mir geht es gut. Ich habe die ganze Nacht geschlafen. Außerdem sollte deine Mutter dir heute helfen, dich in deinem neuen Haus einzurichten.«

Er und Diego waren am Wochenende in ihr Haus gezogen, und Kel brauchte diese letzte Woche, bevor er mit seinem neuen Job anfing, um Umzugskisten auszupacken, alles einzurichten und sich auf die Hauseinweihungsparty am kommenden Samstag vorzubereiten.

»Oh, lass es gut sein. Hörst du dir eigentlich selbst zu? Hat dieser Unfall die Märtyrerin in dir entfesselt? Die ist ausgesprochen unattraktiv, glaub mir. Bring dieses Miststück um die Ecke und hol meine stachelige Kit Kat zurück.«

»Bring mich nicht zum Lachen.« Kel blieb nie lange wütend. Es war eins der Dinge, die sie an ihm liebte.

»Du hättest es verdient. Du beleidigst mich, und das weißt du. Außerdem stehst du jetzt gewaltig in meiner Schuld. Ich führe eine dicke Akte darüber, wie viel du mir für all den Scheiß schuldest, den ich für dich tue.«

Ihre Gesichtsmuskeln zuckten aufs Neue. »Ich hasse dich.«

»Du liebst mich. Wie sieht dein Gesicht heute Morgen aus?«

Wenn sie mit Kellen sprach, ging es ihr immer gleich besser. »Geschwollen.«

»Wenn die Presse dich so sieht, wird alles nur noch schlimmer. Bleib bei Sloane und warte einen Tag, bis die erste Aufregung sich gelegt hat.«

Er hatte recht. »Danke, Kel. Ich schulde dir wirklich etwas. Sloane schickt ein paar Sicherheitsleute vorbei, die euch die Journalisten vom Leib halten. Ich werde deine Eltern später anrufen, um mich bei ihnen zu bedanken.«

»Ich werde meine Mutter bitten, dir ein Pekannussbrötchen aufzuheben.«

Nicht lächeln. »Oh, und Kel?«

»Was?«

»Du wirst den Entwurf für euren Kuchen nirgendwo im Laden finden.« Mit diesen Worten legte sie auf.

Sloane reichte ihr eine Kühlkompresse. »Sieht so aus, als könntest du das brauchen. Kel versteht es, dich zum Lachen zu bringen, selbst wenn du Schmerzen hast und mitten in der größten Scheiße steckst.«

Das Kühlkissen fühlte sich großartig an ihrer Wange und ihrem Auge an. »Er ist eine große Hilfe. Er hat die Konditorei im Griff, also kann ich hierbleiben. Du bist für die Arbeit angezogen. Geh ruhig. Drake und ich werden schon zurechtkommen.«

13

Sloane stopfte das Bettzeug in die Waschmaschine, stellte sie an und kehrte in Drakes Zimmer zurück, jetzt, da er sich beruhigt hatte. Er achtete nicht auf Drake, der sich in einem Sessel ausruhte, sondern konzentrierte sich auf Kat. »Warum zum Teufel hast du mich nicht angerufen?« Nein, er hatte sich doch nicht beruhigt.

Kat strich das Spannlaken über Drakes Bett glatt und griff nach dem Bettbezug. Sie vermied es bewusst, ihn anzusehen. »Ich hatte es im Griff.«

»Sie hat gesagt, du seist zu beschäftigt mit dem Training«, murmelte Drake.

Zu beschäftigt? Für Drake oder Kat? Er war im Fitnessstudio gewesen, nicht mitten in einer Hirnoperation. Er geriet in Rage und riss ihr den Bezug aus der Hand. »Schwachsinn zu denken, dass du es im Griff hattest. Du hättest dich verletzen können, als du versucht hast, Drake zu bewegen!« Als sei sein Tag nicht schon beschissen genug gewesen. Er hatte sich auf einer Pressekonferenz mit Journalisten herumgeschlagen und sich ins Krankenhaus geschlichen, wo Ethan einem Test unterzogen wurde. Außerdem hatte er ein Meeting für sämtliche Kämpfer und das betreuende Personal einberufen, um SLAMs Null-Toleranz-Position in Bezug auf leistungssteigernde Drogen ein für alle Mal klarzustellen.

Und dann war er in diesen Albtraum nach Hause zurückgekehrt. Nachdem Jane, eine der Tagesschwestern, gegangen war, hatte Drake begonnen, sich zu übergeben. Sloane war hinzugekommen, als Kat versuchte, Drake aus dem Bett zu hieven, um sauberzumachen. Seine Muskeln zuckten.

Kat kniff die Augen zusammen, dann riss sie ihm den Bezug wieder weg und legte ihn aufs Bett. »Ich bin nicht behindert.«

»Du hattest gestern einen gottverdammten Autounfall. Und zu deiner Information, Schätzchen, ein Hinken bedeutet, dass du behindert bist.« Es war ihm so herausgerutscht, und er konnte es nicht mehr rückgängig machen. Niemand brüllte ihn mehr an, außer Drake oder Kat. Es tat verdammt gut zurückzubrüllen.

Wenn er aufhörte herumzubrüllen, würde er über Drake nachdenken müssen. Drake, der krank war und im Sterben lag. Verdammt.

Kat wirbelte auf ihrem gesunden Bein herum, bis ihre Zehenspitzen die seinen fast berührten. Dann legte sie den Kopf in den Nacken, und die Augen in ihrem ramponierten Gesicht feuerten alle möglichen Blitze ab. »Zu deiner Information, Champion, du bist ein Arschloch.« Sie stolzierte aus dem Raum, und ihr Hintern wiegte sich, während sie humpelte.

»Das ist richtig gut gelaufen.«

Sloane richtete den Blick auf Drake. Der einst so gewaltige Kämpfer schwand zu dieser leeren Hülle dahin mit dieser trockenen, kränklich gelben Haut. Drakes Krebs ließ sein Gesicht Tag für Tag mehr einfallen, und es brachte Sloane schier um den Verstand, dass er nichts dagegen tun konnte. Nicht die kleinste Kleinigkeit. Drake hatte genug mit sich zu kämpfen, da brauchte er nicht auch noch zu sehen, wie sehr das

Sloane zusetzte. »Lachst du etwa? Du hast die letzte Stunde damit verbracht, Kat vollzukotzen.«

»Sie hat dich angebrüllt. Dich ein Arschloch genannt. Zum Teufel, ja, ich lache. Und es ist mir egal, wenn ich wieder kotze. Das war verdammt komisch.«

Sloane schüttelte den Kopf, ging in das angrenzende Badezimmer und drehte die Dusche auf. Als er zurückkam, fragte er: »Sie hat wirklich gesagt, ich sei zu beschäftigt damit zu trainieren?«

Drake wurde wieder nüchtern. »Ja.«

Das gefiel ihm nicht. Ganz und gar nicht. »Ich wäre nach Hause gekommen, wenn du oder Kat angerufen hättet.« Er hockte sich vor den älteren Mann hin. »Das weißt du.« Drake musste wissen, dass Sloane zur Stelle sein würde, was auch geschah.

Drake nickte. »Ja, natürlich.«

Sloane ballte die Fäuste auf den Oberschenkeln. »Aber Kat weiß es nicht.« Natürlich wusste sie es nicht. Sie war zu ihm gekommen, nachdem sein Miststück von einer Mutter bei ihr die Bombe hatte platzen lassen, und er hatte sie zurückgewiesen. Er hatte das Versprechen nicht gehalten, das er ihr gegeben hatte – falls sie sich zurückzog, würde er hinter ihr herkommen.

Stattdessen war er ihr aus dem Weg gegangen, davon überzeugt, dass er sie gehen lassen musste.

Aber Kat sah das anders. Sie hatte das Gefühl, dass er sie von sich stieß, wenn sie ihm in die Quere kam.

»Du kommst hereingeschneit und brüllst rum und sagst ihr, dass sie mit den Dingen nicht fertigwerden könne. Kommt dir das irgendwie bekannt vor? Ist es nicht genauso, wie ihre

Eltern sie behandeln, als sei sie zu blöd, ihre eigenen Entscheidungen zu treffen?«

Er wiegte sich auf den Fußballen vor und zurück. »Das habe ich aber nicht gemeint.« Er fuhr sich mit der Hand durchs Haar. Hatte er ihre Gefühle verletzt? Aber sie hatte sich nicht in sich selbst zurückgezogen. Bei der Erinnerung daran musste er grinsen. »Sie hat sich vor mir aufgebaut und mich angebrüllt. Das war eine Leistung.« Wenn sie sich zurückzog, wusste er, dass sie litt und emotional dichtmachte.

Daraufhin entspannte Drake sich. »Sie hat sich dir gegenüber gut behauptet.« Er brachte ein schwaches Kichern zustande. »Sie hat recht, du bist ein Arschloch.«

Er musste Drake behilflich sein, sich zu säubern, dann würde er seine kleine Bäckerin suchen gehen. Also zog er eine Augenbraue hoch, sah den anderen Mann an und sagte: »Wenigstens rieche ich nicht nach Kotze.« Er half Drake hoch und schaffte ihn in die Dusche.

Eine Stunde später ging Sloane in Richtung Treppe. Er sah, dass die Terrassenlichter an waren und die Glasschiebetüren offen standen. Er ging hinaus in der Erwartung, Kat auf einem der Stühle sitzen zu sehen.

Aber da war niemand.

Ein Anflug von Sorge überkam ihn. »Kat?« Sie hatte ihn doch nicht verlassen, oder? Hatte er ihr Verhalten heute Abend falsch interpretiert? Er war sich sicher gewesen, dass sie duschen gegangen war und Drake ein wenig Privatsphäre ließ, während Sloane ihm half. Als er an dem beheizten Pool vorbeiging, sah er Kat auf einem Handtuch im Sand mit ihrem iPod, nur von einem Streifen Mondlicht beschienen.

Sie balancierte auf ihrem schlechten Bein; einen Arm hatte

sie in den Himmel gereckt und den anderen benutzte sie, um das zweite Bein am Fußgelenk hinter sich zu halten. Sie beugte sich vor, senkte ihren Arm und hob ihren Fuß am Knöchel in die Höhe.

Sloane blieb fast das Herz stehen. Kat trug ihre winzigen Schlafshorts und ein Spaghettitop, sodass die makellose Schönheit ihres Körpers offenbar wurde. Selbst ihr rechtes Bein, das sie nicht ganz gerade ausstrecken konnte, verzauberte ihn. Sie verharrte einen Moment lang in dieser Haltung, bevor sie sie mit ihrem schlechten Bein ein wenig modifizierte.

Es kostete ihn seine ganze Selbstbeherrschung, nicht die Stufen hinunterzuspringen und sie zu halten, damit sie nicht das Gleichgewicht verlor.

Er tat es nicht. Trotz all seiner Vorwürfe vorhin kannte Kat ihre Grenzen. Aber verdammt. So ins Mondlicht getaucht, den Ozean im Hintergrund, war sie atemberaubend. Sloane schob seinen Schwanz in seinen Shorts hinunter, während sie diese Pose löste und anmutig in eine andere hinüberglitt.

Wie eine Tänzerin. So verdammt schön, dass er sich danach sehnte, sie zu berühren. Sie zu halten.

Sie zu nehmen.

Aber ihre Prellungen sprachen dagegen. Sie bewegte sich vorsichtiger als sonst bei ihrem Yoga. Sloane ging die Stufen hinunter und trat in ihr Blickfeld.

Sie löste sich aus ihrer Pose und musterte ihn wachsam.

Sanft zog Sloane ihr die Ohrstöpsel heraus. »Du bist so verdammt schön, Kätzchen.«

Sie kniff die Augen zusammen. »Für einen Krüppel?«

Er schlang eine Hand um ihren Nacken, zog sie an sich und

ließ sie spüren, was sie mit ihm machte. »Ein halsstarriger und sehr erotischer Krüppel in Shorts, der mir einen massiven Ständer beschert.«

Kat zog die Augenbrauen hoch. »All deine Ständer sind massiv.«

»Freut mich, dass du das so siehst.«

»Du bist trotzdem ein Arschloch.«

Er liebte es, dass sie ihm gegenüber nicht klein beigab. »Ist vermerkt, aber dein Arschloch, mit Verlaub. Bei Bedarf, Anruf genügt, und ich komme sofort.« Er hatte sich klar und deutlich ausgedrückt. Keine Spielchen. Kat schätzte es nicht, manipuliert zu werden, und er konnte ihr daraus keinen Vorwurf machen.

Sie reckte das Kinn, und das Mondlicht beleuchtete die Prellungen auf ihrer Gesichtshälfte. »Hörst du dein Telefon klingeln?«

»Nein.«

»Dann brauche ich dich auch nicht. Also geh.«

Sie brachte ihn um den Verstand, er war hin- und hergerissen zwischen Erheiterung und einem Verlangen, das so übermächtig war, dass er kaum atmen konnte. Sloane beugte sich vor und streifte mit seinem Mund ihr Ohr. »Nur die Tatsache, dass du verletzt bist, hindert mich daran, dir diese Shorts vom Leib zu reißen und dich so hart zu nehmen, dass dir die Ohren klingeln.« Er trat einen Schritt zurück und sah ihr in die Augen. »Wenn du wieder gesund bist, werde ich dir zeigen, wie sehr du mich brauchst.« Er steckte ihr sanft die Stöpsel in die Ohren und machte sich auf den Weg in sein Arbeitszimmer, wo er arbeiten und Kat im Auge behalten konnte.

»Er weiß, wer Kat ist.«

Sloane bewegte unruhig das Telefon in seiner Hand hin und her. Dieses Gespräch über Lee Foster wühlte das Grauen auf, das in ihm schlummerte, seit der Beitrag von ihm, wie er Kat vor Reportern rettete, ausgestrahlt worden war. Er hievte sich von seinem Schreibtisch hoch und ging zu der Balkontür. Kat reckte die Arme nach oben und beugte sich leicht zurück, nicht bis hinunter zu einer Brücke wie sonst, was wohl auf die Prellungen an ihren Rippen zurückzuführen war.

Sie gehörte zu ihm. Er wollte sie nicht verlieren.

»Ja«, bestätigte sein Ermittler und lenkte Sloanes Aufmerksamkeit zurück auf das Gespräch. »Er hat nichts gesagt, aber er sieht sich diesen Beitrag von Ihnen beiden immer wieder an.«

Verflucht. Foster hatte Kat ins Visier genommen. Sloane hatte einige Männer auf Foster angesetzt und behielt ihn in dem Fitnessstudio im Auge, wo er für den Kampf trainierte. »Ich will die Trainingsaufnahme von heute sehen.«

»Ist bereits abgeschickt.«

Sloane riss den Blick von Kat los, kehrte an seinen Schreibtisch zurück und öffnete die Datei auf seinem Laptop. »Hat er sich in die Nähe von Sugar Dancer begeben? Oder sonst etwas Auffälliges getan?«

»Nein. Er trainiert fast die ganze Zeit oder sieht sich Filme von Ihren Kämpfen an, alles, was er in die Hände bekommen kann.«

»Behalten Sie ihn genau im Auge. Er darf nicht in Kats Nähe kommen.« Da Olivia in Florida war, war seine Mutter in Sicherheit. Foster würde ohnehin nicht an ihren Leibwächtern vorbeikommen. Sloane machte Anstalten aufzulegen.

»Er ist noch woanders hingegangen.«

Die Haare in seinem Nacken stellten sich auf. »Wohin?«

»Zu Saras Grab.«

Das traf ihn tief und machte ihn maßlos wütend. Er war zu ihrem Grab gegangen, um die Vergewaltigung und den Mord noch einmal zu durchleben? Sara würde keinen Frieden bekommen, bis diese Drecksau tot war.

Sloane beendete das Telefonat und ließ das Trainingsvideo auf seinem Bildschirm an der Wand laufen. Er lehnte sich in seinem Stuhl zurück und zwang sich, ruhig zu bleiben. All seine Reue, sein Zorn und seine Trauer waren nichts als Ablenkung, die ihn umbringen konnte. Stattdessen analysierte er eiskalt die Kraft, die Foster im Gefängnis entwickelt hatte. Er war ein Knockout-Kämpfer, der auf den schnellen Sieg aus war, aber er hatte nicht das Durchhaltevermögen für einen wahren Kampf.

Sloane hingegen schon. Er würde mit diesem Arschloch spielen, bis …

Ein Aufkeuchen erschreckte ihn.

Kat stand in der Balkontür, ihr geschwollenes Gesicht ihm zugewandt, während sie mit großen Augen Foster anstarrte, wie er auf dem Bildschirm mit einem Partner kämpfte. »Das bist nicht du.«

»Nein.« Er drückte auf die Pausentaste. Sie hasste Kämpfe, hatte gesagt, dass sie sich keinen seiner alten Kämpfe ansehen wolle. Aber dies hier musste sie sehen, um zu wissen, wovor sie auf der Hut sein musste. Sloane streckte die Hand nach ihr aus. »Komm her.«

Sie warf ihr Handtuch auf den Besprechungstisch, kam zu ihm und schob ihre Hand in seine. Bei dieser Berührung und dem Vertrauen, das sie ihm spürbar entgegenbrachte, wurde ihm warm ums Herz. Er zog sie auf den Schoß, damit ihr nicht kalt wurde, jetzt, da sie mit ihren Dehnübungen fertig war. »Ich möchte, dass du dir den Mann auf der rechten Seite ansiehst.«

»Wer ist er?«

Sloane hatte nie gewollt, dass dieser hässliche Teil seines Lebens mit Kat in Berührung kam. Er presste seine Brust an ihren Rücken und schaute auf die unverletzte Seite ihres Gesichtes hinab. »Lee Foster.«

Sie versteifte sich. »Der Mann, der Sara ermordet hat.«

»Ja. Das ist sein Trainingsvideo von heute. Ich lasse ihn beobachten, außerdem sind für dich Leibwächter abgestellt, sodass er eigentlich niemals in deine Nähe gelangen sollte. Aber ich möchte, dass du auf alles vorbereitet bist.«

Sie schwieg und studierte das Standbild. »Er ist nicht so groß wie du.«

»Er ist einen Meter zweiundachtzig und war bei seinem letzten Wiegen hundertfünfzehn Kilo schwer. Seine Augen sind blau, er hat aschblondes Haar, das er für gewöhnlich kurz trägt, und er hat eine Narbe auf dem linken Handrücken von einer Verbrennung im Gefängnis. Keine Tätowierungen.«

Kat drehte sich auf seinem Schoß. »Siehst du dir jeden Tag Videos von seinem Training an?«

Die abgrundtiefe Furcht kehrte zurück und krallte sich in sein Herz, aber Sloane würde sie nicht belügen. »Ja. Er sieht sich auch Videos von meinen Kämpfen an, alles, was er in die Finger bekommt.«

Sie erbleichte.

Sloane griff an ihr vorbei und schaltete das Video aus. Er

legte die Arme um sie in dem verzweifelten Bedürfnis, ihren Körper an seinem zu spüren. »Ich musste es dir zeigen. Sara wusste nicht, wovor sie sich schützen musste, aber du weißt es.« Es schauderte ihn bei dem Gedanken, dass sie überfallen werden könnte. »Er wird nicht damit rechnen, dass du dich wehrst. Das ist dein Vorteil – du tust, was immer notwendig ist, um zu entkommen. Keine Panik, Kat. Du wirst am Leben bleiben.« *Stirb nicht. Verlass mich nicht.* Er brauchte sie.

Sie schaute über ihre Schulter auf sein starres Profil. »Du hast mir das gezeigt, obwohl du weißt, wie ich zu deinem Plan stehe? Dass ich nicht will, dass du es tust?«

»Ja.« Er bettete das Kinn auf ihrer Schulter. »Du bist einmal bei einem Überfall überrumpelt worden, wegen Dr. Arschloch und welchem Schlamassel auch immer er sich eingehandelt hatte. Du hast das Recht, es zu wissen, um dich zu schützen, sollte er an dich herankommen, was er aber nicht schaffen wird.«

»Wenn ich mir das ansehe«, sie wedelte mit der Hand in Richtung des Bildschirms, »wird es so real.« Kats Magen krampfte sich zusammen bei der Vorstellung, dass Sloane mit Foster kämpfte, ihn tötete. Sie musste Sloane davon überzeugen, dass er kein Killer war. Aber wie? »Du bist nicht wie er. Du bist kein Killer.«

Alter Schmerz stand in seinen Augen. »Ich habe keine andere Wahl. Meine Ermittler sind ihm gefolgt, wie er zum Grab meiner Schwester ging.« Sloane versteifte sich am ganzen Körper, und seine Knöchel wurden weiß, während er die Tischkante umklammerte. »Nicht einmal im Tod ist Sara vor Foster sicher.«

Dieser Mistkerl. Kat hasste ihn für den Schmerz, den er

Sloane zufügte. In dieser Sekunde wollte Kat Foster tot sehen, sie wollte nur nicht, dass Sloane ihn tötete und sein eigenes Leben zerstörte. Sie drehte sich um, setzte sich rittlings auf seinen Schoß und schlang die Arme um ihn. »Er kann Sara jetzt nicht mehr wehtun. Sie ist außerhalb seiner Reichweite, aber sie ist nicht außerhalb deines Herzens. Sie weiß, dass du sie liebst.« Kat drückte das Gesicht an die heiße Haut seiner Brust. Sein Herz hämmerte an ihrer Wange.

Er ließ die Schreibtischkante los und schlang seinen Arm um ihre Schulter. Er zog ihr die Spange aus dem Haar und fuhr mit den Fingern hindurch. »Wenn ich dich so in meinen Armen halte, will ich dich nie wieder loslassen. Ich möchte der Mann sein, für den du mich hältst.«

Sie kannte ihn. Oder etwa nicht? Sie hatte auch gedacht, dass sie David kannte. Hatte ihn jahrelang gekannt – und sich getäuscht. So sehr getäuscht. Dunkle, hässliche Zweifel brauten sich in ihrem Herzen zusammen. Doch Sloane, der zuvor noch wütend auf sie gewesen war, massierte ihre Kopfhaut und fuhr mit sinnlichen Bewegungen durch ihr Haar, bis sie am liebsten gestöhnt hätte unter dem süßen Prickeln, das eher angenehm als sexuell war. Er hielt sie an sich gedrückt, den Arm um ihre Schultern gelegt, um ihre schmerzenden Rippen nicht zu berühren.

Ihre Zweifel schmolzen dahin.

Dies war der Mann, der gestern Nacht aufgeblieben war aus Sorge um ihre Gehirnerschütterung, der ihr Kühlpäckchen aufgelegt und sie auf der Hollywoodschaukel sanft hin- und hergewiegt hatte. Sie war in seinen Armen eingeschlafen und erinnerte sich nicht daran, dass er sie wieder ins Bett gebracht hatte.

»Ich weiß, wer du bist.« Kat legte ihm eine Hand auf die Brust. Sie musste darauf vertrauen, dass er die richtige Entscheidung treffen würde, wenn er mit dem Mörder seiner Schwester in diesen Käfig stieg, denn sonst würde er sie beide vernichten.

Sloane zog sanft den Daumen über ihre Unterlippe. »Ein Arschloch?«

»Nicht immer.«

Seine Mundwinkel zuckten. »Ich habe ernst gemeint, was ich am Strand gesagt habe.«

»Den Teil darüber, dass du mir meine Shorts vom Leib reißen willst?«

Sloane schloss die Augen und bewegte die Hüften unter ihr. Die harte Wölbung seines Schwanzes glitt über ihr Geschlecht. »Hör auf, mich abzulenken. Kein Sex, während du Schmerzen hast.« Als er die Lider hob, flammten die bernsteinfarbenen Sprenkel in seinen Augen vor Verlangen auf. »Weißt du, wie ich mich gefühlt habe, als ich gesehen habe, wie du versucht hast, Drake hochzuhieven, nachdem du einen Autounfall hattest? Du hättest jemanden gebraucht, der sich um dich sorgte, aber ich musste mich mit den Ergebnissen der Dopingproben auseinandersetzen, und dann bin ich ins Fitnessstudio gegangen. Ich hätte hier sein sollen.«

»Ich habe dir gesagt, dass du ins Studio gehen sollst.« Sloane hatte angerufen, um sich zu erkundigen, ob alles in Ordnung war, dabei hatte Kat die Anspannung aus seiner Stimme herausgehört. Er hatte ihr Luft machen müssen. Und mit ihr und Drake war zu dem Zeitpunkt alles in Ordnung gewesen. »Ich habe Jane nach Hause geschickt. Drake und ich wollten uns in seinem Zimmer Filme ansehen.«

»Ich hab schon verstanden, Kätzchen. Aber ich will der Mann sein, den du anrufst, selbst wenn du nur einen schlechten Tag hast. Du hättest heute Abend allein zurechtkommen können. Der Punkt ist, dass du es nicht brauchst.«

Seine Worte wirkten in ihr nach und gewannen an Bedeutung, bis sie die Leere in ihr ausfüllten. Er wollte für sie da sein. »Okay.«

Er lächelte. »Aber hör nicht auf, mich anzubrüllen. Ich mag das.«

»Du bist komisch. Als Kind hat man mir beigebracht, nicht zu brüllen. Ich sollte mich kultiviert benehmen.«

Er legte die Hand in ihren Nacken und zog sie an sich. »Was wir miteinander haben, ist nicht kultiviert. Es ist direkt, wahrhaftig und ehrlich. Du bist meine kleine Bäckerin, die mich gebeten hat, ihr den Hintern zu versohlen … und mich dann angefleht hat weiterzumachen. Wir halten nichts voreinander zurück. Niemals.« Seine Augen glitzerten, während sein Schwanz pulsierte.

Kat, die unter seinem Verlangen dahinschmolz, grub die Finger in seine Schultern. »Du hältst jetzt etwas zurück. Ich kann spüren, wie hart du bist. Wir könnten vorsichtig sein.«

Er umfasste mit beiden Händen ihr Gesicht und wiegte sie sanft an seiner Brust. »Das hat nichts mit zurückhalten zu tun. Es ist die Vorfreude darauf, dich auszuziehen und dich zu lieben, bis du meinen Namen schreist.« Er drängte sich an sie, streifte mit seinen Lippen über ihre. »Ich werde bei dir sein und mich vergessen, während ich meinen Schwanz in dich hineintreibe und brülle, dass du mein bist.« Er lehnte sich auf seinem Stuhl zurück. »Das ist es wert zu warten, bis du gesund bist.«

Ein tiefes Gefühl unbändiger Liebe übermannte sie und raubte ihr den Atem. Es war zu viel, zu mächtig.

Es könnte sie beide zerstören.

14

Dienstagnachmittag blieb Kat an der Tür zu dem Einzelzimmer im Krankenhaus stehen. »Ethan?«

»Kat.« Der junge Mann sah blass aus, er hatte leichte Prellungen und sah müde aus. Er stellte den Fernseher stumm. »Ist Sloane bei Ihnen?«

Hoffnung und Furcht mischten sich in seiner Stimme. Bezweifelte er, dass Sloane vorbeikommen würde? »Er hat sich hier mit mir verabredet. Ist es okay, wenn ich bei dir warte?«

»Klar.«

Kat trat ein.

Seine Augen weiteten sich. »Meine Fresse, Ihr Gesicht.«

Er klang so erschüttert, dass sie versuchte, einen Scherz zu machen, damit er sich besser fühlte. »Du solltest mal den anderen Kerl sehen. Er liegt im Krankenhaus.«

»Er hat es wahrscheinlich verdient.« Er wandte den Blick von ihr ab und schaute zum Fenster.

Dieser junge Mann trug viel zu viele Schuldgefühle mit sich herum. »Was du verdienst, ist, dass deine Freunde, die Menschen, denen du etwas bedeutest, jetzt für dich da sind.« Das war der Grund, warum Kat ihre Konditorei früh geschlossen hatte, um ihn zu besuchen. Sloane hatte ihr gesagt, dass Ethan eine schlimme Zeit durchmache. Der Kardiologe machte sich Sorgen wegen seiner Depressionen.

Kat verstand das nur allzu gut. Sie hatte schließlich immer Menschen gehabt, auf die sie sich verlassen konnte. Sicher, sie hatte Probleme mit David gehabt, aber ihre Familie hatte die bestmögliche Pflege für sie organisiert. Und sie hatte gewusst, dass sie zu ihren Eltern nach Hause kommen konnte.

Soweit sie wusste, hatte Ethan keine Familie, zumindest niemanden, der sich um ihn kümmerte. Sloane hatte gesagt, dass sie ihn mit sechzehn Jahren aufgelesen hätten.

»Drake wollte heute mitkommen, um dich zu besuchen. Wir haben es ihm ausgeredet. Allerdings nur gegen das Versprechen, dass ich ihm alles backe, was er sich wünscht. So hat er sich dann schließlich bereiterklärt zu warten, bis du in ein oder zwei Tagen nach Hause kommst.«

»Glauben Sie, dass Sloane mich wieder im Gästehaus wohnen lässt? Bis ich etwas anderes gefunden habe?« Er lehnte den Kopf in die Kissen und fügte hinzu: »Ich weiß nicht einmal, wie ich all die Arztrechnungen bezahlen soll.«

Die Sorgen, die den Jungen plagten, waren so erdrückend, dass es Kat fast die Luft abschnürte. »Oh, Ethan …«

»Du wirst nach Hause kommen«, fiel Sloane ihr ins Wort, während er den Raum betrat. Er blieb neben ihr stehen, und allein seine Anwesenheit nahm Ethan etwas von seiner Angst. »Als mein Fahrer bist du krankenversichert. Damit ist alles abgedeckt.«

Kat wusste es besser. Es würde einige Rechnungen geben, aber sie vermutete, dass Ethan sie nie zu Gesicht bekommen würde.

Sloane legte eine Hand auf Ethans Arm. »Denk nicht einmal daran, wieder illegale Kämpfe zu machen. John und ich würden dich finden, und ich versichere dir, das würde dir gar nicht gefallen.«

Angesichts von Sloanes hartem Tonfall versteifte Kat sich unwillkürlich. Drohte er Ethan gerade?

»Aber mit meinen Chancen bei der UFC ist es vorbei. Mit einem kranken Herzen werde ich für nicht tauglich erklärt. Und was anderes habe ich nicht.«

Kat warf Sloane einen prüfenden Blick zu. Die Narbe an seinem Mund war weiß geworden.

»Du hast es vermasselt.« Er fuhr sich mit der Hand übers Gesicht. »Ich verstehe nur nicht, warum. Du warst gut, du hast diesen ganzen Mist nicht gebraucht.«

Ethan schaute Kat an, dann blickte er zu dem stumm geschalteten Fernseher an der Wand hinauf.

Das nahm Kat zum Anlass, sie ein wenig allein zu lassen. Ihr tat das Herz weh, wenn sie an Ethan dachte. Sie wollte ihn in den Arm nehmen und ihm sagen, dass alles gut werden würde, aber so einfach war das nicht. Trotzdem, musste Sloane so hart sein? Sie unterdrückte das Bedürfnis, Sloane zu bitten, netter zu sein, und sagte: »Ich muss kurz einen Anruf erledigen. Ich bin gleich wieder da.«

Sie ging zur Tür, als sie Ethan sagen hörte: »Ich wollte so sein wie du. Du hast mir diese Chance gegeben, und ich wollte dich nicht enttäuschen.« Seine Stimme brach.

Draußen vor dem Zimmer lehnte Kat sich an die Wand und schloss die Augen. Sie wusste, wie es war, wenn man mit aller Macht versuchte, den Vorstellungen anderer gerecht zu werden. Sie hatte das bei ihren Eltern versucht, insbesondere bei ihrer Mutter. Und auch bei David. Sie wusste, dass es nicht funktionierte – es führte nur dazu, sich für die falschen Dinge zu entscheiden – und für Ethan waren es die Steroide gewesen. *Bitte, Sloane, begreif, dass dieser Junge dich bewundert. Dich braucht.*

»Oh Gott, Junge.« Sloanes Stimme drang durch die offene Tür. »Du kapierst es nicht. Du hast mich nicht enttäuscht. Ich bin für dich da, ganz gleich, was du getan hast.« Es folgte eine Pause, bevor Sloane fortfuhr. »Du hast dich selbst enttäuscht mit deiner hirnrissigen Entscheidung. Ich werde dich jedenfalls nicht mehr aus den Augen lassen, bis wir dich da durchgebracht und herausgefunden haben, was du mit deiner Zukunft anfangen willst. Sobald es dir wieder gut geht, kannst du wieder mein Fahrer sein, bis du dich für etwas anderes entscheidest.«

Eine tiefe Liebe zu Sloane durchströmte sie und erfüllte sie mit einer Wärme, die alle Anspannung von ihr nahm. Sie stieß sich von der Wand ab und ging ins Wartezimmer. Auf dem Weg dorthin kam sie an einer Reihe von Aufzügen vorbei, und ihr Blick fiel auf zwei Leute, die davorstanden und warteten.

Da durchfuhr es sie eiskalt. Angst lähmte sie unvermittelt, und Wellenlinien trübten ihre Sicht. Ihr Herz raste und hämmerte in ihrer Brust.

Zwei Leute rechts von ihr. Eine Frau im OP-Kittel.

Und er. Der Mann auf dem Bild. Der Mann, der David zurückgehalten und *Konsequenzen, Dr. Burke* zu ihm gesagt hatte.

War das möglich oder bildete Kat es sich nur ein? Weiter geradeaus war ein Wartezimmer mit Holzstühlen mit dunkelroten Polstern. Sie konnte einfach weitergehen und sich auf einen dieser Stühle setzen. Sich sagen, dass sie eine Panikattacke hatte, dass das alles nicht sein konnte und sie emotional aufgewühlt war wegen Ethan. Vielleicht war es ja auch eine verzögerte Reaktion auf den Autounfall.

Sie konnte weglaufen. Sich verstecken.

Oder sie konnte sich ihrer Vergangenheit stellen. Die Wahrheit herausfinden.

Noch während ihr all diese Gedanken durch den Kopf schossen, drehte Kat sich um.

In der geöffneten Tür eines der Aufzüge stand dieser Mann. Größer als Kat, vielleicht einen Meter fünfundsiebzig, mit schmalem Gesicht, dunklem Ziegenbärtchen und Augen …

Wie Schokolade, so hart gefroren, dass einem, wenn man hineinbiss, die Zähne wehtaten.

Sie konnte nicht atmen, bekam keine Luft mehr. Wellenlinien tanzten vor ihren Augen. Sie konnte beinah diesen Schlagstock auf sich zukommen sehen. *Nein, bitte, bitte!*, hörte sie ihre eigene Stimme in ihrem Kopf kreischen. Sie schrie, bettelte, verwirrt und voller Angst.

Sie blinzelte und drängte den Flashback zurück und konzentrierte sich auf den Aufzug und den Mann, der sie anstarrte. Die Aufzugtüren begannen sich zu schließen.

Er machte eine Bewegung, hielt eine Hand zwischen die Türen und verhinderte, dass sie sich schlossen.

Kam er auf sie zu? »Nein.« Ihre Stimme erschreckte sie, durchbrach die Furcht, die sie gelähmt hatte. *Keine Panik, Kat. Du wirst am Leben bleiben.* Sloanes Worte von neulich abends ließen sie aktiv werden. Sloane war dort, gleich den Flur hinunter.

Hol ihn her. Sie wirbelte herum und versuchte loszulaufen, aber ihr Bein gab fast unter ihr nach. Kat hielt sich an der Wand fest, gewann das Gleichgewicht zurück und ging weiter. Schnell. Verzweifelt. *Schau dich nicht um.*

Folgte er ihr?

»Er heißt Finn. Ich habe ihn nur ein paarmal gesehen. Ich habe seine Nummer von jemandem aus dem Fitnessstudio.«

Sloane sprach betont ruhig. Es war stressig genug für Ethan, seine Fragen zu beantworten. »Von einem meiner Kämpfer?« Wie tief hatten Steroide seine Organisation durchdrungen?

»Nein. Der Mann hat nur dort trainiert. Wir haben einige Male miteinander geredet, und er hat mir von Finn erzählt, der Steroide verkauft, die man nicht nachweisen kann. Er hat mir eine Telefonnummer gegeben. Ein Handy mit einem Anrufbeantworter.«

»Ich brauche diese Nummer. Was macht dieser Finn …?« Sloane brach ab, als er hinter sich ein Schlurfen und Hecheln vernahm. Er wirbelte herum. Alles, was er sah, war Kats leichenblasses Gesicht, bevor sie in seine Arme stolperte. Automatisch fing er sie auf.

Oh Gott, sie zitterte. Niemand kam hinter ihr her, also, was zum Teufel war los?

»Was ist los mit dir?«

Sloane schaute zu Ethan hinüber. Verdammt, der Junge brauchte nicht noch zusätzlichen Stress. »Eine Panikattacke. Alles in Ordnung.«

Er hob Kat hoch und ließ sich mit ihr auf einen Stuhl fallen. Dann schob er ihr eine Hand unter die Bluse, um die Finger auf ihrem feuchten, verschwitzten Rücken zu spreizen. Kat geriet nicht mehr so leicht in Panik wie früher. Das machte seine Sorge nur umso größer. Irgendetwas war passiert. »Sieh mich an.«

Sie hob den Kopf. Ihre Pupillen waren geweitet, und in ihren Augen stand Angst.

»Gut, jetzt atme ganz ruhig. Ich halte dich.« Er war hin- und hergerissen zwischen dem Bedürfnis, sich auf dem Flur umzuschauen, um festzustellen, was ihr diese Angst eingeflößt hatte, und dem Drang, sie zu beruhigen und zu trösten.

»Er. Ich habe ihn gesehen.«

Ihre Stimme war ein Krächzen, und der Puls an ihrer Kehle ging unregelmäßig. Sie rollte sich in sich zusammen, ängstlicher als er sie je zuvor erlebt hatte. »Wer?«

»Der Mann von dem Foto.«

Das traf ihn wie ein Schlag in die Magengrube. »Wo?« Dieser Mistkerl, der Kat verletzt hatte, war hier im Krankenhaus? In ihrer Nähe? Unbändiger Zorn brach sich Bahn. Er sprang vom Stuhl und war mit nur zwei Schritten an der Tür, Kat fest in den Armen. Er stellte Kat auf den Boden, während er nach dem Mann Ausschau hielt, der ihr diese Angst eingejagt hatte.

»Er ist weg. Er war im Aufzug.« Sie krallte die Finger in seinen Arm. »Geh nicht weg. Bitte.«

Ihr verzweifeltes Flehen durchdrang das Verlangen zu töten, das in ihm hochkochte. Er atmete tief ein und drehte sich zu ihr um. »Ich verlasse dich nicht, mein Schatz. Wenn Ethan nicht krank wäre, dann würde er auf dich aufpassen, und ich würde diese Drecksau fertigmachen.« Er zog sie in die Arme und hielt sie fest an sich gedrückt. »Aber ich werde dich nicht schutzlos zurücklassen. Das weißt du.«

Ihr schlug das Herz gegen die Rippen, aber ihr Zittern ließ bereits etwas nach, während er sie in seinen Armen hielt.

Sie war zu ihm gekommen. Geradewegs zu ihm. Hatte sich in seine Arme geworfen in der Gewissheit, dass er sie auffangen würde. Sie halten. Sie schützen.

Sie lieben.

Gott, er liebte sie. Sloane hatte sich noch nie so stark und vollkommen gefühlt. Nicht einmal wenn er Meisterschaften gewonnen hatte. Nicht bis jetzt. Kat, seine schöne Überlebenskünstlerin, die so hart daran arbeitete, stark zu sein, vertraute ihm genug, um sich an ihn zu lehnen, wenn sie es brauchte. Ließ ihn für sich stark sein, bis sie die Dinge selbst in die Hand nehmen konnte. Und das würde sie, das tat sie immer. Aber so lange gab sie ihm die Chance, einen Moment stark für sie zu sein, während sie wieder zu sich finden musste.

Sloane hätte sich eher selbst in die Eier geschossen, als sie zu enttäuschen.

Der Mann, den sie gesehen hatte, war inzwischen über alle Berge, also führte Sloane sie zurück in das Krankenzimmer und stellte fest, dass Ethan ihn voller Staunen ansah. Ethan hatte Sloane schon mit einigen Begleiterinnen durch die Gegend gefahren. Es konnte ihm also nicht entgangen sein, dass Sloane, während er sich die anderen Frauen vom Leib gehalten hatte, Kat direkt in sein Leben hineingelassen hatte. Warum also wirkte er so schockiert? »Was ist?«

»Das würdest du tun?«, fragte Ethan. »Immer noch?«

Sloane drückte Kat fest an seine Seite, zog sein Handy hervor und scrollte seine Kontakte durch, während er nur für den Fall des Falles die Tür im Auge behielt. »Was tun?«

»Mir Kat zum Schutz anvertrauen?«

Er zwang seinen Blick in Richtung Bett. Ethan hatte einen Fehler gemacht, ja, aber deswegen blieb er trotzdem der vertrauenswürdige Mensch, der er war. »Würdest du sie beschützen?«

Sein Blick war ernst. »Mit meinem Leben.«

»Dann ja.« Nun tätigte er seinen Anruf. »Liza, setz dich mit Jack vom Detektivbüro McVey in Verbindung. Der Mann auf dem Foto, das ich Jack am Samstag geschickt habe, wurde vor wenigen Minuten hier im Krankenhaus gesichtet. Ich will, dass es durchsucht wird und dass jemand sich die Bänder der Überwachungskameras ansieht.« Er legte auf und wandte sich Kat zu. »Kannst du mir erzählen, was passiert ist, was dieser Mann getan hat? Oder brauchst du noch ein paar Minuten?«

Ihre Pupillen nahmen langsam wieder ihre normale Größe an. »Ich war auf dem Weg zum Wartezimmer. Und am Aufzug standen zwei Personen. Es ging alles irgendwie so schnell. Ich hatte mich bereits abgewandt und war fast an ihnen vorbei, als ich in Panik geriet. Als hätte mein Unterbewusstsein registriert, was ich gesehen hatte, noch bevor es in meinem Gehirn angekommen war.«

Sie hatte ihren Bericht langsam und stockend begonnen, aber jetzt sprach sie flüssig und in einem fort. Er hörte zu, ließ es sie auf ihre Weise erzählen.

»Als ich mich umdrehte, um ihn mir anzusehen, stand er im Aufzug und starrte mich an. Als hätte er mich wiedererkannt. Die Panikattacke mit Flashback und allem hat mich völlig außer Gefecht gesetzt. Ich war unfähig, mich zu bewegen, bis ich sah, wie er eine Hand hob, um das Schließen der Türen zu verhindern.« Sie griff sich an die Brust. »In dem Moment hörte ich deine Stimme in mir, wie du mir gesagt hast, ich solle nicht in Panik geraten, ich würde am Leben bleiben. Da musste ich zu dir.«

Sloane legte seine Hand auf ihre. Er hatte Mühe, dass ihm die Stimme nicht versagte. »Das war genau richtig.«

»Du glaubst mir.«

Das war keine Frage. »Jedes Wort.« Sie konnte sich irren, der Mann konnte dem, den sie in Erinnerung hatte, einfach nur ähneln, aber Sloane hielt das für unwahrscheinlich. »Da du ihn gesehen hast, wissen wir, dass er hier in der Stadt ist, und meine Ermittler werden ihn finden. Vielleicht liegt jemand im Krankenhaus, den er besuchen wollte. Ich werde meine Leute anweisen, das zu überprüfen. Lass mich mein Gespräch mit Ethan beenden, dann werden wir uns darum kümmern.«

Sie nickte, beugte sich vor, um ihn zu umarmen. Sloane nutzte die Gelegenheit, sie mit einem Arm fest an sich gedrückt zu halten, wo er wusste, dass sie sicher war. Dann richtete er seine Aufmerksamkeit auf Ethan und sagte: »Wo waren wir?«

»Bei Finn.«

»Richtig.« Der, der Ethan die Designersteroide verkauft hatte. »Wie sieht Finn aus?« Er brauchte jedes Detail, das der Junge ihm geben konnte.

Ethan fummelte an dem Klebeband herum, mit dem die Infusion an seinem Handrücken befestigt war. »Knappe eins achtzig. Er trug eine Art Baseballkappe, als ich ihn traf. Dunkelbraune Augen.« Er ließ von dem Klebeband ab und strich sich über den Dreitagebart auf seinem Kinn. »Ein Ziegenbärtchen hatte er auch.«

Kat versteifte sich. »Rundum?« Sie rückte von Sloanes

Schulter ab und zeichnete mit dem Finger einen Kreis um Kinn und Oberlippe. »Kurzgeschnitten?«

Die Haare in Sloanes Nacken stellten sich auf.

Ethan runzelte die Stirn. »Ja, ich glaube, das kommt hin. Warum?«

Kat wühlte in ihrer Jeans und zog ihr Handy hervor. »Warte, ich habe hier …«

Sloane ließ die Hand auf ihre Hüfte sinken und gab ihr die nötige Bewegungsfreiheit, um zu scrollen. Als sie den Bildschirm berührte und das Foto vergrößerte, sah Sloane den Mann aus ihrem Krankenhauszimmer. Den, den sie im Flur gesehen hatte. Runder Ziegenbart, genau wie sie es von Ethan erfragt hatte. War das denkbar? Konnte dieser Mann, der mit dem Angriff auf Kat zu tun hatte, der irgendeine unrühmliche Verbindung zu David hatte, ihr Steroiddealer sein?

Er schaute ihr in die Augen. »Zeig es ihm.«

Kat hielt Ethan mit zittriger Hand das Smartphone hin.

Ethan beugte sich vor, um das Foto zu betrachten.

Eine Sekunde verrann. Dann noch eine.

Schließlich antwortete Ethan: »Das ist Finn.«

Kat ließ die Hand sinken und drehte sich um, ihre blaugrünen Augen strahlten, während sich Röte auf ihren Wangen ausbreitete.

Sloane konnte den Blick nicht von ihr abwenden. Die panische Frau, die er eben noch im Arm gehalten hatte, war verschwunden und einer neuen Kat in all ihrer Stärke gewichen. Ein Energiefeld baute sich zwischen ihnen auf und hielt Sloane mit aller Macht gefangen.

»Erinnerst du dich, wie du mich gefragt hast, ob ich gut genug sei, Designersteroide zu analysieren?«

Woran er sich erinnerte, war dies: Er hatte vor ihr seine Sorgen und seine Schuldgefühle ausgebreitet und ihr gesagt, dass er nicht gewusst habe, dass Ethan dopte. Und sie hatte ihn getröstet. Die Frau hatte nur Stunden zuvor einen gottverdammten Autounfall erlitten, hatte Schmerzen gehabt und sich elend gefühlt, aber sie hatte ihn getröstet. In diesem einen Moment, als die Erkenntnis, wie schlimm er Ethan gegenüber versagt hatte, ihn beinahe niedergedrückt hatte, war Kat sein Rettungsanker gewesen. »Du hast gesagt, du seist nicht dazu in der Lage.«

»Ich nicht. Aber David.«

15

Kat saß auf dem Stuhl neben Ethans Bett, und ihre Gedanken überschlugen sich nur so. Ihr fielen so viele Dinge auf einmal ein, dass sie kaum zu Atem kam.

Sloane fragte: »Könnte er sie bei SiriX herstellen?«

»Nein. Vielleicht vor Jahren, aber inzwischen nicht mehr. SiriX ist zu groß geworden, und es gibt zu viele Kontrollen. Er macht es entweder irgendwo anders oder gibt anderen Ratschläge, wie sie es machen können.« Sie runzelte die Stirn und dachte nach. »Ich brauche meinen alten USB-Stick.«

»Wo ist er, und warum?«

»In meinem Schlafzimmerschrank im Haus meiner Eltern.« Ihr Puls raste, ihr Herz stolperte. »Ich habe daran gearbeitet …« Das volle Ausmaß ihres Verdachts war ungeheuerlich. »Oh Gott, ich bringe ihn um.« Er hatte sie benutzt, und sie war zu dumm gewesen und zu verschossen, um es zu bemerken.

»Was?«

Sie holte tief Luft. »Es hat sich herausgestellt, dass menschliche Wachstumshormone im Frühstadium von Alzheimer den Gedächtnisverlust verlangsamen, während anabole Steroide das Fortschreiten der Krankheit beschleunigen. Ich habe hierzu Tests durchgeführt, als ich in Davids Team war.« Kat erhob sich und ging vor Ethans Bett auf und ab. Der junge Mann sah erschöpft aus, aber sie musste es unbedingt wissen. »Du hast verschiedene Steroide genommen, stimmt's?«

»Ja, ich habe Tabletten eingenommen und mich nach einem festen Zeitplan gespritzt und dann für eine bestimmte Zeit damit ausgesetzt.«

Sie nickte und drehte sich wieder zu Sloane um. Oh ja, ihr fiel alles wieder ein. »David hat mich beauftragt, Tests durchzuführen mit Kombinationen anaboler Steroide, die die Degeneration von Gehirnzellen beschleunigen, wie es bei Alzheimer geschieht. In einer zweiten Testgruppe haben wir zusätzlich ein Gegenmittel gegeben. Davids Theorie war, dass ein Medikament, das die Zerstörung gesunder Gehirnzellen durch langjährige Steroideinnahme hemmt, auch die Zerstörung durch Alzheimer blockieren könnte.«

Sloane stand regungslos da, aber seine Muskeln waren angespannt, als sei er zum Sprung bereit. »Und, hat es funktioniert?«

»Nein. Es hat nur eins bewirkt: sauberen Urin.« Sie war so dumm gewesen. So naiv. »Mir war nicht klar, welches Ziel er wirklich damit verfolgte, nämlich herauszufinden, wie man Dopingtests unterlaufen konnte.«

»Oh Gott.« Sloane fuhr sich mit der Hand durchs Haar. »Dafür würde mancher ein Vermögen zahlen. Jedenfalls Grund genug, sich auf deine Spur zu setzen, wenn Dr. Arschloch es bei Finn mit Spielchen versucht haben sollte und Finn ihn bei der Stange halten wollte.«

»*Konsequenzen, Dr. Burke.* Das hat Finn zu ihm gesagt. Weil David mit ihm unter einer Decke steckte.«

»Vielleicht hat er mehr Geld verlangt. Ihm gedroht. Was auch immer.« Seine Stimme wurde bedrohlich leise. »Ich weiß nur, dass du den Preis dafür bezahlt hast, und das wird nicht noch einmal passieren.« Er verschränkte die Arme vor der Brust. »Was ist mit den Testergebnissen passiert?«

»Sie wurden vernichtet.«

Er kniff die Augen zusammen. »Und was ist dann in dem Schrank im Haus deiner Eltern?«

Eine Sache hatte sie richtig gemacht. Eine merkwürdige Verquickung aus Stolz und Verlegenheit vermischte sich mit Zorn auf David und auf sich selbst, weil sie so dumm gewesen war. »David war so brillant. Ich habe ihn bewundert, wie andere Mädchen Rockstars anhimmeln. Ich habe die Formel für das Gegenmittel aufbewahrt, weil ich dachte, sie könne eines Tages für ein anderes Projekt von Bedeutung sein.«

Sloane sah sie an, während sie auf ihn zutrat. Sie spürte seine Präsenz mit jeder Faser ihres Körpers, nur noch sie beide waren wichtig in diesem Raum. Ein Lächeln umspielte seine Mundwinkel, während er ihr übers Kinn strich. Ein Kribbeln jagte ihren Rücken hinunter. »Du bist erheblich klüger, als deine Familie oder Dr. Arschloch dir jemals zugetraut haben. Was auch immer geschieht, das solltest du niemals vergessen.«

Er war stolz auf sie. Nannte sie klug.

Liebte sie.

Sie hielt an diesem herrlichen, berauschenden Gefühl einige kostbare Sekunden fest.

Dann straffte sie ihre Schultern, als die Realität die Oberhand zurückgewann. »Ich muss es meinen Eltern sagen. Sie warnen. Ihnen zeigen, was ich habe.«

Er umfasste ihr Gesicht mit beiden Händen. »Du bist besser als deine Eltern. Sie waren nicht für dich da.«

Kat umklammerte sein Handgelenk. »Auf ihre Weise waren sie es. Sie haben sich um mich gekümmert, als ich verletzt war. Sie haben mir nur nicht geglaubt. Konnten mir nicht glauben.« Es tat immer noch weh. »David war der Schlüssel zu SiriX' Zukunft, während ich nur ihre unbegabte, lästige Tochter war.«

Ein Muskel in seiner Wange zuckte.

Sie wollte ihm ihre Beweggründe darlegen. »Wir sind nicht wie unsere Eltern. Ich werde jedenfalls nicht ignorieren, dass sie in Schwierigkeiten sein könnten. Genau wie du deine Mutter beschützt, obwohl sie dich oder Sara nicht beschützt hat, als ihr klein wart. So sind wir eben.« Aber wenn Olivia noch einmal in Kats Laden käme und Sloane einen Mörder nannte, würde das Gesicht der Frau mit einem Krachen in Kats Glasvitrine landen.

Seine Züge wurden weich, und er lehnte seine Stirn an ihre. »Ich habe verstanden. Ich komme mit dir.«

»Ich weiß.«

Er verzog den Mund. »Ich muss mit den Ermittlern reden, die Liza vorbeischickt, und für Ethans Sicherheit sorgen. Ich werde jemanden meinen Wagen nach Hause fahren lassen, und wir werden mit deinem zum Haus deiner Eltern fahren.«

Kat ging mit Sloane an ihrer Seite und ihren Eltern im Schlepptau durchs Haus. Sie hatte keine fünf Minuten gebraucht, um zu begreifen, dass Worte sinnlos waren. Sie glaubten ihr nicht, also musste sie es ihnen zeigen.

Ihr Vater hielt sie am Arm fest, als sie auf die Treppe zugingen. »Liebes, du hattest erst vor wenigen Tagen einen Autounfall. Die Prellungen auf deinem Gesicht zeigen, dass du dir wieder den Kopf gestoßen hast. Bei deiner Vorgeschichte mit

Gehirnerschütterungen und den seelischen Problemen, mit denen du dich seitdem herumschlägst, tut dir diese Besessenheit nicht gerade gut.« Ihr Vater warf Sloane, der neben ihr ging, einen düsteren Blick zu.

Sie ignorierte die Bemerkung über die Besessenheit. »Das ist nicht Sloanes Schuld.«

»Du warst zur Ruhe gekommen, bevor du ihn kennengelernt hast. Er scheint einen negativen Einfluss auf dich zu haben. Jetzt bist du plötzlich verschlossen und noch misstrauischer.«

Sie zuckte zusammen. »Verschlossen?«

Sloane legte den Arm um sie, eine warme, verlässliche Stütze an ihrer Seite.

»Du hast uns nicht erzählt, dass du einen Unfall hattest«, beschwerte sich ihre Mutter mit vorwurfsvoller Miene. »Wir mussten es aus den Nachrichten erfahren. Und dann wurde SiriX auch noch mit seinem«, sie wies mit dem Kopf in Sloanes Richtung, »Dopingskandal in Verbindung gebracht.«

»Ich habe euch nicht angerufen, weil es mir gut ging. Die Ärzte haben mich gleich nach Hause gehen lassen. Und die Presse hat die Verbindung zu SiriX hergestellt, nicht Sloane.« Sie straffte sich. »Ich bin im Übrigen davon überzeugt, dass es da eine Verbindung gibt. David ist in die Sache mit den Designersteroiden für diesen Finn, von dem ich euch erzählt habe, verwickelt. Ich habe euch das Foto von ihm gezeigt. Er war im Krankenhaus. Amelia hat ihn ebenfalls gesehen.«

Ihr Vater nahm seine Brille ab und rieb sich die Augen. »Denk doch mal nach, Katie. Du hast nicht ein einziges Mal etwas über David im Zusammenhang mit Steroiden erwähnt, bis zu dem Unfall, als du erfahren hast, dass der Fahrer Aufputschmittel genommen hat. Du äußerst wilde Vermutungen und stellst Verbindungen her, die nicht existieren.«

»Kats Gehirn hat keinen Schaden genommen, und sie leidet auch nicht unter Wahrnehmungsstörungen, sie versucht nur, Ihnen zu helfen«, meldete sich Sloane zu Wort und unterbrach die sich steigernde Anspannung. »Und das Einzige, was Sie dazu zu sagen haben, ist, sie für verrückt zu erklären, statt in ihr Zimmer zu laufen, um zu sehen, welche Informationen sie gespeichert hat. Da stellt sich mir doch die Frage, wer hier eigentlich Angst vor der Wahrheit hat.«

Vor Zorn lief ihr Vater rot an. »Wagen Sie es nicht …«

»William.« Ihre Mutter fiel ihm ins Wort. »Wir sind alle müde und gestresst. Lass es uns einfach hinter uns bringen.« Sie trat vor Kat hin. »Danach, Kathryn, werden du und ich ein Wort miteinander reden. Dieser Unsinn ist nun lange genug gegangen. Du hast es geschafft, dass Marshall auch schon anfängt, deinen Wahnvorstellungen Glauben zu schenken. Das muss aufhören.«

Sie sah in dieselben Augen, die ihr tagtäglich aus dem Spiegel entgegenblickten. Die beiden Frauen sahen einander so ähnlich, und doch waren sie so verschieden. »Als ich klein war, habe ich mir so sehr gewünscht, wie du zu sein. Ich habe dich dabei beobachtet, wie du dich jeden Morgen für die Arbeit fertig gemacht hast, und davon geträumt, dass ich das eines Tages ebenfalls tun würde.«

Überraschung ließen die harten Züge ihrer Mutter weicher erscheinen, und ihr Gesicht nahm eine Schönheit an, die Kat lange Zeit nicht mehr an ihr gesehen hatte.

»Aber ich war nicht wie du, Mom. Und ich weiß nicht, wer darüber enttäuschter war, du oder ich.« Mit diesen Worten drehte sie sich um, ging in ihr Zimmer und begriff, dass Letzteres heute nicht mehr zutraf. Kat hatte gelernt, sich selbst zu mögen, die Frau zu mögen, die sie sein wollte. Größtenteils weil sie sich durch Sloanes Augen sah, und für dieses Geschenk liebte sie ihn.

Sobald sie in ihrem Zimmer war, stellte Kat ihren Laptop aufs Bett und ging dann zu ihrem Schrank, um die Schachtel herauszuholen. Sloane griff über ihren Kopf hinweg und hob sie für sie herunter. Als sie den Deckel abnahm, überkam sie ein Gefühl von Wehmut und Trauer über längst vergangene Zeiten. Sanft hob sie die Spieldose mit dem rosafarbenen Herzen heraus. Sobald sie auf den Deckel drückte, sprang eine Ballerina heraus. Kat spürte einen Kloß im Hals.

Sloane drückte sie wieder an sich. »Alles okay?«

Sie berührte die Figur. »Meine Großmutter hat mir das nach meiner ersten Aufführung in ihrer Tanzschule geschenkt. Sie hat gesagt, ich sei so hübsch wie diese Ballerina.« Es hatte Kat sehr viel bedeutet, da ihre eigenen Eltern zu beschäftigt gewesen waren, um in die Schule zu kommen und sich ihre kindlichen Tanzversuche anzuschauen.

Er beugte sich vor und musterte die winzige Tänzerin. »Sie ist hübsch.« Dann richtete er sich auf und sah ihr in die Augen. »Aber du bist schön.«

Die sinnliche Spannung knisterte geradezu zwischen ihnen und jagte ihr eine Gänsehaut über den Rücken. Die Luft war förmlich davon geladen, und selbst ihren Eltern, die zaudernd in der Tür standen, schien das erotische Knistern nicht entgangen zu sein. »Danke. Sobald die Dinge sich beruhigt haben, werde ich sie in meine Wohnung bringen und in mein Schlafzimmer stellen.«

Sloane berührte ihr Haar und strich mit den Fingern bis zu den Haarspitzen hinab. »Nimm die Spieldose mit zu uns nach Hause. Stell sie ins Schlafzimmer oder wo immer du sie haben willst. Sie ist dort gut aufgehoben.«

Kat konnte den Blick nicht von seinen Augen lösen. Die Vorstellung, ihre persönlichen Dinge in seinem Haus unterzubringen, an dem Ort, den seine anderen Begleiterinnen nie zu Gesicht bekommen hatten … sie war dabei, sich emotional zu sehr zu verstricken, lebte von der Hoffnung, dass das, was sie verband, stark genug war, die Prüfung zu überleben, ob er Foster töten würde oder nicht.

»Kathryn, ich dachte, du hättest uns etwas zu zeigen.«

Die herablassende Stimme ihrer Mutter machte den Moment zunichte. Kat öffnete die kleine Schublade am Boden der Spieldose und nahm den Stick heraus. Nachdem sie ihre Spieldose wieder sorgfältig in die Schachtel zurückgestellt hatte, steckte sie den Stick in ihren Computer und konzentrierte sich darauf, die Liste der Daten und Formeln, die sie kopiert hatte, durchzusehen.

Ah, da war es. »AAS-Blocker.«

»Anabole Steroide.« Ihre Mutter schob die Schachtel beiseite und setzte sich neben Kat. »Was soll damit sein?«

»Das ist eins der Experimente, an denen ich gearbeitet habe. David war an den Studien beteiligt, die den Beweis geliefert haben, dass eine langfristige Benutzung von anabolen Steroiden den Verlauf von Alzheimer beschleunigen kann.«

»SiriX hat Studien hierzu durchgeführt, ja.«

Kat war sich nun der Aufmerksamkeit ihrer Mutter sicher. Selbst ihr Vater kam näher. Ein zarter Hoffnungsschimmer machte sich breit. Vielleicht würden sie ihr zuhören. »David hat nach Möglichkeiten gesucht, um das Hirn vor Schäden zu schützen, die durch anabole Steroide verursacht werden, und er hat die Theorie entwickelt, dass das zu einem Weg führen könnte, die Zerstörung von Gehirnzellen durch Alzheimer zu unterbinden.«

Dianas Augen wurden schmal, und in den Augenwinkeln bildeten sich Fältchen. »Er hat das mir gegenüber nie erwähnt. Das klingt nicht nach Davids Theorien.«

»Ich habe ihm geglaubt.« Von A bis Z. »Wir haben die Tests mit seinem Gegenmittel durchgeführt, aber sie schlugen fehl. Wir haben allerdings eine Nebenwirkung entdeckt. Das Gegenmittel bewirkte, dass die Steroide im Urin nicht mehr nachweisbar sind.« Kat klickte die Datei an und zeigte auf die chemische Formel. Sie schob den Computer auf den Schoß ihrer Mutter. »Wenn ich dies dem Labor gebe, das Sloane beauftragt hat, um Ethans Dopingmittel zu testen, wette ich darauf, dass eins der Produkte dazu passen wird.«

Während ihre Mutter sich die Formel ansah, stand Kat auf und ging zur Tür. »David hat diese Formel verkauft oder das Mittel hergestellt.«

»Und du interpretierst mehr da hinein, als dahintersteckt.«

Die abfällige Bemerkung ihres Vaters traf einen empfindlichen Nerv in Kat. Sie hatte es ein Leben lang ertragen, nicht ernst genommen zu werden. Kat drehte sich um ihre eigene Achse und fixierte ihren Vater.

Die Entfernung zu ihm fühlte sich mehr nach Meilen an als nach Metern. Sie holte tief Atem, um sich zu beruhigen. »Was ist, wenn ich recht habe? Diese ganze Sache entwirrt sich immer mehr. David hat jahrelang gelogen, und er hat nicht nur mich belogen.« Der Zorn in ihr kam wieder hoch.

»Er setzt eure ganze Arbeit aufs Spiel und bringt jeden bei SiriX in Schwierigkeiten. Schlimmer noch, Finn hat mich von Ganoven mit einem Baseballschläger verprügeln lassen, und dann ist er in meinem Krankenzimmer aufgetaucht. Wer sagt, dass er nicht auch euch etwas antun wird oder irgendjemand anders, aus reiner Verzweiflung?« Sie liebte ihre Eltern. Es würde sie umbringen, wenn einem von ihnen etwas zustoßen würde.

»Oder er geht wieder auf Kat los. Er weiß jetzt, dass sie sich an ihn erinnert.« Sloanes Bizeps wölbte sich unter seinem Hemd. »Niemand wird ihr noch einmal wehtun.«

Sein Blick und das Gefühl, das seine Worte bei ihr auslöste, umhüllten sie wie eine Liebkosung.

»Ich glaube das einfach nicht.« Ihre Mutter wurde bleich. »Das muss ein Irrtum sein. David würde niemals so etwas tun. Er hat sich ganz dem Ideal verschrieben, menschliches Leben mithilfe der Pharmazie zu verbessern.« Sie stand auf, und auf ihren Wangen zeichneten sich rote Flecken ab. »Warum tust du das? Wir sind unserem Ziel ganz nah bei SiriX, und du willst alles zerstören – die Arbeit von Jahrzehnten, die Familie – warum? Weshalb hasst du uns so sehr?«

Die Verbitterung ihrer Mutter ließ Kat erstarren. »Ich hasse euch nicht.« Die Worte blieben ihr beinahe im Hals stecken.

»David ist ein guter Mann. Er hat sein ganzes Herzblut für SiriX gegeben und versucht, Menschen zu helfen, während du alles hingeschmissen hast, damit du Menschen Herzkrankheiten und Diabetes hübsch verpackt verkaufen kannst.«

Sie stolperte rückwärts, versuchte verzweifelt dem Schmerz zu entkommen, der sie bei jedem Wort durchzuckte.

»Diana, hör auf.« Ihr Vater zog ihre Mutter am Arm. »Katie …«

»Glaubst du das auch? Dass meine Bäckerei nichts taugt? Dass ich zu nichts tauge?« Ein schwarzes Loch tat sich vor ihr auf, und Kat schreckte davor zurück. Sie wollte sich dieser Trostlosigkeit nicht länger stellen. Es war einfacher, sich emotional zurückzuziehen, sich mit einem grauen, eingefahrenen Leben zu betäuben.

»Das habe ich nicht gesagt. Beruhige dich.«

»Das ist doch Schwachsinn.« Sloane war mit zwei Schritten bei Kat. Er legte ihr die Hände auf die Schultern und beugte sich vor, bis sein Anblick ihr Gesichtsfeld beherrschte. Mit festem Blick sah er in ihre verunsicherten Augen. »Du bist nichts wert, Kat? Die Frau, die sich von einer schweren Verletzung ins Leben zurückgekämpft hat, die Panikattacken überwindet und Sugar Dancer aufgebaut hat, ist nichts wert? Was ist mit der Frau, die verängstigte Kinder bei einem Autounfall vor dem Tod oder ernsthaften Verletzungen bewahrt hat? Ist die zu nichts nutze? Oder die Frau, die sich in meine Arme geworfen hat, um mich zu trösten?«

Seine Fragen verjagten das Grau und fachten ihre Widerstandskraft an. Es tat trotzdem weh, und Kat hatte den Verdacht, dass es immer wehtun würde zu wissen, dass ihre Eltern sie für wertlos hielten. Aber sie baute sich ihr eigenes Leben auf, füllte ihre Welt mit Menschen, denen sie etwas bedeutete und die sie liebte. »Ich bin etwas wert.«

Seine Augen, die Sekunden zuvor vor Zorn nur so gesprüht hatten, nahmen jetzt einen warmen Ton an, bis Kat hätte schwören können, dass sie Funken puren Sonnenlichts in den hellbraunen Tiefen tanzen sah. »Du bedeutest alles für mich.

Und jeder, der dir etwas anderes weismachen will, ist ein jämmerlicher Narr.«

In seinen Augen spiegelte sie sich selbst wider. Sie hatte ihr Bestes gegeben, um zu ihren Eltern vorzustoßen, aber sie brauchte sich nicht sagen zu lassen, dass sie wertlos sei. »Lass uns nach Hause fahren.« In Sloanes Heim fühlte Kat sich geschätzt. Das war der Ort, an dem sie jetzt sein wollte.

Aber eine Sache musste sie noch erledigen. Sie drehte sich noch einmal zu ihren Eltern um und sagte: »Ich glaube, ich habe immer gewusst, dass ihr, wenn es zu einer Entscheidung zwischen David und mir käme, David wählen würdet, weil er zu SiriX, eurem wahren Kind, mehr beizutragen hat als ich.«

»Das ist doch lächerlich. Wir haben dich großgezogen, wir lieben dich …«

Sie hob die Hand und fiel ihrem Vater ins Wort. Sie sollten sich anhören, was sie zu sagen hatte. »Ich hoffe, ihr werdet meine Worte nicht in den Wind schlagen. David ist eine Bedrohung für SiriX. Findet selbst heraus, was er tut, und schützt SiriX, so gut ihr könnt, ebenso wie die Leute, die für die Firma arbeiten, und diejenigen, die sich darauf verlassen, dass SiriX Arzneimittel entwickelt und herstellt.« Das war alles, was Kat noch zu sagen hatte. Sie ergriff Sloanes Hand, und gemeinsam gingen sie die Treppe hinunter nach draußen auf die riesige, geschwungene Einfahrt.

Auf halbem Weg zu ihrem Auto verzog sie das Gesicht. »Mist, ich habe meinen Computer vergessen. Ich tauge nicht für dramatische Abgängen.«

Sloane blieb stehen und reichte ihr die Schlüssel. »Steig in den Wagen, ich gehe deinen Computer holen.«

Sie versuchte, ihn am Arm festzuhalten, aber er war bereits außerhalb ihrer Reichweite. »Sloane, nein.« Das würde nicht gut gehen, wenn er wieder ins Haus zu ihren Eltern ging.

Zu spät, er war bereits durch die Vordertür verschwunden und hatte sich nicht einmal die Mühe gemacht anzuklopfen.

Sollte sie ihm nachgehen? Ihn aufhalten? Ein paar Sekunden verrannen, während sie, die Autoschlüssel fest in der Hand, einfach nur sitzen blieb. Sloane würde bei ihren Eltern nicht die Fassung verlieren, ganz gleich wie sehr sie ihn auf die Probe stellten. Seine Selbstbeherrschung war geradezu legendär.

Wohl hatte er seine Fassung bei ihr verloren und sie angebrüllt, als er gesehen hatte, wie sie Drake geholfen hatte, nachdem der sich übergeben hatte. Ihre Lippen verzogen sich bei der Erinnerung an seine Tirade und ihre Antwort, die sie ihm ins Gesicht geschleudert hatte. Weil sie ihm damals vertraut hatte.

Und sie vertraute ihm jetzt, dass er damit klarkam, ihren Laptop zu holen, ohne die Dinge mit ihren Eltern noch schlimmer zu machen, als sie ohnehin schon waren.

Als ihr bewusst wurde, dass sie in der Gegend herumstand wie jemand, der nicht bis drei zählen konnte, ging sie auf ihren Wagen zu und ließ die Schlösser aufspringen. Sosehr die Reaktion ihrer Eltern ihre Pläne durchkreuzte, bedeutete das nicht, dass sie endgültig aufgeben musste. Als sie die Hand ausstreckte, um die Tür zu öffnen, beschloss sie, Marshall die Datei mit Davids Formel zu mailen und mit ihm zu reden.

Sie hörte leise Schritte, und Erleichterung stieg in ihr auf. Sloane war bereits zurück. »Hast du den Computer …?«

»Katie, ich bin's.«

Die Haare auf ihren Armen stellten sich auf. Es war nicht Sloane, sondern David. Kat wirbelte zu dem Mann herum, der um ihr Auto herumging. Warum trug er seinen Laborkittel? Unwichtig, sie wollte ihn nicht zu nah an sich heranlassen.

»Halt.« Sie schaute schnell zur Vordertür. Die Entfernung betrug schätzungsweise zehn Meter.

Mit ihrem verdammten Bein würde sie es niemals schaffen.

Einige Schritte entfernt blieb er zögernd stehen. »Ich muss mit dir und deinen Eltern reden. Ich habe das in Ordnung gebracht.«

Das schwache Licht der Gartenlampen spiegelte sich in den Gläsern seiner Brille und verstärkte das Zucken seines linken Auges. Der Laborkittel schlotterte um seine dünnen Schultern.

»Was hast du in Ordnung gebracht?« Alles, was sie tun musste, war Zeit schinden. Sloane würde jeden Moment herauskommen.

Er machte einen Schritt nach vorn und packte ihren Arm. »Ich werde es dir drinnen erklären.«

Kat entriss ihm den Arm. »Fass mich nicht an.« Aber er hielt sie fest umklammert. Das Gefühl, in der Falle zu sitzen, jagte Panik durch ihren Körper. Ihr Puls raste wie wild, während die Erinnerung wie eine Explosion über sie kam.

Ein Wagen, der langsam zum Stehen kam, jemand, der die Tür offen hielt. Finn stieg aus.

Davids Finger, um Kats Arm geschlossen. Verwirrung und Furcht durchzuckten sie. Warum zitterte David? Kat senkte den Blick.

Finns Finger schlossen sich um Davids Handgelenk, und die Knöchel wurden langsam weiß, während er fest zudrückte.

David ließ los, und der andere Mann packte sie …

Das Geräusch einer Tür, die geöffnet wurde, ließ den Flashback zerplatzen. Der ganze aufgestaute Zorn brach aus ihr heraus bei der Erinnerung daran. Ohne die Tür zu beachten, die geöffnet wurde, funkelte sie David an. »Du hast losgelassen. Du hast zugelassen, dass sie mich schlagen.« Sein Handgelenk war kaum verstaucht gewesen, nicht einmal gebrochen.

Er blinzelte hektisch und krallte die Finger in ihren Arm. »Ich dachte, sie wollten mir nur Angst machen!«

All die Zeit über hatte sie nicht gewusst, warum seine Berührung etwas in ihr auslöste. Jetzt war es ihr klar.

Ein zorniges Brüllen ließ sie herumfahren. Sloane kam mit der tödlichen Schnelligkeit eines Panthers auf sie zu.

David sprang hinter Kat, legte einen Arm unter ihr Kinn und drückte ihren Kopf nach oben. Das Licht der Gartenlaternen glänzte auf dem Skalpell, das er fest in der Hand hielt.

»Bleiben Sie, wo Sie sind! Sonst schneide ich ihr die Kehle durch!«

16

Sloane blieb wie angewurzelt stehen. Dr. Arschloch hielt etwas in der Hand – ein Teppichmesser? Es war verdammt nah an Kats Kehle. Schnell schätzte er die Entfernung zwischen ihnen ab.

Knapp zwei Meter.

Absolut machbar. Das Schwein war so gut wie tot.

»Sloane.«

Kats Stimme zitterte. Er ließ die Klinge nicht aus den Augen, während er eine Mischung aus Furcht und Zorn aus diesem einen Wort heraushörte.

»Ich bin zur Stelle. Beweg dich nicht.« Sloane sprach leise und in beruhigendem Tonfall. Sie musste ihm vertrauen, musste ihn um sie herumgreifen lassen, damit sie nicht geschnitten wurde.

»Ich gebe mich nicht geschlagen.«

Kat verlagerte leicht ihr Gewicht, gerade genug, um Sloane darauf aufmerksam zu machen, dass sie ihren Körper genauso ausrichtete, wie er es sie gelehrt hatte. Ein Gefühl von Stolz machte sich in ihm breit. Es bedurfte keiner Worte, er wusste, was sie wollte.

Sie wollte sich selbst zur Wehr setzen.

Alles in ihm schrie: *Nein! Verdammt, nein!* Ein Adrenalinschub sorgte dafür, dass sich all seine Muskeln anspannten. Alles in ihm wappnete sich für einen Angriff. Um seine Frau zu retten. Um sie in Sicherheit zu bringen und Dr. Arschloch zu töten.

»Bitte.«

Das innige Flehen belehrte ihn eines Besseren. Kat musste sich wehren, und wer verstand das besser als Sloane. Es war wie sein Verlangen, Lee Foster zu töten. »Wenn er dir wehtut, ist er tot.«

»Halt die Klappe.« David wippte auf den Füßen und ruckte mit dieser Klinge viel zu nah an Kats Kehle.

Sloane hörte Geräusche hinter seinem Rücken. Kats Eltern kamen aus dem Haus. »David, was zum Teufel tust du da?«, brüllte William Thayne.

David schaute zu Thayne hinüber, und sein Arm erschlaffte an Kats Hals.

Im selben Augenblick kreuzte Kat die Hände und stieß sie unter Davids Arme, um die Waffe von sich abzuwenden. Die Klinge landete scheppernd auf der Einfahrt.

Sloane war schon auf dem Sprung, um ihr zu helfen, blieb dann aber wie angewurzelt stehen, vollkommen fasziniert. Grimmige Entschlossenheit prägte Kats Gesichtsausdruck. Sie hatte es geschafft, und es war einfach unglaublich mit anzusehen, wie sein Kätzchen zu einer Löwin geworden war.

Kat wirbelte herum und stieß David den linken Ellbogen in die Rippen.

»Uff!«

Dem folgte nahtlos die nächste Attacke, indem sie den Ballen ihrer anderen Hand auf seine Nase krachen ließ.

Der Aufprall warf David mit einem dumpfen Knall rückwärts gegen den Wagen.

Ihr Schwung brachte Kat ins Stolpern. Sloane hielt sie an

den Oberarmen fest, damit sie nicht das Gleichgewicht verlor.

David griff sich an die Nase und rieb sich das Nasenbein. »Du hast mich geschlagen.«

»Du hast mich mit einem Skalpell bedroht.« Sie stellte sich auf die Zehenspitzen.

»Ich wollte dir nichts tun.« Er knüllte den Zipfel seines Laborkittels zusammen und hielt ihn sich an seine blutüberströmte Nase. »Du hast mir die Nase gebrochen.«

»Was zum Teufel hast du getan?« William starrte David an wie ein fremdartiges Wesen, das es gewagt hatte, seine Einfahrt zu betreten. »Ich habe dich mit diesem Skalpell an der Kehle meiner Tochter gesehen.«

»Ich habe nicht … was ist los?« Diana schaute zwischen David und Kat hin und her, ihre Augen vor Schreck geweitet.

Sloane hatte von all dem die Nase gestrichen voll. »Dr. Arschloch hat Kat angegriffen, und sie hat sich gewehrt.« Er zog sie wieder an seine Brust und schaute auf ihr Gesicht hinab. »Großartig, Kätzchen. Genau wie wir es trainiert haben.«

Sie lehnte sich an ihn und hob den Kopf. »Er hat mich losgelassen. Als Finn und seine Schläger in jener Nacht aufgetaucht sind, hat David meinen Arm gegriffen. Aber als Finn Druck auf sein Handgelenk ausübte, hat er losgelassen. Hat mich ihnen einfach überlassen. Ich nehme an, im Unterbewusstsein habe ich mich immer daran erinnert, dass er nicht bereit war, für mich zu kämpfen, sodass ich jedes Mal in Panik geraten bin, wenn er mich berührt hat.«

Sloane schloss die Arme um sie, um sich zu beherrschen, richtete aber den Blick auf David.

Der Mann zuckte zusammen und versuchte, sich hochzurappeln.

»Nun rennen Sie schon weg. Nur zu!« Die ironische Bemerkung war in Wirklichkeit eine Drohung. »Geben Sie mir einen Vorwand, um Ihnen die Knochen zu brechen, genau wie Sie es zugelassen haben, dass diese Schläger Kats Knochen gebrochen haben. Na los!«

David sackte zu Boden.

»Es war kein Überfall.«

Über Kats Kopf hinweg starrte Sloane David an. »Erzählen Sie ihnen die Wahrheit. Und zwar sofort.«

Davids Auge zuckte. »Als ich an meiner Doktorarbeit saß, gingen mir die Stipendien und Zuschüsse aus. Ich brauchte Geld.« Er verlagerte die Position und stöhnte. »Finn ist an mich herangetreten. Ich sollte ihm dabei helfen, dass seine Kunden nicht positiv auf Steroide getestet werden konnten. Ich sah das Anliegen als eine Art Herausforderung an, die mein Interesse weckte, und das Honorar reichte aus, um mein Studium zu beenden. Also habe ich begonnen, für ihn zu arbeiten.«

»Geld. Es ging um Geld?« Kats Stimme wurde schrill.

»Was weißt du schon von Geld, Katie? Du bist damit aufgewachsen, dir ist immer alles auf einem silbernen Tablett serviert worden.«

Sloane hatte früher einmal selbst so gedacht. Die Erinnerung daran beschämte ihn jetzt. Kat war in eine wohlhabende Familie hineingeboren worden, aber sie hatte ein größeres Herz als irgendjemand sonst, den er kannte. Er nahm ihre Hand und hauchte einen Kuss auf ihr Haar mit den violetten Strähnen.

»Du hast mich dafür gehasst?«

»Nein. Ich habe dich geliebt. Du warst damals so schön. So anmutig und liebreizend mit deinem Wunsch zu gefallen. Du hast mich angesehen, als hätte ich alle Antworten auf deine Fragen. Wenn ich dich zu Veranstaltungen mitnahm, war ich unsagbar stolz. Und dann, wenn du getanzt hast … alle haben Bemerkungen darüber gemacht, wie schön du bist. Ich wollte nie, dass dir etwas zuleide getan wird. Nie.«

Kat versteifte sich. »Warum haben diese Typen mich als Zielscheibe gewählt?«

David lehnte den Kopf an den Wagen. Blut rann ihm über Mund und Kinn. »Als ich dich gefragt habe, ob du mich heiraten willst, habe ich Finn gesagt, dass ich aussteige. Ich hatte, was ich wollte, dich, und mit unserer Heirat wäre ich Teilhaber von SiriX geworden. Das war das Treffen mit Finn, in das du in jener anderen Nacht hereingeplatzt bist, als du mir das Abendessen gebracht hast.« David wischte sich mit dem Handrücken übers Gesicht und verschmierte das Blut. »Finn hat herausgefunden, wer du warst.«

Erneut wurde Sloane von Zorn ergriffen. »Er hat Drohungen gegen Kat ausgesprochen, nicht wahr?«

»Ich dachte, er blufft.« Es kam als ein nasales Jammern heraus. »Dann sind sie an diesem Abend aufgetaucht und haben sich auf dich gestürzt.« David senkte den Blick auf den Beton unter seinen angewinkelten Beinen. »Als sie fertig waren, dachte ich, du wärst tot. Ich konnte den Anblick nicht ertragen, wie du dalagst, dein Bein verdreht, dein Gesicht zerschlagen … all die Dinge, die ich an dir liebte, waren zerstört.« Er schluckte hörbar. »Aber als ich dir den Ring vom Finger zog, habe ich gesehen, dass du atmest. Ich bin in

Panik geraten, daher habe ich den Ring versteckt, und dann habe ich mich im Wagen eingeschlossen und die Polizei gerufen.«

»Wir haben dir vertraut.« Dianas Stimme war heiser. Das Gesicht ihres Mannes war indessen dunkelrot angelaufen.

David richtete den Blick auf Kats Mutter. »Ich habe dafür gesorgt, dass sie am Leben bleibt. Es war pures Glück, dass sie sich an den Angriff nicht erinnern konnte. Ich habe wieder für Finn gearbeitet und immer bessere und bessere Designerdrogen erschaffen, um ihn daran zu hindern, Katie doch noch umzubringen. Und es hat alles funktioniert … bis sie sich mit Michaels eingelassen hat.« David seufzte tief und schaute wieder zu Kat hinüber. »Warum konntest du es nicht einfach auf sich beruhen lassen? Finn hat beschlossen, dich umzubringen, als jetzt der Dopingskandal ans Tageslicht kam. Du bist eine zu große Belastung geworden.«

»Er wird nicht in ihre Nähe kommen.« Sloane würde dafür sorgen.

Zum ersten Mal sah David ihm direkt in die Augen. »Nein, wird er nicht. Er war entschlossen, sie zu töten, also habe ich ihn aufgehalten.«

Sloane hörte ein allgemeines Aufkeuchen um sich herum, spürte Kats unwillkürliches Zucken in seinen Armen. Aber seine Aufmerksamkeit galt Dr. Arschloch. »Und wie haben Sie das gemacht?«

»Mit einer tödlichen Injektion. Es traf ihn völlig unvorbereitet.«

»Du hast ihn kaltblütig ermordet?« Kat war in David verliebt gewesen, sie hatte mit ihm geschlafen, hatte ihn heiraten wollen. Sie hätte niemals gedacht, dass er dazu fähig war, sein pharmazeutisches Wissen zu benutzen, um einen Mord zu begehen.

David streckte eine blutige Hand nach ihr aus. »Er hätte dich getötet.«

»Das ist deine Entschuldigung?« Sie schüttelte Sloanes Hände ab und trat einen Schritt auf den Mann zu, der auf dem Boden vor ihrem SUV hockte. Ohne darauf zu achten, dass Sloane nicht von ihrer Seite wich, funkelte sie David an. »Du hast ihn nicht um meinetwillen getötet. Wenn du um mich besorgt gewesen wärst, hättest du nach dem Überfall die Wahrheit gesagt. Finn wäre verhaftet worden, und ich wäre in Sicherheit gewesen. Aber du hast gelogen, um geheim zu halten, dass du in die Sache mit den Steroiden verwickelt bist. Und aus diesem Grund hast du ihn auch getötet. Vielleicht hast du ja befürchtet, dass er sich dich vorknöpfen würde.«

Davids Auge zuckte heftig. »Niemand sonst braucht etwas über die Sache zu erfahren. Wir können das immer noch in Ordnung bringen. Finn ist tot. Du willst doch nicht SiriX und das ganze Werk deiner Eltern zerstören, oder? Oder Marshalls Erfolg mit den Lupus-Medikamenten?«

»Ich soll also ignorieren, was du getan hast? Dass du mit den Steroiden zu tun hattest, die die Karriere eines jungen Mannes ruiniert und ihm einen dauerhaften Herzschaden eingebracht haben? Oder dass du Finn ermordet hast?« Sie begann unwillkürlich zu zittern. War es Zorn oder eine Reaktion auf den Adrenalinstoß, den David mit seinem Überfall auf sie ausgelöst hatte.

»Das ist alles nicht von Bedeutung. Wir müssen SiriX schützen.«

Nicht von Bedeutung? Das war Davids Sicht der Dinge. Es kümmerte Kat nicht, dass Finn tot war, auch wenn er kein Recht gehabt hatte, ihn zu ermorden. Aber Ethan bedeutete ihr etwas. »Ethan ist ein richtiger Mann, im Gegensatz zu dir. Er hat einen Fehler begangen, und als er erwischt wurde, hat er ihn sofort zugegeben, ohne jegliche Ausreden. Er musste befürchten, dass Sloane ihn auf die Straße werfen würde, aber er hätte auch das als Strafe akzeptiert. Während du greinst und jammerst …«

»Du hast alles zerstört.« Die eisige Stimme ihrer Mutter schnitt Kat das Wort ab. »All diese Jahre der Forschung und der Arbeit, es ist alles zunichtegemacht.«

Ihre Mutter hatte die Arme um ihren Leib geschlungen, ihr Gesicht war schneeweiß, während sie sie voller Hass ansah.

Die altvertraute Furcht nahm Kat in ihre Krallen. »Gibst du mir die Schuld? Oder David?«

Diana ließ die Arme sinken. »David. Aber ich bin mir sicher, dass es dir eine ungeheuere Befriedigung bereitet, Kathryn. Du hattest recht, wir hatten unrecht. Dieser Skandal wird uns ruinieren, und du kannst behaupten, du hättest es ja schon immer gewusst.« Sie drehte sich auf dem Absatz herum und ging auf das Haus zu.

»Verdammt, Diana!« Ihr Vater verlor die Beherrschung. »Du machst es nur noch schlimmer.«

Ihre Mutter wirbelte herum. »Wie viel schlimmer kann es denn noch werden?«

Er schüttelte vehement den Kopf. »Katie hätte getötet werden können. Entweder vor sechs Jahren oder jetzt. Und wenn du sie weiter wie einen Feind behandelst, werden wir sie für immer verlieren. Sie braucht uns nicht mehr.«

Diana schloss die Augen, und ihre Schultern sackten herab. »Ich werde die Polizei rufen.«

Ihr Vater eilte zu Kat und sah sie verzweifelt an. »Bitte hasse uns nicht. Wir haben es nicht gewusst. Du warst so schwer verletzt, und dann die Panikattacken … kannst du uns verzeihen?«

Seine belegte, verzweifelte Stimme ging ihr zu Herzen. Früher einmal waren ihre Eltern ihr so mächtig erschienen, so brillant und erfolgreich, während sie immer nur Durchschnitt war. Aber heute Abend waren sie allzu menschlich und zerbrechlich. Sie wollte ihnen nicht noch mehr wehtun, aber ebenso wenig würde sie die alte Katie sein, die verzweifelt nach jedem Zeichen von Anerkennung oder Liebe heischte.

»Ich hasse dich nicht, Dad. Ich habe weder dich noch Mom jemals gehasst. Ich liebe euch beide, so sehr, dass ich zweiundzwanzig Jahre lang versucht habe, die Tochter zu sein, die ihr haben wolltet, aber in den letzten sechs Jahre war mir das nicht mehr möglich. Ich bin nicht die, die ihr euch vorstellt. Und das werde ich auch niemals sein.« Ihre Stimme brach.

Sloane legte ihr den Arm um die Schultern.

Seine stumme Unterstützung durchströmte sie, als könne er ihr Herz halten, wenn es ihr ein wenig zu schwer wurde. Der Abend hatte sie emotional ausgelaugt, vom Triumph darüber, sich David in den Weg gestellt zu haben, über die Tatsache, dass sie die Wahrheit über das erfahren hatte, was vor all jenen Jahren passiert war, bis zum kalten Zorn ihrer Mutter und jetzt dem verzweifelten Flehen ihres Vaters. Einerseits wollte sie sich zurückziehen, aber andererseits wusste sie, dass es Zeit war, Stellung zu beziehen. »Ich schätze, wir müssen im Laufe der Zeit herausfinden, ob ihr mich als die Frau lieben und akzeptieren könnt, die ich jetzt bin.«

Ihr Vater holte tief Luft und nickte bedächtig. »Wir lieben dich. Glaube das, und alles andere wird sich schon regeln.« Er schaute zum Haus hinüber. »Jetzt sollte ich lieber nach deiner Mutter sehen.«

Sloane drückte ihr Kinn hoch, und seine Augen verströmten Wärme und Mitgefühl. »Alles okay bei dir?«

War es das? Kat wünschte, sie würde Sloane für immer so fürsorglich an ihrer Seite haben. Sie wusste nicht, ob sie eine echte Zukunft zusammen hatten oder ob sie nur zwei Menschen waren, die einander in diesem Moment brauchten. Doch Sloane hatte ihr das ungeheure Geschenk gemacht, zu sich selbst zu finden, hatte sie in Selbstverteidigung unterrichtet und sie unterstützt. Und heute Abend hatte sie sich David gestellt, ihren Panikattacken und ihren Eltern.

Sie lehnte sich an ihn. »Ja, alles okay.«

Kat war zu aufgeregt, um zu schlafen. Nicht einmal die warme Dusche hatte sie auch nur im Mindesten beruhigt. Als sie das Licht in Drakes Zimmer brennen sah, schlenderte sie dorthin, überrascht, ihn an seinem Laptop arbeiten zu sehen. »Warum bist du noch auf?« Es war längst nach zehn.

»Ich konnte nicht schlafen.«

Kat setzte sich aufs Bett. »Hast du starke Schmerzen? Kann ich dir irgendetwas holen?«

»Mir geht es gut.« Er schloss seinen Laptop und ergriff ihre Hand. »Ich mache mir mehr Sorgen um dich. Sloane hat mir erzählt, was passiert ist.« Er rutschte auf dem Bett zur Seite und klopfte auf die Matratze. »Komm und rede mit mir.«

Sie setzte sich neben ihn.

»Du konntest auch nicht schlafen?«

Sie starrte auf ihre nackten Beine. Seit wann lief sie in Schlafshorts herum, ohne an ihre Narben zu denken? »Ich warte nur darauf, dass Sloane ins Bett kommt. Er hat einige Anrufe und noch ein paar andere Dinge zu erledigen.« Sie war nicht in der Stimmung, jetzt allein zu sein. War sie deswegen schwach?

»Ich war nach einem Kampf immer aufgedreht. Der Adrenalinrausch kann einen stundenlang munter halten. Danach fällt man dann irgendwann völlig erschöpft in sich zusammen.«

Kat hob ihre Hand und musterte sie. »Ich kann immer noch nicht glauben, dass ich das getan habe.« Sie hatte sich gewehrt und gewonnen.

»Sie haben ihm die Nase gebrochen, wie Sloane mir berichtet hat. Er sagte, ich zitiere: ›Es war unfuckingfassbar schön.‹«

Ein törichtes Grinsen machte sich auf ihrem Gesicht breit. »Er hat zweifellos eine poetische Ader.«

»Das hätte ich zu gern gesehen. Dieser Mistkerl hatte nichts anderes verdient.« Er ergriff ihre Hand und tastete mit den Fingern über das Gelenk.

Sie verdrehte die Augen. »Sloane hat meine Hand bereits untersucht. Sie ist in Ordnung. Sie tut nicht weh.«

»Wahrscheinlich wird sie morgen wehtun.«

»Das soll mir egal sein. Es war die Sache wert. David war dermaßen verblüfft. Alles, was er sagen konnte, war: ›Du hast mich geschlagen.‹«

»Elender Mistkerl. Er hat dich mit einem Skalpell bedroht.« Drake tätschelte ihre Hand. »Wie hat es sich angefühlt, als du ihn niedergeschlagen hast?«

Sie lehnte sich auf den Kissen zurück, die Drake aufgestapelt hatte. »Es war eine ungeheure Befreiung. Nicht nur dass ich mich gewehrt habe, sondern dass ich endlich die Wahrheit aus ihm herausbekommen habe. In all diesen Jahren war es so frustrierend, dass ich mich nicht daran erinnern konnte, was passiert war. Ich kann mich immer noch nicht an alles erinnern, und das wird wohl auch niemals der Fall sein. Aber ich wusste, dass der Überfall sich nicht so abgespielt hatte, wie David immer behauptete, aber niemand wollte mir glauben.«

»Jetzt hast du endlich deine Genugtuung.«

Bei dem Wort zuckte sie zusammen. »Meine Mutter hat das auch gesagt, nur dass es bei ihr wie eine Anklage geklungen hat.« Sie wandte sich Drake zu und sah ihn an. »Aber sie hatte recht, es ist tatsächlich eine gewisse Genugtuung.«

»Das ist nur verständlich.«

»Ich fühle mich mies wegen der Dinge, die meinen Eltern in den kommenden Tagen und Wochen bevorstehen … Es könnte Jahre dauern, bis sie sich davon erholen. David hat uns alle getäuscht. Der einzige Grund, warum ich ihm auf die Schliche gekommen bin, ist der, dass Finn David dazu gebracht hat, weiter für ihn zu arbeiten.« Sie runzelte die Stirn und dachte an Marshalls Verhalten. »Mein Bruder ist David langsam auf die Schliche gekommen. Als er heute Abend bei meinen Eltern erschien, sagte er uns, dass er und Amelia sich in Davids Firmencomputer eingehackt hätten und dabei auf Honorare gestoßen wären, die nicht von SiriX stammten. Sie hatten daraus den Schluss gezogen, dass David die Formeln patentierter Medikamente von SiriX an Finn verkaufte, der die Mittel schwarz herstellte, um sie dann online zu verkaufen, und sie haben seinen Computer nach Beweisen abgesucht. Diese Art von Piraterie ist weitverbreitet in der pharmazeutischen Industrie.«

»Haben sie irgendwelche Beweise gefunden?«

Kat schüttelte den Kopf. »Nein, und David bestreitet es auch. Komischerweise glaube ich ihm. Das Geld, das David mit den Steroiden verdient hat, war ein willkommenes Mittel, um sich das Leben zu ermöglichen, nach dem er sich sehnte – ein reicher und berühmter Wissenschaftler zu sein, mich zu heiraten und Teilhaber von SiriX zu werden. Auf seine verquere Art hat er versucht, SiriX zu beschützen, und ich nehme an, auch mich. Das ging sogar so weit, dass er Finn getötet hat. Auch in diesem Punkt hat er die Wahrheit gesagt. Die Polizei hat Finns Leichnam genau an dem Ort gefunden, den David ihnen genannt hat.« Es war alles so unwirklich. »Dass David Finn mit einer tödlichen Injektion ums Leben gebracht hat, ist jenseits jeglicher Vorstellung, die ich von ihm hatte. Und ich dachte, ich würde ihn kennen.«

Hart erarbeitete Weisheit sprach aus Drakes Augen. »Töten ist nicht so schwierig, wie es scheint. Sehr viel schwieriger ist es, anschließend damit zu leben.«

Kat hätte sich nie vorstellen können, dass sie einmal in eine solche Situation kommen würde – dass sie einmal neben einem Mann auf dem Bett sitzen würde, der jemanden getötet hatte. Sie war in der Überzeugung erzogen worden, dass nur der Abschaum der Menschheit Gewalttaten beging.

Und doch hatte dieser Mann, mit dem sie jetzt dasaß, ihrer Meinung nach das Leben zahlloser Gestrandeter zum Besseren gewendet. Ihre Eltern entwickelten Medikamente, um

Leben zu verbessern, was wichtig war. Aber Drake gab verlorenen Kindern Hoffnung und Halt, und das war unbezahlbar. In vielerlei Hinsicht hatte er echteres Mitgefühl und war menschlicher als ihre Eltern. Und doch war jede Sekunde seines Lebens überschattet von dem einen Moment, in dem er sich zu einer folgenschweren Tat hatte hinreißen lassen.

Kat drückte sanft seine Hand. »Es hat dich nicht zerbrochen. Stattdessen hast du die Erfahrung zum Anlass genommen, zu einem besseren Menschen zu werden.« Einem Menschen, den sie auf eine ganz besondere Weise zu lieben gelernt hatte. »David ist unter dem Druck seiner Geheimnisse zusammengebrochen, unter dem Druck der Schuld, die er auf sich geladen hatte, jedoch nicht akzeptieren wollte. Als ich ihm sagte, dass die Steroide zu Ethans Herzinfarkt geführt hätten, meinte er lediglich, dass das nicht wichtig sei.« Sie beugte sich vor und umarmte ihn. »Du bist ganz und gar nicht wie David.«

Seine Augen fingen an zu glänzen. »Ich glaube, du hast mir geholfen, zu den Worten zu finden, die ich brauche.«

Sie lehnte sich gegen die Kissen. »Wofür?«

»Briefe an Menschen zu schreiben, die mir etwas bedeuten. Ich möchte, dass sie wissen, wie wichtig sie mir in meinem Leben waren, wenn ich nicht mehr bin.«

Oh Gott, das tat weh. Sie versuchte, sich Sloane vorzustellen, wie er einen Brief von Drake las, nachdem … Es zerriss ihr das Herz, und doch würde er etwas haben, woran er sich festhalten konnte. Sara war ihm entrissen worden, ohne dass sie voneinander Abschied nehmen, die Dinge zu einem Abschluss bringen konnten. Kat wusste nicht, was sie sagen sollte außer: »Du hinterlässt ihnen einen kostbaren Teil von dir selbst. Das wird ihnen sehr viel bedeuten.« Sie würde jetzt verdammt noch mal nicht weinen.

»Einigen vielleicht, aber dieser Brief ist für Evie.« Er berührte den geschlossenen Laptop, der auf seinen Beinen stand, mit einer Sanftheit, wie Kat sich vorstellte, dass er das Gesicht seiner verlorenen Liebe berührt hatte. »Sie soll wissen, dass es mir leidtut. Ich habe sie geliebt, und in meinem Drang, sie zu beschützen, habe ich ihr den Vater genommen. Dazu hatte ich kein Recht. Ich hoffe, ich finde noch all die Worte, die ich brauche.«

War es das, was Drake so lange wachhielt? Alte Reue? Das Bedürfnis, Dinge in Ordnung zu bringen? Kat umklammerte Drakes Hand mit ihrer. Sie wollte ihm die Absolution erteilen, aber sie konnte es nicht. Kat war an jenem Tag nicht dabei gewesen. Sie konnte nicht wissen, ob Drake zu weit gegangen war. Drake jedenfalls glaubte das. Er hatte das Leben eines Mannes auf dem Gewissen, ebenso wie Evies Trauer. »Sag ihr, was du mir gesagt hast – die Wahrheit. Und dann sag ihr, dass sie dich zu einem besseren Menschen gemacht hat, dass du an deinem Fehler gewachsen bist und gelernt hast, wie man liebt – auch wenn diese Liebe nicht ihr gelten konnte.«

Drake starrte auf seinen Laptop, dann hob er den Blick und sah ihr in die Augen. »Sloane kann sich glücklich schätzen.«

Es war Kat, die sich glücklich schätzte. »Ich hätte ohne ihn nie den Mut gefunden, mich all dem zu stellen, was heute Abend passiert ist. Selbst jetzt will ich nicht ohne ihn schlafen gehen.« Okay, das brauchte Drake jetzt nicht zu wissen.

Drake stellte seinen Laptop beiseite und griff nach der Fernbedienung. »Wir werden jetzt fernsehen, bis Sloane dahinterkommt, dass du nicht da bist.«

Sloanes Blut war noch immer in Wallung. Der Anblick von Dr. Arschloch, wie er Kat das Skalpell an die Kehle hielt, hatte in ihm ein Bedürfnis wachgerufen, Kate zu beschützen, das über jedes vernünftige Maß hinausging.

Er war bereit gewesen, den Mistkerl zu töten.

Kat hatte ihn mit ihrer schlichten Bitte davon abgehalten. Dann hatte sie Dr. Arschloch in die Knie gezwungen, was Sloane mit grimmigem Stolz erfüllt hatte.

Er wollte sie, brauchte sie mit dieser Lust auf Gewalt, die in ihm schwelte … ja, er hatte sie allein gelassen, damit sie ohne ihn zu Bett ging. Er konnte nicht garantieren, dass er ihr nicht die Kleider vom Leib riss, wenn er mit ihr in das gottverdammte Bett stieg.

Kat konnte diese animalische Seite von ihm nicht brauchen. Sie erholte sich immer noch von dem Autounfall und versuchte, alles zu verarbeiten, was heute Nacht geschehen war. Sie brauchte Sloane nicht, wenn er die Kontrolle verlor und sie hart nahm. Tief. Bis er wusste, dass sie lebte und sein war.

Sloane hatte seine Anrufe getätigt, sich Fosters Trainingsvideo angesehen und ging jetzt in seinem Büro auf und ab.

Er schaute auf seine Armbanduhr. Fast Mitternacht. Kat musste inzwischen schlafen. Er würde ins Bett schlüpfen und sie an sich ziehen. Das würde ihn beruhigen. Solange sie schlief, würde er sich beherrschen können. In dieser Gewissheit verließ er sein Büro.

Eine Minute später starrte Sloane verwirrt auf das leere Bett. Wo war sie? Aber es gab nur einen Ort, an dem sie sein konnte. Er ging wieder die Treppe hinunter und blieb in der Tür zu Drakes Zimmer stehen.

»Sie ist eingeschlafen, während sie auf dich gewartet hat.«

Das Herz ging ihm über bei ihrem Anblick, wie sie zusammengerollt neben Drake lag. Ihr langes Haar quoll über den Rand des Bettes, und sie hielt Drakes Hand fest in ihrer. Er kam näher, außerstande, den Blick von ihr zu nehmen. »Sieht so aus, als hätte die Erschöpfung nach dem Adrenalinschub sie eingeholt.«

»Sie ist eingeschlafen, als hätte einer den Schalter umgelegt. Sie wollte nicht allein sein.«

Er erwartete, dass Schuldgefühle in ihm hochkommen würden, weil er sie allein gelassen hatte, aber das war nicht der Fall. Kat hatte ihm ebenso Raum gegeben, wie er ihn ihr gegeben hatte, nachdem sie sich neulich nachts gestritten hatten. So war sie zu Drake gegangen und hatte sich auf ihre Weise den Trost verschafft, den sie brauchte. Oder vielleicht hatte sie auch Drake getröstet. Wahrscheinlich auch beides, dem zufriedenen Ausdruck in Drakes Augen nach zu schließen. »Werde ich mit dir um meine Frau kämpfen müssen?«

Drakes Mundwinkel zogen sich in die Höhe. »Glaubst du, du bist gut genug dafür?«

»Um gegen dich zu kämpfen? Jederzeit. Gut genug für Kat zu sein?« Sloane zeichnete die violetten Strähnen in ihrem Haar nach. »Nein.« Wie konnte jemand wie er gut genug für Kat sein?

»Gib dir Mühe, Sloane. Eine Frau wie Kat begegnet einem nur einmal im Leben.«

Darauf hatte er keine Antwort. Warum hatte er das Gefühl, dass, ganz gleich, welche Entscheidung er traf, die Konsequenz unerträglich sein würde? Wenn er Foster am Leben ließ, würde dieses Schwein sich auf das stürzen, was Sloane liebte. Wenn er Foster tötete, würde Kat ihn so ansehen, wie sie heute Nacht David angesehen hatte.

Er konnte sich nicht entscheiden.

17

Am Mittwochnachmittag stand Sloane am Fußende von Drakes Bett. Er hatte die Arme vor der Brust verschränkt und kämpfte krampfhaft seine Sorge nieder, während der Arzt seine Untersuchung vornahm.

Drake funkelte ihn an. »Zack hätte weder dich noch den Arzt anzurufen brauchen.«

»Es blieb ihm nichts anderes übrig, wenn er seinen Job als dein Krankenpfleger behalten will.« Sloane ließ in diesen Dingen nicht mit sich handeln. Der Pfleger hatte ihn angerufen und ihm mitgeteilt, dass Drake Fieber habe, daher hatte Sloane alles stehen und liegen lassen und war nach Hause gekommen.

Der Arzt drückte das Stethoskop auf Drakes Rücken. »Ein Mal husten, Mr Vaughn.«

Das raue Husten ließ Drake zusammenzucken.

Der Arzt beendete die Untersuchung und packte das Stethoskop in die Tasche. »Lassen Sie uns eine Infusion mit Antibiotika und Nährlösung anlegen.«

»Ich will keine Infusion.«

Sloane hielt es nicht länger an seinem Platz. Er riss das Hemd vom Fußende des Bettes und warf es Drake über den Kopf, dann setzte er sich hin und beugte sich vor. Er ignorierte Drakes Halsstarrigkeit. Sloane wäre ebenfalls frustriert, wenn sein Körper ihn mit jedem Tag mehr im Stich ließ, ihn systematisch Stück für Stück seiner Würde und Unabhängigkeit beraubte.

»Legen Sie die Infusion an. Kein Krankenhaus, keine extremen Maßnahmen. Das respektiere ich.« Ob es ihm nun gefiel oder nicht. Drake war müde. Sloane konnte von den Augen des Mannes ablesen, wie der Tod mit jedem verdammten Tag seine Position ausbaute. Aber er würde ihm nicht auch noch eine persönliche Einladung schicken, indem er zuließ, dass eine Infektion sich breitmachte, ohne zumindest ansatzweise dagegen anzukämpfen.

»Und wenn ich es nicht zulasse? Hast du vor, mich dazu zu zwingen?«

Sloane grub eine Faust in die Matratze. Wenn er es wollte, würde er seinen Willen durchsetzen können, das wussten sie beide. Sloane war bereit, wie ein Berserker zu kämpfen, um Drake bei sich zu behalten.

Aber es war nicht seine Entscheidung.

Sekunden verrannen, während er mit seinem verkrampften Kiefer und den Stichen in seiner Brust rang. Sein ganzes Leben geriet außer Kontrolle. Drake lag im Sterben. Ethan hatte einen Herzinfarkt gehabt. Foster, dieser Dreckskerl, verfolgte Sara bis ins Grab. Er hatte sich mit aller Macht davon abhalten müssen, Kat zu beschützen, als David sie mit diesem Skalpell bedroht hatte.

Und wenn er Foster tötete, würde er Kat verlieren. Wie sollte er sich entscheiden?

Aber die Entscheidung über die Infusion hatte nicht er zu treffen. »Nein.« Er zwang sich, seine Faust zu öffnen, und umklammerte stattdessen Drakes Schulter. »Aber ich bitte dich darum, es zuzulassen. Bitte.«

Drake hielt seinem Blick stand, dann nickte er.

Zwei Stunden später schlief Drake, und Sloane war so frustriert, dass es ihn in sein Studio zog. Mit nichts als Shorts bekleidet drehte er mit umwickelten Händen die Musik auf, machte seine Dehnübungen zum Aufwärmen und ging dann zu dem Sandsack hinüber.

Die ganze Zeit über hörte er in seinem Kopf die Uhr ticken, die Drakes Tod und seine eigene Entscheidung näherbrachte.

Ließ er Foster leben und kehrte Saras Andenken den Rücken und lebte jeden Moment in Furcht davor, dass Foster Kat finden und vergewaltigen und ermorden würde, so wie er es mit Sara gemacht hatte?

Oder tötete er Foster und sah mit an, wie Kats Liebe erstarb?

Kat öffnete die Tür zum Studio. Ein tiefer, stampfender Beat erscholl aus den Lautsprechern, durchbrochen nur von einem wiederholten, harten Aufprall.

Ihre Haut kribbelte, und bei Sloanes Anblick blieb ihr die Luft weg. Bekleidet nur mit Shorts bewegte er sich mit schwindelerregender Schnelligkeit, während er den schweren Sack mit Tritten und Boxhieben bearbeitete.

Sein Rücken krümmte und entspannte sich wieder, seine Armmuskeln dehnten sich kraftvoll. Wenn er dem Sack aus dem Sprung heraus einen Tritt versetzte und dann in der Hocke landete, ploppten die Muskeln seiner Oberschenkel und Waden hervor.

Sein Schmerz war beinahe greifbar.

»Kat.«

Sie ging zu ihm hinüber. »Hier bin ich.«

Er stand vor dem schweren Sack, die Hände gesenkt, den Kopf gebeugt. »Er stirbt.«

Ihre Augen trübten sich, aber sie blinzelte die Tränen weg. Wie sehr es ihr auch zusetzte, Drake zu verlieren, was Sloane erlitt, war ungleich schlimmer. »Nicht heute.« Drake selbst hatte ihr das gesagt. Hatte ihr gesagt, dass er entschlossen sei am Leben zu bleiben, bis Sloane sich dem Mörder seiner Schwester stellte, und das war auch der Grund, warum er der Infusion zugestimmt hatte. Dann hatte er Kat zu Sloane geschickt.

Sloane drehte sich um, und sein Blick glitt über ihr Gesicht und ihre Trainingssachen hinab zu ihren nackten Füßen. Dann hob er den Blick. »Warum hast du Trainingssachen angezogen?«

»Ich dachte, du brauchst vielleicht einen Sparringspartner, um dich etwas abzureagieren. Aber erklär mir doch mal bitte, warum deine Hände bandagiert sind.«

»Um meine Knöchel und das Handgelenk zu schützen, wenn ich boxe.« Mit einem Funkeln in den Augen trat er vor sie hin. »Aber aus dem Sparring wird nichts werden. Ich bin zu aufgewühlt, und du bist noch nicht wieder in Schuss.«

Kat pochte das Blut in den Adern, als er so vor ihr stand. »Gut zu wissen, das mit den Bandagen, falls ich jemals mit dem Boxen anfangen sollte.« Dann lächelte sie. »Aber deine Sparringspartnerin wäre ich trotzdem ganz gern.«

»Ich meine es ernst, Kat. Es war schlimm genug, mich gestern zurückzuhalten und es dir zu überlassen, Dr. Arschloch zu entwaffnen. Und jetzt gerade bin ich nicht in der Lage, mich zurückzuhalten.«

Sein Geruch – eine Mischung aus Seife, Schweiß und Erregung – stieg ihr in die Nase, und sie reckte sich ihm entgegen, bis sein warmer Atem ihr Gesicht streifte. »Das würde in der Tat ätzend für dich sein.«

Die Adern an seinem Hals traten hervor. »Was würde ätzend sein?«

»Wenn du dich nicht wehrst.« Sie holte zu einem Boxhieb auf sein Gesicht aus.

Sloane blockierte sie mit dem Unterarm, als würde er eine Fliege wegwischen. »Schon ausgebremst.«

Mist, als schlüge man auf Zement. »Keineswegs, Champion. Und weißt du auch, warum?« Sie trat zurück und nahm ihre Kampfhaltung ein.

Sloane beäugte sie. »Warum?«

»Weil das nicht unsere Art ist. Wir halten nichts voreinander zurück. Gestern Nacht brauchtest du etwas Freiraum, und ich habe ihn dir gegeben. Heute Abend ist deine Zeit abgelaufen.« Sie balancierte auf ihrem versehrten Bein und führte mit ihrem gesunden Bein einen Kniestoß aus.

Sloane sprang rückwärts. Seine Augen wurden schmal, und er wippte auf den Fußballen. »Kätzchen, du bekommst deine letzte Chance. Geh. Oder ich schnappe dich mir.« Langsam begann er die Bandage von einer Hand abzuwickeln.

Die Art, wie er absichtlich diesen langen Streifen abwickelte, ließ ihr den Mund trocken werden. Ein Kribbeln lief über ihre Haut, und ihre Brustwarzen stellten sich auf. »Und dann?«

Sloane hängte sich die erste Bandage um den Hals wie ein Handtuch und begann die zweite abzuwickeln. »Ich werde dich auf die Matte werfen, dir die Kleider herunterreißen und dir zumuten, dich mit voller Wucht zu lieben.« Sloane warf die zweite Bandage weg und richtete seinen harten Blick auf sie. »Nun lauf schon.«

Heftiges Verlangen ergriff sie. Er brauchte das, brauchte irgendeine Art von Erlösung, die tiefer ging als Kämpfen oder Ringen. »Ich laufe nicht vor dir weg.« Sie zielte mit der Faust direkt auf seinen Solarplexus.

Sloane ließ die Hand vorschnellen, packte ihren Unterarm und zog daran. »Du kannst mich nicht besiegen.«

Die Bandage, die von seinem Hals hing, baumelte zwischen ihnen, als würde sie sie verhöhnen. Warum hatte er die eine beiseitegeworfen und die andere behalten? Wollte sie es herausfinden?

Zum Teufel, ja.

Kat grätschte die Beine, lehnte sich nach vorn, um Sloanes Handgelenk zu verdrehen, dass er seinen Griff lockern musste, dann riss sie den Arm hoch und löste den Griff. »Ich bin im Vorteil. Du hast Angst, mir wehzutun.«

Sloane trat auf sie zu und blockierte jeden Boxhieb mit lächerlicher Mühelosigkeit. Bevor sie sich den nächsten Hieb überlegen konnte, sprang er los, legte ihr einen Arm um die Schultern und schwang mit dem anderen Arm ihre Beine in die Luft. Dann ließ er sich auf die Knie fallen und zog sie auf die Matte.

Benommen versuchte Kat, von ihm wegzurollen.

Er warf ein Bein über sie, setzte sich auf ihre Hüften und fing ihre Hände ein.

Oh Gott, er war schnell. Sie hörte ihr eigenes Keuchen über dem Stampfen der Musik.

Er drückte ihr die Handgelenke auf die Matte und beugte

sich vor. »Verlang nie wieder von mir, dazustehen und nichts zu tun, während du gegen einen Mann kämpfst, der dich mit einer Klinge bedroht.«

Sie hörte auf zu kämpfen, verzaubert von dem Mann, der sie auf den Boden drückte. Er verströmte Zorn aus jeder einzelnen Pore. »Du bist wütend auf mich?«

»Ich bin so verdammt stolz auf dich, dass ich kaum atmen kann.« Er schwieg eine Sekunde. »Aber du gehörst mir. Und ich beschütze, was mir gehört. Ich musste hilflos zusehen, als du in dieser schlingernden Limousine warst, und gestern Abend musste ich wieder einfach dastehen und tatenlos zusehen.« Seine Kinnpartie verhärtete sich, sein ganzer Körper war angespannt, doch er schob sanft einen Finger über die verblassende Prellung auf ihrem Gesicht.

»Mir geht es gut.«

»Du gehörst mir.« Es kam als ein Knurren heraus. »Du bist in meinem Studio, und hier habe ich das Sagen.« Er ließ ihre Handgelenke los, schnappte sich den Saum ihres Shirts und zog es ihr aus. Warf es beiseite.

Die Klimaanlage blies kühle Luft auf ihre entblößte, heiße Haut. Alles, was sie jetzt am Leib trug, war ihre tief sitzende Hose und Sloane, der rittlings auf ihr saß.

Er zeichnete mit einem Finger ihre Kehle nach, bis hin zu der Erhebung ihrer Brüste, um ihre Brustwarze zu reizen.

Zischend zog sie die Luft ein, überrascht von dem Brennen, das geradewegs durch sie hindurchschoss. Es war zu viel, zu viel auf einmal. Es waren all die Gefühle zwischen ihnen, die ihr Verlangen entflammten. Das Begehren, von ihm ausgefüllt und erobert zu werden, brannte in ihr und raubte ihr mit seiner Intensität den Atem. Sie umklammerte sein Handgelenk und versuchte, sich das Gefühl von Kontrolle zu erhalten. Sie wollte sich ihm nicht kampflos überlassen.

Sie wollte, dass er ihr ihre Kontrolle nahm.

Sein Blick fing den ihren ein. »Zu spät, mein Schatz. Ich habe die Kontrolle übernommen.«

Sie sah ihm fest in die Augen, schätzte ab, was er wollte, was sie beide wollten. *Keine Zurückhaltung.* Das war es, was sie verband. »Du denkst, ich bin so leicht zu besiegen, so schwach?« Sie ließ die Hand sinken, als würde sie aufgeben.

Seine Züge entspannten sich, und er lockerte die Schenkel, die sie festhielten. »Kat …«

Reingelegt. Sie drehte sich auf den Bauch und robbte unter ihm hervor. Sie gewann einige Zentimeter, bevor er sie um die Taille packte, sie auf die Knie hob und sie an seine Brust zurückriss.

»Spürst du, was du mit mir gemacht hast?« Er presste seinen erigierten Schwanz gegen ihre Lendenwirbel. Sloane strich mit der Hand ihren Bauch hinunter, drang in ihre Hose vor. Starke Finger reizten ihr Geschlecht, strichen sanft hin und her. Er leckte ihr das Ohrläppchen, dann verlangte er mit rauer Stimme: »Spreiz die Beine.«

Sie wollte es. Oh Gott, sie wollte mehr von dieser heißkalten Ekstase, die seine Berührung mit sich brachte. Selbst sein Atem an ihrem Hals ließ sie vor Wonne erschauern. Nur er gab ihr dieses Gefühl, so verrucht, lebendig und zufrieden mit sich selbst zu sein. Sie konnte sich wehren in dem Wissen, dass sie bei ihm sicher war. »Nein.«

»Willst du, dass ich gewinne, Kätzchen? Dass ich dich zwinge, dich mir zu unterwerfen?« Er strich einer Feder gleich mit der Fingerspitze über ihre Schamlippen und ließ ihre Klitoris vor Verlangen schmerzen. Nur mit äußerster Mühe konnte sie sich davon abhalten, die Hüften nicht an ihn zu pressen. »Willst du fühlen, wie es ist, wenn ich dir die Beherrschung raube und dir gebe, wonach du dich sehnst?«

Oh, sie wollte es so sehr, dass es ihr hätte Angst machen sollen, statt sie zu faszinieren. Er forderte sie dazu heraus, legte dieses tiefe, unverstellte Verlangen frei, das zwischen ihnen zischelte.

»Sag es mir.« Er kniff in ihre Brustwarze, fest genug, um ihre Aufmerksamkeit zu erregen, während seine Finger diese in den Wahnsinn treibende Liebkosung ihrer Schamlippen fortsetzten. »Ich kann spüren, wie mir dein Zentrum ein heißes und sehr feuchtes Nimm-mich-jetzt entgegenschreit.« Er führte einen Finger in ihre zarten Tiefen ein. »Wie lautet deine Antwort?«

»Ja«, schoss es aus ihr heraus. Alles, was sie tun konnte, war, auf seinem Finger hinabzurutschen, ihn zu reiten. Ihr Unterleib zuckte, und ihr Geschlecht spannte sich um ihn.

Er öffnete den Mund über ihrem Hals, leckte sie mit seiner heißen Zunge und knabberte an ihrer zarten Haut, während er langsam den Finger hinein- und hinausschob. Es war ihr nicht genug. Alles in ihr schrie verzweifelt nach mehr. Er ließ den Mund zurück zu ihrem Ohr gleiten. »Noch mal, spreiz die Beine, und ich werde es dir schnell besorgen.«

Niemals. Sie wollte es nicht leicht, sie wollte Sloane antreiben, so wie er sie antrieb. Kat reckte sich hoch, weg von seinem eindringenden Finger. Ohne auf das Zucken in ihrem Bein zu achten, stürzte sie vorwärts und schlug die Hände auf die Matte.

Bevor sie ihm entkommen konnte, hatte Sloane sich auf sie gestürzt und mit seinen Schenkeln ihre Hüften umklammert.

Während sie immer noch auf den Knien war, zwang er sie auf die Ellbogen hinunter und lehnte sich über sie.

Sein steifer Schwanz pochte an ihrem Hintern.

Er lachte, und das klangvolle Geräusch vibrierte in ihren Ohren. Während er mit einer Hand ihre Handgelenke festhielt, zog er mit der anderen den langen Stoffstreifen von seinem Hals.

Kats Augen weiteten sich. Dafür war die Bandage da. Sie versuchte zu buckeln, versuchte, sich zu befreien, aber er hielt sie unter sich fest. Sie konnte sich nicht rühren. Mit faszinierter Erregung sah sie zu, wie er den Verband um ihre Handgelenke schlang und sie fesselte. »Kein Klopfen diesmal, kleine Bäckerin. Du bist genauso gefangen, wie ich es haben will. Wie ich dich will. Wenn du dich weiter auf die Unterarme stützt, wird das den Druck von deinem Knie nehmen.« Er griff nach hinten und zog ihr die Hose herunter.

Zwang sie auf die Knie, den Hintern in die Höhe gereckt und die Beine gespreizt. Die kühle Luft traf auf ihre Schamlippen und machte ihr schmerzhaft bewusst, dass sie entblößt war, verletzbar. Aber er hatte recht, ihr Knie wurde praktisch nicht belastet.

Dann senkte er sich auf sie herab. Seine heiße Haut versengte die ihre, ließ ihre Unsicherheit dahinschmelzen, bis sie nur noch von dem unbändigen Verlangen erfüllt war, ihn in sich zu spüren. »Willst du, dass ich weitermache? Dich zwinge, meinen Schwanz zu nehmen?«, hauchte er in ihr Ohr. Dann ließ er die Lippen über ihren Hals gleiten, während seine Finger mit ihren Brustwarzen spielten. »Willst du, dass ich dich so hart liebe, dass du schreist, wenn du kommst?«

Ihr ganzer Körper prickelte, und ihr Blut pulsierte bei der

Vorstellung, was Sloane mit ihr anstellen würde. Tränen stiegen ihr in die Augen von dem heißen Begehren, das sich in ihr aufbaute. Sie brauchte die Möglichkeit zu klopfen nicht mehr, nicht wenn sie bei ihm war – bei dem Mann, den sie liebte und dem sie vertraute. »Sloane.«

»Sag es. Sag, dass du dich mir unterwirfst.«

Sein Körper strahlte Hitze aus, und seine Stimme war rau vor Verlangen. Wenn sie es sagte, wäre es um den letzten Rest seiner Beherrschung geschehen. Alles in ihr spannte sich erwartungsvoll an, als er eine Hand wegnahm – die Hand, die er benutzte, um seinen Schwanz in sie einzuführen.

Wenn sie Ja sagte.

Nur dann.

Kat hatte gedacht, sie wollte, dass er ihr die Kontrolle nahm, aber dies war so viel erotischer. Ihm bereitwillig zu gestatten, sie auszuziehen, sie zu fesseln, ihre Beine zu seinem Vergnügen zu spreizen. Sie war so erregt, dass sie ihre Antwort beinahe schluchzte. »Ich unterwerfe mich. Nur dir. Und immer nur dir.«

Die Musik wurde lauter, steigerte sich zu einem Stakkato, während Sloane seinen Schwanz in sie hineinstieß, sie dehnte und sie ausfüllte. Sie verspürte ein köstliches Brennen. Kat sank zurück, nahm ihn, nahm alles.

Sloane bäumte sich auf, die Hände um ihre Hüften gekrallt, und riss ihr Becken hoch. Sein Schwanz drang so tief in sie ein, dass sie aufschrie. Vor Schmerz? Ekstase? Sie wusste nicht mehr, was sie empfand. Wusste nur, dass sie es brauchte. Dass sie nicht genug davon bekommen konnte. Ihre Hände waren gefesselt, aber sie grub die Fingernägel in die Matte. »Noch einmal.«

»Scheiße.« Es kam als ein gequältes Stöhnen heraus, als er es noch einmal machte. Er stieß in sie, streifte alle empfindlichen Stellen, bis sie nicht mehr wusste, was sie fühlte, trieb sie so hoch, dass sie nicht loslassen konnte.

»Sloane. Bitte.« Ein Schauer durchlief sie. Sein Schwanz schwoll an, pulsierte. Ihre Klitoris pochte. Alles in ihr krampfte sich zu hart zusammen.

Sloane schob sie zurück auf die Knie und stieß tief zu. Dann griff er nach ihrem Pferdeschwanz, drehte ihren Kopf und küsste sie auf die Wange. »Ich halte dich.« Er strich mit zwei Fingern über ihre Lippen und fügte hinzu: »Sauge daran. Mach sie nass für mich.«

Sie öffnete den Mund, nahm seine Finger und saugte daran, schmeckte seine Haut und sich selbst. Gierig nach mehr von ihm, von ihnen beiden, presste sie die Zunge an seine Finger.

»Oh Gott, Kätzchen, was du mit mir machst.« Es war ein tiefes Knurren, das an ihrem Rücken vibrierte. Er zog die Finger heraus, dann ließ er sie über ihren Bauch nach unten wandern, um ihre Klitoris zu reizen.

Ein Gefühl von Hitze flackerte in ihr auf. Kat keuchte, wiegte sich zurück, dass sein Schwanz in sie hineingleiten konnte, um sich ihm gleich darauf wieder zu entziehen und sich stattdessen seiner Hand anzuvertrauen. Sie jagte ihn, brauchte ihn, wollte, was nur Sloane ihr geben konnte.

»Jetzt. Lass mich spüren, wie du meinen Schwanz melkst.« Er kniff ihr in die Klitoris und stieß in sie hinein.

»Oh, oh …« Sie spürte nichts mehr als sich selbst und kam so heftig, dass ein schrilles Geräusch sich ihrer Kehle entrang.

Sloane schlang einen Arm um ihre Taille und hielt sie fest.

»Oh Gott, Kat. Ja!« Jeder heftige Stoß trieb sie höher, bis zur Ekstase. Er kam, spritzte seinen Samen in ihre empfindliche Vagina und keuchte in ihr Haar.

Sie hatte ihn dazu gebracht, vollkommen die Kontrolle zu verlieren und sie mit sich zu reißen.

18

Sloane räumte das Geschirr in die Spülmaschine, während Kat die Reste des Abendessens wegräumte. »Es überrascht mich, dass du keine Haushälterin hast, die für dich kocht.«

»Ich habe eine Ernährungsberaterin und Köchin für Drake eingestellt, aber das hat ihm gar nicht gefallen.« Sloane schloss die Spülmaschine, dann holte er den Wein hervor und füllte zwei Gläser. Eines davon reichte er Kat und führte sie zurück auf die Terrasse, wo sie gerade zu Abend gegessen hatten.

Das Sommerkleid, das Kat nach dem Duschen angezogen hatte, umspielte ihre Oberschenkel, als sie sich auf einen der Schaukelstühle setzte, um den Sonnenuntergang zu beobachten. »Möchtest du, dass ich jemanden einstelle, der für uns kocht?«

»Für mich?« Sie drehte sich zu ihm um, und die Sonne fing die violetten Strähnchen in ihrem Haar ein. »Nein. Ich meinte, für dich.«

»Für uns. Ich bin zurzeit nicht oft unterwegs und gehe auch nicht zu irgendwelchen Veranstaltungen. Ich möchte lieber hier sein.« Er schaute zum Haus hinüber, wo Drake schlief. »Normalerweise bin ich nicht oft zum Abendessen zu Hause. Für gewöhnlich habe ich Termine oder …« *Halt den Mund, Idiot.*

»Begleiterinnen zu beeindrucken.«

Sloane drehte sich zu ihr um. »Du bist meine einzige, Kat, du bist die Einzige, die ich beeindrucken will.«

»Du brauchst mich nicht zu beeindrucken.«

Er stutzte bei dieser Bemerkung. Hasste sie es, gemeinsam mit ihm das Abendessen zu machen und aufzuräumen? Er hatte Personal, das sich um das Haus und die Wäsche kümmerte, aber Spülen war keine große Sache für ihn. Doch für sie musste es Plackerei sein. Schließlich arbeitete sie von morgens bis abends in einer Küche. Er führte sie nicht in nette Lokale, um mit ihr anzugeben.

»Ich würde dich gerne ausführen, aber es ist ein wenig kompliziert im Moment. Bedeutet es dir so viel?« Wenn ja, würde er einen Weg finden, sie in ein Fünf-Sterne-Restaurant zu führen, oder wo immer sie hingehen wollte.

Sie schüttelte den Kopf. »Hier ist es besser. Ich brauche mir keine Sorgen zu machen, zu stolpern oder eine Panikattacke zu bekommen. Es tut mir gut, mich einfach auf deiner Terrasse zu entspannen, eine Kleinigkeit zu essen, ein wenig Wein zu trinken und mir keine Sorgen machen zu müssen, dich in Verlegenheit zu bringen.«

Das … Verdammt. Wie konnte sie sich darüber noch Sorgen machen? Sloane dachte an Sonntagabend, als er nach Hause gekommen war und sie dabei vorgefunden hatte, wie sie sich um Drake kümmerte, wie sie mit unerfreulichen Dingen fertigwurde, die jede andere Frau in die Flucht getrieben hätten. Nicht jedoch Kat. Und vorhin, als er mit seinem Zorn und seiner Trauer nicht mehr wusste, wohin, war sie da gewesen und hatte ihm erlaubt, sie so zu nehmen, wie er es gebraucht hatte. Die Art, wie sie sich ihm vollkommen unterworfen hatte, raubte ihm noch immer den Atem und ließ seinen Schwanz pulsieren. Sie hatte ihm sogar dann noch vertraut, als er sich nicht sicher gewesen war, ob er sich selbst vertrauen konnte. Das waren die Dinge, die er an ihr liebte. »Du bringst mich niemals in Verlegenheit.«

Sie schenkte ihm ein kleines Lächeln und richtete ihren Blick auf das Meer.

Glaubte sie ihm? Er beugte sich vor und ergriff ihre Hand. »Wir werden uns am Samstag bei Kellen einen schönen Abend machen. Brauchst du Hilfe, um den Kuchen hinzubringen?«

»Nein. Sunny, Kellens Mutter, und ich werden den Kuchen zusammen machen. Falls ich Hilfe brauche, wird sein Vater einspringen.« Sie lächelte ihn an. »Erzähl es nicht Kellen. Seine Mutter hat die ganze Zeit über den Entwurf gehabt. Wir haben zusammen daran gearbeitet, aber sie hat ihn bei sich aufbewahrt.«

»Also hast du Kel nur zum Spaß gepeinigt?«

Sie hob ihr Glas in einem gespielten Toast. »Auf jede Chance, die ich dazu bekomme.«

Sloane lachte. Kat nippte an ihrem Wein, bevor sie sich Sloane zuwandte. »Ich habe Anna gesagt, sie soll die Filme an die drei Backshows schicken. Wir haben außerdem den Werbeclip auf meiner Website eingestellt.«

Das überraschte ihn. »Es ist so viel passiert, und wir haben gar nicht richtig darüber gesprochen. Ist das jetzt alles nicht ein bisschen zu viel auf einmal?«

Sie zog eine Schulter hoch. »Ich schätze, ich werde während der nächsten paar Wochen nichts hören. David ist keine Bedrohung mehr. Kellen fängt mit seinem neuen Job an und ist mit Diego in sein Haus gezogen.« Der Wind streifte ihr Haar und wehte es ihr übers Gesicht. Kat fing die launische

Strähne ein und zwirbelte sie zwischen den Fingern. »Es war wohl eine lächerliche Vorstellung von mir, dass sich das Verhältnis zu meinen Eltern entspannen würde, wenn ich nur David dazu bringen könnte, die Wahrheit zu sagen. Ich habe sie heute angerufen und eine Nachricht hinterlassen, aber sie haben nicht zurückgerufen.«

Er konnte das nicht für sie in Ordnung bringen. Es machte Sloane wütend, dass er nicht in der Lage war, Kat Eltern zu geben, die sie so schätzten, wie sie war. »Sie verdienen dich nicht.«

Sie schob sich das Haar hinters Ohr. »Ist schon gut, ich habe damit abgeschlossen. Du hattest nicht mehr so etwas wie eine Familie, nachdem Sara tot war, also hast du SLAM aufgebaut. Arbeit und Training sind dein Leben. Sugar Dancer ist meins. Was immer auch passiert, ich werde Sugar Dancer haben.«

Ihm wurde es eiskalt. »Was immer sonst passiert? Reden wir über uns?«

Kats Finger in seinen verkrampften sich. »Ein klein wenig.«

»Ich habe gesehen, wie du David angeschaut hast, nachdem du erfahren hattest, dass er Finn getötet hat.« Er musste es wissen. »Wirst du mich genau so ansehen, wenn ich Foster töte?« Das Einzige, was schlimmer war als das, war die Vorstellung, Kat vergewaltigt und ermordet vorzufinden, so wie er Sara gefunden hatte.

Sie holte tief Luft, dann schüttelte sie den Kopf. »Du bist ein guter Mann. Du hast nie einen Hehl daraus gemacht, dass deiner Ansicht nach Gewalt ein realer Bestandteil des Lebens ist. David hingegen ist ein Heuchler, der sich aus Furcht und Besessenheit zu einem feigen Mord hat hinreißen lassen. Ich werde dich niemals so ansehen, wie ich ihn angesehen habe.«

Bestand eine Chance, dass sie bei ihm bleiben würde? »Ich schleiche mich jedenfalls nicht mit einer Spritze an einen Mann heran, so wie David es getan hat. Ich gebe Foster die Chance zu kämpfen.« Bedeutete ihr das irgendetwas? Konnte sie verstehen, dass er das tun musste, weil er für Sara einstehen musste, weil sie in den Augen der Gesellschaft nichts anderes als ein vernachlässigtes Kind gewesen war?

Kat sah ihn an. »Wenn er dich tötet, weiß ich nicht, wie ich das überleben soll. Du hast gesagt, dass er dir die Schuld daran gibt, sein Leben ruiniert zu haben, und er dich ebenso hasst wie du ihn.«

Sloane hielt ihre Hand fester umklammert. »Mach dir keine Sorgen. Er wird mich nicht töten. Ich habe dir gestern Abend vertraut, als David dich mit einem Skalpell bedroht hat. Dann vertrau du mir in diesem Punkt, ich werde nicht verlieren.«

»Was ist, wenn er klopft?«

Er würde sie nicht belügen. »Er hat Sara auch nicht klopfen lassen.«

Sie nahm einen Schluck von ihrem Wein. »Nachdem ich mich David gestellt habe, verstehe ich, dass du dich ihm stellen musst. Foster ist dir wichtiger geworden als alles andere.«

Unbehagen krampfte seine Eingeweide zusammen. »Denkst du, er ist wichtiger als du?«

Kat bedeutete ihm alles. Und einer der Gründe, warum er Foster töten wollte, war der, dass er Kat vor ihm beschützen wollte.

Sie drückte seine Hand. »Du hast mir das Gefühl gegeben, wichtig zu sein, Sloane. Niemand sonst hat ein solches Gefühl in mir ausgelöst. Ich liebe dich.«

Aber liebte sie ihn genug, um ihm zu verzeihen? Sloane musste es wissen. »Wirst du mich verlassen, falls ich ihn töte?« Falls? Wann hatte er begonnen, in »falls« zu denken, statt »wenn«?

Sie beugte sich näher über die Armlehnen der beiden Schaukelstühle. Ihr Haar fiel ihr über die nackten Schultern, und ihr Blick war voller Aufrichtigkeit. »Triff diese Entscheidung nicht wegen mir, Sara, Drake oder deiner Mutter. Du musst sie um deiner selbst willen treffen. Geh in diesen Käfig und tu, was immer du für richtig hältst.«

Verwirrt fragte er: »Willst du mich testen?« Sie war so außer sich gewesen, als sie von seiner Mutter davon erfahren hatte. Hatte ihm gesagt, er dürfe es unter keinen Umständen tun. Was hatte sich geändert? Musste er ihr seine Liebe beweisen? Eine Entscheidung treffen?

Sie streichelte seinen Arm. »Nein. Ich will damit sagen, dass ich dich liebe und unterstütze. Genauso wie du mich liebst und unterstützt hast.« Er hatte sie nicht … oh Gott. Er hielt ihren Arm fest und zog sie hoch und auf seinen Schoß. Dann schlang er die Arme um sie und kämpfte mit dem Kloß in seiner Kehle. So fühlte es sich also an, geliebt zu werden. Es zwang einen Mann in die Knie.

»Einfach umwerfend, Sunny. Du kannst es immer noch.« Kat umkreiste den Kuchen, den sie »Treppe zur Liebe« getauft hatten. Sie hatten quadratische Böden übereinandergestapelt und eine Treppe aus Buttercreme gebaut, die bis zur obersten Schicht hinaufging. Diese Schicht war zu einem Haus geformt, wobei die einzelnen Stufen wichtige Ereignisse in Diegos und Kellens Leben darstellten. Es hatte eine Woche gedauert, alle Teile herzustellen, wobei Sunny den größten Teil des Hauses übernommen hatte. Es war wirklich umwerfend.

»Danke.« Sunny warf sich auf einen Stuhl. »Es hat Spaß gemacht. Ich hoffe, es gefällt ihnen.«

Kat holte zwei Wasserflaschen, wovon sie eine Sunny reichte. »Das möchte ich ihnen raten, sonst ist nämlich Schluss mit den Keksen und Brownies.«

»Richtig so.« Sunny lachte. »Diego liebt deine Kekse.«

»Bitte, es gibt keinen Keks, dem er bislang keinen Heiratsantrag gemacht hätte. Er ist ein Keksbigamist.«

»Stimmt. Aber …«

»Kat, ähm, tut mir leid, dass ich störe.« Anna blieb zögernd in der Tür stehen.

»Stimmt irgendetwas nicht?« Kat stand auf.

»Deine Mutter ist hier und fragt nach dir. Jedenfalls sagt sie, sie sei deine Mutter, und sie sieht aus wie du.«

»Meine Mutter?« Hier im Sugar Dancer? Das wäre eine Premiere. Ihre Eltern hatten auf ihre Telefonanrufe nicht reagiert. Kat hatte mehrmals mit Marshall gesprochen, aber von ihren Eltern hatte sie nichts gehört.

Anna zog die Schultern hoch. »Ich könnte ihr sagen, dass du mit einer Lieferung unterwegs bist.«

Das war also der Grund, warum Anna sich so unbehaglich fühlte, sie war sich nicht sicher, ob Kat ihre Mutter sehen wollte. »Schon gut, ich komme gleich.« Dann rang sie sich zu einem Lächeln durch und fügte hinzu: »Danke.«

Anna nickte und ging zurück in den Laden.

»Du machst das schon.«

Kat sah Sunny an. »Sie ist noch nie hierhergekommen.

Nicht einmal, als ich den Tag der offenen Tür hatte.« Stimmte irgendetwas nicht? Vielleicht mit ihrem Vater?

»Nun, jetzt ist sie hier. Soll ich mit dir gehen?«

Sunny würde das tun. Sunny und Doug hatten sich um Kat gekümmert, als sie für sie gearbeitet hatte, hatten ihr erlaubt, sich in eben dieser Backstube zu verstecken, als sie gegen ihre Angst und ihre Panikattacken angekämpft hatte. Aber Kat war nicht mehr dieses Mädchen, und Sunny hatte recht, sie konnte damit umgehen.

»Danke, aber das schaffe ich allein.«

Die ältere Frau lächelte. »Das weiß ich. Ich bin jedenfalls hier, falls du mich brauchst.«

Sie holte Luft und ging nach vorn in den Laden. Ihre Mutter stand auf der anderen Seite der Vitrine. Sie trug beigefarbene Baumwollhosen und ein Top, das zu ihren Augen passte, und hielt eine goldfarbene Einkaufstasche in der Hand. »Mom? Ist alles okay?«

Diana drehte sich zu ihr um, und Kat konnte von Nahem die Müdigkeitsfältchen auf ihrer zarten Haut sehen.

»Die Woche war furchtbar. Die Arzneimittelzulassungsbehörde hat unser Alzheimermedikament rundweg abgelehnt, SiriX wird überprüft, und die Polizei hat Durchsuchungsbefehle für Davids Büro, Labor und Computer. Es ist ein einziges Desaster.«

Alles, was ihre Eltern aufgebaut hatten, wurde jetzt unter die Lupe genommen. »Es tut mir leid, Mom.«

»Marshall ist unglaublich wütend.«

Sie blickte auf ihre Hände hinab. »Ich habe mit ihm gesprochen. Auf mich hat er keinen wütenden Eindruck gemacht.«

»Nicht auf dich ist er wütend, Kathryn, auf deinen Vater

und mich. Er will, dass wir zurücktreten, und er will die Leitung der Firma übernehmen, um das Unternehmen durch diese schwere Phase zu bringen.«

Kats Blick schoss in die Höhe. »Das hat Marshall gesagt?«

»Bei einem Meeting gestern. Es hat uns beide ebenfalls überrascht.«

»Aber …« Soweit Kat wusste, hatte ihr Bruder niemals Interesse daran gehabt, SiriX zu leiten, er wollte lediglich seinen Forschungen nachgehen. Aber andererseits hatte Marshall einen vielschichtigen Charakter mit verborgenen Tiefen. Hatte Kat ihn denn jemals danach gefragt, was seine Ziele waren? Sie würde später mit Marshall reden. »Mom, warum erzählst du mir das? Ich besitze keine Aktien mehr von SiriX. Es gibt nichts, was ich tun kann.« Sie hatten ihr ihren Anteil entzogen, als sie gekündigt hatte. Außerdem würde sie ihrem Bruder ohne zu zögern beistehen.

Ihre Mom schaute sich um. »Es ist hübsch hier.«

Kat wusste nicht, wie ihr geschah. Vor weniger als einer Woche hatte Diana ihre Konditorei als einen Laden bezeichnet, in dem Herzkrankheiten und Diabetes hübsch verpackt an den Mann gebracht wurden. »Möchtest du vielleicht etwas zu trinken? Ich habe Kaffee und Softdrinks oder Wasser.«

»Ein andermal gern. Ich bin nur gekommen, um das hier abzugeben.« Sie stellte die goldene Tasche auf die Theke.

Kat war irritiert. »Was ist das?«

»Es ist die Spieldose, die Grandma dir geschenkt hat. Du hast gesagt, du wolltest sie haben, deshalb habe ich sie für dich hergebracht.«

Kat griff in die Tasche und holte die sorgfältig eingewickelte Dose heraus. Sobald sie von dem Papier befreit war, ging

Kat das Herz über. Diana hatte dies für sie getan. Vielleicht gab es doch noch Hoffnung für sie. »Vielen Dank.«

Ihre Mutter verzog die Lippen. »Meine Mom hat mir auch so eine geschenkt, als ich klein war. Aber die Spieldose interessierte mich nicht, ich wollte einen Chemiebaukasten und eine Anatomiepuppe.«

Kat konnte sich das nur zu gut vorstellen und lächelte. Sie hatte die pädagogisch wertvollen Spielzeuge, die ihre Eltern ihr gekauft hatten, auch nicht gewollt.

»Heute wünschte ich, ich hätte sie behalten.« Ihre Mom legte die Hände auf den gläsernen Deckel. »Wir sind gar nicht so verschieden, du und ich. Wir haben beide abgelehnt, was unsere Mütter für uns wollten.«

Ihre Mutter gab sich Mühe. »Das kann schon sein.« Nur dass Kats Großmutter stolz auf Diana gewesen war. Aber ihre Mutter hatte einen großen Schritt gemacht, indem sie ihr die Spieldose gebracht hatte. »Ich arbeite viel, genau wie du, und ich werde immer ehrgeiziger, je mehr es mit mir vorangeht.«

Der Anflug eines Lächelns nahm etwas von der Anspannung auf dem Gesicht ihrer Mutter, dann verschwand das Lächeln wieder. »Ich denke seit Tagen darüber nach, was ich dir sagen soll. Ich weiß es immer noch nicht.« Sie zog die Schultern hoch. »Ich verstehe nicht, wie ich mich in so vielen Dingen irren konnte.«

Kat sah die Wegscheide, die sich vor ihr auftat. Sie konnte an ihrem Groll festhalten und den Weg der Verbitterung wählen, oder sie konnte einen Weg einschlagen, der vielleicht zu irgendeiner Art von Beziehung führen würde. »Ich war auch im Irrtum. Lange Zeit habe ich versucht, etwas zu sein, was ich nicht war. Und ich glaube nicht, dass ich David jemals wirklich geliebt habe.« Nicht so, wie sie Sloane liebte. »Aber ich habe allen etwas vorgemacht, nicht zuletzt mir selbst, und versucht, ihn zu lieben. Versucht so zu sein, wie man es von mir erwartet, statt so zu sein, wie ich bin.« Kat war nicht begeistert darüber, dieses Gespräch an einem Ort zu führen, wo alle im Laden sie hören konnten, aber immerhin redeten sie und ihre Mutter miteinander.

Ihre Mutter musterte sie einen Moment. »Ich war immer eifersüchtig darauf, wie du dich mit Grandma verstanden hast und wie ihr beide miteinander gelacht habt. Ich wollte, dass es mit uns beiden genauso ist, aber ich wusste nicht, wie ich es hinbekommen sollte. Wie ich einen Weg zu dir finden sollte. Wir schienen niemals etwas gemeinsam zu haben. Mit Marshall konnte ich reden, aber ich wusste nicht, worüber ich mit dir reden sollte. Erst als du angefangen hast, mit David auszugehen und dich mit ihm verlobt hast, hatten wir etwas gemeinsam.«

Kat hätte fast die Spieldose fallen lassen, so perplex war sie. »Mom …« Sie wusste nicht, was sie sagen sollte. Ihre Mom war so klug, wie war es möglich, dass sie nicht gewusst hatte, wie sie mit ihrer eigenen Tochter reden sollte? Aber Diana definierte sich nicht nur über ihren Intelligenzquotienten. Sie war ein Mensch mit Fehlern wie jeder andere.

»Das ist nicht deine Schuld. Es ist meine.« Sie deutete mit dem Kopf auf Kats Hand. »Ich wollte, dass du die Spieldose bekommst. Und ich wollte, dass du weißt, dass es mir leidtut.« Sie drehte sich um und ging aus dem Laden.

Nachdem sie ihre Spieldose vorsichtig wieder in die Tasche gesteckt hatte, trug Kat sie in die Backstube.

Sunny saß mit großen Augen am Arbeitstisch und konnte

ihre Neugier nicht verhehlen. »Na? Was war das denn da gerade?«

Kat, die sich leichter fühlte als seit langer Zeit, sagte: »Ich denke, das war ein Anfang.«

19

»Weißt du, das sind genau die Dinge, die bei einem Mann emotionale Narben hinterlassen. Das ist der reinste Sadismus, wenn meine Mutter und meine beste Freundin versuchen, mich zu überlisten.«

Kat grinste Kellen an. Sie waren draußen auf dem gepflasterten Innenhof.

Musik dröhnte aus den Lautsprechern, und Kel war leicht beschwipst von dem, was in seinem Plastikbecher war, was immer es sein mochte. Es war eine Freude, ihn gesund und entspannt zu sehen, und wie er die Party anlässlich der Tatsache, dass er und Diego Hausbesitzer geworden waren, genoss.

»Halt den Mund, der Kuchen ist umwerfend. Deine Gäste reden über nichts anderes. Okay«, räumte sie ein, »sie reden vielleicht auch darüber, wie cool euer Haus ist, aber meistens sprechen sie über den Kuchen.«

»Das ist nicht das Einzige, was sie beschäftigt. Die Leute starren dich und Sloane geradezu an.«

Daran hatte sie nicht einen Gedanken verschwendet. »Sloane erregt Aufmerksamkeit, wo immer er hingeht.« Er stand auf der anderen Seite des Innenhofs und sprach mit Diego, John und einigen anderen Männern. Das kurzärmlige Hemd zeigte genug von seinen nackten Armen, dass die Frauen sie angaffen konnten. Die schwarzen Jeans beulten sich dort aus, wo sein Gemächt und seine Oberschenkelmuskeln waren. Das Wasser konnte einem im Mund zusammenlaufen. Ja, die Leute starrten ihn an.

»Dich aber auch, Kat. Ihr wart beide in allen Nachrichtensendungen. Der Beitrag über euch beide ist inzwischen über eine Million Mal angeklickt worden.«

Kat riss den Blick von Sloane los und starrte Kellen an. »So oft?«

»Die Leute sind neugierig darauf zu erfahren, was ein mächtiger Mann wie Sloane an dir findet.« Kel nippte an seinem Drink.

Kat hätte sich ein Glas Wein oder einen Tequila nehmen sollen. »Können wir vielleicht das Thema wechseln?« Unwillkürlich verlagerte sie ihre Aufmerksamkeit auf Sloane. Und tatsächlich, alle Frauen hatten ihn im Visier.

Der Gedanke, dass Menschen sie ansahen und sich fragten, warum Sloane mit ihr zusammen war, weckte ihre schwelenden Selbstzweifel. Würde sie für Sloane genug sein, wenn Drake tot war und Sloane darüber hinweg sein würde? Oder würde er eine Frau brauchen, die zu seinem Lebensstil passte?

Hör auf damit. Sloane hatte ihr mehr Liebe und Stärke vermittelt, als sie je in ihrem Leben erfahren hatte. Er hatte ihr geholfen, sich selbst zu mögen, so wie sie war. Zwischen ihnen war etwas ganz Besonderes, aber wenn er eines Tages seiner Wege gehen würde, würde sie ihn ohne Schuldzuweisungen gehen lassen. Die Erinnerung an ihre Liebe konnte ihr niemand nehmen.

»Kat? Stimmt irgendwas nicht?«

»Nein, alles in Ordnung.« Sie drehte sich zu Kellen um und

wechselte das Thema. »Also, was höre ich da von einem Pool? Ich habe dein Gespräch mit Diego aufgeschnappt.«

Sein Blick huschte abwägend über ihr Gesicht. »Ist wirklich alles okay?«

»Wirklich.« Ihr Tonfall klang überzeugend. Und sie meinte es ernst, es war okay für sie. Vielleicht würde sie irgendwann enttäuscht werden, aber sie war nicht nur am Leben, sie fühlte sich auch lebendig. Jeder Tag, den sie mit Sloane verbrachte, war den Schmerz wert, der ihr vielleicht irgendwann einmal bevorstand. Sie zog die Brauen hoch. »Was ist nun mit dem Pool?«

Kel musste ihr geglaubt haben. »Spätestens in einem Jahr oder so. Ich will zuerst meine Darlehen fürs Studium abzahlen, was mit meinem neuen Lohn und den Bonuszahlungen möglich wird. Aber D liebt es, ein Projekt zu haben. Sich ein Jahr Zeit zu nehmen, um meinen Pool zu planen, ist wie ein Vorspiel für ihn.«

Kat musste lachen, was ihre Selbstzweifel von eben verdrängte. »Er sieht ziemlich glücklich aus.« Diego beschrieb irgendetwas mit weit ausholenden Gesten. »Hm, plant Diego eine Wasserrutsche für den Pool?« Die Vermutung lag jedenfalls nahe, wenn sie versuchte, seine Gesten zu interpretieren.

»Nun, es sind zehn Minuten vergangen, seit die Idee mit dem Volleyballnetz aufgekommen ist, also wahrscheinlich geht es jetzt darum.« Kel stellte seinen Drink beiseite, griff nach ihrer Hand und stand auf. »Lass uns tanzen.«

»Auf keinen Fall. Ich tanze nicht vor all diesen Leuten hier.« Es war anders, wenn sie alle zu Hause herumhingen und versuchten, Diego tanzen beizubringen. Dann hatte Kat keine Hemmungen.

Aber hier? Vor all diesen Leuten, die alle auf zwei gesunden Beinen tanzten? Niemals.

»Komm schon, Kat. Diego tanzt wie ein Esel auf Rollerskates. Zumindest wirst du mir nicht auf die Füße treten.«

»Nein, ich werde nur auf den Hintern fallen.«

»Keine Sorge, das wird meinen Zehen überhaupt nicht wehtun.«

Er schaffte es einfach immer, sie zum Lachen zu bringen. Sie schaute sich um und sah, dass Diego und Sloane verschwunden waren und dass John mit Sherry tanzte. »Na schön.« Sie ließ sich von ihm auf die Füße ziehen.

Kel strahlte, und seine Grübchen blitzten auf. »Super!« Er zerrte sie in die Mitte der Tanzfläche, die sie im Innenhof eingerichtet hatten.

Seine gute Laune war ansteckend. »Du bist ganz schön beschwipst.«

»Nicht genug, um dich fallen zu lassen. Lass uns langsam anfangen.« Er legte die Arme um sie, eine Hand auf ihrem Rücken. »Dann werden wir für ein wenig Ärger sorgen.«

Kat merkte auf. »Ach ja? An wen hast du da gedacht?«

Kellen bekam einen boshaften Glanz in seinen haselnussbraunen Augen. »Ich denke an meinen neuen Boss. Er sollte dem gewachsen sein.«

Kat schaute zu John hinüber, der mit Sherry tanzte. Genau. »Du denkst an *Dirty Dancing*?«

»Der Klassiker schlechthin.«

Sloane nickte den Leuten zu, als er sich auf die Suche nach Kat machte. Diego hatte ihm das Heimkino gezeigt, und er hatte jedes Zeitgefühl verloren. Die Party war in vollem Gang, Musik scholl draußen im Innenhof aus den Lautsprechern. Kats Stimme erregte seine Aufmerksamkeit.

»Kel, pass auf, falls er sie fallen lässt.«

»Ich werde meine Ehefrau nicht fallen lassen.« Johns Stimme war genervt.

Sloane blieb stehen und ignorierte die Menschenmenge, die in der Mitte des Innenhofs Platz gemacht hatte, um einen Kreis um Kat zu bilden. Sie hatte ihm den Rücken zugewandt. Verdammt, sie sah höllisch sexy aus in einer Bluse, die den Blick auf ihren schlanken Rücken freiließ, ihrer weißen eng anliegenden Jeans und den blauen Riemchensandalen. Mit ihrem Haar hatte sie irgendetwas angestellt, dass es ihr leicht gelockt auf die Schultern fiel.

Als hätte sie seinen Blick gespürt, drehte Kat sich um und sah ihn an.

Dieses vertraute Gefühl der Verbindung zwischen ihnen traf ihn ins Herz, eine süße und erotische Verbindung, wie er sie noch nie zuvor erlebt hatte. Ein Kribbeln wie von elektrischem Strom lief durch seinen Körper. An der leicht hochgezogenen Augenbraue erkannte er, dass sie etwas im Schilde führte. »Was hast du vor, Kätzchen?«

Ihr Gesicht war gerötet, und ihre Augen funkelten schelmisch. »Hast du je *Dirty Dancing* gesehen?«

»Kann schon sein, aber gewiss nicht aus freien Stücken.«

Sie ignorierte diese Bemerkung. »John wird die Hebefigur vom Ende des Films mit Sherry machen. Kannst du auf seine andere Seite gehen und aufpassen, dass Sherry nicht auf dem Boden landet?«

»Warum beleidigt deine Frau mich?«, fragte John. »Wann habe ich meine Frau jemals fallen lassen?«

Das würde niemals passieren. »Ich glaube, die treffendere Frage ist, warum zum Teufel du dich in so etwas verwickeln lässt.« Das hätte Sloane wirklich gerne gewusst.

»Kat hat ihn zu einer Mutprobe herausgefordert.« Sherry ließ ihr All-American-Girl-Grinsen aufblitzen. »Sie sagte, er würde diese Hebefigur nicht hinbekommen, die Patrick Swayze in dem Film gemacht hat. Es sei viel zu schwer für ihn.«

Sloane sah Kat mit hochgezogenen Augenbrauen an. Er war es gewohnt, dass Frauen hinter ihm herliefen, dass sie sich an ihn klammerten und lästig wurden. Nicht so seine kleine Bäckerin, die immer einen Weg fand, sich zu vergnügen. Früher hatte sie sich versteckt, aber jetzt? Jetzt strahlte sie wie der verdammte Polarstern. »Kaum lasse ich dich allein, zettelst du Ärger an.«

Sie zuckte die Achseln und sah ihn mit großen, unschuldigen Augen an. »Kellen hat damit angefangen.«

»Ach ja, hat er das?« Sie sah zum Anbeißen aus, und dieses Gloss auf ihren Lippen machte ihm Appetit darauf, es abzulecken.

»Wir haben uns darüber unterhalten, welcher der erotischste Film aller Zeiten sei, während wir getanzt haben. Sherry und ich meinten, *Dirty Dancing*.«

»Falsch«, widersprach Sloane und fragte sich, wie Frauen zu solch lahmen Entscheidungen kamen. »Es ist *Basic Instinct*.«

John nickte. »Der ist auch unter meinen Top Fünf.«

»Genau das ist der Punkt«, schnaubte Kat. »Männer weigern sich, *Dirty Dancing* ernst zu nehmen, und zwar wegen der Hebefigur. Sie fühlen sich dadurch bedroht.«

»Ah.« Jetzt verstand er den Zusammenhang. »Wirklich, John? Du bist geradewegs in die Falle gelaufen und hast gesagt, du könntest das?«

Johns Gesicht lief rot an. »Nun, ich kann es tatsächlich.«

Ganz im Ernst. John konnte locker das Doppelte von Sherrys Gewicht stemmen. »Kätzchen, hast du meinen besten Freund in eine Falle gelockt, damit er sich zu deinem Vergnügen vorführen lässt?«

Sie schenkte ihm ein Lächeln, das ihn beinah in die Knie gehen ließ. »Schätze dich glücklich, Champion. Ich hätte dich ebenfalls dazu bringen können, darauf hereinzufallen.«

»Daran zweifle ich nicht.« Er trat nah genug vor sie hin, um zu sehen, wie ihre Brustwarzen sich unter dieser hübschen blauen Bluse aufrichteten. Offensichtlich trug sie keinen BH, um ihn zu foltern. Er riss den Blick davon los und schaute ihr stattdessen in die Augen. »Du bringst mich dazu, vor dir auf die Knie zu fallen.«

Ihre Augen wurden nur noch größer. »Sloane, psst. Hier sind Leute.«

»So ist das auf einer Party, kleine Bäckerin. Leute tauchen auf, um zu essen und zu trinken und Männer wie John zu beobachten, die sich zu einer Tanzvorführung haben hinreißen lassen.«

»Hey.« John verschränkte die Arme vor der Brust. »Ich habe nur gesagt, dass ich Sherry hochheben und dieses Kunststück mit ihr machen könnte.«

»Mann, du bist Profis auf den Leim gegangen. Ich schätze, diese beiden haben das schon vorher durchgezogen.«

Kat grinste. »Wenn ich schon nicht tanzen kann, dann will ich der Marionettenspieler sein, der andere tanzen lässt.«

Bei Gott, sein Herz machte seltsame Dinge. Es schwoll an vor Stolz auf sie und zog sich zusammen vor Schmerz, weil sie nicht tanzen konnte, wie sie es früher getan hatte. Aber Kat schien darüber nicht unglücklich zu sein. Ihr strahlendes Lächeln sagte ihm, dass sie wirklich glücklich war. Ihre Musik war das Backen. Tanzen war nur Spaß. »Du kannst mit mir tanzen, Baby. Aber jetzt geh erst mal und foltere John.«

»Nur mit Hilfestellung. Im Ernst, ich weiß, dass John stark genug ist, um die Hebefigur hinzubekommen, aber trotzdem kann dabei ein Unfall passieren.«

Jep, sein Herz machte in der Tat seltsame Dinge. »Kel, du stellst dich links von John hin und ich rechts.«

Selbst die Leute, die im Haus gewesen waren, kamen jetzt heraus, um zuzuschauen.

»Sherry, du wirst laufen, die Knie beugen und springen.« Kat drehte sich zu John um. »Fang sie genau hier auf.« Sie legte die Hände auf ihren Unterleib, um es ihm zu zeigen. »Und vollende die Hebung mit dem Schwung ihres Sprungs. Du musst dich unter Kontrolle haben, musst sie mitten über deinem Kopf stoppen. Dabei kannst du leicht das Gleichgewicht verlieren.«

John nickte.

Kat hinkte zu Sherry hinüber. »Du musst dich so halten, dass John dich ausbalancieren kann. Ähnlich der Kobra beim Yoga, die Arme seitlich ausgestreckt, Rücken und Beine durchgedrückt, dass deine Hände auf gleicher Höhe mit den Füßen sind.«

»Ein Kinderspiel.« Sherry zwinkerte ihnen zu, dann sah sie

ihren Mann an. »Wenn du mich fallen lässt, stehst du morgen früh mit den Kindern auf.«

»Und wenn nicht?«

»Wirst du trotzdem aufstehen, aber mit einem Grinsen.«

Gelächter mischte sich mit Vorschlägen darüber, wie John zu diesem Grinsen kommen würde.

Sloane schüttelte den Kopf. Solange Kat dachte, die Aufmerksamkeit gelte John und Sherry, amüsierte sie sich blendend. Sie schien nicht zu bemerken, dass die Menschen sie anstarrten, vollkommen verzaubert. Als er Kels verstohlenes Lächeln sah, fragte er: »Hast du das vorgeschlagen?«

»Sie war steif und verlegen, als sie mit mir getanzt hat. Ich dachte, ich lenke sie ein bisschen ab.«

»Es hat funktioniert.«

»Es ist auch gut für mich.« Johns Blick war auf seine Frau gerichtet. Er ließ den Kopf kreisen, dehnte den Hals und knackte mit den Knöcheln. »Ich werde diese Hebefigur machen, und Sherry wird bezahlen.«

Kat trat zurück. »In Ordnung, los geht's!«

Sherry nahm ein paar Schritte Anlauf und sprang dann ab. John fing sie auf und hob sie hoch über seinen Kopf. Er musste zurücktreten, um nicht das Gleichgewicht zu verlieren, aber dann hatte er sie.

Sloane grinste. Sherry war perfekt gestreckt, als sie durch die Luft flog. Während John sie herumwirbelte, bedeckte ihr sexy kurzes Kleid kaum ihren Hintern.

Applaus brach aus, als John Sherry auf den Boden stellte. »Ich werde mir meinen Gewinn später abholen, Babe.«

Inmitten des Applauses und des Jubels und der zotigen Vorschläge strahlte Kats Lächeln. Sloane trat vor sie hin.

Sie hob den Kopf. »Ich wusste, dass John es schaffen würde. Sherry auch. Sie ist so stark und hat genug Körperspannung für die Hebefigur. Außerdem vertraut sie John.«

»Was ist mit mir?«

Kat beäugte ihn. »Du bist ein wenig zu schwer, dass John dich noch hochheben kann.«

Er lächelte. Dann griff er nach ihrer Hand und zog sie an sich. »Ich will meine eigene, private Vorführung von Dirty Dancing haben.«

Sie legte den Kopf in den Nacken und ließ ein strahlendes Lächeln sehen. »Du willst eine Privatstunde? Dann brauche ich genauere Einzelheiten. Wo soll sie stattfinden?«

Oh, er hatte einen Ort dafür im Sinn, einen von einem Telefongespräch, das sie geführt hatten, während er in Brasilien gewesen war. Er erinnerte sich lebhaft daran.

Lass uns davon sprechen, dass du heute Nacht in meinem Bett schlafen wirst. Wirst du nackt sein? An mich denken? Besser noch, wirst du dich berühren und an mich denken?« Er holte mühsam Atem. »Ich werde darüber heute Nacht fantasieren.«

Ihr Puls raste und ihr wurde ganz heiß. »Das ist deine?«

»Oh ja. Eine von vielen. Nach einer Reise nach Hause zu kommen, in mein Zimmer zu gehen und dich auf meinem Bett zu finden, nackt und masturbierend. Ich würde dir dabei zusehen, wie du kommst. Würdest du das für mich tun?

Sie hatte Ja gesagt, und jetzt wollte er die Fantasie Wirklichkeit werden lassen. Er senkte die Stimme, sodass nur sie ihn hören konnte. »Du wirst auf meinem Bett liegen. Nackt. Die Beine gespreizt.«

Sie zog die Brauen zusammen. »Welche Art von Tanz ist das? Was hast du vor?«

Er legte seine Stirn an ihre. »Dich beobachten, wie du dich streichelst und für mich kommst.«

»Das ist nicht Tanzen, das ist Sex.«

Er grinste. »Ein sehr dirty Sexdancing.«

20

Sloane hatte kaum den Motor ausgeschaltet, als er auch schon aus dem Wagen heraus und auf der anderen Seite war, um die Beifahrertür zu öffnen. Dann nahm er Kat bei den Händen, zog sie vom Sitz und manövrierte sie an die hintere Tür. Er legte die Hände aufs Dach und hielt sie zwischen seinen Armen gefangen. Im Garagenlicht zeichneten sich die violetten Strähnchen in ihrem braunen Haar deutlich ab, und ihre Augen glühten.

»Gibt es einen Grund, warum du mich gegen den Wagen presst?«

Selbst ihre Stimme hatte eine direkte Wirkung auf seinen Schwanz … und sein Herz. Er zog einen Finger über ihre Wange und die zarte Haut an ihrem Hals. »Ich will meine private, schmutzige Sexdancing-Stunde.« Ihm wurde heiß im Unterleib und sein Schwanz erwachte zum Leben. Sie war heute Abend so verdammt zauberhaft gewesen. Er war noch nie so stolz darauf gewesen, mit einer Frau zusammen zu sein, wie er es bei ihr war.

Kat biss sich auf die Unterlippe. »Hast du einen Termin? In meinem Kalender steht nichts.«

Sloane ließ den Finger über ihre seidige Bluse bis zu der diamantharten Spitze ihrer Brust wandern.

Kat schloss die Augen und wölbte sich ihm entgegen.

Verdammt, die Art, wie sie auf ihn reagierte, richtete ein

Inferno in ihm an. »Ich bin der Einzige in deinem Kalender, aber ich werde dir mit Freuden helfen nachzusehen.« Er hob sie hoch, presste ihren Hintern gegen das Auto und drückte seinen Mund auf ihren. »Eine langsame, gründliche Durchsuchung.« Er hauchte winzige Küsse zuerst auf einen Mundwinkel, dann auf den anderen. Ihre Lippen waren warm und weich und verdammt noch mal das Beste, was er heute Abend gekostet hatte.

Und sie waren nur ein Appetithäppchen, aber so verdammt gut. Sloane zeichnete die sexy Delle über ihrer Oberlippe nach und wanderte hinunter, um an ihrer üppigen Unterlippe zu saugen und daran zu knabbern.

Kat schlang ihm die Beine um die Hüften und presste das Zentrum ihrer Hitze gegen seinen Schwanz. Sie neigte den Kopf und öffnete die Lippen. »Such weiter.«

Sloane leckte in sie hinein, glitt tief in ihren sexy Mund. Er streichelte ihre Zunge und schmeckte sie. Sein Herz hämmerte, aber er wollte diesen Kuss auskosten, wollte ihn genießen, jetzt, da ihr Gesicht verheilt war. Er presste seinen Schwanz gegen sie und erzeugte durch die Kleidung genug Reibung, um sie zum Wimmern zu bringen.

Kat krallte die Finger in sein Haar, zerrte daran und drängte ihn weiter.

Er war so in ihr verloren, total hinüber von dem Gefühl, Kats Beine fest um seinen Körper geschlungen zu spüren, dass er keine Ahnung hatte, wie viel Zeit verstrichen war.

Es kümmerte ihn nicht.

Schließlich löste sich Sloane aus dem Kuss. »Hast du den Termin für meine Privatstunde gefunden? Oder soll ich einen neuen machen?«

Ihre Augen waren voller Verlangen. »Dein Termin ist in zehn Minuten. In genau zehn Minuten.«

Widerstrebend setzte er sie ab. »Ich werde da sein.«

Zehn Minuten. Sechshundert Sekunden. So lange konnte er warten.

Vielleicht.

Während Kat nach oben ging, sah Sloane nach Drake und Ethan, überprüfte zweimal die Alarmanlage und endlich – *endlich!* – ging er die Treppe hinauf. Vor der geschlossenen Tür ihres Schlafzimmers blieb er stehen, um sich sein Hemd, seine Socken und seine Schuhe auszuziehen. Mehr als bereit öffnete er die Tür.

Ihm stockte der Atem bei Kats Anblick. Sie war nackt und lag quer über dem Bett. Wie angewurzelt blieb er am Rand der Matratze stehen und nahm ihr Bild in sich auf.

Dunkles Haar fächerte sich über einen Stapel von Kissen, und die gedämpfte Beleuchtung ließ ihre geschlossenen Augen und den üppigen, leicht geöffneten Mund in einem verführerischen Licht erscheinen. Kat ließ die Hände über ihre Brüste gleiten, sodass ihre Brustwarzen wie starre kleine Hügel emporragten.

Sie rollte ihre Nippel zwischen den Fingern und stöhnte, als die Spitzen hart wurden.

Sein Mund wurde trocken, und ihm brach unter seiner Hose der Schweiß aus. Er konnte keine Worte finden.

Sie strich mit den Händen über ihren straffen Bauch und zu dem Streifen aus Haar hinunter. Ihre Beine waren gerade weit genug geöffnet, um ihn mit einem Streifen feuchten, rosigen Fleisches zu reizen.

Ein erstickter Laut entrang sich seiner Kehle.

Langsam hob sie die Lider. »Du bist zu einer Privatstunde in Dirty Sexdance hier, richtig?« Sie klang heiser.

»Ja.« Er bekam das Wort kaum heraus. Sein Schwanz pochte schmerzhaft in seiner Jeans.

Kat lächelte. »Gut, denn mich hat gerade ein ausgesprochen erotischer Mann mit einem höllischen Kuss aufgewärmt. Und die Aufwärmphase ist somit beendet.« Sie spreizte die Beine, winkelte die Knie an und umkreiste ihre Klitoris. »Jetzt bin ich feucht und geschwollen.«

Schweiß bedeckte seine Stirn und seinen Rücken. Sie war nicht nur bereit, dies für ihn zu tun, es erregte sie selbst. Nach all der Neckerei auf der Party, ihrem verdammt heißen Kuss in der Garage und dem hier … würde sich keiner von ihnen lange halten. »Das ist gut.«

»Oh ja.« Kat verließ ihre Klitoris und glitt tiefer hinunter zwischen ihre Schamlippen, rauf und runter in leichten, weichen Bewegungen. »Es ist viel besser, als ich erwartet habe.« Sie wiegte die Hüften, und ihre Schenkel spannten sich an. »Mit dir als Publikum zu tanzen.«

Hitze und Lust ballten sich tief in seinem Bauch zusammen, während seine Brust sich mit Stolz füllte. Seine süße kleine Bäckerin versteckte sich nicht. Sie offenbarte ihm alles, einschließlich des privaten Aktes, es sich selbst zu machen. »Es gefällt dir, dass ich dich beobachte.« Seine Stimme klang belegt und heiser. »Zeig mir mehr.«

Sie spreizte die Schenkel weiter und tauchte einen Finger hinein, der langsam in ihr verschwand. »Sieh dir an, was du mit mir machst. Siehst du, wie leicht mein Finger hineingleitet? Und heraus?« Sie hielt die Hand hoch, um es ihm zu zeigen. »Perfekt für Dirty Sexdancing.«

Ihre Säfte bedeckten diesen Finger. Oh Gott. Sloane öffnete seine Hose und schob sie an seinen Schenkeln hinunter, um sein pochendes Glied zu befreien. Er nahm es in die Faust und erschauerte. Außerstande sich zu bremsen, beugte er sich vor und fing diesen nassen Finger tief in seinem Mund auf. Leckte ihn sauber. Ihr würziger, süßer Geschmack entfaltete sich auf seiner Zunge. »Du schmeckst so verdammt gut. Davon werde ich nie genug bekommen.«

Heiße Röte schoss ihr ins Gesicht. Sie entzog ihm den Finger und schob ihn wieder über ihre Klitoris, rieb heftiger und schob ihre Hüften nach vorne.

Er hatte das mit ihr gemacht, hatte ihr gezeigt, wie verrückt sie ihn machte, indem er seinen Schwanz in die Hand nahm und an ihrem Finger lutschte. Unkontrollierbares Verlangen erfasste sie. Sie war so verdammt schön, dass ihm der Atem stockte. Er strich über die tropfende Spitze seines Glieds und schob die Faust seinen Schaft hinunter.

Er brauchte mehr, brauchte Kat. Es war Zeit, an dem Tanz teilzuhaben. Sloane ließ seinen Schwanz los, fasste sie um die Hüften und zog sie an den Rand des Bettes. Dann legte er ihre Beine auf seine Schultern und hielt sie weit offen.

Ihr Blick war fest auf ihn gerichtet, und ihre Handbewegungen wurden langsamer.

»Hör nicht auf.« Er presste seine Männlichkeit gegen ihre feuchte Öffnung und stöhnte. Heiße, nasse, seidige Haut reizte seinen Schwanz mit der süßesten Qual. Der Drang, sie hart zu nehmen, schoss in seine Lenden. Er kämpfte dagegen an, wollte mit ihren Bewegungen fließen, wollte sich mit ihr in ihrem eigenen, persönlichen Tanz wiegen. Er drängte hinein, ihre heiße Öffnung saugte ihn zwei Zentimeter in sich, dann noch einen, bis er tief in ihr begraben war. Dann schaute er in ihre Augen und sagte: »Tanz mit mir, Baby.« Er zog sich zurück und glitt quälend langsam wieder hinein.

Ihre Vagina krampfte sich in Reaktion darauf zusammen. Sie strich sanfter über ihre Klitoris, synchronisierte ihren Rhythmus. Kats Augen verdunkelten sich zu einem tiefen Türkiston, als sie die andere Hand über den Bauch hob, um mit einer Brustwarze zu spielen.

Ihr schlanker, ihm entgegengewölbter Leib bog sich in Wellen und wiegte sich, während er mit ihr zu einer Musik tanzte, die nur sie hören und fühlen konnten. Das Verlangen wurde größer und größer und ließ alles in den Hintergrund treten bis auf ihren Sextanz.

»Schneller«, flehte Kat, als ihr Tempo sich erhöhte. Sloane folgte ihrer Führung und stieß in sie hinein, während sie die Füße hinter seinen Schultern anzog und die Zehen in seine Haut drückte. Sekunden später wand sie sich unter ihm und stellte seine Selbstbeherrschung auf eine harte Probe, während sie sich schneller bewegte, sich in ihrem Tanz verlor.

Seine Erregung stieg parallel zu ihrer. Es kribbelte seinen ganzen Rücken hinunter, steigerte seine Lust ins Unermessliche. Sloane umklammerte ihre Beine fester, stellte die Füße fest auf den Boden und biss die Zähne zusammen, während er in sie stieß. Ihr Inneres wurde immer heißer und feuchter.

Ihre Bauchmuskeln zeichneten sich ab, und ihre Schenkel spannten sich an. »Sloane …« Sie kam und klammerte sich in wilden Krämpfen um seinen Schwanz, Krämpfe, die sie Kopf und Schultern hochschnellen ließen. Kat streckte ihre Hand aus und tastete blind nach ihm.

Sloane fing ihre Finger auf und hielt sie fest. Der Anblick

ihrer vereinten Hände war genug, dass es vollkommen um ihn geschehen war. »Kat, oh Gott. Ich werde dich niemals gehen lassen.« Zischelnde Blitze schossen seine Wirbelsäule entlang, kochten in seinem Schritt, und es kam ihm. Er hämmerte seinen Schwanz in sie hinein, verspritzte heiße Ströme in ihr.

Während all dessen ließ er ihre Hand nicht los.

Kat blickte in Sloanes karamellfarbene Augen. Er hielt noch immer ihre Hand, hatte sich aber neben ihr ausgestreckt und seinen schweren Oberschenkel über ihre Hüften gelegt.

Sie ertrank schier im Glück, wurde von einer Strömung hinweggerissen, die so mächtig war, dass sie durch nichts aufzuhalten war. Was sie nicht wusste, war, ob diese Strömung sie zu einer Zukunft mit dem Mann mitriss, den sie liebte.

Oder ob sie ihn verlor.

Ihr Herz krampfte sich zusammen, aber Kat schob die Regung beiseite. Sie hatten das Jetzt, und es war verdammt noch mal etwas Besonderes. Sie berührte sein Gesicht.

Sloane beugte sich herunter, um sie zu küssen. »Du hast das für mich getan. Mir meine Fantasie geschenkt.«

»Nur für dich.« Sosehr sie gewollt hatte, ihm zu geben, worum er sie gebeten hatte, hatte es sie überrascht, wie einfach es am Ende gewesen war. Ihm zu erlauben, sie dabei zu sehen, wie sie sich selbst berührte, ungehemmt lüstern und frei. Aber die Glut in seinen Augen und seine heftige Erregung hatten sie angespornt. »Ich wollte langsamer machen. Dich mehr reizen.«

»Du willst langsam machen, Kätzchen?« Er rieb mit dem Daumen über ihre Hand. »Verführt werden? Jetzt, da ich gekommen bin, kann ich dir das geben.«

Sie erschauerte angesichts seines hitzigen Blicks. »Das habe ich nicht gemeint.« Er wirkte nicht überzeugt, daher setzte Kat es ihm genauer auseinander. »Als du mich übers Knie gelegt hast, hast du mich gedrängt, hast es so intensiv gemacht.« Er hatte sie in Höhen gebracht, die sie noch nie erreicht hatte, und sie gleichzeitig beschützt. »Ich wollte dir das geben.« Verdammt. Sie wollte ihm genügen. Kat schloss die Augen; sie musste sich zusammenreißen.

Sloane ließ ihre Hände los.

Gut. Er würde duschen und ihr einen Augenblick Zeit geben, wieder einen klaren Gedanken zu fassen. »Ich werde nach dir duschen.«

Er rührte sich nicht, und sein Bein setzte sie auf dem Bett gefangen.

Kat öffnete die Augen und wandte sich ihm zu.

Sloane beugte sich tiefer zu ihr hinab und legte ihr eine Hand an die Wange. »Es gehört zu meinen Schwachstellen, dass ich niemals sage, was ich fühle. Ich möchte es mit dir nicht vermasseln, also hör mir gut zu. Wenn du den Blick auf mich richtest, fühle ich mich mitten ins Herz getroffen. Wie vorhin, als ich in den Innenhof kam und dich und Kellen vorfand, wie ihr John gefoppt habt. Du hast mich angesehen und mich, peng, mitten ins Herz getroffen.«

Ihr Puls raste, und sie hatte Schmetterlinge im Bauch. Das alles machte sie mit ihm?

»Jedes Mal, wenn wir uns lieben, ist es unglaublich intensiv. Aber heute Nacht ist mir klar geworden, dass ich dich immer lieben werde, und weißt du auch, warum?«

Die Leidenschaft, die aus seinen Worten sprach, übte eine magische Anziehungskraft auf sie aus. »Sag es mir.«

»Es war der Moment, als du blind nach meiner Hand gegriffen hast. In dir barst das Verlangen, und du brauchtest mich, um dich an mir festzuhalten.« Er senkte sein Gesicht, bis sie nur noch ihn sah. »An mir, Kat. Du wusstest, dass ich dich auffangen würde. Ich habe in dem Moment, in dem ich deine Hand in meiner hielt, die Beherrschung verloren. Ich habe dich festgehalten, während ich unwillkürlich gekommen bin. So verdammt intensiv war es. Und so ist es jedes Mal.«

Sie konnte nicht atmen. Aber es spielte keine Rolle, denn Sloane küsste sie, bis es sich so anfühlte, als teilten sie einen einzigen Herzschlag.

Er hob den Kopf. »Ich liebe dich, Kat. Ich wusste nicht, dass es solche Liebe geben kann, bis du gekommen bist.«

Aber war es genug, war Kat ihm genug? Sie wusste es nicht. Die Zeit verrann. Drake wurde kränker, und es waren nur noch drei Wochen bis zu *Profis gegen Amateure*.

Wie würde sich Sloane entscheiden?

Würde ihre Liebe es überleben, wenn er Foster tötete?

Selbst wenn Sloane Foster nicht tötete, würde ihre Liebe es überleben, wenn er in sein High-Society-Leben zurückkehrte?

Kat wusste es nicht.

21

Zwei Wochen später

Der verlockende Duft von würzigen Tomaten und Knoblauch stieg Kat in die Nase, als sie erfrischt von ihrer Dusche nach unten ging. Sie war sich ziemlich sicher, dass Sloane von seinem abendlichen Work-out noch nicht zurück war.

Als sie in die Küche kam, lächelte sie. »Ethan, das riecht wunderbar.« Ihr Magen knurrte. Es war wieder einmal ein unglaublich geschäftiger Tag in der Konditorei gewesen.

Ethan warf sich ein Küchenhandtuch über die Schulter, tunkte ein Stück Baguette in die siedende Soße und hielt es ihr hin. »Willst du mal kosten?«

»In dieser Sekunde würde ich dir meinen Wagen überschreiben, um es zu kosten.« Sie nahm das tropfende Brot und biss hinein. »Köstlich. Ich bin halb verhungert. Aber ich habe keine Ahnung, wann Sloane zu Hause sein wird.«

»Bald. Ich habe ihm eine SMS geschickt, und er hat geschrieben, dass er das Fitnessstudio in wenigen Minuten verlassen wird. Ich werde das Wasser kochen und die Pasta hineingeben, wenn er hier ankommt.«

»Vielen Dank, dass du kochst.« Er hatte vor einer Woche damit begonnen. Kat machte sich Sorgen, dass er etwas zu Schweres heben oder es übertreiben könnte, aber er wurde mit jedem Tag kräftiger.

Eine leichte Röte stieg ihm ins Gesicht. »Ich koche gern. Ich suche Rezepte aus und probiere sie aus, wenn ich kann. Ich habe jetzt, während ich mich erhole, eine Menge Zeit dafür.«

Kat setzte sich auf einen der Barhocker. »Wann hast du begonnen, dich fürs Kochen zu interessieren?« Sie erinnerte sich daran, wie er vor dem Unfall mit den Jugendlichen Kekse verziert hatte. Es hatte ihm anscheinend wirklich Spaß gemacht.

Er rührte in der Soße, dann begann er Parmesan zu reiben. »Sloane hat dir erzählt, dass ich auf der Straße gelebt habe?«

Kat war sich nicht sicher, worauf er hinauswollte. »Nicht direkt, nein. Ich habe mir so etwas gedacht, als du im Krankenhaus warst.« Soweit Kat wusste, waren keine Verwandten gekommen, um ihn dort zu besuchen.

Er hielt den Kopf gesenkt und konzentrierte sich ganz auf den Käse. »Meine Mom war ein Junkie und hat mich auf den Strich geschickt, um an Geld oder Drogen zu kommen. Ich war mit diesem Scheiß fertig. An dem Tag, bevor ich fünfzehn wurde, bin ich von zu Hause weg und habe auf der Straße gelebt. Ich habe versucht, Geld bei illegalen Kampfveranstaltungen zu verdienen. Die meiste Zeit hat es nicht einmal zum Essen gereicht. Ich hatte oft Hunger.« Er zuckte die Achseln unter seinem weißen T-Shirt. »Kochen gibt mir das Gefühl, keinen Hunger haben zu müssen.«

Es brach ihr das Herz, sich vorzustellen, was Ethan durchgemacht haben musste. Sie musste sich eingestehen, dass sie es sich gar nicht vorstellen konnte. Während ihrer Kindheit und Jugend hatte Kat nicht den geringsten Schimmer davon gehabt, dass andere Kinder so litten. Dass er ihr das erzählte, musste demütigend für ihn gewesen sein. Sie holte bedächtig

Luft. »Ich weiß nicht, ob ich jemals so mutig sein könnte wie du, Ethan.«

Er hörte auf, Käse zu reiben, und sah ihr in die Augen. »Ich bin nicht mutig. Ich habe mich verkauft, um etwas zu essen zu haben.«

Oh Gott. »Ethan, du bist mutiger, als ich es jemals sein könnte. Ich bin einfach froh, dass du den Mut hattest zu tun, was notwendig war, um zu überleben.«

Ethan legte den Kopf schräg. »Sloane hat dir wirklich nie von meiner Geschichte erzählt?«

»Nein. Am Abend deines Herzinfarkts habe ich ihn gefragt, ob du eins seiner Kids seist. Er hat Ja gesagt, und dass Drake dich, als du ungefähr sechzehn warst, bei illegalen Kämpfen entdeckt hat. Das war alles. Es ist deine Geschichte, und du entscheidest, ob du sie erzählst oder nicht.«

Ethan legte die Reibe beiseite und wusch sich die Hände. »Du warst nett zu mir, Kat. Ich hoffe, ich habe dir jetzt kein Unbehagen bereitet.«

Dachte er, dass dies etwas daran änderte, was sie für ihn empfand? Für sie war Ethan wie Sloanes kleiner Bruder. »Mir blutet das Herz, wenn ich höre, was du als Kind durchgemacht hast. Wenn du das mit Unbehagen meinst, dann ja. Aber wenn du denkst, ich würde dich jetzt mit anderen Augen sehen als vorher, dann nein.« Sie hoffte, dass sie nichts Falsches sagte. Kat besaß nicht Drakes angeborene Fähigkeit, eine Beziehung zu Menschen aufzubauen, die eine schwierige Kindheit gehabt hatten. »Ich weiß es zu schätzen, dass du mir deine Geschichte anvertraut hast.«

Dann schnappte sie sich noch ein Stück Brot und fügte hinzu: »Und dass ich deine Soße kosten durfte.«

Ein Grinsen ließ ihn auf einmal viel jünger erscheinen. »Es schmeckt dir wirklich?«

Sie entspannte sich, da er ihre Worte zu akzeptieren schien. »Jep. Sloane sollte sich lieber beeilen, sonst wird er die Reste essen müssen.« Kat ließ sich vom Barhocker gleiten. »Falls ich ihm überhaupt etwas übrig lasse.« Sie steckte sich das Brot in den Mund und ging in Richtung Flur.

»Kat?«

Sie hielt inne. »Hm?«

Ethan kam näher. »Wenn du meine Eintrittskarte für den Schaukampf willst, werde ich sie dir gern überlassen. Sloane denkt wahrscheinlich nicht, dass du hingehen willst. Nimm meine Karte. Du solltest dort sein.«

Ihr wurde schwer ums Herz, und sie schaffte es kaum, das Brot hinunterzuschlucken. Sloane hatte sie nicht darum gebeten, dabei zu sein. Er wusste, dass sie Gewalt hasste, aber für ihn würde sie es tun.

Falls er es wollte.

Aber er hatte nichts gesagt. Dies war ein gewaltiges Ereignis, mit prominenten Leuten, die exorbitante Preise für die Eintrittskarten zu dem exklusiven Kampf bezahlten. Es war für Sloane von entscheidender Bedeutung, sich darauf zu konzentrieren, in diesen Käfig mit Foster zu steigen, nicht auf Kat und ihre Probleme. Das Letzte, was er brauchte, war, dass sie stolperte oder eine ausgewachsene Panikattacke bekam. Vielleicht würde sie ihn nicht in Verlegenheit bringen, aber sie würde ihn ablenken.

Doch sie liebte Ethan dafür, dass er ihr das Angebot gemacht hatte. »Danke, aber ich bleibe hier bei Drake. Wenn du dir sicher bist, dass du dem gewachsen bist – viel Spaß.

Sloane will dich dabeihaben, das ist der Grund, warum er dir die Eintrittskarte gegeben hat.« Nicht ihr.

»Kat …«

»Ethan, es ist okay. Belästige Sloane nicht deswegen, er hat den Kopf schon voll genug. Bitte, du hast es versprochen.« Sie würde Drake, Sherry und Ethan es schwören lassen. »Vertrau mir in diesem Punkt.« Sloane brauchte einen klaren Kopf.

Er nickte, und seine Schultern sackten herab.

Sie entspannte sich erleichtert. »Danke.« Es war demütigend genug gewesen, als Sherry Kat gefragt hatte, was sie zu *Profis gegen Amateure* anziehen würde. Sie brauchte keine Wiederholung dieses peinlichen Moments, wenn Sloane ihr erklärte, warum es das Beste war, dass sie nicht hinging. Ja … es war in Ordnung für sie, bei Drake zu Hause zu bleiben.

Sie ging ins Gästezimmer, doch ihre Anspannung kehrte sofort zurück beim Anblick von Drakes hagerer Gestalt. Er ruhte auf dem Kissen, eine Sauerstoffmaske über der Nase, und das stetige Zischen deutete an, dass die Maschine angestellt war. In den vergangenen zwei Wochen hatte er noch einmal erheblich abgenommen. Auf den Händen, die er über die hervorstehenden Rippen gefaltet hatte, konnte sie die blauen Adern sehen, die sich durch seine inzwischen papierdünne Haut schlängelten. Den geschlossenen Laptop hatte er auf den Beinen liegen.

Sie griff nach dem Apparat, um ihn wegzulegen und Drake schlafen zu lassen.

»Ich habe gehört, wie du mit Ethan gesprochen hast.«

Kat ließ die Hand sinken. »Du bist wach. Fang jetzt nicht bitte auch noch von dem Kampf an.«

»Ich ruhe mich nur aus. Ich meine nicht den Kampf – Sloane hat es verbockt, weil er dich nicht gefragt hat, ob du hingehen willst, aber ich verstehe, warum du ihn jetzt nicht ablenken willst. Nein, ich meine die Art, wie du mit dem Geständnis des Jungen umgegangen bist. Ethan fällt es schwer, Frauen zu vertrauen.«

Das hatte sie nicht gewusst. »Ich war mir nicht sicher, was ich sagen sollte, außer dass ich ehrlich sein wollte.« Die Sorge um Drake lastete schwer auf ihr. Er klang heiser. Er hustete immer öfter. Schmerz zehrte jetzt ständig an ihm. Und doch machte er sich Gedanken um Ethan.

»Die Wahrheit ist das Beste.«

Ja, nun, manchmal war die Wahrheit ätzend, wie der Arzt, der ihnen sagte, dass ihnen mit Drake nur noch wenige Tage blieben, vielleicht auch ein oder zwei Wochen. Verdammt, sie durfte nicht losheulen. Es zerriss Drake das Herz, wenn ihr Tränen in die Augen traten. »Sieht nicht so aus, als sei es ein guter Tag für dich.«

»Na ja, ich versuche, mich zu konzentrieren, aber mein Kopf schmerzt zu sehr, um zu lesen und zu tippen.«

Sie legte ihm eine Hand auf die Stirn und kniff den Mund zusammen. Er hatte erneut Fieber. Das Fieber kam und ging jetzt und schüttelte seinen dahinsiechenden Körper. »Willst du etwas Saft trinken?« Sollte sie Sloane anrufen? Kat schaute auf die Uhr am Bett. Es war fast sieben Uhr abends, und Ethan hatte gesagt, dass Sloane bald zu Hause sein würde.

»Ruf ihn nicht an. Ich weiß, dass du darüber nachdenkst.«

Sie musterte ihn. »Wenn du ein bisschen Saft trinkst, lasse ich es bleiben.«

»Das ist Erpressung.«

»Absolut.« Kat ging in die Küche und holte eine kleine Flasche Limonade aus dem Kühlschrank, außerdem einen Strohhalm. Mit leiser Stimme sagte sie: »Ethan, wenn Sloane nach Hause kommt, sag ihm, dass Drake Fieber hat.«

Ethan senkte den Blick. »Ich konnte ihn heute nicht dazu bringen, etwas zu essen. Die Krankenschwester hat mir erklärt, es sei normal, aber ich wollte es wenigstens versuchen.«

Kat berührte ihn am Arm. »Ich weiß. Er kann einfach nicht.« Sie hatte das mit ihrer Großmutter erlebt.

»Ich werde mich zu ihm setzen, damit du und Sloane essen könnt. Ich möchte das so«, fügte er hinzu.

»Danke.« Sie ging zurück ins Gästezimmer und half Drake, einige Schlucke zu trinken. »Willst du, dass ich den Laptop woanders hinstelle?«

Er legte seine knochige Hand auf das Gerät. »Ich würde gern schreiben, aber mit den Kopfschmerzen und den Schmerztabletten geht das einfach nicht.«

Kat setzte sich auf die Bettkante und ergriff seine freie Hand. »Arbeitest du an Evies Brief?« Er hatte die Briefe für alle anderen fertig. Kat verwahrte sie und würde sie nach dem Trauergottesdienst für Drake verteilen. Der Gedanke daran wühlte sie von Neuem auf.

»Er ist fast fertig. Fast.«

Dieser Brief war von größter Wichtigkeit für ihn. Drake hielt nur aus zwei Gründen durch – Sloanes Kampf gegen Foster und die Fertigstellung dieses Briefes. Sie hatten darüber geredet, aber Kat hatte ihn nicht zur Gänze gelesen. »Kann ich irgendwie behilflich sein?«

Eiserne Entschlossenheit flackerte in seinen glasigen, blauen Augen auf. »Kannst du den Rest für mich tippen?«

Jetzt bloß nicht heulen. Unter gar keinen Umständen. »Du weißt, dass ich das gern mache. Jetzt?«

»Später. Nachdem du gegessen hast und Sloane sich verschanzt, um Fosters Trainingsvideo anzusehen.«

Kats Magen krampfte sich vor Sorge um Sloane zusammen. »Er wird die richtige Entscheidung treffen.« Wenn Kat dabei sein würde, ob sie dann bewirken könnte, dass er Foster am Leben ließe? Oder war es besser, sie ging nicht hin, um ihn nicht abzulenken?

»Für dich.«

Sie schüttelte den Kopf. »Nicht für mich.« Sloane hatte sie gelehrt, sich ihren Ängsten zu stellen. Und wenn dieser Moment kam, würde er sie ihre eigene Entscheidung treffen lassen. Kat musste ihm Gleiches zugestehen. »Für sich selbst.«

»Wirst du ihn verlassen?«

Wenn er Foster tötete. Wie Evie Drake verlassen hatte. Wie sollte sie das beantworten? Aber Drakes Worte von vorhin, *die Wahrheit ist das Beste*, wiesen ihr die Antwort. »Ich liebe Sloane von ganzem Herzen. Obwohl er in der Lage ist zu töten. Jedenfalls habe ich noch nie gesehen, dass er jemanden mehr verletzt hätte als unbedingt notwendig.« Kat beugte sich vor und wollte Drakes Sorge um Sloane zerstreuen. »Vertrau mir, dass ich ihm durch die nächsten Wochen helfen werde. Ich werde seinen Schmerz nicht noch größer machen, ich will ihn nur lieben.«

Nach seiner anfänglichen Sorge schien Drake sichtbar erleichtert. Er hustete und schloss dann die Augen. »Ich vertraue dir.«

Kat beugte sich vor und küsste ihn auf die Stirn. »Schlaf ein wenig.« Sie ließ den Laptop liegen, weil Drakes Hand immer noch darauf lag.

Sloanes Handy klingelte pünktlich. Er nahm ab, antwortete jedoch nicht, sondern winkte durch die Balkontüren, die den Blick auf die Wellen freigaben. Mondlicht glitzerte auf dem Ozean, während die Brise über Sloanes Brust und Schultern strich.

Einerseits wollte er den täglichen Anruf seines Ermittlers nicht entgegennehmen. Erschöpfung dämpfte sein Ansinnen auf Rache, das er so lange in sich gehegt hatte. Er verfolgte seit mehr als einem Jahrzehnt dieses Ziel und war ihm nun ganz nahe.

Doch in dieser Sekunde wollte er nur Kat finden und sie in seine Arme ziehen. Wollte ihr Lächeln in sich aufnehmen, ihr Lachen hören oder sie in seinen Armen spüren, um den kalten Zorn, den Hass und die Schuld zu verbannen, die seit seinem sechzehnten Lebensjahr seine ständigen Begleiter waren.

Wenn er Kat berührte, linderte das seinen Schmerz und beruhigte seine Seele.

Bis er sich daran erinnerte, wie Olivia in ihrer Besessenheit für einen Wunschprinzen ihn und Sara jedes verdammte Mal ausgesetzt hatte. Sara hatte es mit dem Leben bezahlt.

Und der Gedanke daran, Kat so vorzufinden? Vergewaltigt, ermordet … die Rachsucht loderte erneut auf und verdrängte seine Zweifel darüber, was er zu tun hatte. Er ging an sein Handy. »Michaels hier.«

Sein Ermittler kam sofort zum Punkt. »Ich habe Ihnen das heutige Trainingsvideo geschickt.«

»Ich habe es bekommen. Ich habe es mir angesehen, aber es gibt nichts Neues.« Er musste sich konzentrieren, musste diese Angelegenheit, Sara zu rächen und Kat zu beschützen, zu Ende bringen. »Was noch?«

»Foster ist heute wieder zu Saras Grab gegangen.«

Das zweite Mal in dieser Woche. Er schäumte vor Wut, und in seinem Magen grummelte es. »Was macht er da?«

»Eigentlich steht er dort nur und starrt es an. Manchmal hockt er sich hin und streicht über den Grabstein. Ich habe ein Beobachtungsvideo von meinem Handy geschickt.«

Diese Drecksau wollte Sara nicht in Ruhe lassen. Sloane ging zu seinem Schreibtisch und lud das zuletzt gesendete Video hoch. Foster erschien in einem T-Shirt und Jeans und hockte sich neben Saras Grab. Als er ihren Grabstein berührte, konnte Sloane den Drang, mit der Faust in den Computerbildschirm zu schlagen, kaum bezähmen.

Oh Gott.

Sobald das Video endete, kostete es ihn geschlagene zehn Sekunden, um sich so weit zu beruhigen, dass er wieder sprechen konnte. »Ist er in die Nähe von Kats Konditorei und Wohnung gegangen?«

»Nein. Aber er sieht sich diesen Fernsehbeitrag an, wie Sie sie retten, und einige Schnappschüsse von ihr, die die Presse ergattern konnte.«

Er ließ sich auf seinen Stuhl fallen und legte den Kopf in den Nacken. »Lassen Sie es mich wissen, wenn es irgendetwas Neues gibt.« Er beendete das Gespräch und schloss die Augen. Es widerte ihn an, den Mann, der Sarah vergewaltigt und ermordet hatte, ihr Grab berühren zu sehen. Sie verdiente es, in Frieden gelassen zu werden.

Ein leises Klopfen erklang an seiner Tür, bevor sie zaghaft geöffnet wurde. »Sloane?«

Kats Stimme wehte herein und linderte seinen bitteren Zorn und seine krankhafte Sorge. Er streckte die Hand nach ihr aus.

Kat kam hereingehumpelt, ihr Bein war offensichtlich steif vom Sitzen. Als er aufschaute, sah er, dass Tränen in ihren Augen standen. Sein Herz zog sich zusammen. »Drake?«

Sie schob ihre Hand in seine. »Er schläft. Sein Husten und sein Fieber werden schlimmer. Ich habe das Kopfende des Bettes höher gestellt und ihn mit Kissen gestützt.«

Tränen rannen ihr über die Wangen.

Er zog sie auf den Schoß und schlang die Arme um sie. Während er sie fest umfangen hielt, sagte er leise: »Ist das der Grund, warum du weinst?« Sie sollte in seinen Armen weinen, wann immer sie das Bedürfnis hatte. In seiner Kehle kratzte es.

»Nein. Ja.« Sie seufzte. »Wir sind heute Abend fertig geworden.«

Sloane kniff die Augen zusammen. Das Kratzen in seinem Hals verstärkte sich. »Mit Evies Brief.« Drake hatte ihm erzählt, dass Kat ihm dabei half. Das gehörte genau zu den Dingen, mit denen Sloane so gar nicht umgehen konnte. In dieser Hinsicht war Kat stärker als er.

»Ja.«

Er zog sanft an ihrem Haar, sodass sie den Kopf schräg legte. Gott, ihre Augen … sie waren so wunderschön und schwammen in einem Teich aus Schmerz. »Du gibst ihm Frieden.«

»Ich wünschte, ich könnte ihm Leben geben. Es ist einfach

nicht fair. Er leidet, und das macht mich wütend.« Kat schloss die Augen und versuchte, sich zusammenzureißen. »Tut mir leid, das macht es für dich auch nicht besser.«

Zum Teufel, nein, sie sollte sich jetzt nicht zurückziehen. »Sieh mich an.«

Sie hob die Lider, und in ihren Augen lag eine herzzerreißende Mischung aus Kummer und Vertrauen.

Sie gab ihm alles, selbst den Schmerz, den sie einst so rigoros zurückgehalten hatte. Er fuhr ihr mit den Fingern durchs Haar. »Das darf dir niemals leidtun.« Er war so betroffen, dass es ihm die Stimme belegte. »So sollten wir es zwischen uns halten. Du kommst mit deinem Leid zu mir. Ich mit dem meinen zu dir. Da bedarf es keiner Entschuldigungen.« Sie war auf Schritt und Tritt für ihn da gewesen, an jedem schlechten Tag, in jeder schweren Stunde oder jedem unangenehmen Moment. Auch wenn Kats Trauer ihm wehtat, wollte er derjenige sein, zu dem sie jedes Mal kam.

Sie holte tief Luft, legte den Kopf unter sein Kinn und weinte.

Er streichelte ihr den Rücken, damit sie ihren Gefühlen und Tränen freien Lauf lassen konnte in der Sicherheit seiner Arme. Sagte ihr, dass er sie liebe, dass Drake sie liebe. Wie viel sie ihnen beiden bedeute. Er redete und streichelte sie, spendete ihr und auch sich den Trost, den sie beide brauchten, bis sie erschöpft in Schlaf versank.

Sloane trug sie zum Bett. Sie vertraute ihm jetzt so rückhaltlos, dass sie nicht einmal aufwachte.

Zwei Stunden später schreckte Sloane aus dem Schlaf hoch, weil er durch seine Überwachungsanlage Drake husten hörte. Vor Sorge war er sofort hellwach. Vorsichtig zog er den Arm unter Kat hervor. Sie war so erschöpft, dass er sie schlafen lassen wollte. Er ging die Treppe hinunter und lief schnell zu Drakes Zimmer.

Schwaches Licht aus dem Badezimmer ergoss sich über Drake. Er war in den Kissen nach unten gerutscht, während der Husten seinen dürren Körper geschüttelt hatte. Tränen rannen dem kranken Mann übers Gesicht, während er würgte und keuchte und sich mühte, Sauerstoff in die Lungen zu bekommen. Er hatte nicht die Kraft, sich im Bett wieder hochzuziehen.

Denk nicht darüber nach. Hilf ihm einfach. Sloane zog Drake nach oben und legte ihm dann eine Hand auf die Stirn. Viel zu heiß. In seiner Hilflosigkeit warf er einen verzweifelten Blick auf Drakes Handy. Er hatte Drake versprochen, dass er ihm den Notarzt oder das Krankenhaus ersparte, es sei denn, Drake bat selbst darum. Schließlich riss Sloane den Blick von dem Handy los und stand auf, um einen feuchten Waschlappen zu holen, mit dem er Drake Kühlung verschaffen wollte. So wusch er Drakes Arme, Brust und Rücken und zog ihm ein sauberes Hemd an.

Während er dem Mann in die Augen sah, hob er vorsichtig die Sauerstoffmaske von seiner Nase und fragte: »Kannst du etwas Wasser trinken?«

Drake nickte schwach und schaffte es, ein paar Schlucke herunterzubekommen.

Die Hustenkrämpfe legten sich. Sloane stützte sich auf der Matratze über Drakes Kopf ab. »Soll ich deinen Arzt anrufen?«

Drake stieß den Atem aus und schüttelte den Kopf.

In Sloanes Schläfe pochte es. Es gefiel ihm nicht, aber er verstand, dass dies das Letzte war, was Drake selbst in der Hand hatte – wo er sterben würde. Und bei wem.

»Was ist los?« Kat stand in der Tür. Ihr Haar war wirr, die Augen verquollen. Sie trug ihre gewohnten Schlafshorts und ein Tanktop und zitterte in der kalten Nachtluft.

Sloane stemmte sich vom Bett hoch. »Ist schon gut, geh wieder schlafen. Drake hat eine harte Nacht. Ich werde im Sessel schlafen.« Er würde Drake nicht allein lassen. Sie konnten ihn jede Minute verlieren.

Oh Gott, was sollte Sloane dann nur machen?

Aber er würde Drake nicht allein sterben lassen. Auf keinen Fall. Das war es, wovor es Drake gegraut hatte. Nach all den Jahren, in denen Drake für ihn da gewesen war, in denen er Sloane sogar im Arm gehalten hatte, wenn er Albträume gehabt hatte, würde Sloane jetzt am Ende für ihn da sein.

Ganz gleich, wie sehr sein Herz blutete bei dem furchtbaren Gedanken, dass er Drake verlor.

Sloane legte die Hände auf die ausgemergelten Schultern des Mannes. »Ich bleibe hier, Drake. Ich werde hier sein, solange du mich brauchst.«

Drake ließ seine Hand auf Sloanes sinken. »Ich weiß, mein Sohn.« Er schloss die Augen, und Erschöpfung übermannte ihn.

Sloane setzte sich in den Sessel und zwang sich zu einem Lächeln, als Kat ihm eine Decke brachte. »Danke.«

Sie kroch auf seinen Schoß und zog die Decke über sie beide. »Wach du über Drake. Ich werde über dich wachen.«

Er schlang die Arme um sie. So würde er es ertragen. Weil er Kat hatte.

War er wirklich bereit, das Risiko einzugehen, sie zu verlieren? War die Ermordung Fosters das wert?

Kats Worte von vor einigen Wochen fielen ihm wieder ein: *Foster ist dir wichtiger geworden als alles andere*. Diese Worte verfolgten ihn jetzt. War Foster und ja, sogar Sara, für ihn wichtiger als Kat?

Noch drei Tage bis zum Kampf, und er wusste noch nicht, was er tun würde.

22

Am Samstagnachmittag war der Stein, der ihr auf der Brust lag, auf die Größe eines Felsens angewachsen. Sie goss heißes Wasser über einen Teebeutel für Drake, dann schenkte sie sich selbst ein Glas Mineralwasser ein.

In wenigen Stunden würde Sloane sich Lee Foster bei der SLAM-Veranstaltung *Profis gegen Amateure* in dem Käfig stellen.

Kat hatte ihren Laden frühzeitig geschlossen, um nach Hause zu kommen und heute Abend bei Drake zu sein.

»Kat?« Sorge lag in Drakes Stimme.

Mist, sie stand an der Kücheninsel und starrte Löcher in die Luft. »Ich komme.« Sie schüttelte sich, griff nach dem Becher und eilte zu seinem Sessel. Es ging ihm heute besser, was sie nicht überraschte. Er liebte Sloane so sehr, dass es ihm Kraft gab, ein letztes Mal gegen die Verwüstungen seiner Krankheit anzukämpfen. Kat stellte den Tee ab und warf einen prüfenden Blick auf die Decke, um sicherzugehen, dass er zugedeckt war. »Hast du es warm genug?« Er hatte gewollt, dass die Schiebetüren offen standen, damit er die Brise spüren und den Ozean hören konnte, aber ihm wurde jetzt immer so kalt.

»Ja.«

Kat schaute nach dem Sauerstoffstand in dem tragbaren Tank auf dem Beistelltisch. Immer noch gut. Sie ging hinüber, um ihr Wasser zu holen, als sie Sloane in einem pechschwarzen Anzug vorbeigehen sah, das dunkle Haar zurückgekämmt und eine Sporttasche über der Schulter.

Der Stein auf ihrer Brust wurde noch schwerer, aber sie zwang sich zu einem Lächeln. »Bist du so weit?« Sie griff nach ihrem Wasser, damit ihre Hände beschäftigt waren.

Sloane ließ auf dem Weg zu ihr die Sporttasche auf den Barhocker fallen. Sobald er bei ihr war, legte er ihr seine warmen Hände auf die Hüften. »Wirst du hier mit Drake zurechtkommen?«

»Natürlich, außerdem wird Zack bald hier sein. Sein Griff um ihre Hüften gab ihr Halt und linderte den Druck auf ihrer Brust.

Sloane schaute auf die Uhr an der Mikrowelle. »Zack sollte inzwischen hier sein.«

Sie griff hinter sich und tauschte ihr Wasserglas gegen ihr Handy. »Ich werde ihm eine SMS schicken, es wird alles gut gehen. Konzentrier du dich nur auf das, was du tun musst.« Sie schrieb die SMS zu Ende, drückte auf Senden und schaute auf.

»Ich lasse dich nicht mit Drake allein. Du kannst ihn nicht heben.«

Sie verdrehte die Augen. Sloane kam immer noch nicht darüber hinweg. Obwohl er nicht unrecht hatte, dass Drake nicht ohne Hilfe aufstehen und nicht mehr als einige wenige Schritte gehen konnte. Früher hatte Sloane ihn zum Sessel getragen. »Ich werde ihn nicht heben. Zack wird schon auftauchen. Und wenn er aus irgendeinem Grund nicht kommt, werde ich Kellen oder Diego anrufen.«

»Oder Sloane könnte zu Hause bleiben.«

Kat schnappte nach Luft angesichts von Drakes unverblümter Feststellung. »Drake, du weißt, dass er das nicht kann. All diese Leute erwarten, dass Sloane heute Abend da sein wird.« Selbst wenn sie nicht wussten, dass er kämpfte, wussten sie, dass er die ganze Show organisiert hatte und moderieren würde. Sloane hatte ihr erzählt, dass sie für das Fighters-to-Mentors-Programm über zwei Millionen mit der Versteigerung der Karten eingenommen hatten. Sloane schritt zu Drakes Sessel hinüber und hockte sich hin. »Brauchst du mich zu Hause?«

Der ältere Mann schüttelte den Kopf, und sein Blick huschte zu Kat hinüber, bevor er Sloane ansah. »Nicht ich. Kat. Sei kein Dummkopf. Entscheide dich für sie, Sloane. Stell sie an die erste Stelle.«

Der Stein auf ihrer Brust drückte sie schier nieder. So funktionierte das nicht. »Drake, bitte.« Oh Gott, er durfte Sloane nicht dazu zwingen, sich zwischen ihr und seinem Ziel zu entscheiden. »Hier geht es nicht um mich.«

Das quälende Gespräch mit Sloane, direkt nachdem sie von seinem Plan erfahren hatte, hatte seine Prioritäten klargemacht – die Ermordung Fosters war ihm wichtiger als sie. Aber das war nicht der Punkt. Sloane musste die Wahl für sich selbst treffen, für niemanden sonst.

Sloane stand auf, und ihre Blicke trafen sich. Ein Muskel zuckte in seinem kantigen Kinn.

Sie musste das klarstellen. Sie liebte Drake, aber in diesem Moment, in dem Sloane sie prüfend ansah, hätte sie ihn am liebsten dafür geohrfeigt, dass er Sloane Sorge bereitete. Und sie sich winden ließ. »Zack wird …« Ihr Handy zeigte das Eintreffen einer SMS an. Erleichtert, eine Ausrede zu haben, um dem schonungslosen, durchdringenden Blick Sloanes auszuweichen, las sie die SMS von Zack.

Tut mir leid, ich bin spät dran. Bin in zwanzig Minuten da.

Sie hielt das Handy hoch wie eine Trophäe. »Siehst du, Zack wird in zwanzig Minuten hier sein. Kein Grund zur Sorge.« Ihr Herz hämmerte, und ihre Haut kribbelte. »Sloane, geh zu dem Kampf. Konzentrier dich auf das, was du tun musst, wir werden zurechtkommen.«

Er war bei ihr, bevor sie das Handy hingelegt hatte. »Du kannst mich anrufen, falls ihr irgendetwas braucht.«

Sein Geruch nach Seife und diesem weichen Moschusaroma mit einer holzigen Note hüllte sie mit einer Sehnsucht ein, die sie nicht recht zu deuten vermochte. Oder vielleicht wollte sie sich nicht den selbstsüchtigen Wunsch eingestehen, für Sloane genauso wichtig zu sein wie seine Rache oder Drake. Aber das war töricht. »Mache ich.«

Er strich mit seinem Mund über ihren. »Du bist mir wichtig, aber ich muss diese Sache heute Abend tun.«

Sie vermied es bewusst, in diesem kurzen Kuss zu versinken. Alles in ihr schrie nach einer tieferen, längeren, intimeren Verbindung. Nicht sexuell, sondern ein Kuss, der sie miteinander verband und der ihr zeigte, was sie aneinander hatten. Aber Sloane konnte das in diesem Moment nicht gebrauchen, er brauchte ihre Ruhe und ihre Unterstützung.

»Ich weiß.« Sie hoffte nur, dass er die richtige Entscheidung traf, wenn er Foster in dem Käfig gegenübertrat.

»Sloane?« Ethan kam aus seinem Zimmer. »Bist du so weit?«

Ethan war ein wenig dünner als früher und ermüdete

leichter, aber es war immer noch kaum zu glauben, dass seit seinem Herzinfarkt erst drei Wochen vergangen waren. »Du bist dir sicher, dass du es schaffst, zu dem Kampf zu gehen?«, fragte Kat ihn.

Ethan lächelte sie nachsichtig an. »Ja.«

»Er wird zurechtkommen.« Sloane berührte ihre Wange mit einer beruhigend warmen Hand. »Ich werde ihn nach Hause bringen lassen, falls er müde wird.«

Sloane würde nicht zulassen, dass dem jungen Mann etwas zustieß. Und Ethans Anwesenheit heute Abend dort würde ein weiterer Grund für Sloane sein, Foster nicht zu töten. Sie wandte sich an den Mann, den sie so sehr liebte, und sagte: »Pass auf dich auf. Wir sehen uns, wenn du heute Nacht zurückkommst.«

Anspannung ließ die Narbe neben seinem Mund weiß hervortreten, dann nahm er die Hand von ihrer Wange, griff nach seiner Tasche und machte sich mit Ethan auf den Weg.

Ohne Sloanes Wärme erschauerte Kat trotz der milden Brise, die durchs Fenster wehte. Unwillkürlich richtete sie den Blick auf den Monitor und das Tastenfeld neben der Tür zur Garage. Ein Licht blinkte rot, als das Tor aufschwang und Sloanes dunkler Mercedes durch den leuchtenden Nachmittagssonnenschein glitt.

Fort.

Sie griff nach ihrem abgestellten Wasserglas und ging zum Sofa. Als sie sich hinsetzte, betrachtete sie stirnrunzelnd den gebrechlichen Mann in dem Sessel. »Also wirklich! Du bleibst meinetwegen zu Hause? Wählst mich? Was zum Teufel sollte das?« Es gehörte wahrscheinlich nicht zu ihren besten Momenten, ihren sterbenden Freund anzufauchen.

Drake setzte sich in seinem Sessel zurecht. »Ist doch wahr. Er sollte dich nicht zurücklassen.«

»Na toll.« Sie nippte an ihrem Wasser. Es schmeckte fade. Oh Gott, es würde eine lange Nacht werden.

»Es tut mir leid, ich wollte nicht, dass du dich meinetwegen schlecht fühlst. Er liebt dich.« Drake lehnte den Kopf an die Rückenlehne.

Tja, sie liebte ihn zumindest auf jede erdenkliche Weise. Aber sie konnte es Drake nicht zum Vorwurf machen. Er machte sich Sorgen um Sloane und hatte einen unbeholfenen Versuch unternommen, um den Mann, den er wie einen Sohn liebte, davor zu bewahren, eine schlechte Entscheidung zu treffen. Drake wollte von ganzem Herzen, dass Sloane sie wählte und mit ihr leben wollte. Er wollte in dem Bewusstsein sterben, dass Sloane die Liebe haben würde, die er selbst sich genommen hatte. Das war verständlich, und sie bereute ihre Zickigkeit. »Vergiss es, ich fühle mich nicht schlecht. Ich war einfach überrascht. Wie wäre es, wenn wir uns einen Film ansehen? Etwas Witziges.« Sie konnten beide ein wenig Ablenkung gebrauchen. Drake würde höchstwahrscheinlich einschlafen. Er schlief jetzt mehr Stunden, als er wach war.

»Ein Hund namens Beethoven.«

Lächelnd über seine Wahl schaute sie nach, ob sie den Film dahatten. »Hattest du jemals einen Hund?«

»Ja, einen Mischling mit großen Ohren. Ich habe ihn Radar genannt. Ich vermisse ihn.« Nachdem sie den Film herausgesucht hatte, legte sie ihn ein und ließ ihn laufen. »Wie bist du zu Radar gekommen?«

»Ich habe eines Abends eine Frau zum Essen ausgeführt. Als wir das Restaurant verließen, versuchte Radar, ihr die

Tüte mit den Resten wegzureißen, die wir uns hatten einpacken lassen. Er war ein dünner, räudiger Köter. Meine Begleiterin hat verängstigt aufgeschrien und den armen Hund fast zu Tode erschreckt. Er ließ sich zu Boden fallen und kauerte sich zusammen.«

Kat hatte Fotos von Drake gesehen, als es ihm noch gut gegangen war. Ein Hüne von einem Mann, der einschüchternd wirkte. Damals hätte er Kat Angst gemacht, doch er hatte einen verängstigten und hungrigen Hund aufgenommen. »Und dann?«

»Wir haben den Hund mit den Resten gefüttert, und er wurde irgendwie einfach meiner. Er folgte mir überall hin. Nicht alle Frauen waren davon begeistert.«

Das Blinken an dem Monitor neben der Garage erregte ihre Aufmerksamkeit. Zack war eingetroffen und fuhr in die Garage. Er würde sich die Haustür selbst aufschließen. Kat richtete ihre Aufmerksamkeit wieder auf Drake und sagte: »Und wenn die Frauen Radar nicht mochten?«

Er schaute mit müden Augen zu ihr herüber. »Dann haben wir eine neue Frau gefunden.«

Sie schenkte Drake ein Grinsen, dann runzelte sie die Stirn angesichts der roten Stelle, wo die Sauerstoffmaske auf seiner Haut saß. Sie stand auf und reichte ihm die Fernbedienung. »Ich hole mal die Salbe.« Sobald sie in Drakes Zimmer war, benutzte sie schnell sein Bad, griff sich dann die Tube und ging hinaus.

Sie schraubte die Tube auf und sagte: »Das sollte helfen …«

Kat erstarrte, und die Tube rutschte ihr aus ihren plötzlich kraftlosen Händen. Drakes Sessel war leer, bis auf die Decke und die Sauerstoffmaske.

Furcht und Entsetzen stiegen in ihr auf. In der Mitte des Raums hielt ein gewaltiger Mann mit militärisch kurzem Haarschnitt Drake vor sich, ein grauenerregendes, dunkles Messer an seiner Kehle. Es war nicht Zack.

Kat versuchte zu erfassen, was da gerade geschah. Wer war das? Warum war Zack nicht hier? Sie starrte auf die Faust, die das Messer hielt, und bemerkte eine breite Narbe auf dem Handrücken.

Narbe. Das Wort löste eine Erinnerung aus, etwas, das Sloane gesagt hatte.

… er hat eine Brandnarbe auf dem Rücken seiner linken Hand …

Oh Gott. »Lee Foster.«

23

Es war eine gute Entscheidung gewesen, dass er nicht selbst fuhr. Sloanes berühmte Konzentration hatte sich verflüchtigt. Mit jeder Meile, die sie sich von seinem Haus entfernten und seinem großen Ziel näher kamen, wuchs seine Angst.

Du bist mir wichtig, aber ich muss dies heute Abend tun. Das war es, was er Kat gesagt hatte. Dann hatte er sie zurückgelassen, damit sie sich um Drake kümmerte.

Weil er bessere Dinge zu tun hatte. Hatte er Angst? Er fühlte sich eher wie ein totales Arschloch. Er hatte das mit ihr vermasselt. Warum hatte er ihr nicht gesagt, dass er sie liebte, oder einfach etwas Besseres?

Ethan schaute zu ihm herüber. »Macht mein Fahrstil dich unruhig?«

»Nein.« Er hatte Ethan hinters Lenkrad gesetzt, um verdammt noch mal dafür zu sorgen, dass der Junge keine Phobie entwickelte. Er hatte einen Herzinfarkt bekommen, als er hinterm Lenkrad gesessen hatte, und er hatte das Bewusstsein verloren. Es war besser, ihn jetzt ans Steuer zu setzen, nachdem erst drei Wochen verstrichen waren.

»Warum hast du Kat heute Abend nicht mitgenommen? Ich hätte zu Hause bei Drake und Zack bleiben können.«

Sloane runzelte die Stirn. Er hatte sie nie gebeten hinzugehen, weil er sie nicht in Fosters Nähe haben wollte. »Sie mag Kämpfe nicht.«

Ethan zuckte die Achseln. »Ich hab ja nur gefragt. Wenn es ums Geld geht, hätte ich ihr meine Eintrittskarte gegeben. Es war ohnehin Drakes Eintrittskarte, nicht meine.«

Sloane bemühte sich, ruhig zu bleiben. »Es geht nicht um das Geld. Ich hätte dir deine eigene Eintrittskarte verschafft, wenn Drake in der Lage gewesen wäre hinzugehen.«

Der Junge schwieg. Sloane bemühte sich, den Kopf freizubekommen, und nicht an seine kleine Bäckerin zu denken. Er war zu …

»Und Kat nicht?«

»Was?«

Ethan klopfte mit dem Daumen auf das Lenkrad. »Ihr wolltest du keine Eintrittskarte kaufen?«

Sloanes Haut kribbelte. Überall. »Sie mag Kämpfe nicht. Ich habe sie nicht gebeten hinzugehen. Lass es gut sein.«

»Na schön. Aber Sherry geht hin.«

Worauf zum Teufel wollte er hinaus? »Spuck es aus.«

Ethan schaute zu ihm herüber. »Ich habe Sherry und Kat darüber sprechen hören. Sherry war ganz aufgeregt und hat Kat online Kleider gezeigt und sie gefragt, was sie anziehen werde.«

Verflucht. Sloane ahnte es schon. »Was hat sie gesagt?«

»Sie hat versucht, das Thema zu wechseln. Aber Sherry hat nicht lockergelassen. Schließlich sagte sie, du hättest sie nicht eingeladen. Und außerdem …«

Sloane ballte die Fäuste. »Was?«

»Sie könne sich die Eintrittskarte nicht leisten. Und sie müsse bei Drake bleiben.«

Oh Gott, er wusste nicht, was er sagen sollte. Dachte sie, er würde das Geld für eine Eintrittskarte für sie nicht ausgeben?

Kat hatte es ihm gegenüber nicht erwähnt. Mit keinem gottverdammten Wort. In der Vergangenheit hatte sie ihm gesagt, dass Kämpfe ihre Panikattacken auslösen könnten. Er hatte richtig daran getan, sie nicht einzuladen. Es ging nicht ums Geld, das musste sie wissen. Er beschützte sie nur.

Warum fühlte er sich dann so schlecht? Warum wünschte er sich plötzlich verzweifelt, sie wäre jetzt hier, sie wäre heute Abend bei ihm? Dann könnte er sie ansehen und sich daran erinnern, dass er mehr war als ein Killer. Wäre sie für ihn da gewesen, wenn er sie darum gebeten hätte? Er wusste es nicht, weil er ihr nicht die Chance gegeben hatte, es herauszufinden. Genauso war es wohl, oder? Stattdessen hatte er sie beiseitegeschoben, damit sie sich um Drake kümmerte.

Als würde er sie verstecken. Diese Worte hämmerten sich in sein Gehirn. Oh Gott, war es das, was sie dachte?

Sloane zog sein Handy hervor, aber statt Kat anzurufen, fragte er seinen Fahrer: »Warum hast du bis jetzt gewartet, um es mir zu sagen?«

Ethan errötete. »Kat hat mich angefleht, es nicht anzusprechen. Ich habe ihr meine Eintrittskarte angeboten und außerdem angeboten, bei Drake zu bleiben. Sie hat sowohl mir als auch Sherry gesagt, dass wir es bleiben lassen und dich in Ruhe lassen sollten.«

»Drake war auch dabei, stimmt's?«

»Ja.«

»Scheiße.« Das erklärte Drakes Bemerkungen vorhin. Kat war wahrscheinlich verlegen und gedemütigt gewesen, als sie versuchte zu erklären, warum Sloane sie bei dem Kampf nicht dabeihaben wollte. Diese riesige Veranstaltung voller wohlhabender, prominenter Gäste und mit Eintrittskarten, die so exklusiv waren, dass es eine Warteliste von Leuten gab, die bereit waren, obszöne Summen dafür zu bezahlen.

Er starrte auf das Handy in seiner Hand. Was sollte er ihr sagen? *Hey, tut mir leid, dass ich dich nicht eingeladen habe, aber ich hatte wirklich wichtigere Dinge im Kopf.*

Oder er konnte es auf sich beruhen lassen. Tun, was er tun musste, und es später wiedergutmachen. Ihr sagen, dass er sie beschützt habe, weil er wusste, dass sie Kämpfe hasste, und er sie außerdem nicht in Fosters Nähe haben wollte.

Auch wenn die Wahrheit simpel war – er hatte nicht darüber nachgedacht, wie sich das alles für sie anfühlen musste. Nein, er war zu beschäftigt damit gewesen, über seine große verdammte Entscheidung nachzudenken, und wie er alles bekommen konnte, was er wollte. Er hatte Kat nicht gefragt, ob sie hingehen wollte, weil er sich selbst beschützt hatte.

Er wollte nicht, dass Kat sah, wie er tötete, konnte das Entsetzen nicht ertragen, das er in ihren Augen sehen würde. Also hatte er sie beiseitegeschoben.

»Dreh um. Wir fahren nach Hause.«

Ethan zuckte neben ihm zusammen. »Was?«

»Wir gehen Kat holen. Wenn sie hingehen will, kommt sie mit.«

»Aber Frauen brauchen Zeit, um sich fertigzumachen und solche Sachen, nicht wahr?«

»John und Liza können die Dinge rund um die Kämpfe regeln, bis wir ankommen.« Falls Kat hingehen wollte, würde er dafür sorgen, dass sie es tun konnte. Er hatte das Geld, um das zu regeln. Aber er musste zu ihr fahren, um es herauszufinden. Ihr die Chance geben. Aufhören, sie beiseitezuschieben.

Ihr klarmachen, dass sie ihm alles bedeutete, dass sie an erster Stelle kam.

»Was ist, wenn sie nicht mitgehen will?«

Sloane gehörte zu ihr. »Dann werden wir sie nicht zwingen.« Seine ursprüngliche Anspannung und Erschöpfung fielen bei dieser Entscheidung von ihm ab. Er scrollte seine Kontakte herunter und rief John an, während Ethan sie nach Hause brachte.

Entsetzen packte Kat und lähmte ihren Verstand. Das Messer, das an die Haut von Drakes Hals gepresst war. Foster sollte nicht hier sein. »Sie sollten bei der Veranstaltung in Temecula sein.«

Der Mann kniff die Augen zusammen. »Ich werde hier mehr Spaß haben. Während Michaels diese Show manipuliert hat, habe ich meine eigenen Pläne geschmiedet. Dieser Mistkerl hat wegen einer blöden Schlampe mein Leben zerstört. Es wird Zeit, es ihm heimzuzahlen.«

Lauf. Jede Zelle in ihrem Körper schrie ihr zu, dass sie zur Tür laufen sollte oder in die Garage. Oder in Drakes Badezimmer und die Tür verschließen. Aber sie konnte Drake nicht alleinlassen.

»Komm her«, befahl Foster.

»Lauf weg, Kat!« Drake versuchte, sich in Fosters Griff zu drehen.

Foster riss Drakes Kopf zurück und schnitt über seinen Hals.

»Nein! Oh Gott!« Es geschah so schnell, dass Kat es kaum mitbekam. Einen Augenblick fragte sie sich, ob sie es sich nur eingebildet hatte, aber dann quoll eine dünne rote Linie Blut aus Drakes Kehle hervor. Sie stürzte nach vorn. »Stopp! Ich komme!« Ihr wurde schwindelig, aber sie krallte die Fingernägel in ihre Handflächen. Sie war nah genug, um zu sehen, dass der Schnitt, den Foster Drake zugefügt hatte, nur oberflächlich war. Eher schmerzhaft als gefährlich.

Foster verzog die Lippen zu einem Feixen. »Lass uns sehen, was Michaels Aufmerksamkeit auf dich gelenkt hat. Zieh dich aus.« Er drehte das Messer in der Hand, sodass die Klinge nach unten zeigte. »Schnell, sonst ramme ich ihm das Messer in den Oberschenkel und mache weiter.«

Drake versuchte hektisch, den Kopf zu schütteln, aber Foster spannte den Arm unter seinem Kinn an.

Grenzenloses Entsetzen überkam sie. Er würde sie zwingen, sich auszuziehen. Sie vergewaltigen. Sie beide töten.

Foster hob das Messer.

Er bluffte nicht. »Okay! Ich ziehe mich aus.« Heftig zitternd und mit vor Panik tauben Händen fummelte Kat an ihrem T-Shirt herum, um es sich über den Kopf zu ziehen. Sie konnte nichts gegen diese Situation ausrichten, ihr fiel einfach nichts ein. Aber sie konnte nicht zulassen, dass er Drake weiter wehtat.

»Kleine Titten. Bisher seh ich noch nicht viel. Mach weiter.«

Sie wand sich unter seinem Blick. Ihr wurde ganz übel von der Demütigung. Sie verschränkte die Arme über ihrem BH und versuchte, sich kleiner zu machen. Unsichtbar.

»Tu es nicht, Kat.« Drake wehrte sich und versuchte, gegen den größeren Mann zu kämpfen.

Foster hielt ihn mühelos fest, während er ihr einen Blick zuwarf. »Willst du ihn schreien hören?«

Oh Gott, oh Gott. Sie schlüpfte aus ihren Schuhen, während sie an den Knöpfen ihrer Jeans nestelte. Ihre tauben Finger rutschten immer wieder ab. Was sollte sie tun? Es gab keine Hilfe. Sloane würde erst in Stunden nach Hause kommen. Sie wusste nicht, wo Zack war. Niemand würde kommen.

Foster stach die Spitze des Messers in Drakes Oberschenkel. Der alte Mann ächzte, und sein Körper zuckte unter dem Schmerz.

»Zieh dich nackt aus, Miststück.« Foster drehte das Messer, was Drake einen schwachen Aufschrei entlockte.

»Das mach ich ja. Tun Sie ihm nicht weh.« Heiße, hilflose Tränen rannen ihr übers Gesicht und verstopften ihr die Nase. Sie zwang ihre Jeans an ihren Knien vorbei und trat hinaus.

Fosters Blick glitt niederträchtig und beschämend über ihren BH, ihren Bauch, ihren winzigen Slip bis hin zu den Narben, die von ihrem Knie bis in die Mitte der Wade liefen. Sie bekam eine Gänsehaut, als ungeniert Häme über seine Züge glitt. Als turnten die Narben ihn an.

Vor Entsetzen war ihr ganz übel. Sie hatte sich schon einmal so gefühlt – als ein Mann ihre Arme festgehalten und der andere den Schläger geschwungen hatte.

»Lauf, Kat!«, krächzte Drake abermals gegen den Arm um seinen Hals.

Foster drehte das Messer, stieß es tiefer hinein. Ein schwächliches, gequältes Zischen entrang sich Drakes Kehle.

»Lassen Sie ihn in Ruhe.« Sie schluchzte bei diesen Worten.

Fosters Blick begegnete ihrem. »Okay.« Er zog das Messer heraus und warf Drake wie Müll beiseite. Der alte Mann sackte in der Nähe des Couchtischs zu Boden.

»Drake!« Sie hob den Fuß, musste zu ihm gehen. Ihm helfen.

»Ich werde mit dir spielen.«

Ein weiterer Blick in Fosters Augen entfachte eine animalische Panik, die einen Fluchtreflex bei ihr auslöste. Sie drehte sich um und kam zwei Schritte weit, bevor ihr Bein unter ihr nachgab. *Nein. Oh Gott!* Stolpernd versuchte sie, wieder Tritt zu fassen. Ein Arm legte sich um ihren Hals und riss sie zurück. Würgend zerrte sie mit der Hand verzweifelt an seinem Griff.

Foster wedelte mit dem Messer vor ihrem Gesicht herum. Sie rang nach Atem und bekam Ohrensausen. Sie sah Sterne. Wo war Drake? Lebendig und verängstigt? Gezwungen zu beobachten, was Foster ihr antun würde?

Zorn stieg in ihr auf und schob die Panik beiseite. *Kämpfe. Lebe.* Sie war Drakes einzige Chance. Kat ließ den Arm vorschnellen und schlug Foster das Messer aus der Hand.

Überrascht lockerte er den Würgegriff, in dem er sie hielt.

Ihr Training machte sich bezahlt. Kat drehte sich zur Seite, sodass sie einen Arm zwischen sie beide schieben konnte. Sie stieß ihn in Fosters Schulter und an seinen Kopf. Von Rage und Furcht getrieben zerkratzte sie sein Gesicht.

Befreit wirbelte sie herum, um zu fliehen.

»Dreckige Schlampe!«

»Lauf!« Drake hievte sich am Couchtisch hoch und versuchte, sich auf die Füße zu stellen. Blut befleckte sein Shirt und seine Pyjamahose, aber in seinen Augen stand ein Glitzern ruhiger Entschlossenheit. »Hinaus auf die Terrasse.«

Binnen einer einzigen Sekunde erfasste sie die offenen Türen, dann den Mann, der versuchte, sich zu erheben. Ein einziger Herzschlag, um sich zu entscheiden. Sie konnte vielleicht fliehen, wenn sie Drake zurückließ, damit er für sie starb.

Nein. Sie brachte es nicht fertig.

Kat hielt inne, wirbelte zu Foster herum und nahm Kampfhaltung ein.

Blut tropfte von zahlreichen Kratzern auf Fosters Gesicht. Die Arme ausgebreitet, in einer Hand das Messer, kam er mit Mordlust in den Augen auf sie zu.

Ein weiterer Schritt brachte ihn näher.

»Dafür wirst du bezahlen …«

Er brach ab, weil eine Tür geöffnet wurde. Kat blickte schnell zur Tür, die zur Garage führte. *Was? Wie?*

Sloane war mit zwei langen Schritten im Raum und erstarrte. Seine entspannte Miene war wie weggewischt. Sein Blick wurde eisig. Um ihn herum knisterte die Luft geradezu von unbändiger Wut.

Im nächsten Augenblick sprang er los. Seine Hand schlug auf die Granittheke, und er setzte darüber hinweg.

Foster drehte sich mit erhobenem Messer in seine Richtung.

Kat kam die Galle hoch. Foster würde Sloane verletzen. Sie musste helfen, musste irgendetwas tun.

»Nein. Bleib weg.«

Drakes dünne, zittrige Stimme ließ sie neben ihm auf die Knie fallen. Schmerz schoss durch ihr Bein, und sie hatte Blasenkrämpfe. Es war ihr egal. Drake war wieder auf dem Boden zusammengebrochen. Sein Gesicht war grau und seine Lippen weiß. Stöhnen, Flüche und dumpfe Geräusche tobten rechts von ihr. *Konzentrier dich auf Drake.* Sie schnappte sich ihr Shirt vom Boden und drückte es auf die Wunde in Drakes Oberschenkel.

Ethan kam durch die geöffneten Schiebetüren hereingerannt. Sie wusste nicht, wie oder warum er und Sloane zurückgekehrt waren, sie war einfach dankbar dafür, dass sie es getan hatten. »Hilf Sloane«, flehte sie Ethan an.

»Er braucht meine Hilfe nicht.« Ethan riss sich sein Hemd vom Leib und half ihr hinein. »Die Polizei ist unterwegs.«

Kat reckte den Kopf.

Sloane wehrte Foster ab, der ihm in die Brust stechen wollte, aber die Klinge schnitt durch seinen Ärmel und in seinen Unterarm. Er bemerkte es nicht. Sloane sprang zurück, um einem Hieb zu entgehen, der auf sein Knie zielte, dann trat er Foster ins Gesicht.

Der Mann flog rückwärts und landete einige Schritte von Kat entfernt. Er versuchte, sich abzurollen, doch Sloane war mit einem Satz auf ihm und begann, seinen Kopf mit Fäusten zu traktieren.

Warmes Blut traf ihre Haut. Kat schaute hinab und sah, wie Blutspritzer in den Stoff des schneeweißen Hemdes eindrangen, das Ethan ihr angezogen hatte. Die Geräusche von aufplatzender Haut und knirschenden Knochen hallten in ihren Ohren wider. Sie wollte nicht hinsehen, aber irgendwie tat sie es doch. Ihr Magen schlingerte vor Entsetzen. Fosters Gesicht löste sich in Brei auf.

»Halt ihn auf.« Drakes Finger bohrten sich in ihren Arm. »Kat.«

Drakes flehentliche Bitte riss sie aus ihrem Schockzustand heraus. Aber wie konnte sie zu ihm durchdringen? »Sloane?«

Nichts. Er hörte sie nicht und fuhr fort, mit unbändiger

Wut auf Foster einzudreschen. Mordlust stand ihm ins Gesicht geschrieben, und seine Muskeln spielten unter dem Hemd. Blut quoll aus dem Schnitt an seinem Arm.

Foster bewegte sich nicht.

Zitternd und von Übelkeit gepeinigt streckte Kat die Hand aus und klopfte Sloane dreimal auf den Rücken.

Sein Kopf fuhr herum, sein Blick war fest auf sie gerichtet, während er ihr eine Nahaufnahme von mörderischem Zorn gab.

Er würde ihr nicht wehtun. »Sloane, er liegt am Boden.« Vielleicht tot. Sie wusste es nicht, scherte sich nicht darum. Sie interessierte sich nur für Sloane. Brauchte ein Handtuch für Sloanes Arm. Drake brauchte Hilfe. »Wir brauchen dich.«

Sloane schaute auf den blutenden und geschlagenen Mann unter sich. Der Mistkerl keuchte, also lebte er noch, aber er würde sich in absehbarer Zeit nicht von der Stelle rühren. Es spielte keine Rolle mehr.

Nur Drake und Kat zählten. Sloane trat zu ihnen hinüber. Kat hielt Drakes Kopf auf dem Schoß und beugte sich in einem unbeholfenen Winkel über ihn, während sie versuchte, die Blutung an seinem Oberschenkel zu stoppen. Der Schnitt in Drakes Kehle war nicht tief und verschorfte bereits. Schnell riss Sloane das Bein von Drakes Pyjamahose auf und betrachtete das kleine, gezackte Loch im Oberschenkel des Mannes. Sloane nahm Kat das T-Shirt aus der Hand und drückte es fest auf die Wunde.

Ethan legte eine Decke um Kat und reichte ihr die Sauerstoffmaske für Drake. Dann kniete er sich neben Sloane hin und schlang ein Handtuch um dessen Arm. »Halt das fest, ich werde Drake übernehmen.«

Sloane presste das Handtuch auf die Stichwunde.

Drakes Finger strichen über Sloanes Bein. »Kat wollte mich nicht allein lassen. Ich habe alles versucht, sie dazu zu bringen.«

Sloane vergaß seine Wunde, ergriff Drakes Hand und schaute seinem Mentor in die Augen. Zärtlichkeit überwältigte ihn. »Kat liebt dich. Sie lässt ihre Freunde nicht im Stich.« Oder ihren Geliebten. *Ihn.* Mit Drakes Hand in seiner rutschte er zu Kat hinüber und legte den Arm um sie, wobei er vorsichtig auf Drakes Kopf in ihrem Schoß achtete. Drake war bereit gewesen zu sterben, um sie zu beschützen, und Kat war entschlossen gewesen, für Drake zu kämpfen.

Sie hob den Blick. »Woher hast du gewusst, dass du zurückkommen musstest?«

Er schüttelte den Kopf, immer noch außerstande, es zu glauben. »Ich habe es nicht gewusst. Ich wollte dich holen kommen. Ich habe dich nie gefragt, ob du heute Abend mitgehen wolltest … Ich bin gekommen, um das nachzuholen. Und wenn du nicht hättest gehen wollen, dann wäre ich hier bei dir geblieben. Aber ich hatte keine Ahnung, dass Foster hier war, bis ich hereinkam. Zacks Wagen stand in der Einfahrt. Alles sah normal aus.«

Ethan fügte hinzu: »Ich bin hinter Sloane hereingekommen und habe gesehen, was los war. Dann bin ich nach hinten gelaufen, während ich den Notruf gewählt habe, und bin auf diesem Weg hereingekommen, um euch zwei rauszuholen.«

Sloane betrachtete den Mann, der ihm wie ein jüngerer Bruder ans Herz gewachsen war. »Das ist der Grund, warum ich dir das Leben der Frau anvertraue, die ich liebe. Deine Prioritäten setzt du glasklar.«

»Ich bin nur froh, dass wir zurückgekommen sind.«

Gott, wenn sie nicht zurückgekommen wären …

Aber sie waren zurückgekommen. Es war knapp gewesen, aber er war zurückgekommen. Sloane zog Kat fester an sich. »Du stehst an erster Stelle, Kätzchen. Und das wird auch immer so bleiben.«

Während Sirenen durch die Nacht schrillten, hielt Sloane seine Familie in den Armen.

24

»Sloane.«

Er schreckte in dem Liegesessel in Drakes Zimmer aus dem Schlaf und sprang auf die Füße. Kat schlief neben dem älteren Mann auf dem Bett. Sie waren den größten Teil der Nacht mit ihm auf gewesen. Am heutigen Tag hatten die Menschen sie in Scharen besucht, darunter Kats Eltern, ihr Bruder und seine Verlobte sowie Kellen und Diego, die sich um sie Sorgen machten. Dann John, Sherry und einige der Jugendlichen, die gekommen waren, um Drake Lebewohl zu sagen.

Vierundzwanzig Stunden lang war er davongeglitten, größtenteils schlafend, wenn nicht bewusstlos. Vor ein oder zwei Stunden hatte John alle weggeschickt. Er und Sherry hatten ihren persönlichen Moment mit Drake gehabt und waren dann gegangen. Ethan hatte ebenfalls seinen Moment gehabt und sich dann ins Gästehaus zurückgezogen, um Sloane und Kat diese letzten Stunden mit Drake zu geben.

Aber jetzt war Drake erwacht, und Sloane blickte ihm in die überraschend klaren blauen Augen. »Ich dachte, du würdest länger schlafen.«

Kat erwachte verwirrt. »Was ist los?«

Drake nahm ihre Hand, hielt aber den Blick auf Sloane gerichtet, als er sagte: »Ich würde gern das Meer sehen.«

Kat schaute auf die Uhr. »Es ist kurz vor Sonnenuntergang. Du wirst frieren.«

Ein winziges Lächeln erschien auf Drakes Zügen. »Das wird keine Rolle spielen.«

Sloane schloss die Augen angesichts des Gewichtes dieser Worte. Drake ging fort. Unerträglicher Schmerz schnitt ihm in die Brust.

Kat berührte seine Hand. »Können wir ihn nach draußen schaffen?«

Er öffnete die Augen und sah sie fest an. Vor nicht allzu langer Zeit hätte sie sich voller Entsetzen in seine Arme geworfen, hätte seine Stärke gesucht. Jetzt war sie seine. »Ich werde ihn tragen.«

»Dein Arm.« Sie schaute zu dem Verband über den Stichwunden.

Nichts spielte eine Rolle, wenn es darum ging, Drake seine letzten Momente schön zu machen. Er wollte den Ozean sehen, Sloane würde dafür sorgen, dass es geschah. »Es ist okay. Hol eine Decke.«

Kat schlüpfte aus dem Bett.

Sloane beugte sich vor und nahm den Sauerstoffschlauch von Drakes Gesicht. Dann schob er die Arme unter ihn, hob den Mann hoch und trug ihn hinaus auf die Terrasse, die Stufen hinunter und über den Sand bis an den Rand des Ozeans.

Er setzte sich hin und lehnte Drakes Rücken an seine Brust. Drake hatte einen zornigen, trauernden Jungen aufgenommen und ihn zu einem Mann erzogen. Sloane hatte Mühe, ihm zu sagen, was das für ihn bedeutete. »Ich danke dir, Drake. Du warst mir ein Vater. Du bist der Mann, der ich gern sein möchte.«

Drake legte eine Hand auf Sloanes Arm. »Du bist der Sohn, den ich mir ausgesucht habe.«

Der Schmerz in Sloanes Brust wurde stärker, und seine Augen brannten, als Kat vorsichtig durch den Sand kam. Sie legte sanft die Decke um Drake, dann zögerte sie.

Als er ihre Unsicherheit sah, zog Sloane sie zu sich herunter, lehnte sie gegen Drakes Seite und breitete die Decke über sie alle drei. »Bleib bei uns.« Er konnte jetzt nicht ohne sie sein. Sie gehörte zu ihm, in diesem Moment und immer.

Kat barg Drakes Hand in ihrer. »Ich werde dich nie vergessen.«

Ihre Stimme brach. »Du bist mein Freund.«

Sloanes Hals wurde eng. Der Schmerz, der sie alle überflutete, war so gewaltig und so tief wie das Meer.

Drake drehte langsam den Kopf. »Mein Laptop.«

Kat schob sich näher an ihn heran, um sein raues Flüstern zu verstehen. »Was ist damit?«

Drake schluckte und mühte sich, die Worte herauszubringen. »Hab dich nicht vergessen.«

Tränen stiegen ihr in die Augen und liefen ihr über die Wangen. »Ein Brief für mich?«

Drake senkte das Kinn zu einem Nicken.

Sloane ging das Herz über vor so viel Schmerz und so viel Liebe für sie beide. Drake, der Mann, der einen gepeinigten, zornigen Jungen gerettet hatte, und Kat, die diesen Mann gelehrt hatte zu lieben.

Drake lehnte an Sloanes Brust, während Kat die Hand des älteren Mannes hielt. Die Wellen hoben und senkten sich, während die Sonne im Meer versank und eine weiche Decke der Dunkelheit über sie breitete.

Drake schlüpfte leise davon, ließ einfach los.

Sloane krampfte die Arme um ihn, versuchte instinktiv, den einzigen Vater zu behalten, den er je gekannt hatte.

Kat wischte sich das Gesicht an der Decke ab, dann erhob sie sich auf die Knie und küsste Drake auf die Wange. »Höre, wie es klingt, Drake. Du bist jetzt frei.«

Als sie den Blick auf Sloane richtete, stand der Verlust ihr in das tränenüberströmte Gesicht geschrieben, und doch auch solche Liebe, dass es ihn vollkommen erschütterte.

Drake war tot.

Er erfasste die schreckliche Realität, und sie brach ihm das Herz. Er zog Kat an sich und hielt sich an ihr fest, während der emotionale Sturm in ihm wütete.

Schließlich sagte Kat: »Ich werde anrufen.«

Sie mussten Drakes Arzt verständigen. Aber er konnte es nicht, nicht jetzt. »Ich bin noch nicht bereit, ihn gehen zu lassen.« Drakes Gewicht lastete auf Sloane, ein Gewicht, das er bereitwillig trug. Der Mann hatte sich Sloane anvertraut, ihn zu halten, während er starb. Erneut hatte er einen Kloß im Hals. Er brauchte noch eine Minute.

Kat legte ihm eine Hand an die Wange und zog seinen Blick auf sich. »Nimm dir all die Zeit, die du brauchst. Du bist für immer der Sohn, den er in seinem Herzen trägt.«

Ihre Augen schimmerten voller Verständnis, und das beruhigte ihn. Niemand würde ihm Drake wegnehmen. Sie würden warten, bis er bereit war loszulassen. Kat drückte die Lippen auf Sloanes Schläfe, dann benutzte sie seine Schulter, um sich hochzuziehen, und ging ins Haus.

Er wusste nicht, wie lange er so dasaß, während Trauer tief in seine Seele schnitt. Die Wellen behielten ihren stetigen Rhythmus bei, während die Sonne im Meer versank. Der

Mond ging auf, und Sloane begriff, dass er bereit war loszulassen. Drake war frei von Schmerz und hatte seinen Frieden, aber sein Vermächtnis würde in den Jungen, die er von der Straße geholt hatte, weiterleben.

Sloane würde dafür sorgen.

Zehn Tage später

Kat schwamm ihre letzte Runde in dem beheizten Pool auf Sloanes Anwesen in Montecito, Kalifornien. Der üppige Garten war ihr Lieblingsplatz. Sloane hatte recht daran getan, sie hierherzubringen, damit sie sich ausruhen und erholen konnten. Kellens Eltern kümmerten sich währenddessen um ihre Konditorei. Es war ihr erster Urlaub, seit sie Sugar Dancer übernommen hatte.

Sie stieg die Stufen hinauf.

Große Hände streckten sich ihr entgegen, hoben sie aus dem Wasser, und Sloane nahm sie in die Arme. »Ich habe Margaritas gemacht.«

Er trug halblange Shorts und hatte einige neue Fältchen um die Augen. Seit dem Überfall und dem Verlust von Drake hatten sie beide Albträume und Momente großer Trauer. Aber sie hatten einander, und das machte alles erträglich.

Kat schlang die Beine um ihn, wohl wissend, dass er sie festhalten würde. »Wann hast du angefangen, Margaritas zu trinken?« Sie hatte ihn bisher nur Bier oder ein Glas Wein trinken sehen. Nach Drakes Tod hatte Sloane nicht mehr als ein oder zwei Gläser Bier getrunken.

»Als wir hierhergefahren sind, hast du nebenbei bemerkt, wie sehr dir die Margaritas geschmeckt haben, die Sherry gemacht hat, während ich in Brasilien war und ihr zwei eure Zeit mit Drake verbracht habt.«

Sie schloss die Augen und genoss es, dass er ihren kleinen Kommentar registriert und etwas so Liebenswertes getan hatte. »Ich will nicht schon wieder weinen.«

»Margaritas bringen dich zum Weinen?«

Sie öffnete die Augen. »Du rührst mich zu Tränen mit der Art, wie du mich liebst.« Es fiel ihr jetzt leichter, das auszusprechen, leichter, es zu glauben. Sie hatte aus erster Hand erfahren, wie Sloane seine Schwester und Drake geliebt hatte. Sloanes Liebe war mächtig und unerschütterlich.

Er hielt sie fester umfasst, während er sie zu dem Innenhof trug, der einen Blick auf den traumhaften, mit Bäumen gesäumten Garten bot. Sloane wickelte sie in ein dickes Handtuch ein, dann ließ er sich auf einer riesigen Sonnenliege nieder und zog sie auf sich.

Er zupfte an ihrem Haar, um ihre Aufmerksamkeit zu erregen. »Ich habe es vermasselt und hätte dich beinahe verloren. Der Moment, als ich hereinkam und dich vor Drake stehen sah, wie du dich Foster gestellt hast … dieses Bild wird mich für immer verfolgen. Ich habe einen Kampf mit einem gottverdammten Killer dir vorgezogen.« Er holte Luft. »Eine Margarita kann das nicht wiedergutmachen.«

Sie hatten wieder und wieder darüber geredet, versucht, ihre schrecklichen Erinnerungen zu verarbeiten, um ihre Trauer und ihre Ängste zu überwinden. Sie wollte nicht, dass Sloane sich die Schuld gab. »Du brauchst nichts wiedergutzumachen, du bist zurückgekommen. Du hast dich für uns entschieden – für mich und Drake. Das ist es, was zählt.« Sloane hatte nicht gewusst, dass sie in Gefahr waren. Foster hatte die beiden Ermittler, die ihn verfolgten, mit Drogen betäubt, sodass alle einfach angenommen hatten, er sei auf dem Weg zu der Veranstaltung.

»Ich habe dir an diesem Tag wehgetan. Ich bin fortgegangen, ohne dir gesagt zu haben, dass du mein Ein und Alles bist. Deshalb bin ich zurückgekommen. Ich musste dir sagen, dass ich dich liebe und dass du an erster Stelle stehst. Und ich glaube …«, Sloane richtete den Blick in die Ferne, »… vielleicht wollte ich auch, dass Drake stolz auf mich ist.«

»Er hat dir in dem Brief geschrieben, wie stolz er auf dich war.« Kat hatte geweint, als sie gelesen hatte, wie sehr Drake Sloane zu lieben und zu respektieren gelernt hatte und wie stolz er auf ihn war. Drake waren alle Jugendlichen, die er betreut hatte, wichtig gewesen, aber er hatte Sloane als seine wahre Familie bezeichnet.

Sloane richtete den Blick wieder auf sie und nickte langsam. »Ich weiß nicht, wer mein Spermaspender ist, aber Drake ist in jeder erdenklichen Weise mein Vater gewesen.« Sloane lächelte und befingerte eine Strähne ihres Haars. »Und er hat dich geliebt.«

Ihre Kehle schnürte sich zu bei dem Gedanken an den Brief, den Drake ihr hinterlassen hatte. Sie hatte ihn in der Nacht nach Drakes Tod gelesen, während Sloane am Strand gesessen hatte, und sie hatte jedes Wort auswendig gelernt.

Liebste Kat, als ich mich endlich mit der Realität abgefunden hatte, dass ich diesen Krebs nicht besiegen würde, wusste ich, dass ich ohne den Trost einer Frau sterben würde. Keine Ehefrau, Geliebte, Tochter, nicht einmal eine Nichte. Das war deprimierend, aber ich habe mir mehr Sorgen um Sloane gemacht. Er hat sich geweigert, eine Frau emotional an sich he-

rankommen zu lassen (du hast seine Mutter kennengelernt!), und ich habe befürchtet, dass der Junge, den ich so sehr liebe, ebenso allein enden würde wie ich.

Dann bist du in unser Leben getreten und hast uns beide gerettet. Du hast mir Freundschaft geschenkt, hast die letzten Wochen meines Lebens mit inniger Liebe, warmem Trost und heilsamem Lachen erfüllt. Und du hast Sloane dein Herz gegeben und ihn gelehrt, dass er es wert ist, geliebt zu werden. Zu beobachten wie er sich in dich verliebt hat und zu einem besseren Mann geworden ist (und er war bereits ein verdammt guter), war eine der größten Freuden meines Lebens. Vertraue auf seine Liebe. Er wird dich nicht enttäuschen.

Kat, du bist eine starke Frau mit einem wunderbaren Herzen. Danke, dass du meine Freundin warst, als ich dich am meisten gebraucht habe. Ich habe dich als kostbaren Teil meiner Familie lieben gelernt. Du sollst wissen, dass ich in Frieden gehe, weil ich Sloane bei dir lassen kann. Lebe, liebe und sei glücklich, bis wir uns wiedersehen.

In Liebe, Drake.

Eine Welle des Schmerzes und der Liebe erfüllte Kats Herz. »Er hat mich nicht vergessen.«

Sloanes Blick wurde weich. »Es ist schwer, dich zu vergessen, Baby. Drake hat das nicht einfach so dahergesagt, er hat die Wahrheit gesagt. Ihr zwei hattet eine besondere Verbindung, die ihm seine letzten Wochen und Tage leichter gemacht hat.«

Sie zeichnete mit dem Finger sein Schlüsselbein nach. »Am meisten bedaure ich, dass ich Foster nicht daran hindern konnte, Drake wehzutun. Ich war wie gelähmt und bin in Panik geraten, und dieser Mistkerl hat einen hilflosen, sterbenden Mann verletzt.« Ihr Magen krampfte sich zusammen, wann immer sie daran dachte.

»Schätzchen.« Seine Stimme war belegt. »Du hättest weglaufen sollen, nicht Drake beschützen. Weißt du denn nicht, dass er bereitwillig für dich gestorben wäre?«

Verdammt. Sie würde gleich wieder weinen und blinzelte entschlossen gegen die Tränen an. »Ich konnte ihn nicht verlassen. David hat mich verlassen, als wir angegriffen wurden, er hat mich losgelassen. Ich wollte das Drake nicht antun.« Es wäre absolut tragisch gewesen, wenn Sloane nicht diese letzten, schmerzhaft schönen Momente mit Drake gehabt hätte.

Sloane streichelte ihr den Rücken unter dem Handtuch. »Es wäre einfacher gewesen, wenn ich mich in einen Feigling verliebt hätte, aber stattdessen habe ich mich in dich verknallt, mein mutiges Kätzchen. Jetzt werde ich den Rest meines Lebens damit verbringen, eine Todesangst zu haben, dass du dich umbringen lässt, weil du jemanden beschützt, der sich nicht selbst beschützen kann.«

Kat legte Sloane eine Hand auf die Brust. Bei ihrem Überfall vor sechs Jahren hatte sie niemanden gehabt, mit dem sie wirklich reden konnte. Aber jetzt hatte sie Sloane, zusammen verarbeiteten sie langsam das schreckliche Erlebnis. »Drake hat mich mehr über Mitgefühl gelehrt als jeder andere, dem ich je begegnet bin. Er hat einen Fehler gemacht, aber er hat ihn eingestanden und versucht, seine Lehren daraus zu ziehen. Was ich getan habe, war nicht mutig. Das gebot die Freundschaft mit Drake.«

Sloane strich mit seiner großen Hand über ihre trocknende Haut, sein Körper war warm und fest unter ihr. »Es spielt keine Rolle, welche Gründe du dafür anführst, du warst für ihn da.«

Sie lächelte sanft. »Und du warst für uns da.«

»Gott sei Dank.«

»Ich wünschte, wir hätten auch Zack retten können.« Sie waren zu dem Begräbnis des Pflegers gegangen, und Sloane kümmerte sich um alle Kosten, aber es ließ sich nicht wiedergutmachen. Foster hatte Zack ermordet und dann seinen Wagen benutzt, um sich Zutritt zu Sloanes Grundstück zu verschaffen. Sein Tod hatte sie hart getroffen.

In Sloanes Augen spiegelte sich ihre Trauer. »Ich dachte, ich hätte Foster genug angestachelt, um sich in diesem Kampf gegen mich zu behaupten.«

Kat hob den Kopf. »Hättest du ihn getötet?«

Er hielt in seinem Streicheln inne, und seine Hand auf ihrem Rücken verkrampfte sich. »Ich weiß es nicht. Ich wünschte, ich könnte dir sagen, dass ich es nicht getan hätte, aber ich glaube nicht, dass ich aufgehört hätte, wenn du nicht da gewesen wärst.«

Er war ehrlich zu ihr gewesen, also stellte sie die Frage, die ihr zu schaffen machte. »Bereust du es, ihn nicht getötet zu haben?« Foster lebte und war im Gefängniskrankenhaus. Wenn er seine Verletzungen überlebte, würde er wegen des Mordes an Zack und des Angriffs auf sie und Drake vor Gericht gestellt werden. Es kümmerte sie nicht, ob er lebte oder starb, aber sie wollte nicht, dass die Tatsache, dass sie Sloane daran gehindert hatte, ihn zu töten, zwischen ihnen stand.

Er schob ihr das Haar aus dem Gesicht. »Nein. Du hast mich gebraucht, und das ist wichtiger als alles andere.«

Sie öffnete den Mund, um ihm zu sagen, wie sehr sie ihn

liebte, da klingelte ihr Handy. Sloane nahm es vom Beistelltisch und reichte es ihr.

Sie schaute überrascht auf den Bildschirm, sammelte sich und nahm den Anruf entgegen. »Hi, Anna, was liegt an?« Es war gegen vier Uhr nachmittags, stimmte in der Bäckerei irgendetwas nicht?

»Hi, Kat. Ich würde dich nicht während deiner Reise stören, aber ich bin zu aufgeregt, um zu warten, bis du zurückkommst.«

Neugier erwachte in Kat. »Aufgeregt worüber?«

»Zwei der Shows, an die wir deine Werbefilme geschickt haben, haben angebissen. Sie wollen dich beide für eine ihrer Folgen. Das ist einfach großartig. Wir haben es geschafft.«

»Zwei?« Zwei Shows wollten sie. Auf einmal hatte sie Schmetterlinge im Bauch. Nervosität, Furcht und Glück vermischten sich miteinander. Kat sah Sloane an. »Ich soll in zwei Shows auftreten.«

Diese Züge, die sie liebte, und die bisweilen so unerbittlich waren, verzogen sich zu einem Lächeln, das ihre Augen leuchten ließ. »Sag Ja. Es ist an der Zeit zu glänzen, kleine Bäckerin.«

Gott, sie liebte ihn. Es gab kein Gefühl, das dem vergleichbar war. »Anna, lass uns zusagen.«

Anna lachte. Ihre Freude war ansteckend. »Puh, das ist gut, weil ich bereits zugesagt habe. Grüß Sloane von mir, und wir besprechen das, wenn ihr zurück seid.« Sie legte auf.

»Ich bin stolz auf dich, Kat. So verdammt stolz.«

Ihr wurde ganz heiß. Sie ließ ihr Telefon auf den Tisch neben die beiden Margaritas fallen und erwiderte: »Ich habe ein wenig Angst. Was ist, wenn ich es vermassele? Oder eine Panikattacke bekomme?«

Sloane ließ sich einen Moment Zeit mit der Antwort. »Ich werde bei den Aufnahmen dabei sein. Kel kann ebenfalls mitkommen. Ich kenne seinen Boss, er wird ihm den Tag freigeben. Du wirst nicht scheitern, Schätzchen. Du weißt, was du tust.«

»Ich könnte in Panik geraten.«

Er nickte. »Na und? Du versteckst nicht mehr dein wahres Ich. Wenn du in Panik gerätst, werde ich da sein, um dir darüber hinwegzuhelfen. Dann backst du, was das Zeug hält. Welche süße Sünde auch immer.«

Kat blinzelte, dann musste sie so sehr lachen, dass sie sich verschluckte. Gott, es tat so gut, wieder zu lachen. Trauer und Trauma verschwanden nicht wie ein Sommergewitter, aber in der Lage zu sein zu lachen, war ein Zeichen dafür, dass sie lebten und es ihnen schon besser ging.

Sloane schob sie neben sich, dann reichte er ihr eine etwas angewärmte Margarita und nahm die andere für sich selbst. »Auf den Erfolg, Baby. Du wirst gewinnen und mein Star sein.«

Kat schaute in die Augen des Mannes, der sie genauso liebte, wie sie war, während er sie in ihren Bemühungen, über sich hinauszuwachsen, unterstützte. »Ich habe bereits gewonnen. Ich habe dich.«

Epilog

Sechs Monate später
San Francisco, Kalifornien

Kat hätte erschöpft sein müssen, aber sie war in Hochstimmung. Ihr Tag der offenen Tür bei Sugar Dancer in San Francisco war ein riesiger Erfolg gewesen. Reporter berichteten darüber, Restaurantkritiker waren vorbeigekommen, Blogger hatten ihre Tische gefüllt, und so viele potenzielle Kunden waren ein und aus gegangen, dass es wie ein Wirbelwind purer Aufregung gewesen war. Während die Limousine durch die dunklen Straßen glitt, ertappte Kat sich dabei, dass sie drauflosplapperte. »Ich rede zu viel.«

Sloane schlang den Arm um sie und zog sie näher an sich. »Den Teufel tust du. Ich will alles hören.«

Hoffentlich würde ihr Grinsen nicht ihre Gesichtsmuskeln ausleiern. Trotz allem, was sie durchgemacht hatten, hatten Sloane und sie eine Menge, wofür sie dankbar sein konnten. Sie hatten nicht an der Verhandlung gegen Foster oder David teilnehmen müssen. Lee Foster war einen Monat nach dem Angriff an einem Blutgerinnsel gestorben, und David hatte ein strafminderndes Geständnis wegen Finns Ermordung gemacht. Sie und Sloane hatten sich von all dem erholt und bauten eine großartige Beziehung auf. Ganz gleich, wie beschäftigt sie waren, er gab ihr immer das Gefühl, wichtig zu sein. So wie jetzt, als er sich die Zeit nahm, um ihr aufgeregtes Geplapper anzuhören.

Kat schaute lächelnd zu ihm auf. »Du warst heute dabei, du hast alles mitbekommen, was vor sich gegangen ist.« Er war gestern Nacht mit dem Flugzeug nach San Francisco gekommen. Heute hatte er ihre Freunde und Familie einfliegen lassen. Kat und ihre Eltern fanden langsam zu einer neuen Beziehung, und Sloane unterstützte das.

Aber Sloane wollte nichts mit seiner Mutter zu tun haben. Kat respektierte seine Entscheidung, vor allem nachdem sie sie kennengelernt hatte. Die Frau war eine Giftschleuder.

»Nicht den ganzen Tag. Ich bin einige Male weg gewesen.« Er sah sie stirnrunzelnd an. »Ich musste mir diese Cupcakes abtrainieren. Ich habe möglicherweise eine Sucht entwickelt.«

Kat verdrehte die Augen. »Ja, du wirst fett.« Er trainierte immer noch hart und hielt sich in bester Verfassung mit seinen Kampfkünsten. Kat konnte ihm stundenlang zusehen.

»Ach ja? Dann werden wir einfach mehr miteinander trainieren müssen.«

Kat würde wegen ihres Beines niemals besser werden, als sie es jetzt war, aber es machte weder ihr noch Sloane etwas aus. »Ja? Ich bin mir allerdings ziemlich sicher, dass Hardcore-Training nicht damit enden sollte, dass ich mich nackt und mit deiner Bandage gefesselt wiederfinde.«

»Nicht, wenn du es richtig machst.« Er beugte sich vor und drückte seinen Mund auf ihren. Einen Moment später lehnte er sich zurück, und sein Blick wanderte über ihr Kleid mit dem langen, durchsichtigen Rock über einem kürzeren Unterrock hinunter. »Du trägst diese Kleider, um mich zu foltern.« Sloane schlang die Hand um ihre Wade und legte ihr Bein auf seinen Oberschenkel.

»Du magst es.« Das kam ein wenig atemloser heraus als beabsichtigt. Sie waren jetzt seit über acht Monaten zusammen, und die Chemie zwischen ihnen stimmte mehr denn je.

»Ich liebe dich und dein Kleid.« Er ließ die Finger höher wandern und liebkoste ihre empfindliche Kniekehle.

Blitze der Wonne rasten ihr Bein hinauf und ballten sich in ihrem Leib zusammen. »Vielleicht sollten wir das Abendessen ausfallen lassen und nach Hause in die Wohnung fahren. Wir können später etwas kochen.«

»Nein. Ich führe dich zur Feier des Tages zum Abendessen ins *Waterbar*. Ich musste dich den ganzen Tag über mit anderen teilen. Jetzt gehörst du ganz mir.« Er streichelte ein paar Zentimeter höher ihren Oberschenkel und ließ die Finger zu ihrem Knie zurückwandern.

»Du neckst mich.«

»Nicht wegen des Abendessens. Du hast erwähnt, dass du in das Restaurant gehen möchtest, also gehen wir hin. Betrachte das als mein Premierengeschenk.«

»Was war dann die Wohnung, die du gekauft hast, damit ich einen Platz zum Bleiben habe, wenn ich hier bin?«

Sein Blick wurde ernst. »Das fällt unter die Ausgaben für deine Sicherheit, und du hast dabei kein Mitspracherecht. Das war unsere Abmachung. Diese Wohnung gibt dir Sicherheit.«

»Aber sie läuft auf meinen Namen.« Sie hatte lange und vehement dagegen protestiert und den Kampf verloren.

Er zuckte die Achseln. »Ein bürokratischer Irrtum. Ist eben passiert.«

»Sloane.«

»Hör auf zu jammern. Ich habe nichts getan, um dir bei Sugar Dancer zu helfen. Du hast das alles allein gemacht.«

Glaubte er das wirklich? Kat lehnte den Kopf wieder an seinen Arm und schaute in seine Augen auf. »Du irrst dich. Ich habe das nicht allein gemacht.«

»Wie bitte? Ich weiß, dass ich dir nicht geholfen habe.«

Kat zog seine Hand von ihrem Oberschenkel und zu ihrem Herzen hinauf. »Du hast mich emotional auf jedem Schritt des Weges unterstützt.« Er hatte ihr durch eine Panikattacke geholfen, unmittelbar vor der Aufnahme der ersten Backshow. Sloane hatte ihre Hand gehalten, während sie die Konditorei gekauft und umgebaut hatte, während sie Personal engagiert und ausgebildet hatte … Er war ihr Fels in der Brandung, ihr sicherer Ort. »Das bedeutet mehr für mich als alles, was du mit deinen Millionen kaufen kannst.«

»Es funktioniert in beide Richtungen, Kätzchen.«

Kat hatte einen Kloß in der Kehle bei dem Gedanken an Sloanes Entscheidung, eine Menge Arbeit mit SLAM an John und Liza zu delegieren, damit er sich darauf konzentrieren konnte, dass Drake Vaughn Center für gestrandete Jugendliche zu bauen. Er war so leidenschaftlich bei der Sache, was Fighters to Mentors und dieses Zentrum betraf, das ein Teil dieses Programms sein würde. Als die Limousine vor dem Restaurant hielt, drückte Kat seine Hand. »Drakes Vermächtnis. Und du verwirklichst es.« Sie war so stolz auf ihn.

»Wir verwirklichen es.«

Die Tür der Limousine wurde geöffnet, und Levi streckte die Hand aus. »Kat, pass auf, wo du hintrittst.«

Sie lächelte den Mann, der Anfang zwanzig war, an, ein

weiterer von Sloanes Jungs, die jetzt einen Limousinenservice betrieben. Sie ließ sich von ihm beim Aussteigen helfen und ihr Halt geben, als sie ihr rechtes Bein testete. »Danke, Levi.«

»Jederzeit.«

Sobald sie im Restaurant waren, reckte Kat den Hals, um zur Bay Bridge hinüberzuschauen.

Mit seiner Hand auf ihrem Rücken beugte Sloane sich dicht zu ihr vor und sagte: »Von oben ist die Aussicht besser. Komm mit.« Er winkte den Kellner weg. »Ich kenne mich aus.«

Nachdem er sie in das obere Stockwerk geführt hatte, betrachtete Kat all die Tische, die mit schneeweißen Tischdecken und wunderschönem Geschirr gedeckt waren, aber kein einziger Gast saß da. Der ganze Raum war verlassen. »Oh, ist dieser Bereich geschlossen?«

Er schlüpfte aus seinem Jackett. »Das Restaurant gehört heute Abend uns allein. Wir werden auf die Terrasse hinausgehen, aber zieh das drüber.« Er hielt ihr das Jackett hin.

Kat schlüpfte hinein, seine Körperwärme und sein würziger Duft umgaben sie sofort. Die Ärmel reichten ihr bis über die Hände, daher krempelte Sloane sie auf. Ihr Puls begann zu rasen. »Was hast du ausgeheckt?«

Die bernsteinfarbenen Einsprengsel in seinen hellbraunen Augen glänzten. »Ich hab's dir gesagt, Baby. Ich teile dich heute mit niemandem.« Er führte sie zu den Türen hinaus in die kühle Nacht von San Francisco.

»Du hast die ganze obere Etage des Restaurants gemietet?«

»Ja.« Sie blieben am Geländer stehen. »Hör auf, mich anzustarren, und schau dir die Brücke an. Ich habe dich wegen dieser prächtigen Aussicht hierhergebracht.«

Kat drehte sich um, um die Bay Bridge in voller Länge zu bewundern, die sich über den Nachthimmel spannte, beleuchtet von Tausenden von Lichtern. Es war so atemberaubend, dass sie kaum Luft bekam. Die majestätische Brücke schien so nah, als könne man die Hand ausstrecken und sie berühren.

»Gefällt es dir?«

»Es ist traumhaft. Ich meine, ich kenne die Brücke zwar, aber diese Aussicht … ist umwerfend.«

Er legte den Arm um sie und zog sie an sich. Der Wind spielte mit ihrem Haar und ließ den Rock um ihre Beine flattern. Sie scherte sich nicht um den Wind oder die Kühle. Sie hätte ewig hier stehen können, um diese Aussicht mit dem Mann, den sie liebte, in sich aufzunehmen.

»Ein perfektes Ende für einen großartigen Tag. Ich danke dir.« Sie seufzte und schaute zu ihm auf. »Wenn ich mich an den heutigen Tag erinnere, wird dies immer mein liebster Augenblick sein.«

Er streifte mit seinem Mund den ihren. »Weißt du, was mein liebster Augenblick war?«

Nun, es war nicht schwer zu erraten, da er sie hochgehoben und sie umarmt hatte, während sie fotografiert worden waren.

»Saras deutscher Schokoladenkuchen.« Sie hatte ihn vorhin anlässlich des Tages der offenen Tür als Spezialität von Sugar Dancer San Francisco enthüllt.

Sloanes Miene wurde weich. »Du hast es geplant, als du mich gefragt hast, was ihr Lieblingskuchen war.«

Sie hatte ihr Herzblut in das Rezept eines Kuchens fließen

lassen, der Saras Andenken würdig war. Sloanes Reaktion zu sehen war besser, als die Wettbewerbe in den Backshows zu gewinnen. »Es hat eine Weile gedauert, ihn genau richtig hinzubekommen.«

»Sie hätte den Kuchen gemocht und auch, dass etwas nach ihr benannt wurde.« Sloane ließ die violetten Strähnchen in ihrem Haar durch seine Finger gleiten. »Wirst du auch etwas nach mir benennen?«

»Ich habe darüber nachgedacht, aber mir fällt keine Süßigkeit ein, die speziell genug ist, um sie nach dir zu benennen. Es muss genau passen.« Sie umklammerte das Geländer fester und musterte die Brücke. »Selbst eine Kopie dieser Brücke würde die Kraft, die du ausstrahlst, nicht einfangen.«

Er lächelte sie an und ergriff ihre Hand. »Es gibt da eine Sache, der ich sehr gerne meinen Namen geben würde.«

Seine Finger schlangen sich um ihre. »Wirklich?« Ihre Zitronencupcakes?

»Dich.«

Sie wurde ganz blass. »Was?«

Sloane streckte seine andere Hand aus, in der eine samtene Schachtel lag. »Heirate mich, Kat. Mach meinen Namen zu unserem Namen. Das würde mich glücklich machen.« Er zog den Ring heraus, ergriff ihre Hand und schob ihr den Ring über den Finger. »Du hast mir erzählt, dass deine Großmutter nur wollte, dass du die Musik fühlst, erinnerst du dich?«

Ihr Herz hämmerte. »Ja, ich erinnere mich.« Träumte sie gerade?

»So ist es für mich, dich in meinem Leben zu haben. Ich fühle die Musik, Kätzchen, jeden Tag mit dir. Willst du mich heiraten?«

Der Wind wehte über sie hinweg, ein Geruch von Meer und Liebe lag in der Luft. »Ja. Ich liebe dich so sehr. Aber du brauchst mir keinen Ring zu schenken.« Sie trug niemals Ringe, hatte es seit ihrer letzten katastrophalen Verlobung nicht getan.

In Sloanes Augen standen Liebe, Verlangen, Zärtlichkeit und ein Glitzern der Erheiterung. »Schätzchen, schau dir den Ring an.«

Kat vertraute ihm, vertraute darauf, dass er sie kannte. Sie ließ ihn ihre Hand anheben. Die Lichter der Bay Bridge funkelten über den beiden schmalen mit winzigen Brillanten verzierten Platinringen, die wie Tänzer ineinandergeschlungen waren und bei jeder Bewegung funkelten. Schlicht und elegant. Sie liebte den Ring beinahe so sehr, wie sie ihn liebte. »Er ist wunderschön und sinnlich.«

»Mein Juwelier hat ihn entworfen, nachdem ich ihm Schnappschüsse von den Bildern im Sugar Dancer gezeigt habe. Dein Ring ist erstaunlich preiswert, fürchte ich. Obwohl er für dich angefertigt wurde. Mein Juwelier dachte ernsthaft, du würdest ihn mir ins Gesicht werfen.«

Kat konnte nicht aufhören, den Ring anzustarren. Wann immer sie ihre Hand sanft drehte, schufen die winzig kleinen Diamantsplitter diese Illusion von Bewegung. »Wie verliebte Tänzer.« Wie funktionierte das nur? Kat konnte ihren Blick nicht davon abwenden.

Sloane hob ihr Kinn an. »Ich wollte dir einen Ring schenken, den du lieben würdest. Aber es schert mich nicht, ob du ihn trägst oder nicht. Vor allem bei der Arbeit, wo der Ring dir in die Quere kommen wird. Ich will nur, dass du meine Frau wirst und meine Geliebte für den Rest unseres Lebens.«

»Darf ich immer noch auch deine Begleitung sein?«

Er legte den Arm um sie und zog sie zu seinem Mund empor. »Du bist meine einzige, Kat. So wie ich deine. Jetzt und für immer.«

Danksagung

Ich möchte mich ganz besonders bei Sasha Knight bedanken, die beide Bände dieser Serie lektoriert hat. Sie hat ihre Sache sagenhaft gut gemacht! Ich bewundere sie für ihre Fähigkeit, sowohl die Geschichte selbst als auch den Stil zu verbessern und gleichzeitig die Figuren unangetastet zu lassen. Alle Fehler gehen natürlich auf meine Kappe.

Leseprobe

KATY EVANS
Real – Nur für dich

Melanie schreit mir schon seit einer halben Stunde ins Ohr, und bei dem, was hier los ist, bin ich so durcheinander, dass ich allmählich kaum noch etwas hören kann. Bis auf mein Herz. Das wie verrückt in meinen Schläfen pocht, während die beiden Kämpfer in dem Underground-Boxring aufeinander einschlagen, beide gleich schwer und gleich groß, beide extrem muskulös, beide zerschmettern sie dem anderen das Gesicht.

Jedes Mal, wenn einer einen Treffer landet, gibt es Jubelrufe und Applaus im Saal, in dem sich mindestens dreihundert Zuschauer drängen und nach Blut dürsten. Aber das Schlimmste daran ist, dass ich das grässliche Geräusch von Knochen, die gegen Fleisch krachen, tatsächlich hören kann – vor lauter Angst habe ich eine Gänsehaut auf den Armen. Jeden Moment erwarte ich nun, dass einer der beiden zu Boden geht und niemals wieder aufsteht.

»Brooke!«, kreischt meine beste Freundin und umarmt mich. »Du siehst aus, als wolltest du dich gleich übergeben – du bist für das hier echt nicht geschaffen!«

Ich bringe sie um, ernsthaft.

Sobald ich den Blick von diesen Männern abwenden und sicher sein kann, dass sie am Ende der Runde noch atmen, werde ich meine beste Freundin gnadenlos umbringen. Und hinterher mich selbst dafür, dass ich hierher mitgekommen bin.

Doch meine arme liebe Melanie hat einen neuen Schwarm, und sobald sie herausgefunden hatte, dass das Objekt ihrer nächtlichen Fantasien in der Stadt ist, um an diesen »privaten« und sehr »gefährlichen« Underground-Wettkämpfen teilzunehmen, hat sie mich gebeten, mitzukommen, um ihn mir anzuschauen. Es ist einfach schwer, Melanie etwas abzuschlagen. Sie ist überschwänglich und hartnäckig, und jetzt springt sie vor Entzücken im Quadrat.

»Er ist als Nächster dran«, ruft sie, und es kümmert sie kein bisschen, wer die letzte Runde gewonnen hat oder ob die beiden überhaupt überlebt haben. Was offensichtlich, Gott sei Dank, der Fall ist. »Mach dich auf eine echte Augenweide gefasst, Brookey!«

Das Publikum verstummt, und der Ansager ruft: »Meine Damen und Herren, und jeeeeetzt … der Augenblick, auf den Sie alle gewartet haben, der Mann, wegen dem Sie hier sind. Ein wirklich böser Junge, hier kommt der unvergleichliche Remington ›Riptide‹ Tate!«

Ein Schauer läuft mir über den Rücken, als die Menge allein bei dem Namen verrücktspielt, vor allem die Frauen, und ihre erwartungsvollen Rufe durcheinanderschallen.

»Remy! Ich liebe dich, Remy!«

»Ich mach's dir mit dem Mund, Remy!«

»REMY, BESORG'S MIR, REMY!«

»Remington, mach mich nass!«

Alle Köpfe drehen sich, als eine Gestalt im roten Umhang mit Kapuze auf den Ring zugeht. Scheinbar tragen die Kämpfer an diesem Abend keine Boxhandschuhe, und ich sehe, wie er die

Finger streckt und wieder zur Faust ballt, und seine Hände sind riesig und gebräunt, die Finger lang.

Auf der gegenüberliegenden Seite des Rings schwenkt eine Frau stolz ein Plakat, auf dem »Remys geilstes Luder« steht, und sie schreit aus vollem Halse in Remys Richtung – wahrscheinlich für den Fall, dass er nicht lesen kann oder das Neonpink oder den Glitzer übersieht.

Ich bin völlig überrascht, und mir wird gerade klar, dass meine beste Freundin nicht die Einzige in Seattle ist, die wegen dem Kerl anscheinend den Verstand verloren hat, als sie meinen Arm drückt. »Wetten, du kannst ihn nicht anschauen und dann noch behaupten, dass du nicht alles für diesen Mann tun würdest.«

»Ich würde nicht alles für diesen Mann tun«, wiederhole ich augenblicklich, nur um zu gewinnen.

»Du schaust ja gar nicht hin!«, kreischt sie. »Schau ihn dir an. *Schau* doch.«

Sie packt mein Gesicht und dreht es in Richtung Ring, doch ich fange stattdessen an zu lachen. Melanie liebt Männer. Liebt es, mit ihnen zu schlafen, ihnen nachzulaufen, sie anzuschmachten, doch wenn sie sich einen geangelt hat, kann sie ihn nicht lange festhalten. Ich hingegen bin nicht daran interessiert, mich mit irgendjemandem einzulassen.

Nicht solange meine romantische kleine Schwester Nora Freunde und Drama für uns beide hat.

Ich starre zur Bühne hinauf, als der Typ den roten Satinumhang mit dem Wort RIPTIDE auf dem Rücken abstreift und die Zuschauer johlen und jubeln, während er sich langsam umdreht, um sie zu begrüßen. Plötzlich ist sein Gesicht, das von den Lampen angestrahlt wird, direkt vor mir, und ich starre ihn wie eine Idiotin von meinem Platz aus an. Mein Gott.

Mein.

Gott.

Grübchen.

Dunkles, struppiges Kinn.

Jungenhaftes Lächeln. Männlicher Körper.

Fantastische Bräune.

Ein Schauer jagt mir über den Rücken, während ich ohnmächtig den Anblick in mich aufsauge und wie alle anderen auf diese Gestalt starre.

Er hat einen sexy schwarzen Wuschelkopf, als hätten ein paar Frauen gerade ihre Finger dringehabt. Wangenknochen so ausgeprägt wie Kinn und Stirn. Rot geküsste und volle Lippen, und als Souvenir von seinem Weg zum Ring Lippenstift auf der Wange. Ich lasse den Blick über seinen großen, schlanken Körper gleiten, und etwas Heißes und Wildes bricht sich in meinem Innern Bahn.

Er ist auf faszinierende Weise perfekt und unglaublich kompakt. Alles, von seinen traumhaft schlanken Hüften und seiner schmalen Taille bis zu seinen breiten Schultern ist fest. Und dieses Sixpack. Nein. Es ist eigentlich ein Eightpack. Die sexy V-Form seines Oberkörpers verschwindet in seinen marineblauen Satinshorts, die sanft seine muskelbepackten Beine umspielen. Ich kann seine Oberschenkel-, Trapez- und Brustmuskeln und Bizepse sehen, die straff und wohlgeformt sind. Keltische Tattoos schlingen sich genau dort um beide Arme, wo seine hervortretenden Bizepse und die straffen rechteckigen Deltamuskeln seiner Schultern zusammentreffen.

»Remy! Remy!«, ruft Mel durch den Trichter ihrer Hände hysterisch neben mir. »Du bist so verdammt heiß, Remy!«

Er dreht sich nach den Rufen um, und ein Grübchen kommt zum Vorschein, während er uns lächelnd anblickt. Ein Schwall

Energie schießt durch mich hindurch, nicht weil er aus diesem Blickwinkel besonders hinreißend ist – was er wirklich ist, du meine Güte, wirklich – sondern weil er mich direkt anschaut.

Er zieht eine Braue hoch, und in seinen hinreißenden blauen Augen ist ein belustigtes Schimmern. Auch etwas … Erhitztes in seinem Blick. Als würde er denken, ich sei es gewesen, die gerufen hat. Oh Mist.

Er zwinkert mir zu, und ich bin fassungslos, während sich sein Lächeln langsam in etwas unerträglich Intimes verwandelt.

Mein Blut köchelt.

Ich spüre ein Ziehen zwischen den Beinen, und ich hasse den Gedanken, dass er es zu wissen scheint.

Ich kann sehen, dass er sich für die ultimative Schöpfung hält, und er scheint zu glauben, dass jede Frau hier seine Eva ist, zu seinem Vergnügen aus seiner Rippe erschaffen. Ich bin sowohl erregt als auch wütend, und das ist das Verwirrendste, was ich jemals empfunden habe.

Seine Lippen kräuseln sich, und er dreht sich um, als sein Gegner mit den Worten angekündigt wird: »Kirk Dirkwood, der ›Hammer‹, hier für euch heute Abend!«

»Mel, du kleine Schlampe!«, rufe ich, als ich mich erholt habe, und schubse sie zum Spaß. »Warum hast du nur so laut gerufen? Jetzt denkt er, ich bin das verrückte Huhn!«

»Ohmeingott! Er hat dir gerade zugezwinkert«, sagt Melanie fassungslos.

Oh mein Gott, das hat er. Oder nicht? Er *hat*.

Ich bin genauso überrascht, und ich werde Melanie foltern, weil sie das verdient, das Flittchen.

»Das hat er«, gebe ich schließlich zu, während ich sie finster anblicke. »Wir haben telepathisch kommuniziert, und er sagt, er will mir ein Nest bauen, damit ich die sexy Mutter seiner Babys werde.«

»Als ob jemand wie du Sex mit ihm haben wollte. Du und deine Zwangsstörung«, sagt sie und lacht sich kaputt. Inzwischen zieht sich Remingtons Gegner seinen Umhang aus. Der Mann besteht nur aus Muskeln, doch nicht ein Gramm kann es mit der knackigen Männlichkeit von Riptide aufnehmen.

Remington beugt seine Arme, streckt die Finger und macht Fäuste, während er kleine Lockerungssprünge macht. Er ist ein großer, muskulöser Mann, dabei aber erstaunlich leichtfüßig, was bedeutet – ich weiß es, weil ich Leichtathletik gemacht habe –, dass er unglaubliche Kräfte hat, wenn er seinen Körper mit so kleinen Bewegungen vom Boden abheben kann.

Hammer macht den ersten Schlag. Remington duckt sich geschickt weg, kommt mit einem Schwinger wieder hoch und trifft Hammer damit seitlich im Gesicht. Angesichts der Wucht des Schlages zucke ich innerlich zusammen; mein Körper verkrampft sich beim Anblick seiner Muskeln, die sich bei jedem Schlag, den er austeilt, anspannen und wieder lockern.

Die Menge sieht wie gebannt zu, während der Kampf weitergeht, und wieder bekomme ich von den scheußlich krachenden Geräuschen Gänsehaut. Und noch etwas anderes nervt gewaltig: Auf meiner Stirn und in meinem Ausschnitt bilden sich Schweißtropfen, und im Verlauf des Kampfes werden meine Brustwarzen hart und zeichnen sich unter der Seide meines Oberteils ab.

Remington Tate dabei zu beobachten, wie er einen Mann, den man Hammer nennt, prügelt, bringt mich dazu, mich auf eine Weise zu winden, die mir gar nicht gefällt und die ich noch viel weniger erwartet habe.

Die Art, wie er ausholt, sich bewegt, knurrt …

Plötzlich beginnt ein Sprechchor: »Remy … Remy … Remy.«

Ich drehe mich und sehe Melanie auf- und abspringen und sagen: »Ohmeingott, Remy! Mach ihn fertig, du sexy Kerl!« Sie schreit, als sein Gegner mit einem dumpfen Schlag zu Boden geht. Mein Slip ist nass, und mein Puls rast. Ich habe Gewalt nie gebilligt. Das bin nicht ich, und ich blinzle benommen angesichts der Gefühle, die durch meinen Körper peitschen. Lust, reine glühende Lust zuckt durch meine Nervenenden.

Der Ringrichter hebt Remingtons Arm zum Zeichen des Siegs, und sobald er sich nach dem K.-o.-Schlag, den er eben ausgeteilt hat, aufrichtet, wandert sein Blick in meine Richtung. Durchdringende blaue Augen begegnen meinen, und etwas in meinem Unterleib zieht sich zusammen. Seine schweißnasse Brust hebt und senkt sich schwer, und in einem Mundwinkel hat er einen Tropfen Blut. Und die ganze Zeit sind seine Augen unverwandt auf mich gerichtet.

Hitze breitet sich in mir aus, meine Haut scheint in Flammen zu stehen. Ich werde das Melanie gegenüber niemals eingestehen, nicht einmal mir selbst gegenüber mit lauten Worten, aber ich glaube nicht, dass ich je einen so heißen Mann in meinem Leben gesehen habe. Die Art, in der er mich anstarrt, ist heiß. Und absolut heiß ist auch die Art, wie er dasteht, einen Arm in der Luft, die Muskeln tropfnass vom Schweiß, mit einer Ausstrahlung von Autorität, die Mel bereits im Taxi erwähnte.

Sein Starren ist unverblümt. Die Art, wie er alle anderen ignoriert, die seinen Namen rufen, und mich so begehrlich anschaut, gibt mir das Gefühl, als würde er mich an Ort und Stelle nehmen. Mit einem Mal wird mir bewusst, wie *ich* ihn anschaue.

Mein langes Haar, mahagonibraun, fällt mir auf die Schultern.

Die weiße Bluse ist ärmellos, hat aber einen hochgeschlossenen Spitzenkragen, und der Saum steckt ordentlich in einem Paar schwarzer Hosen, die zwar im High-Waist-Schnitt, ansonsten aber absolut unauffällig sind. Ein Paar kleiner goldener Kreolen ergänzen meine whiskeybraunen Augen. Trotz meiner dezenten Kleiderwahl fühle ich mich völlig nackt.

Meine Beine zittern, und ich habe das deutliche Gefühl, dass der nächste Angriff dieses Mannes mir gelten wird. Mit seinem Schwanz. Bitte, oh Gott, das habe ich *nicht* wirklich gedacht; so was denkt vielleicht Melanie. Wieder spüre ich ein Ziehen in meinem Unterleib.

»REMY! REMY! REMY! REMY!«, skandieren die Leute immer lauter.

»Ihr wollt mehr Remy?«, fragt der Mann mit dem Mikrofon die Menge, und der Lärm um uns herum nimmt zu. »In Ordnung, Leute! Dann wollen wir Remington Riptide Tate mal einen richtigen Gegner bieten!«

Ein weiterer Mann tritt in den Ring, und ich halte es nicht mehr aus. Mein System ist überlastet. Es ist vielleicht doch keine so gute Idee, jahrelang auf Sex zu verzichten. Ich bin so erregt, dass ich kaum ein Wort herausbringe und meine Beine nur mit Mühe bewegen kann, als ich mich umdrehe, um Mel zu sagen, dass ich auf die Toilette gehe.

Eine Stimme plärrt durch die Lautsprecher, während ich den breiten Gang zwischen den Ständen entlangstürme. »Und jetzt, meine Damen und Herren, wird Parker, der ›Schreckensdrache‹, unseren Champion herausfordern!«

Die Menge erwacht zum Leben, und plötzlich höre ich einen lauten Rumms.

Ich widerstehe dem Drang, mich nach der Ursache für den

Aufruhr umzuschauen, biege um die Ecke und steuere schnurstracks auf die Toilettenräume zu, als die Lautsprecher wieder tönen: »Heiliger Bimbam, das ging schnell! Wir haben einen K. o.! Ja, meine Damen und Herren! Einen K. o.! Und das in Rekordzeit, unser Sieger ist erneut Riptide! Riptide, der jetzt aus dem Ring springt und – *wo zum Teufel willst du hin?*«

Die Menge dreht durch und skandiert: »Riptide! Riptide!«, verstummt jedoch schlagartig, als würde etwas völlig Unerwartetes geschehen.

Ich wundere mich noch über die gespenstische Stille, als Schritte hinter mir hallen. Eine warme Hand umfasst meine; die Berührung durchfährt mich wie ein elektrischer Schlag, und mit unglaublicher Kraft werde ich herumgewirbelt.

»Was zum …?«, keuche ich verwirrt und starre auf eine schweißnasse Männerbrust und darüber in schimmernde blaue Augen. Meine Sinne geraten außer Kontrolle. Er ist so nah, dass mich sein Geruch wie ein Schuss Adrenalin trifft.

»Dein Name«, knurrt er keuchend und hat seine Augen dabei auf meine gerichtet.

»Äh, Brooke.«

»Brooke was?«, stößt er mit geblähten Nüstern hervor.

Seine animalische Anziehungskraft ist so stark, dass es mir beinahe die Stimme verschlägt. Er ist mir viel zu nahe gekommen, nimmt mir die Luft zum Atmen, zieht mich völlig in seinen Bann, und ich kann nicht verstehen, warum mein Herz wie verrückt schlägt, warum ich hier stehe, zitternd vor Erregung, und mein gesamter Körper auf die Stelle konzentriert ist, wo seine Hand meine festhält.

Mit äußerster Mühe befreie ich meine bebende Hand, panisch halte ich nach Mel Ausschau, die ihm gefolgt ist und uns mit aufgerissenen Augen anstarrt. »Sie heißt Brooke Dumas«, sagt sie und rattert dann meine Mobilfunknummer herunter. Zu meinem Leidwesen.

Seine Lippen kräuseln sich, und er begegnet meinem Blick. »Brooke Dumas.«

Mit seiner tiefen Stimme scheint er sich meinen Namen auf der Zunge zergehen zu lassen, ihn ganz und gar auszukosten, und die quälende Lust zwischen meinen Beinen wird stärker. Sein brennender Blick trifft mich in einer Weise, als würde ich ihm bereits gehören. Niemals zuvor bin ich so angestarrt worden.

Er tritt näher und legt seine feuchte Hand um meinen Nacken. Mein Puls jagt, als er seinen dunklen Kopf senkt, um mir einen flüchtigen Kuss auf die Lippen zu geben. Es fühlt sich an, als würde er mich markieren. Als würde er mich auf etwas Gewaltiges vorbereiten, etwas, das mein Leben verändern und auch ruinieren könnte.

»Brooke«, brummt er leise und bedeutungsvoll an meinen Lippen, bevor er sich mit einem Lächeln aufrichtet.

»Ich bin Remington.«

Noch auf der Heimfahrt spüre ich seine Hände, spüre ich seine Lippen auf meinen. Den sanften Kuss. Gott, ich kann nicht einmal richtig atmen, und ich habe mich wie eine Kobra auf dem Rücksitz eines Taxis zusammengerollt, starre blind aus dem Fenster auf die vorbeigleitenden Lichter der Stadt, verzweifelt bemüht, die Empfindungen loszuwerden, die durch meinen Körper wirbeln. Unglücklicherweise habe ich niemanden außer Mel, um meinen Gefühlen Luft zu machen.

»Das war wirklich heftig«, haucht Mel neben mir.

Ich schüttle den Kopf. »Was zum Teufel ist nur passiert, Mel?

Der Kerl hat mich in aller Öffentlichkeit geküsst! Hast du bemerkt, dass Leute ihre Handys auf uns gerichtet haben?«

»Brooke, er ist so heiß. Jeder will ein Bild von ihm. Sogar ich bebe innerlich wegen der Art, wie er dir hinterhergerannt ist, und ich bin nicht einmal diejenige, die er geküsst hat. Noch nie habe ich gesehen, dass ein Mann so hinter einer Frau her ist. Heilige Scheiße, es ist wie ein romantischer Porno.«

»Halt den Mund, Mel«, knurre ich. »Es gibt einen Grund, warum man ihn aus seiner Sportart ausgeschlossen hat. Er ist eindeutig gefährlich oder verrückt oder *beides*.«

Mein Körper könnte nicht erregter sein. Seine Augen, ich kann sie auf mir fühlen, so zügellos und hungrig. Ich fühle mich verrucht, geradezu dreckig. Mein Nacken prickelt an der Stelle, wo er mich mit seiner verschwitzten Hand berührt hat. Ich reibe ihn, doch es will nicht aufhören, entspannt meinen Körper nicht, entspannt mich nicht.

»Okay, ernsthaft, du musst öfter ausgehen. Remington Tate mag einen schlechten Ruf haben, aber er ist verführerisch wie die Sünde, Brooke. Ja, er wurde wegen Fehlverhaltens ausgeschlossen, weil er ein schlimmer Junge ist. Wer weiß, was er im Privatleben für einen Mist erlebt hat. Ich weiß nur, dass es wirklich übel war und für ein paar Schlagzeilen gesorgt hat, und jetzt kümmert es keinen mehr. In der Underground-Liga ist er der Favorit, und die Fightclubs fahren voll auf ihn ab. Die Mädchen rennen denen die Bude ein, wenn er da ist.«

Ein Teil von mir kann noch immer nicht glauben, wie mich der Kerl angestarrt hat, sich ganz auf mich konzentriert hat, eine Horde kreischender Frauen, und er hat ausgerechnet mich angeschaut, und es bringt mich nur noch mehr auf, wenn ich daran denke. Er hat mich mit diesem wahnsinnig erhitzten Blick angeschaut, und ich will keinen wahnsinnig erhitzten Blick. Ich will weder ihn noch sonst einen Mann, Punkt. Ich will einen Job. Ich habe gerade mein Referendariat bei einer der hiesigen Mittelschulen beendet, und ich hatte bei der besten Sport-Rehaklinik der Stadt ein Vorstellungsgespräch. Doch das ist schon zwei Wochen her, und ich habe noch nichts von ihr gehört.

Ich bin langsam fest davon überzeugt, dass *niemals* irgendjemand anrufen wird.

Ich bin wahnsinnig frustriert.

»Melanie, schau mich an«, verlange ich. »Findest du, ich sehe wie ein Flittchen aus?«

»Nein, Schätzchen. Du warst ganz der klassische Typ.«

»Wenn ich mich zu einem solchen Event so brav anziehe, dann eben genau aus dem Grund, damit ein übler Kerl wie der erst gar nicht auf mich aufmerksam wird.«

»Vielleicht solltest du dich mehr wie eine Schlampe anziehen und dich optisch angleichen?« Sie grinst, und ich blicke finster drein.

»Ich hasse dich. Ich gehe nie wieder mit dir zu so einem Event.«

»Du hasst mich nicht. Komm, lass dich umarmen.« Ich lasse mich in ihre Arme sinken und umarme sie leicht, bevor mir ihr Verrat wieder einfällt.

»Wie konntest du ihm nur meine Nummer geben? Was wissen wir überhaupt über diesen Mann, Mel? Willst du, dass ich in irgendeiner finsteren Gasse ermordet werde und meine Körperteile in einer Mülltonne landen?«

»Jemandem, der so viele Stunden Selbstverteidigung genommen hat wie du, wird das nicht passieren.«

Ich seufze und schüttle den Kopf, doch sie schenkt mir ein bezauberndes Lächeln. Ich kann nie lange böse sein.

»Komm schon, Brooke. Du musst dich selbst neu erfinden«, flüstert Mel, die meine Gedanken lesen kann. »Die neue und bessere Brooke muss ab und zu Sex haben. Du hast es doch gemocht, als du noch im Wettkampf gestanden hast.«

Das Bild eines nackten Remington taucht in meinem Kopf auf, und es ist auf so verwirrende Weise erregend, dass ich mich in meinem Sitz winde, während ich wütend aus dem Fenster starre und diesmal noch entschiedener den Kopf schüttle. Am meisten ärgern mich die Gefühle, die allein bei dem Gedanken an ihn in mir aufsteigen. Ich fühle mich … fiebrig.

Nein, ich habe überhaupt nichts gegen Sex, aber Beziehungen sind kompliziert, und ich habe gerade nicht das emotionale Rüstzeug, um damit klarzukommen. Ich habe mich von meinem Absturz noch immer nicht erholt und versuche einen neuen Berufsweg einzuschlagen. Auf Youtube gibt es ein schreckliches Video von mir, mit dem Titel »Dumas – am Ende«. Irgendein Amateur hat das während meiner ersten Qualifikationsversuche für Olympia aufgezeichnet, und es ist ziemlich oft angeklickt worden – wie alle Videos gedemütigter Leute. Es ist der Moment, in dem die Katastrophe meines Lebens passierte, und die ganze Welt kann sich das nun wieder und wieder anschauen und sich daran erfreuen. Es zeigt den Moment, in dem sich meine Quadrizepse verknoten und ich stolpre, und den Augenblick, in dem mein vorderes Kreuzband reißt und mein Knie nachgibt.

Das charmante kleine Video dauert über vier Minuten. Tatsächlich hat mein anonymer Paparazzo die Kamera ausschließlich auf mich und sonst niemanden gerichtet. Man kann im Hintergrund seine Stimme hören: »Scheiße, das war's, die ist am Ende.« Was offensichtlich zum Titel inspiriert hat.

Da bin ich also, in einem echten Homemovie, wie ich unter

schrecklichen Schmerzen von der Laufbahn hüpfe und dabei herzzerreißend weine. Nicht wegen der Schmerzen in meinem Knie, sondern wegen der Schmerzen des eigenen Scheiterns. Ich möchte mich am liebsten in einem Mauseloch verkriechen, und ich will sterben, weil ich sofort weiß, dass das ganze Trainieren umsonst war. Doch anstatt von der Erde verschluckt zu werden, werde ich gefilmt.

Die vielen Kommentare unter dem Video habe ich noch frisch in Erinnerung. Ein paar Leute wünschten mir alles Gute auf anderen Gebieten und meinten, dass es schade sei. Doch andere lachten und machten Scherze darüber, als hätte ich darum gebeten, dass es passiert.

Und diese Kommentare haben dazu geführt, dass ich jahrelang unablässig von Zweifeln geplagt war, beide Tage im Geiste immer wieder durchlebe und mich frage, was schiefgegangen ist. Ich sage beide, weil ich mir das Kreuzband nicht nur einmal, sondern ein zweites Mal gerissen habe, als ich stur erneut bei Qualifizierungswettkämpfen antrat – ich wollte einfach nicht glauben, »dass es das war«. Beide Male weiß ich nicht, was ich falsch gemacht habe, doch ganz offensichtlich ist mein Körper zu keinen weiteren Versuchen in der Lage.

Jetzt versuche ich einfach, mit aller Kraft weiterzumachen, als hätte ich nie vorgehabt, an den Olympischen Spielen teilzunehmen, und das Letzte, was ich brauchen kann, ist ein Mann, der Zeit in Anspruch nimmt – Zeit, die ich darauf verwenden könnte, mir eine Perspektive in dem Beruf zu schaffen, für den ich mich entschieden habe.

Meine Schwester Nora ist die Romantische und Leidenschaftliche von uns beiden. Obwohl sie kaum einundzwanzig und drei Jahre jünger ist als ich, kommt sie bereits in der Welt herum, schickt mir und Mom und Dad Postkarten von allen möglichen Orten und erzählt uns von ihren »Liebhabern«.

Und ich? Ich war diejenige, die ihre gesamte Jugend damit zugebracht hat, im Training alles zu geben und einzig und allein von einer Goldmedaille zu träumen. Doch mein Körper gab auf, lange bevor meine Seele wollte, und ich habe es nicht einmal bis zu einer Weltmeisterschaft geschafft.

Wenn man sich damit abfinden muss, dass der Körper manchmal nicht das tut, was man von ihm erwartet, kann das schmerzhafter sein als der physische Schmerz einer Verletzung. Deshalb mag ich Sport-Reha. Ich wäre vielleicht noch immer depressiv und wütend, wenn ich nicht die Hilfe bekommen hätte, die ich brauchte. Aus diesem Grund möchte ich jungen Athleten helfen, es zu schaffen, auch wenn es mir selbst nicht gelungen ist. Und deshalb suche ich einen Job, damit ich, vielleicht, wenigstens darin erfolgreich sein kann.

Doch seltsamerweise denke ich jetzt, während ich wach liege, nicht an meine Schwester oder meine neue Karriere oder den schrecklichen Tag, an dem die Olympischen Spiele für mich unerreichbar wurden.

Das Einzige, woran ich heute Nacht denken kann, ist der blauäugige Teufel, der seine Lippen auf meine gelegt hat.

Katy Evans

Real

Nur für dich

Roman

Wunderbar, gefühlvoll, mitreißend!

Die junge Physiotherapeutin Brooke wird von ihrer besten Freundin zu einem Boxkampf mitgenommen. Dort begegnet sie dem Boxer Remington Tate – und ist augenblicklich von ihm fasziniert. Doch Remy ist wie Feuer und Eis: mal unnahbar, unberechenbar, gefährlich, mal leidenschaftlich, fürsorglich, romantisch. Er überwältigt Brooke, stellt ihre Welt auf den Kopf. Sie will Remy, nur Remy, für immer. Doch der verbirgt ein dunkles Geheimnis – ein Geheimnis, das ihre Liebe zerstören könnte …

»Wunderbar, gefühlvoll, mitreißend, stark – ganz einfach außerordentlich!«
Sinfully Sexy Book Reviews

Band 1 der Serie
384 Seiten, kartoniert mit Klappe
€ 9,99 [D]
ISBN 978-3-8025-9386-4

www.egmont-lyx.de

LYX
EGMONT

Gefällt mir

Werde Teil unserer LYX-Community bei Facebook

Unser schnellster Newskanal:
Hier erhältst du die neusten Programmhinweise und Veranstaltungstipps

Exklusive Fan-Aktionen:
Regelmäßige Gewinnspiele, Rätsel und Votings

Finde Gleichgesinnte:
Tausche dich mit anderen Fans über deine Lieblingsromane aus

JETZT FAN WERDEN BEI:
www.egmont-lyx.de/facebook